国家社科基金
GUOJIA SHEKE JIJIN HOUQI ZIZHU XIANGMU
后期资助项目

宋代笔记的文体自觉
与新变

Research on the Style Consciousness and New Change of Notes in Song Dynasty

刘师健 著

中华书局
ZHONGHUA BOOK COMPANY

图书在版编目（CIP）数据

宋代笔记的文体自觉与新变/刘师健著. —北京:中华书局，2024.1
（国家社科基金后期资助项目）
ISBN 978-7-101-16404-6

Ⅰ.宋… Ⅱ.刘… Ⅲ.笔记小说-小说研究-中国-宋代 Ⅳ.I207.419

中国国家版本馆 CIP 数据核字（2023）第 207446 号

书　　名　宋代笔记的文体自觉与新变
著　　者　刘师健
丛 书 名　国家社科基金后期资助项目
责任编辑　王贵彬
责任印制　陈丽娜
出版发行　中华书局
　　　　　（北京市丰台区太平桥西里 38 号　100073）
　　　　　http://www.zhbc.com.cn
　　　　　E-mail:zhbc@zhbc.com.cn
印　　刷　天津善印科技有限公司
版　　次　2024 年 1 月第 1 版
　　　　　2024 年 1 月第 1 次印刷
规　　格　开本/710×1000 毫米　1/16
　　　　　印张 18½　插页 2　字数 300 千字
国际书号　ISBN 978-7-101-16404-6
定　　价　88.00 元

国家社科基金后期资助项目出版说明

后期资助项目是国家社科基金设立的一类重要项目，旨在鼓励广大社科研究者潜心治学，支持基础研究多出优秀成果。它是经过严格评审，从接近完成的科研成果中遴选立项的。为扩大后期资助项目的影响，更好地推动学术发展，促进成果转化，全国哲学社会科学工作办公室按照"统一设计、统一标识、统一版式、形成系列"的总体要求，组织出版国家社科基金后期资助项目成果。

全国哲学社会科学工作办公室

目　录

绪　论 ……………………………………………………………… 1

第一章　演变与发展:宋前笔记发展概况 ……………………… 19
　第一节　笔记渊源述论 ………………………………………… 19
　第二节　宋前笔记创作述略 …………………………………… 27

第二章　传承与创变:宋代笔记的发展分化 ………………… 39
　第一节　宋代文化的近世化特征 …………………………… 39
　第二节　北宋笔记的分化与变革 …………………………… 48
　第三节　南宋笔记的发展与新变 …………………………… 56

第三章　随性与私化:宋代笔记的成书与命名 …………… 69
　第一节　笔记的取材与成书方式 …………………………… 69
　第二节　宋代笔记命名的基本类型与理论内涵 ………… 84

第四章　助谈与致用:宋代笔记的文体属性 ……………… 97
　第一节　宋代目录的笔记著录格局之新变 ……………… 97
　第二节　宋代笔记与其他文类的关系 …………………… 105
　第三节　宋代笔记的文体功能 …………………………… 119

第五章　情与趣:宋代笔记的文体特征 …………………… 140
　第一节　宋代笔记的叙事特色 …………………………… 140
　第二节　宋代笔记的语言风格 …………………………… 149
　第三节　宋代笔记的审美特征 …………………………… 157

第六章　澄净与忧伤:宋代笔记个案中的心境呈现 …… 176
　第一节　《归田录》的日常书写与意义 ………………… 176
　第二节　《东坡志林》的审美趣味与书写方式 ………… 185
　第三节　"石湖纪行三录"的人文化书写与地方观念 … 197
　第四节　周密笔记中的生命体验与审美超越 ………… 204

第七章　宋代笔记的影响与地位 ………………………… 219
　第一节　宋代笔记的文体自觉与定型 ………………… 219

第二节　宋代笔记对明清小品文的影响 ……………………… 231

结　语 ……………………………………………………………… 235

附录　宋代笔记在重要书目文献中著录部类一览表 …………… 239

主要参考文献 …………………………………………………… 275

绪　论

一、研究对象的界定

新时期以来，伴随文体学成为学界研究的热点，中国古代小说四大文体中的传奇体、话本体、章回体都出现了一批专门在文体学视野下进行研究的成果，与之相比，有关笔记体的研究则相对缓慢，并且缺少专门深入的研究。这首先与古小说研究重白话轻文言、重传奇轻笔记的传统格局相关，同时也与笔记自身概念的模糊、对象的难以确定有关。因此，在确定"笔记体"这一文体概念的前提下，具体细致地分析其文体特征，从而确立、推广明确的笔记概念及其文体特征，推动笔记研究的进一步发展，是有待学界进一步为之努力的方向，亦是本书的主要研究目标。

(一)"笔记"作为一种文体的理论认识

古"笔记"一语，始于六朝，指随意记录的散行文字[①]，常与无关乎道术、道听途说的古小说长期处于杂糅共生的状态。逶迤发展至宋代，宋祁始以"笔记"名书，此后还有苏轼《仇池笔记》、谢采伯《密斋笔记》《密斋续笔记》、龚颐正《芥隐笔记》、罗志仁《姑苏笔记》、刘昌诗《芦浦笔记》、陆游《老学庵笔记》等作品，这些书名中所言之"笔记"，多有信笔而录之意。此外，还有名之为随笔、笔录、笔谈、笔丛、丛谈、丛语、丛说、纪闻、漫录、野录、闲谈、杂记、杂识、杂志者等，其含义大抵与"笔记"相近，都是指由一条条相对独立的札记类文字汇编组合而成的不限内容、不拘体例、随笔而录的著述。宋代大量地将此类以札记条目形成的著述称之为"笔记"，说明时人已对笔记作为一种有某种指向和共同特征的文体样式有了较为清晰的认识，只是尚未从理论上作出界定。

清代，《四库全书总目提要》在收录此类作品时，首次从源流上对笔记

---

① 参苗壮：《笔记小说史》，杭州：浙江古籍出版社，1998年，第4页。

的文体特征作出了论述。该书在子部杂家类论杂说之属时指出："杂说之源，出于《论衡》。其说或抒己意，或订俗讹，或述近闻，或综古义，后人沿波，笔记作焉。大抵随意录载，不限卷帙之多寡，不分次第之先后，兴之所至，即可成编。故自宋以来，作者至夥，今总汇之为一类。"①这里不限卷帙，随意录载，或抒己意、或订俗讹、或述近闻、或综古义的特点，正是笔记的基本特征。《四库全书总目》指出了笔记作为一种文学体式的特点，但《四库全书》在收纳整理图书时，又是按照图书的内容性质，并非按照文体性质进行分类，故没有设置"笔记"一体，笔记作品往往被归于不同的部类之下，入子部杂家类和史部中居多，这就给今人从文体学的角度研究此类作品造成了困难。

近现代以来，随着文体观念的强化和学术研究的深入，越来越多的学者意识到，必须确立"笔记"作为一种文体的地位，明确其性质，以此统摄、综观此类作品，推动对此类作品进行深入、专门的研究。马月华在《笔记文献的史料价值及笔记文献信息的开发》一文中指出：

> 还笔记以科学的本来面目及其在目录学上应有的地位与名分，是文献发展的必然趋势……根据笔记文献内容杂、无一定体例的特点，本人认为把笔记硬性归入任何专门学科都勉为其难，只有在综合参考大类中设立"笔记"专类才是科学的、符合客观实际的。②

傅璇琮在给《全宋笔记》所作的序中，同样指出：

> 现在我们应当把笔记的系统研究提到日程上来。当前的笔记研究，可以考虑的，一是将笔记的分类如何从传统框架走向现代规范化的梳理，二是如何建立科学体系，加强学科意识，把笔记作为相对独立的门类文体进行学科性的探究。③

---

① 〔清〕永瑢等：《四库全书总目提要》，《万有文库》第 24 册，上海：商务印书馆，1931 年，第 43 页。
② 马月华：《笔记文献的史料价值及笔记文献信息的开发》，《内蒙古大学学报（哲学社会科学版）》1996 年第 1 期。
③ 朱易安、傅璇琮等主编：《全宋笔记》第 1 编第 1 册，郑州：大象出版社，2003 年，第 3 页。

　　上述学者所言之"专类""科学体系""独立的门类"均凸显了笔记文体的独立性,引起了学界对笔记文体研究的关注。浦江清《论小说》一文,曾就传统笔记、小说、稗乘、杂述等作过论述,并提出了"笔记文学"的概念①。诸如此类的认识可以帮助我们摆脱传统目录学的局限,上升到文体学的层面,从一种更贴近历史事实的角度对笔记作品进行研讨。应该说,这些探讨都是符合笔记的历史发展和实情的。

(二)关于与"笔记小说"的争议

　　在对笔记的研究中,由于笔记与笔记小说存在某些特质的相似或相同性,今人时有混淆两个范畴的情形。刘叶秋在《历代笔记概述》一书中指出:"前人并不注意区分什么叫小说,何者为笔记;所以往往把杂录、琐记统称为'笔记小说'。其实'笔记'并不都是小说,古代'小说'也并不限于'笔记'一体。这样说法,不仅还包含着轻视小说为小道的意思,而且显示出对笔记的各种类型也缺乏明晰的辨别。"②何以出现这种混淆情形,我们从溯源笔记小说的出现进行说明。

　　"笔记小说"一词最早见于南宋史绳祖《学斋佔毕》中"前辈笔记小说固有字误"一语③。陶敏、刘再华认为这里的"笔记小说"是"似将笔记与小说并列,并非一个复合词组"④。其实,从南宋到清代,这种将"笔记小说"作为一个组合词使用的情形并不常见,自然是不会将其作为一种独立文体使用的。直到二十世纪二十年代,上海进步书局出版《笔记小说大观》后,"笔记小说"一词才逐渐流行起来,应用于相关的文学史和小说史著述中。实则,《笔记小说大观》既收入了《子不语》《阅微草堂笔记》等近似于现代文体学意义上以虚构性为主的小说,也大量载录了《国史补》《大唐新语》《鹤林玉露》《容斋随笔》等史料性或学术性笔记。可以这样认为:《笔记小说大观》中的"笔记小说"概念与史绳祖《学斋佔毕》类似,都是将笔记和小说并列共见的一种表述,并不具有独立文体类型的含义。

　　但由于笔记与小说在古代交叉涵容、同条共生的复杂关系,也由于"笔

①　浦江清:《浦江清文录》,北京:人民文学出版社,1989年,第183—184页。
②　刘叶秋:《历代笔记概述》,北京:北京出版社,2011年,第2—3页。
③　〔宋〕史绳祖:《学斋佔毕》,《丛书集成初编》第313册,上海:商务印书馆,1939年,第31页。
④　陶敏、刘再华:《"笔记小说"与笔记研究》,《文学遗产》2003年第2期。

记小说"中的"笔记"和"小说"可以被理解为偏正关系,所以在后来人的观念中,笔记小说有被日益作为一种独立的小说体裁使用的倾向,如《中国古代小说百科全书》就对其解释说:"笔记小说,文言小说体裁。作品大多以随笔记录见闻的短文组成。"①又,上海辞书出版社《中国文学大辞典》云:"笔记小说,古代小说类别名。文言小说的一种。"②二者都认为笔记小说是小说的一类、文言小说的一种,这样笔记小说就完全被纳入了小说的范畴,而成为了一种独立的文体。只是,这里所说的"小说",仍是传统目录学意义上的小说,并非完全现代意义上的以虚构为宗旨的小说,这从《中国文学大辞典》随后的补充说明中可以看出:"另有称笔谈、笔丛、随笔、笔余,乃至杂录、漫录、谈丛、丛说等,大致均可归入此类。"③但是这一补充说明,又正好将笔记中杂录丛谈类、小说故事类作品的诸多特性涵盖其中。因此,人们把笔记小说与笔记等而视之也在所难免。

实际上,"笔记小说"本是一个复杂的概念,学界对于笔记小说,有"笔记"与"小说"两种不同的文体定位,作小说理解的,将笔记小说视为小说的一类,如上文《中国文学大辞典》中所述;作笔记理解的,则将笔记小说视为笔记的一类,如上海辞书出版社《辞海》中的"笔记"条云:"笔记,文体名。泛指随笔记录、不拘体例的作品……笔记的异名,有随笔、笔谈、杂识、札记等,其铺写故事,以人物为中心而较有结构的,称为笔记小说。"④这样一来,许多人就把笔记与笔记小说视为同一种文体。因此,陶敏、刘再华《"笔记小说"与笔记研究》一文对此进行了辨证:

> 尽管笔记与"小说"有亲缘关系,但目录学的"小说"毕竟是纯文学观念尚未建立,文体研究尚不发达的时代产物,不是文体分类的概念,今天不必要也不应该继续用"笔记小说"来指称全部笔记。至于介乎笔记与小说之间的作品,不妨仍称之为"笔记小说",但应该严格限定为"笔记体小说",即用笔记形式创作的小说,或被编于笔记中的小说。

---

① 《中国古代小说百科全书》编辑委员会、中国大百科全书出版社编辑部编:《中国古代小说百科全书》,北京:中国大百科全书出版社,1993年,第13页。
② 钱仲联等主编:《中国文学大辞典》,上海:上海辞书出版社,1997年,第1848页。
③ 钱仲联等主编:《中国文学大辞典》,上海:上海辞书出版社,1997年,第1848页。
④ 《辞海》编辑委员会编:《辞海》(文学分册),上海:上海辞书出版社,1980年,第245—246页。

那些具有较强叙事成分的笔记,作者原是忠实地记录见闻,意在传信,纵涉怪异,也不加虚构、夸饰和渲染,并非"有意为小说",循名责实,仍当称之为"笔记"。①

在这里,作者指出了两者何以混淆的历史原因,还在区分小说与笔记界限的基础上,认为笔记小说应当被理解为是一种"笔记体小说",包含"用笔记形式创作的小说"和"被编于笔记中的小说"两类。

目前,对笔记的界定和分类较为准确的是刘叶秋,他从"笔记"二字的本意出发,认为笔记指"执笔记叙而言",并指出:"第一类,即所谓'笔记小说',内容主要是情节简单,篇幅短小的故事,其中有的故事略具短篇小说的规模。二、三两类,则天文、地理、文学、艺术、经史子集、典章、制度、风俗民情、逸闻、琐事以及神鬼、怪异、医卜星相等等,几乎无所不包,内容极为复杂;大都是随手记录的零星的材料。这两类只能算作'笔记',不宜称为'笔记小说'。"②这样的界定既照顾到了笔记小说与笔记和小说之间的渊源关系,又注意到了三者之间的文体差异。由此,有学者认为,笔记实际上是一个非常宽泛的文类概念,泛指议论杂说、考据辨证、叙述见闻等以随笔札记的形式载录而成、体例随意驳杂的多种类型的杂著,成为部分杂家类和小说类作品的别称③。

二、选题缘由与意义

在笔记的学术研究史上,刘叶秋首开对中国古代笔记现代意义上学术研究的先河。他撰述的《历代笔记概述》是中国笔记史上第一本具有较强系统性的笔记史专著,此后诸多笔记研究的探讨多受其观念的影响与启发,笔记由此作为古代文学的一部分得到了学界的关注,取得了一定的成果。但是,鉴于笔记的庞杂、零乱和琐碎,难以归入某一特定的研究范畴,往往只在史志目录和私家目录中提及;也由于学术界的传统观念不大重视这类著述,笔记的研究仍然受到限制,目前的研究还主要集中在其史料价值上,笔记本身的文学性尚未得到充分关注,对笔记本身的文体学性质或

---

① 陶敏、刘再华:《"笔记小说"与笔记研究》,《文学遗产》2003年第2期。
② 刘叶秋:《历代笔记概述》,北京:北京出版社,2011年,第4—5页。
③ 谭帆等:《中国古代小说文体文法术语考释》,上海:上海古籍出版社,2013年,第77页。

理论批评并未展开，研究尚且停留在外围的层面，笔记研究的理论性与系统性亟待得到进一步的加强。

(一)选择宋代时段进行考察的缘由

宋代文化的繁荣与独特性备受世人关注，近代启蒙思想家严复就曾如此论断："古人好读前四史，亦以其文字耳。若研究人心政俗之变，则赵宋一代历史，最宜究心。中国所以成为今日现象者，为善为恶，姑不具论，而为宋人之所造就，什八九可断言也。"[①]这不仅指明了宋代思想与文化的独特性，而且表明了其近世化对中国面貌的深远影响，因此，断代研究实在宜以此为切入点。关于宋代文化的繁荣情形，王国维、陈寅恪同样表明了相似的论断。如王国维在《宋代之金石学》中言"天水一朝人智之活动与文化之多方面，前之汉唐，后之元明，皆所不逮也"[②]，陈寅恪也断定"华夏民族之文化，历数千载之演进，造极于赵宋之世"[③]。除此之外，还有不少学者持有同样的看法，如邓广铭认为："宋代是我国封建社会发展的最高阶段。两宋期内的物质文明和精神文明所达到的高度，在中国整个封建社会历史时期之内，可以说是空前绝后的。"[④]徐吉军同样认为宋代"作为文化组成部分的物质文明和精神文明比以往任何一个朝代，都有了长足的进步"，"宋代的文化区域及文化层次等也远比过去扩大和深入"[⑤]。周膺、吴晶更是指出："从文化内涵来看……（宋代）是中国古代文化的最终完成，此后的中国文化很少再有新鲜成分。"[⑥]此外，国外学者亦多持此论断，诸如日本学者和田清就曾认为："唐代汉民族的发展并不像外表上显示得那样强大，相反地，宋代汉民族的发达，其健全的程度却超出一般人想象以上。"[⑦]诸此种种，都充分肯定了宋代文化的重要历史地位与影响。

具体到文化的近世特征方面，日本学者内藤湖南的"唐宋变革论"最为

① 王栻主编：《严复集》第 3 册，北京：中华书局，1986 年，第 668 页。
② 王国维：《王国维遗书》第 5 册，上海：上海书店，1983 年，第 70 页。
③ 陈寅恪：《金明馆丛稿二编》，上海：上海古籍出版社，1980 年，第 245 页。
④ 邓广铭：《谈谈有关宋史研究的几个问题》，《社会科学战线》1986 年第 2 期。
⑤ 徐吉军：《中国古代文化造极于宋代论》，《河北学刊》1990 年第 4 期。
⑥ 周膺、吴晶：《南宋美学思想研究》，上海：上海古籍出版社，2012 年，第 1 页。
⑦ 〔日〕和田清著，吉林大学历史系翻译组、吉林师范大学历史系翻译组译：《中国史概说》，北京：商务印书馆，1964 年，第 99 页。

典型①，其中指出了宋代在多方面对古代中国巨大而深远的变革性影响。在这方面，和田清也有同样的看法，他指出了宋代文明"在不断的发展过程中，逐渐普及开来，促进了庶民阶级的兴起，根本上改变了从来的以贵族为中心的社会，而带来了较强的近代倾向"②。美国学者费正清等更是进一步指出宋代文化"直至 20 世纪初都是中国的典型文化。其中许多东西在以后的一千年中证明是中国最典型的东西"③。就国内研究情况而言，大多数学者也持有相似的论断。如钱穆认为："论中国古今社会之变，最要在宋代。宋以前，大体可称为古代中国，宋以后，乃为后代中国……就宋代言之，政治经济、社会人生，较之前代，莫不有变。"④还如葛兆光也曾指出："现代中国人常常说的，也常常可以感受到的那种所谓古代中国知识、思想与信仰的传统，应该说，并不是秦汉时代奠基的那种古代中国思想，而是经过唐宋两代相当长时间才逐渐建构起来的新传统。"⑤无疑，就文化的繁荣与其近世性特征而言，宋代在中国文化历史的长河中，是具有典型性与代表性的意义与影响的。

(二)选择宋代笔记进行考察的缘由

作为一种独立存在的文学形式，笔记在中国古代文学中具有自身的独特性，如刘叶秋曾在《历代笔记概述》中指出："古代笔记的内容很丰富，保存了许多可贵的材料，有文学价值、历史价值，能给人多方面的知识；而且由于记叙随意，毫无拘束，所以常常写得活泼生动，亦庄亦谐，颇饶趣味，和一般所谓'经典'著作那样板着面孔说话的不同；作者的学问、见识，也常常

---

① 内藤湖南认为中国从宋代开始进入近世，并列举了八个特征：贵族政治的衰落和君主独裁政治的兴起、君主地位的变迁、君主权力的确立、人民地位的变化、官吏录用法的变化、朋党性质的变化、经济上的变化、文化性质上的变化。参〔日〕内藤湖南著，夏应元等译：《中国史通论》上册，北京：社会科学文献出版社，2004 年，第 323—335 页。

② 〔日〕和田清著，吉林大学历史系翻译组、吉林师范大学历史系翻译组译：《中国史概说》，北京：商务印书馆，1964 年，第 127—128 页。

③ 〔美〕费正清、赖肖尔主编，陈仲丹等译：《中国：传统与变革》，南京：江苏人民出版社，2012 年，第 117 页。

④ 钱穆：《理学与艺术》，中华丛书编审委员会编：《宋史研究集》第 7 辑，台北：台湾书局，1974 年，第 2 页。

⑤ 葛兆光：《中国思想史》第 2 卷，上海：复旦大学出版社，2001 年，第 590 页。

从不经意处或小问题上表现出来，为在其它书中所看不到。"①在这里，就内容方面而言，指出了笔记驳杂的内容特征；就文体形式方面而言，指出了笔记随笔记录、不拘一格的形式特征；就风格方面而言，则指出了笔记文笔精致、寓意深刻的多样性特征。相对法式严谨的古文与格律诗词，笔记文体的这些独到之处，无疑常常能给人耳目一新之感，其率性纯真的特质往往引领"我们能够从一个具有美好的性格的作者眼睛里去看一看人生"②。

事实上，中国笔记发展到宋代，又显示出新的文体特征，具有了新的开拓意义。

首先，宋代笔记与小说在文体上的区别日益明显。宋代笔记充分展现了两宋时期士人独特的精神面貌与情感心境，内容上体现了"以文为理"的时代主题精神，更具真实感与立体感，反映在文体之中，独立的文学品性更为明显，独特的审美特质更为凸显。明人《五朝小说》序言中曾说："唯宋则出士大夫手，非公余纂录，即林下闲谈，所述皆平生父兄师友相与谈说，或履历见闻，疑误考证。故一语一笑，想见先辈风流。其事可补正史之亡，裨掌故之阙。"③这指出了宋代士大夫开始参与笔记创作的历史境况，以及宋代笔记情文相生，情感性与趣味性兼具的独特之处。四库馆臣在道出宋代笔记的情韵风格特征后，还指出了其对后世笔记创作的垂世作用与影响："故自宋以来，作者至夥。"④可以说，宋代笔记表现情感的内容之丰富，以及表现情感的文体形式之松散与不拘一格，在内容与形式两方面，都已具备散文的质素。伴随着宋代笔记的散文化，笔记文体自身的文学性得到增强，行文中撰述主体的个性色彩得到更为充分的展现，其存世价值由以往作为子书附庸的存在而日益向文学倾斜。

其次，宋代笔记的文化内涵更为深厚。较之以往，宋代笔记的文化意蕴与思想内涵更为凸显。如史料笔记在唐宋时期，均是较为常见的类型，都具有史学价值，两者的区别在于，唐代史料笔记主要是记载史实，而宋代史料笔记不仅记载史实，而且反映士大夫的理想人格，体现笔记对撰述主体精神风貌的一种自觉反思，传统儒家中关于士人立身处世的一系列行为

---

① 刘叶秋：《历代笔记概述》，北京：北京出版社，2011年，第11页。
② 李宁编：《小品文艺术谈》，北京：中国广播电视出版社，1990年，第43页。
③ 《五朝小说大观》，上海：上海文艺出版社，1991年，据扫叶山房石印本影印，第271页。
④ 〔清〕永瑢等：《四库全书总目提要》，《万有文库》第24册，上海：商务印书馆，1931年，第43页。

规范,诸如仕与隐、达与穷、仁义与事功等理想、处世哲学得到了深入的思考。唐代为数不多的史料笔记体现着笔记初始的新变,宋人则将史料笔记当作一种文化风尚,就其思想内涵而言,比唐代笔记更为博大深刻,印证着宋代文化对笔记撰述的深远影响。宋代笔记涉及了更大范围、更高程度的文化学与社会学方面的知识意涵,有助于我们多角度、多层面、全方位解读、研究与继承、发扬中国古代文学所蕴含的优秀传统文化遗产。

再次,宋人对于笔记有着自己独特的创作意识。就著述而言,北宋的欧阳修、苏轼,南宋的陆游、范成大、洪迈、周密等诗文大家均参与到笔记的撰述行列,创作了许多优秀的笔记作品,不再视"闲暇之作"的笔记为禁区,而对此采取宽容的态度,认同笔记的文化功能,自觉追求笔记本身的文学性。就其体例而言,除了承袭世说体外,也有自己的发展。宋代笔记多为杂录形式,但在这种杂录形式中,也呈现着作者对作品的分类意识。如《渑水燕谈录》全书共十卷,记事三百六十余条,按内容分类编排,文无题名。全书分帝德、名臣、奇节、忠孝、才识、高逸、管制、文儒、歌咏、书画、杂录、谈谑等诸多类别,博记杂识,所记多为撰者追忆平生经历见闻,大都是北宋开国(960)到宋哲宗绍圣年间(1094)一百四十余年的北宋杂事。还有《春渚纪闻》十卷,就分为杂记、东坡事实、诗词事略、杂书琴事、记砚、记丹药等六类。诚然,这种杂录体式的笔记,更多的是没有分类的,只是为方便读者阅读,撰者在写作时,往往依循一定的书写体例模式。如《曲洧旧闻》共十卷,作于作者被羁金国期间,未详细分类,但全书分为两个部分,上部分追忆、记录了北宋及南宋初期的朝野遗事、社会风情和士大夫逸闻;下部分则是对前代及当朝文坛逸事,以及《诗话》《文评》的诸多考证。总而言之,宋代笔记的形式体例,或依仿前人体例,或为杂录,均于撰述中呈现着宋代作者独特的创作意识。

总的说来,宋代笔记由于受到学术思想、文人审美心理结构和笔记自身嬗变轨迹的综合影响,有着自身明显的特征。它在内涵上汲取唐人笔记以史为鉴的讽喻意味,而把记录的笔致转向日常当下的琐事,以其深醇的主题意蕴和独特的心境展现,反映士人的道德理想,极致地展现了其时士人复杂的心境与精致的趣味。因此,在搜集、整理宋代笔记文献的基础上,深入分析和研究其思想意蕴与文化内涵,对于我们解析两宋士人风貌与心态又提供了一个独特的窗口,同时,还有助于我们更为全面、立体地揭示笔记文学的思想内容与艺术风貌。

古代笔记在发展演变过程中,其文体是变动不居的,介于散文与小说之间,其文体的特殊性,造成了笔记概念一定程度上的模糊性。通过梳理与分析宋代书目中著录笔记作品的格局,一则可明晰宋人较之以往的笔记文体观的变化,另一方面,则可更为清晰地解析宋人对笔记文体的认知。据此考察宋代有代表性的具体笔记作品,一则可详细地剖析宋人的笔记创作理念,另一方面,则可更为深入地从纵向上考察宋代笔记与魏晋、唐代笔记书写的异同之处,揭示其思想意涵的独特风貌。并且,就宋代笔记文体本身而言,如欧阳修《归田录》、苏轼《东坡志林》等,都具有较高的文学水平,更有加以关注并展开研究之必要。

三、已有研究的概况

二十世纪之后的宋代笔记研究,经历了一个从不受重视到受重视的过程,学界对其的关注主要集中在它的史料价值方面。至二十世纪后,这种研究状况逐渐得以改观,成果渐次繁盛起来。其研究趋势与成果,见于以下几个方面:

(一)文献整理研究

笔记文献的整理与出版,这方面的成果首先体现在以"笔记小说"命名的文献的整理出版方面。1983 年,江苏广陵古籍刻印社出版了《笔记小说大观》;1984 年,台北新兴书局有限公司出版了《笔记小说大观丛刊》,丛刊中收录了四百多种宋代笔记;1995 年,河北教育出版社出版了《历代笔记小说集成》,全套书共一百一十册,其中含宋代笔记二十四册。这一系列笔记文献的整理出版,有助于为读者提供第一手的文献资料;同时,引领了先锋,读者与学者普遍关注到了笔记的存在,由此引起了笔记研究的热潮。

之后,中华书局在此基础上,着力排除其中虚构性、荒诞性成分较多的笔记,先后出版了《唐宋史料笔记丛刊》《元明史料笔记丛刊》《清代史料笔记丛刊》《近代史料笔记丛刊》《学术笔记丛刊》等。后历时十九载,由上海师范大学古籍所整理,大象出版社陆续出版的点校本《全宋笔记》,共收入宋代笔记四百七十七种,汇编成十辑一百零二册,总计二千二百六十六万字。这次出版淡化了笔记与笔记小说概念的区别,是以全新的笔记概念编辑整理宋代笔记文献和研究笔记文体成果的综合体现。

单部笔记文献整理也开始有了些成果。三秦出版社在 2003 年推出一套"历代名家小品文集"丛书，其中包括了《老学庵笔记》《东坡志林》《邵氏闻见录》《归田录》等多本宋人笔记，让读者可以更进一步阅读并了解这些作品，也为笔记文本研究提供了文本解读的便利。除此之外还有不少的选译本，如吕叔湘的《笔记文选读》收录历代笔记九种，其中七种是宋人笔记。另外，朱瑞熙、程君健译注的《宋代笔记小说选译》，由成都巴蜀书社于 1991 年出版，结合了校点与今译。还有沈履伟注译的《唐宋笔记小说释译》，选录唐宋文人笔记五十八种，共二百零八篇。这类普及型系列笔记的整理，充分吸收了学界的研究成果，具有深入浅出、条分缕析、注释简洁、点评精到的特点。

(二) 笔记文献的史料价值研究

对笔记文献价值的研究，主要是各学科研究者将笔记作为各自专业研究的文献史料，往往避开对笔记文学性的研究，或者仅仅涉及文学史里简单的评价。这种研究，笔记本身不是真正的研究对象，它仅为某项专题研究提供文献资料。这类研究涉及多种学科，成果丰富，相关论文有：刘成国的《稀见史料与王安石后裔考——兼辨宋代笔记中相关记载之讹》[《浙江大学学报（人文社会科学版）》2016 年第 2 期]，周云逸的《重医与驳医：宋代笔记所见儒、医关系》(《中医文献杂志》2018 年第 6 期)，李瑞、卢康华的《记忆中的建筑：宋代笔记所反映的开封开宝寺塔与天清寺塔》(《新宋学》2019 年第 8 辑)，祁伟的《道德典范与乌合之众：宋代禅林笔记中的禅僧肖像》(《新宋学》2019 年第 8 辑)，马自力、王朋飞的《笔记体与宋代诗学》[《清华大学学报（哲学社会科学版）》2019 年第 1 期]，宋娟的《宋代笔记的史料价值——以宋词人考证为例》(《古籍整理研究学刊》2019 年第 4 期)，阮怡的《从陆游〈老学庵笔记〉看宋代的民俗风情》[《绍兴文理学院学报（人文社会科学）》2019 年第 5 期]，张剑光的《宋人视域中的唐五代食肉风尚——基于笔记为核心的考察》(《中国典籍与文化》2020 年第 1 期)等。硕博士学位论文有：熊恩剑的《宋代的民间话语——以笔记小说为中心的考察》(四川师范大学 2015 年硕士学位论文)，冯雪冬的《宋代笔记词汇研究》(上海师范大学 2015 年博士学位论文)，陈文祥的《宋人史料笔记的史学价值研究》(云南师范大学 2015 年硕士学位论文),齐瑞霞的《宋代笔记俗语词研究》(山东大学 2016 年博士学位论文),鄢洁的《宋代笔记小说中的药物文献研究》(北京中医药大学 2016 年硕士学位论文),于志建的《宋代笔记文字学资料研究》(湖南师范大学 2017 年硕士学位论文),刘洋的《〈全宋笔记〉中宋代题壁诗研究》(山西师范大学 2018 年硕士学位论文),钟虹的《宋代笔记中俗语词研究资料的发掘与探讨》(华中师范大学 2018 年博士学位论文),李颖燕的《〈宋史〉传记采录笔记小说研究》(华东师范大学 2018 年硕士学位论文),江琴的《宋代笔记小说中的宋诗研究》(四川师范大学 2019 年硕士学位论文)等,诸上研究或从文化现象视角,或从语言学视角,或从历史学角度来考察宋代笔记。在这些研究中,笔记往往体现的是其史料价值,笔记自身的文学性实是为学界关注甚少。

(三)笔记的本体研究

首先,笔记的辨体研究。主要关注笔记与小说的渊源、关系问题。如程毅中的《略谈笔记小说的含义及范围》(《古籍整理研究学刊》1991 年第 2 期),陶敏、刘再华的《"笔记小说"与笔记研究》(《文学遗产》2003 年第 2 期),袁文春的《百年来笔记小说概念研究综述》(《学术界》2012 年第 12 期),刘正平的《笔记辨体与笔记小说研究》(《杭州师范大学学报》2013 年第 6 期),胡鹏的《宋代笔记辨体评述》(《斯文》2020 年第 2 期)等对笔记、笔记小说的概念及范围进行了讨论,各出所言,尚未形成一个明确且公认的笔记定义。

其次,笔记文史的整体性研究。一是笔记通史类,将宋代笔记作为笔记历史中的一部分,其特点是重视宋代笔记在笔记历史发展中的地位、流变;一是宋代笔记断代史,强调宋代笔记自身的发展演变过程。1980 年,中华书局出版的刘叶秋《历代笔记概述》是较早的一本关于笔记、笔记小说的"史类"综合性研究成果,书中简析了笔记的含义和类型、笔记的渊源和名称等问题,是笔记研究的开山之作。1993 年,台湾商务印书馆出版了吴礼泉的《中国笔记小说史》;1995 年,台北志一出版社出版了陈文新的《中国笔记小说史》;1998 年,浙江古籍出版社出版了苗壮的《笔记小说史》;2004 年,湖南大学出版社出版了郑宪春的《中国笔记文史》等,这些著作均属此类。除此之外,1994 年,齐鲁书社出版的吴志达《中国文言小说史》,

书名中虽未标明"笔记"字眼,但实际上有不少笔记作品也被收入其中。这些著作中,其研究往往大都受到通史体例的限制,对宋代笔记的研究未做深入详尽的展开。还有一种是宋代笔记断代史,即将宋代笔记作为单独的研究对象,探讨宋代笔记本身的发展过程。比如,张晖的《宋代笔记研究》(华中师范大学出版社,1993年),对宋人笔记作了全面的分析,探讨了北宋、南北交替期、南宋三个时期的笔记,比较了其结构形式、作者身份、涉及内容等方面,还考察宋代诸多笔记在文学、史学上的价值与缺失,对宋代笔记作了很好的资料整理和量化分析,对笔记概念的内涵、外延也有较为深刻的辨析和界定。安芮璿的《宋人笔记研究——以随笔杂记为中心》(复旦大学2005年博士学位论文)不仅对宋人笔记作了综述性的考察,还对三部重要的笔记作品——苏轼《东坡志林》、叶梦得《避暑录话》、周密《癸辛杂识》,一一进行了个案研究。苗永姝的《北宋笔记研究》(北京师范大学2010年博士学位论文)主要关注北宋笔记与前代笔记相比所表现出的变化,北宋笔记与北宋时期其他文学门类的关系,并探讨北宋笔记形成繁荣局面的原因。李银珍的《宋代笔记研究》(复旦大学2014年博士学位论文)从史学、文学角度考察宋代笔记的意义和价值,并探讨了宋代笔记的私密性要素对后代文学的影响。钟振振的三篇文章《说宋代笔记(上)》(《文史知识》2010年第6期)、《说宋代笔记(中)》(《文史知识》2010年第7期)、《说宋代笔记(下)》(《文史知识》2010年第8期)进一步对宋代笔记的内容和价值进行了论述。

再者,对具体作家作品的个案研究。对一些作者如周密、欧阳修、何薳、司马光、魏泰等人的笔记,都有专门的研究。此类研究,研究者往往将关注的焦点集中在其书的文献价值和文学理论方面。如:齐媛的《〈武林旧事〉版本述考》(广州大学2019年硕士学位论文)、虢霞的《〈鹤林玉露〉的诗学思想》(湖南师范大学2008年硕士学位论文)、王永波的《〈老学庵笔记〉版本小考》(《古典文学知识》2016年第3期)、丁雪松的《〈考古质疑〉研究》(华东师范大学2011年硕士学位论文)、李丹的《赵令畤〈侯鲭录〉诗学思想研究》(暨南大学2012年硕士学位论文)、郭彦龙的《〈老学庵笔记〉研究》(广西大学2012年硕士学位论文)、汤清国的《周密笔记研究》(上海师范大学2015年博士学位论文),王佳璐的《〈涑水记闻〉研究》(西北师范大学2018年硕士学位论文)、孙宗英的《转向闲适的日常:论〈归田录〉的体式创格及笔记史意义》[《海南大学学报(人文社会科学版)》2018 年第 3 期],徐姜汇的《宋代长江行记书写的人文转向——以〈入蜀记〉〈吴船录〉为中心》(《人文杂志》2019 年第 2 期),李芳民的《论〈东坡志林〉的审美特色——兼及苏轼笔记散文的文学史意义》[《西北大学学报(哲学社会科学版)》2020年第 1 期]等均对笔记的题材、内容、创作风格等进行了深入的探讨。

海外学者此方面的研究有:美国学者包弼德(P. K. Bol)的论文"A Li-terati Miscellany and Sung Intellectual History:the Case of Chang Lei's Ming-tao tsa-chih"(英文,1995 年),通过对《明道杂志》的考察,分析宋代笔记的形态以及创作思维的转变;美国学者魏文妮(Ankeney Weitz)的论文"Zhou Mi's Record of Clouds and Mist Passing Before One's Eyes:An Annotated Translation"(英文,2002 年)则从艺术史学的角度研究《云烟过眼录》。这些研究显现出对名家大家向纵深挖掘,而对中小作家全面铺开的态势,便于全面认识宋代笔记的历史图景。

要之,以往的研究或从史学方面挖掘宋代笔记的文献价值,或注重笔记的汇编整理,具体作品研究又主要集中于几位著名作者的身上,对宋代笔记本身整体上的文学性研究尚处于一个起步阶段,其文体的性质、分类、发展、文风特点以及与其他文类的关系等基本问题的研究常为人们所忽视,未从笔记本身的文体学或理论批评角度展开探讨。目前的这种研究趋向,无助于我们对宋代笔记的全面理解。事实上,两宋笔记创作与文献保存在数量上皆较为可观,其丰富性、变革性、自足性是在理学思想影响下的士人儒家人格理想的集中反映。未来的研究应强化宋代士人笔记研究的学科体系,通观大历史背景下展现士人风貌的笔记创作的流变情形,揭示其文体自身的发展特征和独具的思想文化特质,进一步推动笔记研究向纵深发展。

四、研究内容与方法

本书以宋代笔记作为研究对象,旨在剖析宋代笔记的文体构成和文体特征,探寻宋代笔记的发展历程与文化功能,梳理宋代笔记的思想内涵和理论新创,展现宋代笔记的文体属性与文学意义。为此,本书分以下章节,探讨宋代笔记的内涵价值:

第一章,演变与发展:宋前笔记发展概况。笔记作为我国古代一种独特的文学样式,有着其特定内涵。对笔记的特征、源流演变进行清晰地梳理和探讨,是研究宋代笔记的前提。本章主要论述笔记的源流衍化,探讨其所具有的一般性特征,进而分析魏晋、唐代笔记的创作概况,从而构建宋代笔记研究的基础。

第二章,传承与创变:宋代笔记的发展分化。宋人对前代笔记的继承,并不是惯性的延续,而是在总结前人创作的基础上翻陈出新,笔记作品也呈现出鲜明的时代特征。梳理宋代笔记的发展历程,可以加深对中国古代笔记发展史的整体认识。本章主要考察笔记这一文体在宋代文化近世化进程中的分化、变革、发展情形,揭示宋代笔记所体现的时代文化与价值内涵。首先,分析北宋笔记的分化与变革情况。具体分析宋初政事、逸闻笔记存史性的新动向,北宋中期"文道并重"的文艺观与笔记创作基调的转向,以及北宋中后期笔记的多元化发展情况,指出北宋笔记的新变主要体现在笔记"史料"意味的浓厚与内涵的丰富两方面。其次,分析南宋笔记的发展与新变情况。具体考察南渡前后,笔记对两宋之际战乱的关注;中兴时期,笔记的文体属性和文化内涵的丰富;宋元之际,笔记的存史意识与民族情怀。在此基础上,指出南宋笔记的转变主要体现在其内容与思想表现出极为强烈的现实主义精神。

第三章,随性与私化:宋代笔记的成书与命名。考察笔记基本上来自口说见闻和遗书旧编两方面的取材范围,探讨其与作者姓名、字号、谥号相关的因素,与作品的表现对象以及对象的类型特征相关的因素,与作品的体裁、材料来源、编纂方式等因素相关的三类命名方式。在"崇实"治学风气与良好的文化环境、出版繁荣、书籍易得的情境中,宋代笔记具有更浓厚的随意性和私人化特点,宋代笔记的作者对于见闻的记录和采集十分积极,显示出笔记与见闻之间的紧密联系,以及从口头到书面这种著述方式的重要性;笔记的著述方式由注重对口说传闻的记录,逐渐变为对口说传闻的记录和对书面文籍的抄录并重的局面。

第四章,助谈与致用:宋代笔记的文体属性。考辨宋代目录的笔记著录格局之新变,辨析笔记与其他文类的关系,进而考察宋代笔记的文体功能,揭示宋代笔记助谈与致用的散文文体属性。宋代目录学视域中的笔记,奠定了笔记著录的基本格局。宋代笔记在与诗话、语录、日记、题跋、笺疏、游记、年谱、志乘、传记等各种文体相互借鉴、取长补短的过程中不断发展,体现出"兼备众体"的文体特征。相对于魏晋时期笔记偏重于"杂载人事"、记录民俗和考证名物制度,宋代笔记更加系统地对事件本末,以及事件中的人物有所记载,在对"历史琐闻"的记载中透露出强烈"补史劝诫"的意图。并且为阐明撰述之必要,让记录事迹更具有历史和现实的意义,恰当而充分的议论成为表达作者思想的重要途径,笔记不再局限于道听途说的记述层面,情感、议论、叙事系于一处,笔记便具备了散文的特质,文体性质因此发生改变。文体功能作为了解宋代笔记文体特征的重要视角,是目前宋代笔记研究亟待进一步深入之处。

第五章,情与趣:宋代笔记的文体特征。本章纵向勾连晋唐以来的笔记传统,横向联系宋代文化思潮,依照文体内涵显示的内外两方面,选择外在的叙事特征、语言风格以及内在的审美特征作为探讨对象,考察唐宋转型视域下宋代笔记文体特征的新变。叙事方面,宋代笔记在概括性的历史性叙事中,客观记录亲身所历之事,表现出文体兼容的写作倾向。语言方面,宋代笔记脱离于唐传奇"史才、诗笔、议论"的用语窠臼,亦不如载道的史传著作受庄严整饬的语体风格的束缚,不避俚俗,且又有经典骈语的用词方式,形成了自身明快简约的语体风格。审美特征方面,宋代笔记由魏晋时的虚幻走向日常,志怪内容逐渐减少而世俗人文因素日渐增加,呈现出书写对象日常化与书写方式人文化的特征,"情"与"志"的精神世界得到开拓,笔记的风格日益丰富多样。

第六章,澄净与忧伤:宋代笔记个案中的心境呈现。宏观研究之外,对笔记的个案研究也非常必要。大家名作是一个时代的经典,宋代笔记的历史价值,也体现在这些经典作家作品中。通过个案,可以展现宋代笔记的文学成就,揭示宋代笔记书写本心,反映出社会流动的新变化,士人面貌、志趣的改变,更加真实具体地反映时代思想及文风对笔记创作的影响。其一,通过对《归田录》日常书写之风貌与意义的考察,揭示其关注个体日常生活、表现内在情韵的文本因素为后世笔记创作提供的新的审美视角。其二,通过对《东坡志林》的审美趣味与书写途径的考察,揭示其使笔记体作品由以往的客观记述转向为以表达内在心绪、情感和义理为主的文体的重要价值。其三,通过对"石湖纪行三录"的人文化书写与地方观念的考察,把握其在一定程度上彰显的特定时代的文化精神与审美取向,及其所形成的新的结构性力量。其四,通过对周密笔记作品中关于时间书写、离散书写以及历史书写的探析,揭示周密笔记跳出传统官方形态的另类历史书写模式,以及在对待生命和人生意义方面所具有的典型意义与独特的认识价值。

第七章,宋代笔记的影响与地位。首先从宋代传记、别集著录笔记的情况、笔记的文体形式等方面分析宋代笔记创作理论的发展;其次,考察宋代笔记对明清小品文创作观念、书写性灵、创作风格等方面的影响。宋代笔记是笔记体制演变史上的一个关键转折点,较之以往,独立的文学品性更为明显,文体自觉得到增强,规范着后世笔记作品创作的范式,塑造了后人对此体的基本认知。宋代笔记开启了笔记文体朝向现代的自我革新,它以与生俱来的缺乏统一性之矛,攻宋代道学和正统权威之系统性、一致性之盾。从这点上看来,各笔记之"体要"与"体貌"虽有不同,但其对真实见闻的展现、对个人经验的张扬,却是共通的,这也使得笔记作为一个文体,有了凝固的精神内涵。其关注个体日常生活,表现内在情韵的意蕴内涵,对明清小品文产生了深远影响。

本书虽立足于宋代笔记,但希望通过与纪事的历史散文、前代笔记文体的比较,从文学史的角度,重新审视宋代这段历史文化带给笔记作者创作的影响,以便回归宋代笔记创作的具体的历史语境,充分把握宋代特定时段中笔记文体的思想内涵与文体特征。

另外,由于宋代笔记的一些具体作品仅被当作文献资料而被忽视,致使学者在研究时无暇顾及作品本身的文学性和其中所呈现的作者心境,本书就此作一些弥补工作,即通过结合时代背景考察四个笔记个案,分析笔记作者的心境变化历程及其在笔记中的呈现情形,把握笔记书写性灵的散文文体特征。具体而言,本书主要采用以下诸种研究方法:

(一)文献分析法。通过对大量历史文献资料的查检,力图在收集材料上穷尽宋代以及后代所有关于宋代笔记作品的撰述、成书与评价的相关资料。

(二)定量定性分析法。凡文中关涉某项具体内容的分析,尽量制作统计表、数据表,得出具体数据,使要说明的问题更具科学性。

(三)比较分析法。分析宋代笔记的文体属性与文本特征时,需要通过与纪事的历史著作、传奇、诗话等文体进行纵向和横向的比较才能得以呈现。

（四）知人论世法。主要针对撰述笔记较多的作者，了解其生平、创作思想，撰述笔记的时间、动机、目的以及所处的时代背景等，借此明其撰述时的心境与对其创作风貌的影响。

（五）多学科相结合的阐释法。力图打破笔记研究文史的惯用写法，在论述中融入哲学、史学、文化学、心理学、社会学、文艺学、美学、语言学等知识的多学科相结合的阐释方法。

（六）整体与个案研究并重法。在描绘宋代笔记发展与文体特征的同时，也注重研究笔记大家、主要笔记作者等个体的笔记特征与贡献。

对历代笔记的数量目前尚无确切统计，而宋代笔记数量超过前代是可以确定的。据《全宋笔记》统计，宋代笔记共有四百七十七种之多，极盛确然。本书的重点不在统计宋代笔记的数量，而是尽可能搜罗与宋代笔记相关的文献资料，综合分析宋代的笔记文体。

笔者本着尽可能完备的原则，依据刘叶秋先生对笔记概念的界定搜集资料，大致搜检"四库"大系、《历代名臣诗文集汇编》、《丛书集成》初续编、《唐宋史料笔记丛刊》、新兴书局《笔记小说大观》、广陵古籍刻印社《笔记小说大观》、上海古籍出版社《笔记小说大观》、河北教育出版社《宋代笔记小说大观》、大象出版社《全宋笔记》、已出版的单行本笔记，以及上海图书馆和国家图书馆以"笔记"或类似"笔记"为关键词检索到的目前尚未出版的部分笔记作品，作为本书的主要研究资料来源。

第一章 演变与发展：
宋前笔记发展概况

笔记作为我国古代一种独特的文学样式，有其特定的内涵。先秦时期，尚无自觉的文体意识，笔记依附于经史百家著述的整体系统之中，文体上、命名上、写法上均未独立出来。至汉代，班固《汉书·艺文志》列举"小说十五种"，强调它们"残丛小语"式的鲜明特点，其篇目颇具后世笔记文的雏形。魏晋南北朝时期笔记出现了第一次繁荣的高潮，形成了以《搜神记》为代表的志怪派和以《世说新语》为代表的逸事派两大创作流派。继之，唐代历史的补逸、逸事、琐闻性笔记兴起，考辨性笔记的地位急遽上升。至宋代，宋祁始以"笔记"名书，"笔记"二字正式作为文体名称和书籍名称出现，笔记至此完成文体独立化的过程。

第一节 笔记渊源述论

一、笔记源于史

笔记源于史表现在两个方面：

其一，笔记保留了史官记言记事的传统。"笔记"作为一个词连用，最早出现在魏晋南北朝时期，见《南齐书·丘巨源传》：

> 巨源少举丹阳郡孝廉，为宋孝武所知。大明五年，敕助徐爰撰国史。帝崩，江夏王义恭取为掌书记。明帝即位，使参诏诰，引在左右。自南台御史为王景文镇军参军，宁丧还家。元徽初，桂阳王休范在寻阳，以巨源有笔翰，遣船迎之，饷以钱物。巨源因太祖自启，敕板起巨源使留京都。桂阳事起，使于中书省撰符檄，事平，除奉朝请。巨源望有封赏，既而不获，乃与尚书令袁粲书曰："……议者必云笔记贱伎，非杀活所待；开劝小说，非否判所寄。然则先声后实，军国旧章，七德九

功,将名当世。仰观天纬,则右将而左相,俯察人序,则西武而东文,固非胥祝之伦伍,巫匠之流匹矣。"①

传中指出,丘巨源认为自己在平定桂阳叛乱时所撰写的符檄起了重要作用,理应受到封赏,但却不获,心有不平,于是在写信给尚书令袁粲时说出了"笔记贱伎,非杀活所待;开劝小说,非否判所寄"这样带有不满情绪的言论。这里,丘巨源所言的"笔记"即指史官撰写的符檄文书。《旧唐书·李让夷传》载:

> 开成元年,以本官兼知起居舍人事。时起居舍人李褒有痼疾,请罢官。宰臣李石奏阙官,上曰:"褚遂良为谏议大夫,尝兼此官,卿可尽言今谏议大夫姓名。"石遂奏李让夷、冯定、孙简、萧俶。帝曰:"让夷可也。"李固言欲用崔球、张次宗。郑覃曰:"崔球游宗闵之门,赤墀下秉笔记注,为千古法,不可用朋党。"②

这是开成元年起居舍人因病辞职,宰臣奏起居舍人事时的一段议论。在朝廷中,秉笔记注是千百年来流传下来的一种记录方法,故不能够用朋党,言外之意是要求秉笔记注要客观真实。《新唐书》中也记载:"每仗下,议政事,起居郎一人执笔记录于前,史官随之。"③起居郎、起居舍人是同一官职,专门掌记皇帝言行,源于周代的左右史官,所谓"左史记言,右史记事"即是。后代起居郎和左右史职能一样,既执笔记录皇帝之言,也执笔记录皇帝之事。这些史料说明,"笔记"原本指的是史官、谏官入朝时"执笔记录"的一种方式。

史官执笔记录的记录方式,逐渐成为古代典籍的一种编纂方式。中国古代史官具有双重身份,既是记史官员,又是早期的文人。史官执笔记录的内容成为日后文人编纂古籍的重要史料,这种执笔记录的方式也成为日后文人的一种重要的编纂体例,孔子编纂的《春秋》就是依据鲁国史官世代所书写的史料和编写体例而成的。早期史官文人执笔记录的记录方式影

---

① 〔梁〕萧子显撰:《南齐书》,北京:中华书局,1972年,第894页。
② 〔晋〕刘昫等撰:《旧唐书》,北京:中华书局,1975年,第4566页。
③ 〔宋〕欧阳修、宋祁撰:《新唐书》,北京:中华书局,1975年,第1208页。

响到后来文人的著述方式，逐渐成为一种文人著述的模式被固定下来，笔记成为古人重要的著述方式之一，成为其显才扬己的途径。刘勰在《文心雕龙·才略》中评价：

> 路粹杨修颇怀笔记之工，丁仪邯郸亦含论述之美，有足算焉。①
> 庾元规之表奏，靡密以闲畅；温太真之笔记，循理而清通：亦笔端之良工也。②

刘勰意在称赞路粹、杨修、温峤三人的才略。三人均擅长笔记，他们所擅长的"笔记"究竟是什么，文体上有着怎样的特征，创作主体又需具备怎样的才略？翻阅文献，可以理顺诸多问题：

> 建安初，以高才与京兆严像擢拜尚书郎。像以兼有文武，出为扬州刺史。粹后为军谋祭酒，与陈琳、阮瑀等典记室。及孔融有过，太祖使粹为奏，承指数致融罪……融诛之后，人睹粹所作，无不嘉其才而畏其笔也。③
> 杨修字德祖，太尉彪子也，谦恭才博。建安中，举孝廉，除郎中，丞相请署仓曹属主簿。是时，军国多事，修总知外内，事皆称意。④
> 自魏晋诰策，职在中书……晋氏中兴，唯明帝崇才，以温峤文清，故引入中书；自斯以后，体宪风流矣。⑤

魏晋时期，诰策由中书完成，温峤具有这方面的才略，故被召为中书。由这三则材料可知，路粹、杨修、温峤三人都以擅长撰写奏议诰策之类的文章被统治者所重用而出名，刘勰称赞的就是他们这方面的才能。刘勰认为笔记是职官所写的关于政事的文字，是做官时的一些奏记之书，这里的"笔记"还没有完全脱离史官记言记事的职责，但是笔记在这时已经成为职官有意

---

① 周振甫：《文心雕龙今译》，北京：中华书局，1986年，第422页。
② 周振甫：《文心雕龙今译》，北京：中华书局，1986年，第425页。
③〔晋〕陈寿撰，〔宋〕裴松之注：《三国志》，长沙：岳麓书社，1990年，第484页。
④〔晋〕陈寿撰，〔宋〕裴松之注：《三国志》，长沙：岳麓书社，1990年，第484页。
⑤ 周振甫：《文心雕龙今译》，北京：中华书局，1986年，第180页。

使用的一种著述方式，是其显才扬己的途径，已经有了特定的写作技巧和风格要求。如《艺文类聚》卷四十九职官部载，梁王僧孺《太常敬子任府君传》中曰："若夫天才卓尔，动称绝妙，辞赋极其清深，笔记尤尽典实。"①这则材料不仅从记录的内容方面指出笔记是职官所记的诏策之类的文书，也从文体审美的角度，指出笔记与"辞赋极其清深"的审美特征不同，而以"典实"为自身的审美追求。

其二，从笔记部分的题材类型来看，笔记与"古杂史之支流"和"志乘之支流"有着密切的关系。班固《汉书·艺文志》认为小说家"虽小道必有可观"，是"一言可采"，应当保留。但又囿于小说家"致远恐泥"，非大道的界限，不能在时空上大规模展开，由此"君子弗为"。这就既为小说的生存留下了空间，又设定了边界，也就成了小说行走在历史与传说之间的重要原因之一②。小说在秦汉诸子论之小道之外，还体现着史家叙事之范式，王士禛就曾指出："说者，史别也。"③朱康寿进而云："说部为史家别子，综厥大旨，要皆取义六经，发源群籍……自《洞冥》、《搜神》诸书出，后之作者，多钩奇弋异，遂变而为子部之余，然观其词隐义深，未始不主文谲谏，于人心世道之防，往往三致意焉。"④古小说叙事范式的确立使其中颇多的类型都得以在后世延续，如以《搜神记》《述异记》等为代表的志怪类，后世即有段成式的《酉阳杂俎》、洪迈的《夷坚志》、蒲松龄的《聊斋志异》；以《殷芸小说》为代表的野史杂说类，后世即有李肇的《国史补》、梁章钜的《归田琐记》等；以张华《博物志》《十洲记》为代表的博物类，后世即有唐代的《杜阳杂编》、清代的《广东新语》等，后之仿作者代不乏人。清代学者王昶即指出，"古之志经籍艺文者，以经史子集为篇第，而子集中小说一类杂出于兵农名法之间，六朝以降，子录益少，小说愈繁而作史者不能遗也"⑤，即指此一传统而言之。

---

① 〔唐〕欧阳询撰，汪绍楹校：《艺文类聚》，上海：上海古籍出版社，1982年，第879页。

② 此期"小说"实则具有笔记的特征。披发生在《〈红泪影〉序》中，认为汉魏六朝时期"所谓小说，大抵笔记、札记之类耳"。参阿英编：《晚清文学丛钞：小说戏曲研究卷》，北京：中华书局，1960年，第302页。

③ 曾枣庄：《中国古代文体学》附卷三《清代文体资料集成（一）》，上海：上海人民出版社、上海书店出版社，2012年，第343页。

④ 〔清〕朱康寿：《〈浇愁集〉序》，丁锡根编著：《中国历代小说序跋集》上册，北京：人民文学出版社，1996年，第200页。

⑤ 〔清〕王昶：《春融堂集》卷三十七《〈汪秀峰田居杂记〉序》，嘉庆十二年塾南书舍刻本。

清代史学家章学诚曾指出："丈夫生不为史臣，亦当从名公巨卿，执笔充书记，而因得论列当世，以文章见用于时。"①士人都有做"史臣"的理想，参与修史在他们的心目中是一项伟大的事业和不朽的功业，无缘修史者，则选择"执笔充书记"，通过书写笔记来弥补其遗憾，这类笔记也和史一样以记事纪实为主。如魏泰在《东轩笔录》序中言："思少时力学尚友，游于公卿间，其绪言余论有补于聪明者，虽老矣，尚班班可记，因丛摭成书。呜呼！事固有善恶，然吾未尝敢致意于其间，姑录其实以示子孙而已，异时有补史氏之阙，或讥以见闻之殊者，吾皆无憾，惟览者之详否焉。"②明言其书是为"有补史氏之阙"。从野史类和地理类笔记创作目的和题材类型看，确实与史有着紧密的联系。《隋书·经籍志》在论述杂史类笔记的产生时指出：

> 自秦拨去古文，篇籍遗散。汉初，得《战国策》，盖战国游士记其策谋，其后陆贾作《楚汉春秋》，以述诛锄秦、项之事，又有《越绝》相承以为子贡所作。后汉赵晔，又为《吴越春秋》，其属辞比事，皆不与《春秋》、《史记》、《汉书》相似，盖率尔而作，非史策之正也。灵、献之世，天下大乱，史官失其常守，博达之士，愍其废绝，各记闻见，以备遗亡。是后群才景慕，作者甚众。又自后汉已来，学者多钞撮旧史，自为一书，或起自人皇，或断之近代，亦各其志，而体制不经。又有委巷之说，迂怪妄诞，真虚莫测。然其大抵皆帝王之事，通人君子，必博采广贤，以酌其要，故备而存之，谓之杂史。③

这里既指出了笔记内容与史的密切关联，也指出了其源于史的记载方式。天下大乱为笔记产生提供了契机。天下大乱、烽火昌炽，史官不能够按照正常的方式记载历史，博达之士担心一切过程将化为历史尘埃，随着时光流逝而泯灭废绝，于是他们各记所历闻见，以备遗亡。因之，记载体例也发生了变化，不仅记闻见，也兼及委巷之说和荒诞之谈，历史琐闻类笔记也就逐渐形成。元代马端临《文献通考·经籍考》亦曰："杂史、杂传，皆野史之流出于正史之外者。盖杂史，纪志编年之属也，所纪者一代或一时之事；杂

① 〔清〕章学诚：《文史通义》，上海：上海古籍出版社，2015年，第293页。
② 〔宋〕魏泰：《东轩笔录》，北京：中华书局，1983年，第1页。
③ 〔唐〕长孙无忌等撰：《隋书经籍志》，《丛书集成初编》，北京：中华书局，1985年，第41页。

传者,列传之属也。"①这即指出了笔记记言纪事的书写传统类似史书记载体的结构体例特征。

　　梁爱民《经学与中国古代小说观念》一文曾指出:"小说文体观念、创作观念的成熟,是建立在经学价值基础之上、以史学为中介最终实现的。"②魏晋南北朝时期,两汉经学衰落,玄学与佛学及史学兴起,"笔记小说趁着史学之兴而起,又依附褒贬等《春秋》经义跻入士儒笔端案头"③。可见,从其形成的过程可知笔记是源于史的,不仅记载方式源于史,而且所记内容也与史密切相关。《汉书·艺文志》将小说列入子部,《隋书·经籍志》则将其划入史部杂史类,小说由此从王官之中的稗官走向杂史,这种变化分合,正可见出小说与史学的依附关系。后人对此也多有觉察,石昌渝认为,唐前小说是作为史传的附庸而存在的④。谢明勋明确指出,六朝志怪小说创作者吸收了切合其编纂体例的史传记载⑤。

二、笔记源于子

　　这里的"子",指诸子百家著作。《汉书·艺文志》"诸子略"中曰:"诸子十家,其可观者九家而已。皆起于王道既微,诸侯力政,时君世主,好恶殊方,是以九家之术蜂出并作,各引一端,崇其所善,以此驰说,取合诸侯。"⑥诸子百家兴起于王道衰微,诸侯主持政治的时候,当世君主,好恶相当悬殊,诸子学派群起并立,各自坚持自己的学说,以用来游说各国君主,希望得到诸侯王的支持,故在他们的著述中有明显的政治倾向和思想特色,以议论说理见长。子书中这种议论说理的特征,对后世各种文体影响深远,杂说类笔记即导源于此。

　　诸子百家争鸣,竞相谈说论道,容许杂说杂见并存,体现着强大的包容性,笔记内容上"杂"的特色,就与子书的这种杂说传统相关。关于这一点,在《四库全书总目提要》中即有明确的说明,馆臣将"笔记"作为指称议论杂说、考据辨证类杂著的文类概念,并指出其渊源,杂家类杂说之属的按语

①〔元〕马端临撰:《文献通考·经籍考》,上海:华东师范大学出版社,1985年,第538页。

②梁爱民:《经学与中国古代小说观念》,《云南社会科学》2012年第5期。

③蔡妙真:《魏晋笔记小说与〈春秋〉学》,《兴大中文学报》2013年第33期。

④石昌渝:《中国小说源流论(修订版)》,北京:生活·读书·新知三联书店,2015年,第98页。

⑤谢明勋:《六朝志怪小说研究述论:回顾与论释》,台北:里仁书局,2011年,第101页。

⑥陈国庆编:《汉书艺文志注释汇编》,北京:中华书局,1983年,第164页。

曰:"杂说之源,出于《论衡》。其说或抒己意,或订俗讹,或述近闻,或综古义,后人沿波,笔记作焉。大抵随意录载,不限卷帙之多寡,不分次第之先后。兴之所至,即可成编。"①这段按语中直接指明笔记源于杂说之《论衡》。馆臣在《论衡》提要中又指出:"考其《自纪》曰:'书虽文重,所论百种。'"大抵其说"或抒己意",就如其书的"内伤时命之坎坷,外疾世俗之虚伪";"订俗讹"则如其书论"日月不圆诸说",大抵订讹砭俗;"或述近闻""或综古义",即王充所谓"宅舍多,土地不得小;户口众,簿籍不得少;失实之事多,虚华之语众"等论辩之言②,一一阐释其书源于子书议论说理的特征。可见,从馆臣的言论来看,子书的议论说理与杂说风格,造就了笔记内容包罗万象"杂"之特色。

另《四库全书总目提要》杂家类杂说之属按语还详细说明了笔记可以自由灵活地采取抒情、议论、描述等多种表现手法,并概括了笔记随意录载、不限卷帙多寡、不分次第先后的篇章体制。可以说,笔记就是沿着《论衡》内容上"杂"之风格和篇章结构上"散"之特色而不断发展的。

笔记"杂"的特色的形成,一则与笔记导源于子书杂说的传统相关,可以说,子书议论说理的杂说风格,对笔记内容琐杂的特色产生了至深的影响。四库馆臣在意识到笔记"杂"的内容特征的同时,也洞见了小说与笔记的不同。《四库全书总目提要》卷一百二十二在提要《北轩笔记》时曰:"所论史事为多……至所载僧静如事,则体杂小说,未免为例不纯。是亦宋以来笔记之积习,不独此书为然,然不害其宏旨也。"③这里指出"体杂小说,未免为例不纯"是"宋以来笔记之积习",可见馆臣对笔记与小说的不同区分。《四库全书总目提要》卷一百四十在提要《明皇杂录》时还曾指出:"处海是书亦不尽实录。然小说所记,真伪相参,自古已然。"④此处认为笔记参以小说,并非全是实录,而且自古如此。在他们的观念中,小说包含神怪、荒诞、诙谐的成分。对于这种认识,后人进而追溯了其历史源流,石昌渝对此就认为,笔记从记和史有关的杂史逸闻之类的内容到逐渐加入传闻神怪、诙谐琐语等内容,并非从唐宋开始,而是可追溯到魏晋南北朝《搜神

①〔清〕永瑢等:《四库全书总目提要》,《万有文库》第24册,上海:商务印书馆,1931年,第43页。
②〔清〕永瑢等:《四库全书总目提要》,《万有文库》第24册,上海:商务印书馆,1931年,第43页。
③〔清〕永瑢等:《四库全书总目提要》,《万有文库》第24册,上海:商务印书馆,1931年,第7页。
④〔清〕永瑢等:《四库全书总目提要》,《万有文库》第27册,上海:商务印书馆,1931年,第18页。

记》《世说新语》，甚或更早的《山海经》，只是在六朝和唐代，志怪荒诞的作品并不属于小说，人们认为神怪是真实存在的，记录神怪也是本着实录的出发点①。从这个意义上说，《山海经》《穆天子传》等著作中荒诞不经、诙谐琐语的内容，正是后世小说故事类笔记的渊源。如此一来，笔记的内容就变得甚为庞杂、丰富了。

二则与汉儒考证之学出现在笔记之中相关。《四库全书总目提要》卷三十三在提要《经稗》时，即论述了笔记与汉儒考证之学的关系：

> 是编杂采前人说经之文，凡《易》、《书》、《诗》、《春秋》各一卷，三《礼》共一卷，《四书》共一卷。以多摭诸说部之中，故名曰"稗言"，犹正史之外，别有稗官耳。汉代传经，专门授受，自师承以外，罕肯旁证。故治此经者，不通诸别经。即一经之中，此师之训故，亦不通诸别师之训故，专而不杂，故得精通。自郑元淹贯六艺，参互钩稽，旁及纬书，亦多采摭，言考证之学者自是始。宋代诸儒，惟朱子穷究典籍，其余研求经义者，大抵断之以理，不甚观书，故其时博学之徒，多从而探索旧文，网罗遗佚，举古义以补其阙，于是汉儒考证之学，遂散见杂家笔记之内。宋洪迈、王应麟诸人，明杨慎、焦竑诸人，国朝顾炎武、阎若璩诸人，其尤著者也。②

馆臣从学术史的角度概括了汉儒考证之学的兴起和发展，并指出汉儒考证散见于杂家笔记之内，宋以来笔记大家纷纷群起而作，由此形成考据辨证类学术笔记之一大宗。《四库全书总目提要》杂家类杂考之属按语中还指出："考证经义之书，始于《白虎通义》。蔡邕《独断》之类，皆沿其支流。至唐而《资暇集》、《刊误》之类为数渐繁，至宋而《容斋随笔》之类动成巨帙。其说大抵兼论经、史、子、集，不可限以一类，是真出于议官之杂家也。"③可以说，汉儒的考证内容见于笔记之中，增添了笔记的学术内涵，丰富了笔记驳杂的内容特征。

---

① 参石昌渝：《唐前"小说"非小说论》，《中国古代小说研究》第 1 辑，北京：人民文学出版社，2005年，第 14—15 页。
② 〔清〕永瑢等：《四库全书总目提要》，《万有文库》第 7 册，上海：商务印书馆，1931 年，第 65 页。
③ 〔清〕永瑢等：《四库全书总目提要》，《万有文库》第 23 册，上海：商务印书馆，1931 年，第 61 页。

综上所述,关于笔记的渊源,普遍认为:笔记"执笔记录"的著书方式源于史官"左史记言、右史记事"的记问传统,杂史类、志乘类等史部著作又为笔记提供了史料性题材;子部"杂说"之论说风格为笔记提供了内容"杂"之特色。诚如谭帆等所著《中国古代小说文体文法术语考释》中所指出的:"'笔记'实际上已成为一个非常宽泛的文类概念,泛指议论杂说、考据辨证、叙述见闻等以随笔札记的形式载录而成、体例随意驳杂的多种类型的杂著,成为部分'杂家类'和'小说类'作品的别称。"[1]

第二节　宋前笔记创作述略

一、魏晋南北朝时期笔记创作概况

魏晋南北朝时期,中国文学进入独立发展阶段,鲁迅称之为"文学自觉的时代"。此期笔记创作逐渐从两汉时期无意识、不自觉地收集与整理走向自觉地编辑与创作,渐次繁盛起来,主要表现为:一是作者队伍强大,既有文学家张华、陶潜、沈约、吴均,历史学家干宝,科学家祖冲之,帝王或帝室成员曹丕、刘义庆等,也有"自神其教"的佛、道教徒;二是艺术形态趋于稳定,形成以了《搜神记》为代表的志怪类和以《世说新语》为代表的志人类两大派系。

志怪类题材在魏晋南北朝时期广受欢迎,这与士人生命意识的觉醒密切相关。魏晋南北朝是继春秋战国后的又一分裂时期,各种矛盾异常尖锐,战争、瘟疫、疾病、饥寒等灾难接连不断,文士极其敏感地体悟着生死的问题,表现出对生存之深情的眷恋和对死亡之无可奈何的悲叹。李泽厚在分析魏晋南北朝的社会心理时,曾指出其世界观人生观的核心便是"在怀疑论哲学思潮下对人生的执着","也就是说,以前所宣传和相信的那套伦理道德、鬼神迷信、谶纬宿命、烦琐经术等等规范、标准、价值,都是虚假的或值得怀疑,它们并不可信或并无价值,只有人必然要死才是真的,只有短促的人生中总充满那么多的生离死别、哀伤不幸是真的。"[2]这种对羽化成

---

① 谭帆等:《中国古代小说文体文法术语考释》,上海:上海古籍出版社,2013年,第77页。
② 李泽厚:《新版中国古代思想史论》,天津:天津社会科学院出版社,2008年,第153页。

仙的怀疑,对死亡的直观认识和感受,促成了志怪笔记的兴盛。他们借助"鬼话"所表现出的对死亡的关注,对焦虑的表达,真实反映出整个时代的悲哀情绪,"生命的忧患意识是鬼神志怪的直接原因"①。

志人类笔记的发展则与魏晋南北朝时期立言不朽思想的深入人心紧密相关。魏晋时期政治环境复杂,统治者大量残害异己,许多名士淹没于党锢的祸水之中。士人们对政局和个人前途悲观失望,转而寻求解脱之道,老庄虚无思想随之席卷而来。鲁迅在《中国小说史略》中曾谈道:"汉末士流,已重品目,声名成毁,决于片言,魏晋以来,乃弥以标格语言相尚,惟吐属则流于玄虚,举止则故为疏放,与汉之惟俊伟坚卓为重者,甚不侔矣。盖其时释教广被,颇扬脱俗之风,而老庄之说亦大盛,其因佛而崇老为反动,而厌离于世间则一致,相拒而实相扇,终乃汗漫而为清谈。渡江以后,此风弥甚,有违言者,惟一二枭雄而已。"②在这种风气的推动下,立功不成,反诸立言,立言不朽的思想随之深入人心。士人们"行动趋于放荡,言语崇尚玄虚,'清言'与'作达'渐渐形成一种风气,不少人掇拾名流的言行,编写成书"③。《语林》《世说新语》等志人类笔记的创造性发展,则在这样的环境下得以展开。

此期笔记多集中在殊方异域,关注那些荒芜不毛之地,博物倾向明显。如张华《博物志》开篇曰:

> 余视《山海经》及《禹贡》、《尔雅》、《说文》、地志,虽曰悉备,各有所不载者,作略说。④

《山海经》《禹贡》在当时为地理之书,《尔雅》《说文解字》为小学类书籍,内容为名物训诂,阅读这类著作的目的在于"多识草木虫鱼鸟兽",地志是记载各地山川地理物产之书,几者的共同特点正如张华其书名,是为"博物"。据李剑国的研究,《博物志》的引书多数为先秦至秦汉古书,可考者约有四

---

① 孙逊:《中国古代小说和宗教》,上海:复旦大学出版社,2000年,第61—62页。
② 鲁迅:《中国小说史略》,北京:人民文学出版社,2006年,第60页。
③ 刘叶秋:《古典小说论丛》,北京:中华书局,1959年,第29页。
④ 〔晋〕张华撰,范宁校证:《博物志校证》,北京:中华书局,2014年,第1页。

十种之多①。在今本《博物志》的两种版本系统之黄丕烈藏汲古阁影印钞宋连江叶氏本中②，黄丕烈《刻连江叶氏本博物志序》曰：

> 予家有汲古阁景钞宋本《博物志》，末题云"连江叶氏"，与今世所行本夐然不同……其体例之独创者，则随所撷取之书分别部居，不相杂厕。如卷首《括地象》毕，方继之以《考灵耀》是也。以下虽不能条举所出，然《列子》、《山海经》、《逸周书》等，皆显而可验。今本强立门类，割裂迁就，遂使荡析离居，失其旨趣，致为巨谬矣。③

借由文中"分别部居，不相杂厕"以及"虽不能条举所出，然《列子》、《山海经》、《逸周书》等，皆显而可验"之句可推知，《博物志》中将大量相同类型的文献节编为一体，也是其书综括多方知识而成的一种体现；从"显而有验"还可见出其中的内容能够直接或间接发现出处，或直接转引，或改编删节乃至摹写而成，其间的风物人情亦多为作者抄撷前籍而来。其书卷二"异国"条，专门记载外国风土：

> 夷海内西北有轩辕国，在穷山之际，其不寿者八百岁。渚沃之野，鸾自舞，民食凤卵，饮甘露。
>
> 君子国，人衣冠带剑，使两虎，民衣野丝，好礼让，不争。土千里，多薰华之草。民多疾风气，故人不番息，好让，故为君子国。④

文中即为解释其国名字的由来与风物人情。这种对民俗风情的记录，究其目的，乃在博物。还如《拾遗记》卷五"祈沦之国"：

> 天汉二年，渠搜国之西，有祈沦之国。其俗淳和，人寿三百岁。有寿木之林，一树千寻，日月为之隐蔽。若经憩此木下，皆不死不病。或有泛海越山来会其国，归怀其叶者，则终身不老。其国人缀草毛为绳，

---

① 李剑国：《唐前志怪小说史》，北京：人民文学出版社，2011年，第323页。
② 李剑国：《唐前志怪小说史》，北京：人民文学出版社，2011年，第315页.
③ 〔清〕黄丕烈辑：《士礼居黄氏丛书》，扬州：广陵书社，2010年，第794页。
④ 〔晋〕张华撰，范宁校证：《博物志校证》，北京：中华书局，2014年，第21页。

结网为衣，似今之罗纨也。至元狩六年，渠搜国献网衣一袭。帝焚于九达之道，恐后人征求，以物奢费，烧之，烟如金石之气。①

文中记载祈沦国人的寿命、风土物产等内容，并且与汉武帝相联系。这种以汉为中心的书写，同样体现着博物的内容。

魏晋笔记中关于各种逸闻异事的记载亦颇多，这类记录多接续史籍内容，按照相同的题材、笔法等继续叙述，体现出史传的特色。我们可对比《拾遗记》卷五与《汉书》卷九十七《外戚传》中关于汉武帝的记录，见出这种倾向：

> 汉武帝思怀往者李夫人，不可复得。时始穿昆灵之池，泛翔禽之舟。立自造歌曲，使女伶歌之。时日已西倾，凉风激水，女伶歌声甚道，因赋《落叶哀蝉》之曲曰："罗袂兮无声，玉墀兮尘生。虚房冷而寂寞，落叶依于重扃。望彼美之女兮安得，感余心之未宁！"②

> 上思念李夫人不已，方士齐人少翁言能致其神。乃夜张灯烛，设帷帐，陈酒肉，而令上居他帐，遥望见好女如李夫人之貌，还幄坐而步。又不得就视，上愈益相思悲感，为作诗曰："是邪，非邪？立而望之，偏何姗姗其来迟！"令乐府诸音家弦歌之。上又自为作赋，以伤悼夫人，其辞曰："美连娟以修嫮兮，命樔绝而不长，饰新宫以延贮兮，泯不归乎故乡。"③

两相比较，二者行文、内容方面甚为相似。笔记中，接续史籍，只是稍微变更人物、场景，或稍微变换时间、地点，进而继续叙述故事，这是笔记中较为常用的一种手法。如《拾遗记》卷五中还写道：

> 汉兴，继六国之遗弊，天子思于圣德。是以黔黎嗟秦亡之晚，恨汉来之迟。高祖肇基帝业，恢张区宇。孝惠务宽刑辟，以成无为之治，德侔三王，教通四海。至于武帝，世载愈光，省方巡岳，标元崇号，闻礼乐

---

① 〔晋〕王嘉撰，〔梁〕萧绮录，齐治平校注：《拾遗记》，北京：中华书局，1981年，第123页。
② 〔晋〕王嘉撰，〔梁〕萧绮录，齐治平校注：《拾遗记》，北京：中华书局，1981年，第115—116页。
③ 〔汉〕班固撰：《汉书》卷九十七《外戚传》，北京：中华书局，2007年，第987页。

以恢风，广文义以饰俗，改律历而建封禅，祀百神以招群瑞。虽"钦明"茂于《唐书》，"文思"称于《虞典》，岂尚兹焉。①

从上文所叙内容来看，《拾遗记》对汉代持完全肯定的态度，虽说最终的叙述目的是武帝求仙的诸种行为，但从其文中亦可见出补遗史籍的初衷。还如葛洪在《西京杂记》的自跋中写道：

> 洪家世有刘子骏《汉书》一百卷，无首尾题目，但以甲乙丙丁纪其卷数。先父传之。歆欲撰《汉书》，编录汉事，未得缔构而亡，故书无宗本，止杂记而已，失前后之次，无事类之辨。后好事者以意次第之，始甲终癸为十帙，帙十卷，合为百卷。洪家具有其书，试以此记考校班固所作，殆是全取刘书，有小异同耳。并固所不取，不过二万许言。今抄出为二卷，名曰《西京杂记》，以裨《汉书》之阙。尔后洪家遭火，书籍都尽，此两卷在洪巾箱中，常以自随，故得犹在。刘歆所记，世人希有，纵复有者，多不备足。见其首尾参错，前后倒乱，亦不知何书，罕能全录。恐年代稍久，歆所撰遂没，并洪家此书二卷不知出所，故序之云尔。②

关于《西京杂记》的成书年代与作者，历来怀疑者甚多③，但陈直以"二重证据法"证明书中往往有合乎历史的东西，认为"非向壁所能虚造"④。跋文中即指出其书为刘子骏所撰《汉书》遗珠，揭示出其虽为小说家言，事实上包含着相当的历史成分，这种内容上对于《汉书》的继承实则表明其文的史书特色。

魏晋笔记不仅在内容上未能完全脱离史籍，在形式上亦然。《晋书》卷八十二《干宝传》载："（干宝）撰集古今神祇灵异人物变化，名为搜神记，凡三十卷。以示刘惔，惔曰：'卿可谓鬼之董狐。'"⑤刘惔之言，粗看是赞誉干

---

① 〔晋〕王嘉撰，〔梁〕萧绮录，齐治平校注：《拾遗记》，北京：中华书局，1981 年，第 124—125 页。
② 〔晋〕葛洪撰，周天游校注：《西京杂记》，西安：三秦出版社，2006 年，第 275 页。
③ 自宋代晁公武、陈振孙即有质疑。参〔晋〕葛洪撰，周天游校注：《西京杂记·附录》，西安：三秦出版社，2006 年，第 275—282 页。
④ 陈直：《汉书新证》，天津：天津人民出版社，1979 年，第 5 页。
⑤ 〔唐〕房玄龄等撰：《晋书》卷八十二《干宝传》，北京：中华书局，1974 年，第 2150 页。

宝，实则讥讽干宝以董狐之笔法，写微眇难求的鬼神之事①，刘恢的这种态度还可与《晋书》中言干宝"博采异同，遂混虚实"互参证明。这其中反映出初唐时人对干宝志怪书写的不认同态度。

　　干宝《搜神记》的创作缘起，是"明神道之不诬"，言下之意，是在人道之外，又明神道。而其所述又是"今之所集，设有承于前载者，则非余之罪也。若使采访近世之事，苟有虚错，愿与先贤前儒分其讥谤"②，其载记乃是依时代顺序排列措置，更是与史书相类。我们可对比笔中的《妖怪篇》与《汉书》卷二十七《五行志》中的相关记载：

> 　　妖怪者，盖是精气之依物者也。气乱于中，物变于外，形神气质，表里之用也。本于五行，通于五事。虽消息升降，化动万端，然其休咎之征，皆可得域而论矣。③
>
> 　　经曰："羞用五事。五事：一曰貌，二曰言，三曰视，四曰听，五曰思。貌曰恭，言曰从，视曰明，听曰聪，思曰睿。恭作肃，从作艾，明作哲，聪作谋，睿作圣。休征：曰肃，时雨若；艾，时阳若；哲，时奥若；谋，时寒若；圣，时风若。咎征：曰狂，恒雨若；僭，恒阳若；舒，恒奥若；急，恒寒若；霿，恒风若。"
>
> 　　传曰："貌之不恭，是谓不肃，厥咎狂，厥罚恒雨，厥极恶。时则有服妖，时则有龟孽，时则有鸡祸，时则有下体生上之疴，时则有青眚青祥。唯金沴水（木）。"④
>
> 　　传曰："视之不明，是谓不哲，厥咎舒，厥罚恒奥，厥极疾。时则有草妖，时则有蠃虫之孽，时则有羊祸，时则有目疴，时则有赤眚赤祥。惟水沴火。"⑤

---

① 持这种观点的有小南一郎、李剑国等。分别参〔日〕小南一郎：《干宝〈搜神记〉的编纂》，《东方学报》第六十九册，1997 年 3 月；李剑国：《〈新辑搜神记〉前言》，〔晋〕干宝、〔宋〕陶潜撰，李剑国辑校：《新辑搜神记·新辑搜神后记》，北京：中华书局，2007 年，第 46 页。

② 〔唐〕房玄龄等撰：《晋书》卷八十二《干宝传》，北京：中华书局，1974 年，第 2150—2151 页。

③ 〔晋〕干宝、〔宋〕陶潜撰，李剑国辑校：《新辑搜神记·新辑搜神后记》，北京：中华书局，2007 年，第 165 页。

④ 〔汉〕班固撰：《汉书》卷二十七《五行志》，北京：中华书局，2007 年，第 227 页。

⑤ 〔汉〕班固撰：《汉书》卷二十七《五行志》，北京：中华书局，2007 年，第 242 页。

对比两书关于"五事"的内容记载，从《搜神记》结构及其内容来看，干宝此语，完全是本于《汉书·五行志》中"五事"所现妖祥灾异结构而来的。从中可以看出，张华、干宝等的叙述模式，均是在历史记述的结构模式上完成的。

综上，魏晋笔记是在历史和现实的交织下得以演变与发展的。一方面，魏晋乱世，社会剧烈变化，儒学式微，思想解放，为志怪笔记摆脱儒学的束缚提供了机会。另一方面，民生痛苦，各种宗教思想传播，人们沉醉于形而上的哲学论辩，寄情玄学，崇尚清谈，立言不朽深入人心，为志人笔记的兴起提供了机遇。考察笔记对史籍的摹写，以及直接引用史籍入文的情况，其对史学的依存仍可见一斑，可以说，此期笔记更应被视作史学的余绪，而非独立的文学形式。

二、唐代笔记的创作特征

唐代时笔记文献大为勃兴。从笔记的创作实践来看，唐代笔记的发展大致可分为三个阶段。第一阶段是隋至初盛唐时期，以代宗大历年间（766—779）为界。这一时期志怪创作大体延续齐梁志怪传统，未脱"释氏辅教之书"的窠臼，如萧瑀的《般若经灵验》、唐临的《冥报记》、赵自勤的《定命录》等。值得注意的是句道兴的《搜神记》为敦煌出土遗书之一种，与干宝之作同名，间亦有相同内容者，系选辑前代作品而加衍饰而成，语言通俗，文字粗疏，程毅中认为"大概是说话人摘抄的资料"[1]。牛肃的《纪闻》多述怪异，其中的《吴保安》，取材实事，叙写详赡，实属传奇体。志人类则有侯白的《启颜录》、张鷟的《朝野佥载》、刘餗的《隋唐嘉话》、崔令钦的《教坊记》等。第二阶段自德宗建中年间至僖宗干符末年（780—879）。这一时期笔记的创作较之前活跃。志人类笔记或记载特定时期朝野逸事，如李德裕的《次柳氏旧闻》、郑处晦的《明皇杂录》、李肇的《国史补》；或如范摅的《云溪友议》侧重记载某一题材的故事。志怪类则有段成式《酉阳杂俎》、张读《宣室志》等作品。第三阶段为唐末五代时期（880—960），呈现两大鲜明倾向，一是逸事在晚唐五代朝政日非的情况下，追怀往昔，曲折表现对现实的态度；一是专一题材作品的涌现，或为科举题材，或专注于诗歌故事、文人逸事，或集中写妓

---

[1] 程毅中：《唐代小说史话》，北京：文化艺术出版社，1990年，第76页。

女命运,如王定保的《唐摭言》、孟棨的《本事诗》、孙棨的《北里志》等。

唐代笔记作者在创作过程中,仍坚守魏晋南北朝时期"发名神道之不诬"的创作观①,笔记作品一方面出于文学本身的惯性,仍保持着传统笔记的风貌;另一方面,在唐代城市经济繁荣、文化多元、科举制度确立等特定的社会环境下,笔记在内容的选择与艺术性方面进一步发展,又呈现出新的面貌特征。

在唐代士人修史情结的影响下,杂史类笔记大量涌现。唐代统治者非常重视史学的作用,史学修撰者享有甚高的荣誉和地位,士人均以居史官而为荣。《隋唐嘉话》即言:"薛元超曰吾富贵过分,然平生有三恨,不以进士擢第,不得娶五姓女,不得修国史。"②这折射出唐代士子以参修国史为荣的风尚。但唐代严禁私人撰写国史,《封氏闻见记》中即记载:"天宝初,协律郎郑虔采集异闻,著书八十余卷。人有窃窥其草稿告虔私修国史,虔闻而遽焚之。由是贬谪十余年,方从调选。"③郑虔因私撰国史,虽销毁而仍被贬十余年,由是可观唐人对私撰国史的禁忌。

盖既不能私撰纪传、编年类正史,则以笔记来补国史之阙,亦可聊寄修史之意愿。李肇于《国史补》前言中写道,"予自开元至长庆撰《国史补》,虑史氏或阙则补之意,续传记而有不为"④,作者补史的创作情结显而易见。《大唐新语》作者刘肃以为其创作是:"圣唐御宇,载几二百,声明文物,至化玄风,卓尔于百王,辉映于前古,肃不揆庸浅,辄为纂述。备书微婉,恐贻床屋之尤;全采风谣,惧招流俗之说。今起自国初,迄于大历。事关政教,言涉文词,道可师模,志将存古,勒成十三卷,题曰《大唐新语》。"⑤这是刘肃创作《大唐新语》的原因,由此足见笔记补史、存古的创作目的。即使在多夹杂志怪内容的《开天传信记》中,作者亦在自序中言:"余何为者也?累忝台郎,思勤坟典,用自修励。窃以国朝故事,莫盛于开元、天宝之际,服膺简

---

① 〔晋〕干宝、陶潜撰,曹光甫、王根林校点:《搜神记·搜神后记》,上海:上海古籍出版社,2012年,第15页。
② 〔唐〕刘悚:《隋唐嘉话》,程国赋编著:《隋唐五代小说研究资料》,上海:上海古籍出版社,2005年,第104页。
③ 〔唐〕封演撰,赵贞信校注:《封氏闻见记校注》,北京:中华书局,2005年,第94页。
④ 〔唐〕李肇:《唐国史补》,上海古籍出版社编:《唐五代笔记小说大观》,上海:上海古籍出版社,2000年,第158页。
⑤ 〔唐〕刘肃:《大唐新语》,上海古籍出版社编:《唐五代笔记小说大观》,上海:上海古籍出版社,2000年,第209页。

策,管窥王业,参于闻听,或有阙焉。承平之盛,不可殒坠。辄因簿领之暇,搜求遗逸,传于必信,名曰《开天传信记》。"①可见作者创作时补史遗、传于信的理念。再如《东观奏记》所谓"谨采宣宗朝耳目闻睹,撰成三卷。非编年之史,未敢闻于县官,且奏记于监国史晋国公,藏之于阁,以备讨论"②,表明撰述是为编修国史取材。这一典型案例充分说明唐代杂史类笔记补国史之所阙,以求成为将来撰史之材料的撰述目的。

　　不少唐代笔记中,撰者借议论表达自己对各种事件、社会现象的观点,又体现出史论的特征,这一撰述特征反映了唐人对笔记社会功用的认识。"安史之乱"后,史学界出现了"言理道者众"的局面,"人们再次找到《春秋》作为治世安邦的思想武器,企图通过'寓褒贬'来治心,借'治心'以求得'治世'"③。在这种史学思维的影响下,史学惩戒、垂训的功用得到张扬。受这一思维的影响,笔记中出现了大量论史的文字。周中孚在《郑堂读书记》中,指出《灌畦暇语》"凡三十二条,皆列旧文于前,而后称老圃以论之。其出言皆有微意,雅近黄老宗旨,而持论尚不诡于正"④。此即指出了该书鲜明的史论色彩。《唐阙史》就存留了撰者高彦休以"参寥子曰"发起的议论,达十多条。如"参寥子曰:'枭鸣鼠舞,不常为灾。大人君子,遇之而吉'"⑤,这一议论代表着唐人对民间禁忌的认识。《荥阳公清俭》记荥阳公郑瀚俭以养德的故事,文后论曰:"参寥子:传不云乎? 俭,德之恭也;侈,恶之大也。公所执如此,宜乎子孙昌衍,光辅累朝矣。"⑥作者通过褒扬郑瀚的清俭之德以示劝诫的目的是显然的,这就赋予了笔记言理论道的史学功能。再如《金华子》论高骈之事,言曰:"高燕公骈,云南之功,闻于四海。晚节妖乱,嗤笑婢子之口。呜呼! 怒邻不义,幸灾不仁,亡不旋踵,己则甚之。虽自取也,然若

---

①〔唐〕郑綮:《开天传信记》,上海古籍出版社编:《唐五代笔记小说大观》,上海:上海古籍出版社,2000 年,第 1222 页。

②〔唐〕郑处诲、裴廷裕撰:《明皇杂录·东观奏记》,北京:中华书局,1994 年,第 83 页。

③ 吴怀祺主编,白云著:《中国史学思想通论·历史编纂学思想卷》,福州:福建人民出版社,2011 年,第 211 页。

④〔清〕周中孚:《郑堂读书记》,程国赋编著:《隋唐五代小说研究资料》,上海:上海古籍出版社,2005 年,第 295 页。

⑤〔唐〕高彦休:《唐阙史》,上海古籍出版社编:《唐五代笔记小说大观》,上海:上海古籍出版社,2000 年,第 1330 页。

⑥〔唐〕高彦休:《唐阙史》,上海古籍出版社编:《唐五代笔记小说大观》,上海:上海古籍出版社,2000 年,第 1330 页。

有天道,岂不足以垂戒乎?"①议论中体现了作者借议论以垂诫的创作初衷。《大唐新语》的作者刘肃言"立身者以学为先,必因文而辅教"②,其中就突出了文学创作的教化、经世意味。而刘肃复言所取之事皆"道可师范","事关政教"③,实可视为史学创作的求实态度。李肇的《国史补》言"辨疑惑,示劝诫",高彦休的《唐阙史》言"可以为夸尚者、资谈笑者、垂训诫者,惜乎不书于方册,辄从而记之"④。

　　士人们关注社会政治,谈论朝政与仕途成为风气。中晚唐时期,国运衰败,社会矛盾激化,追怀往昔、反思历史,笔记中的政治主题与朝野逸事题材大为增加。如《明皇杂录》《东观奏记》直系帝王,而"管窥王业,参与闻听,或有阙焉"⑤,既据听闻而采,自有巷谈之论。如《大唐新语》记贞观君臣逸事曰:"张玄素为侍御史,弹乐蟠令叱奴骘盗官粮。太宗大怒,特令处斩。中书舍人张文瓘执据律不当死。太宗曰:'仓粮事重,不斩恐犯者众。'魏征进曰:'陛下设法,与天下共之。今若改张,人将法外畏罪。且复有重于此者,何以加之?'骘遂免死。"⑥通过这段逸事足以见出贞观之世君臣励志,各司其职,奋进有为的政治气象。《唐阙史》记文宗面对宦官掣肘,自谓不如周赧、汉献,尝自曰:"朕自以为不及也。周赧、汉献,受制于强诸侯,今朕受制于家臣,固以为不及也。"⑦

　　唐代笔记材料的来源主要是作者的见闻与个人经历,倾心于对身边事情的关注和记述,如对关乎科举的话题,《唐国史补》记举子取得解状,言

---

① 〔五代〕刘崇远:《金华子》,上海古籍出版社编:《唐五代笔记小说大观》,上海:上海古籍出版社,2000年,第1757页。

② 〔唐〕刘肃:《大唐新语》,上海古籍出版社编:《唐五代笔记小说大观》,上海:上海古籍出版社,2000年,第338页。

③ 〔唐〕刘肃:《大唐新语》,上海古籍出版社编:《唐五代笔记小说大观》,上海:上海古籍出版社,2000年,第209页。

④ 〔唐〕高彦休:《唐阙史》,上海古籍出版社编:《唐五代笔记小说大观》,上海:上海古籍出版社,2000年,第1327页。

⑤ 〔唐〕郑綮:《开天传信记》,上海古籍出版社编:《唐五代笔记小说大观》,上海:上海古籍出版社,2000年,第1222页。

⑥ 〔唐〕刘肃:《大唐新语》,上海古籍出版社编:《唐五代笔记小说大观》,上海:上海古籍出版社,2000年,第243页。

⑦ 〔唐〕高彦休:《唐阙史》,上海古籍出版社编:《唐五代笔记小说大观》,上海:上海古籍出版社,2000年,第1334页。

"外府不试而贡者,谓之拔解"①,反映出唐代后期有举子不经过县试、州试就能取得解状；《因话录》记载举子为考试做准备,记进士陈存能言"将试前夕,宿宗人家,宗人为具,入试食物,兼备晨食,请存偃息以候时"②；《剧谈录》"韦颛枭鸣"条记举子韦颛等待发榜的心情,曰"夜分归于所止,拥炉而坐,愁叹无已……俄而禁鼓忽鸣,榜到。颛已登第"③。《封氏闻见记》考证的内容涵盖政治、人物、风俗等。政治史方面,考证唐代投匦制的来源,其文曰："初,则天欲通知天下之事,有鱼保宗者,颇机巧,上书请置匦,以受四方之书,则天悦而从之。徐敬业于广业陵作逆,保宗曾与敬业造刀车之属。至是为人所发,伏诛。保宗父承昑自御史中丞坐贬义州司马。"④从中可见出武则天时期告发风气的盛行。人物史方面,该书卷九、卷十专录唐人逸事,"推让"条记高利之事,文曰："高利自濠州改为楚州。时江淮米贵,职田每得粳米,直数千贯。准例,替人五月五日已前到者,得职田。利欲以让前人,发濠州,所在故为淹泊。候过限数日,然后到州。士子称焉。"⑤在褒扬高利谦让品性的同时,也为后人研究唐人薪俸的交割提供了宝贵的资料。孙棨《北里志》所记乃举子在京狎妓之事,据日本学者斋藤茂考证,作者即是身在其中的年轻举子⑥,该书序中亦言："予频随计吏,久寓京华,时亦偷游其中。"⑦其"玉团儿"条,还载了作者自己与歌妓王福娘的交往：福娘题诗寄意,愿从孙棨离开平康里,然孙棨却以"但非举子所宜"拒之⑧。这些内容实质上有自传的色彩。再如康骈的《剧谈录》中亦言："骈咸通中始随乡赋,以薄伎贡于春官,爰及窃名,殆将一纪。其间退黜羁寓,旅乎秦甸

① 〔唐〕李肇:《唐国史补》,上海古籍出版社编:《唐五代笔记小说大观》,上海:上海古籍出版社,2000年,第195页。

② 〔唐〕赵璘:《因话录》,上海古籍出版社编:《唐五代笔记小说大观》,上海:上海古籍出版社,2000年,第874页。

③ 〔唐〕康骈:《剧谈录》,上海古籍出版社编:《唐五代笔记小说大观》,上海:上海古籍出版社,2000年,第1490页。

④ 〔唐〕封演撰,赵贞信校注:《封氏闻见记校注》,北京:中华书局,2005年,第32页。

⑤ 〔唐〕封演撰,赵贞信校注:《封氏闻见记校注》,北京:中华书局,2005年,第87页。

⑥ 〔日〕斋藤茂:《关于〈北里志〉——唐代文学与妓馆》,《唐代文学研究》1992年第3辑。

⑦ 〔唐〕孙棨:《北里志》,上海古籍出版社编:《唐五代笔记小说大观》,上海:上海古籍出版社,2000年,第1403页。

⑧ 〔唐〕孙棨:《北里志》,上海古籍出版社编:《唐五代笔记小说大观》,上海:上海古籍出版社,2000年,第1411页。

洛师，新见异闻，常思纪述。或得史官残事，聚于竹素之间。"①作者为应举奔波近十年，其间羁旅于途，朝听暮闻，诉诸笔端。如此等等，见出唐代笔记对时代社会话题的关注，这些笔记的材料来源多为据见闻甚至自身经历，平民化色彩明显。

综上，唐代笔记或模仿原有形式，或受当时世风文风影响而有所变化，向专与杂两个方向发展，形成这一时期笔记形式上的多样性；内容涉及政治事件、典章制度、文化风俗、人物逸事等诸多方面，创作上呈现出杂录、杂记的特点。琐语类笔记的大量涌现，促进了唐代笔记创作的平民化，修史情结下笔记的史论特征明显，笔记以文为史的倾向仍相当明显。刘叶秋曾言："我们可以说唐代是笔记的成熟期，一方面使小说故事类的笔记增加了文学成分，一方面使历史琐闻类的笔记增加了事实成分，另一方面又使考据辨证类的笔记走上了独立发展的路途。这三种笔记的类型，从此就大致稳定下来。"②他在叙述唐代笔记整体发展时还指出："唐代笔记，继承魏晋南北朝的传统，而扩大其范围，演志怪为传奇，变轶事为杂录；不仅传奇小说，出于文人的'作意好奇'，有心著述，蔚为一代特绝之作；即历史琐语类的笔记，也复多种多样，内容丰富，文采可观；加上当时已开述时事谈掌故的风气，故考据辨证类的笔记，较前亦稍多。在这三种笔记中，都有足资采择以补史乘之缺的可贵资料。"③这充分肯定了唐代笔记较之以往在文笔上与种类上的巨大发展。

---

① 〔唐〕康骈：《剧谈录》，上海古籍出版社编：《唐五代笔记小说大观》，上海：上海古籍出版社，2000年，第1455页。
② 刘叶秋：《历代笔记概述》，北京：北京出版社，2011年，第91页。
③ 刘叶秋：《历代笔记概述》，北京：北京出版社，2011年，第43页。

第二章 传承与创变:宋代笔记的发展分化

宋人对前代笔记的继承,并不是惯性的延续,而是在总结前人创作的基础上推陈出新,笔记作品呈现出鲜明的时代特征。北宋笔记的发展,离不开"古文运动",以欧阳修为代表的士大夫,主张文质并重,在创作上提倡平易的文风,在此思潮的影响下,北宋士大夫开始注意笔记的文体性质,不再以"道听途说"看待笔记,笔记的思想性、抒情性显著增强。靖康之变对于南宋笔记发展影响较深。由于特殊的时代背景,中兴时期的笔记创作普遍较为质朴,笔记的闲适特征格外受到重视。宋代笔记创作的新变,在根本上是宋代文化近世化、世俗化、平民化的反映。

第一节 宋代文化的近世化特征

宋代文化的变迁,学界多称之为唐宋文化转型。1922 年,内藤湖南首先打破"唐宋""元明清"的通用语,提出"唐和宋在文化的性质上有显著差异,唐代是中世的结束,而宋代则是近世的开始"的命题①。其后,傅乐成 1972 年发表《唐型文化和宋型文化》一文,首先使用了"唐型文化""宋型文化"的概念,并阐述了两者的文化差异,文中指出:"大体说来,唐代文化以接受外来文化为主,其文化精神及动态是复杂而进取的","到宋,各派思想主流如佛、道、儒诸家,已趋融合,渐成一统之局,遂有民族本位文化的理学的产生,其文化精神及动态亦转趋单纯与收敛"②。陈寅恪在论及宋代学术时同样指出:"吾国近年之学术,如考古历史文艺及思想史等,以世局激荡及

---

① 刘俊文主编,黄约瑟译:《日本学者研究中国史论著选译》第 1 卷,北京:中华书局,1992 年,第 10 页。又,内藤湖南《中国史通论》认为:"史学上所说的近世,并不只是以年代来划分的,必须看它是否具备近世的内涵。……在中国,具有那样内涵的近世,当起于宋代以后,而至宋代为止,是从中世走向近世的过渡期。"参〔日〕内藤湖南著,夏应元等译:《中国史通论》,北京:社会科学文献出版社,2004 年,第 323 页。

② 见王水照主编:《宋代文学通论》,开封:河南大学出版社,1997 年,第 2 页。

外缘薰习之故,咸有显著之变迁。将来所止之境,今固未敢断论。惟可一言蔽之曰,宋代学术之复兴,或新宋学之建立是已。"①这里不仅指出了宋代学术之繁荣,更是指出其变古前人,创立新学的历史地位。陈邦瞻在《宋史纪事本末叙》中也说道:"宇宙风气,其变之大者有三:鸿荒一变而为唐、虞,以至于周,七国为极;再变而为汉,以至于唐,五季为极;宋其三变,而吾未睹其极也。变未极则治不得不相为因,今国家之制,民间之俗,官司之所行,儒者之所守,有一不与宋近者乎? 非慕宋而乐趋之,而势固然已。"②诸多学者所论,均道出了宋代文化的近世化指向。

后来学者于此论述渐臻细密。冯天瑜等认为唐型文化"相对开放、相对外倾、色调热烈",宋型文化"相对封闭、相对内倾、色调淡雅"③。钱穆指出:"宋以下,始是纯粹的平民社会……白衣秀才拔地而起,更无古代封建贵族及门第传统的遗存。故就宋代而言之,政治经济、社会人生,较之前代莫不有变。"④更有学者还将北宋、南宋也区别开来,如刘子健认为,现代历史学家常常忽略两宋的差异,而更重视唐宋之际的巨大分野,即古代中国和晚近中国的巨大分野,而实际上,南宋初期发生了重要的转型,这一转型不仅使南宋呈现出与北宋迥然不同的面貌,而且塑造了此后若干世纪中中国的形象⑤。雷海宗在《断代问题与中国历史的分期》一文中,也充分肯定了南宋对本体文化进行整理清算的历史地位。他认为,中国历史可以东晋太元八年、前秦建元十九年(383)为界分作两大周,前一周的中华文化是纯粹的华夏民族所创造的,后一周的中国文化在血统上则不再是单纯的华夏族的古典中国文化了,而是胡汉混合,梵华同化的一个综合的中国融合文化了⑥。当然这种变革不可能就是以公元960年赵宋开国为界截然地划开的,文学史、文化史表明这种变革实际上从中唐已见端倪。陈寅恪即认为:"综括言之,唐代之史可分为前后两期,前期结束南北朝相承继之旧局面,

---

① 陈寅恪:《金明馆丛稿二编》,上海:上海古籍出版社,1980年,第245页。
② 〔明〕陈邦瞻撰:《宋史纪事本末》,北京:中华书局,2018年,第1180页。
③ 冯天瑜等:《中华文化史》,上海:上海人民出版社,1990年,第4页。
④ 钱穆:《理学与艺术》,中华丛书编审委员会编:《宋史研究集》第7辑,台北:台湾书局,1974年,第2页。
⑤ 〔美〕刘子健著,赵冬梅译:《中国转向内在:两宋之际的文化内向》,南京:江苏人民出版社,2002年,第4—5页。
⑥ 雷海宗:《断代问题与中国历史的分期》,《社会科学》1936年第1期。

后期开启赵宋以降之新局面，关于政治社会经济者如此，关于学术文化者莫不如此。"①

可见，近百年来，人们已经确凿无疑地认识到了唐宋文化的差异，在唐与宋之间发现或认识到了一条文化或文明的代沟的存在，而且代沟之深，不仅是两代之间的代沟，而是中国中古与近世的代沟。对此，下文将从四个方面具体分析这种文化变化的表现情形。

一、士民阶层的变化

宋代文化的转型，首先通过士民阶层的突出变化而强烈地表现出来。

宋代相对中唐以前社会发生的显著变化，在于门阀贵族的没落和科举出身的官僚阶层的崛起，以及士绅阶层的膨胀。钱穆即指出："宋、明两代，中国社会上，始终不再有贵族，不再有特殊阶级。"宋代只有韩、吕两大姓，但也不好说他们是贵族，"其他著名人物，都是道地的从平民社会出身"。汉唐"还是有变相的贵族之存在，须到宋以后，连变相的贵族也根本没有了"②。经过安史之乱，特别是晚唐五代剧烈的纷扰局面之后，世家大族势力逐渐式微，不再是政治和社会的主角，而让位于出身社会中下层的地主甚至平民阶层。五代时期社会的主要倾向，"与其说是新阶级的勃兴，不如说是旧势力彻底破坏更为适当。当宋统一天下时，唐代的军阀贵族差不多已一扫而光，再无残余"③。这种社会主流阶层的大变动，促进了社会文化的大变革。

平民阶层之所以能跻身社会上层，重要的一点原因就是科举制度的影响。科举虽盛行于唐，但它真正对社会政治文化产生举足轻重的影响还在宋代。宋代科举为中下层人士进身打开了方便之门，并由此对社会政治文化产生了巨大的影响。科举取士的规模空前绝后，"据统计，北宋一代共开科六十九次，取正奏名进士一万九千二百八十一人，诸科一万六千三百三十一人，合为三万五千一十二人，如加上特奏名及史料缺载者，总共取士六

---

① 陈寅恪：《论韩愈》，周康燮主编：《韩愈研究论丛》，香港：大东图书公司，1978年，第9页。

② 钱穆：《国史新论》，北京：生活·读书·新知三联书店，2001年，第363页。

③ 〔日〕宫崎市定：《东洋的近世》，刘俊文主编、黄约瑟译：《日本学者研究中国史论著选译》第1卷，北京：中华书局，1992年，第189页。

万一千人,平均年三百六十人"①,"约为唐代 5 倍,约为元代的 30 倍,约为明代的 4 倍,约为清代的 34 倍"②。而且宋代科举取士不问家世:"向者登科名级,多为势家所取,致塞孤寒之路,甚无谓也。今朕躬亲临试,以可否进退,尽革畴昔之弊矣。"③大量出身寒门的人士得以跻身官场,并成为文官政府和文坛的核心。据统计,《宋史》中北宋部分有传的 1533 人中,布衣入仕者占 55.12%;一品至三品官员中,布衣出身者北宋末占 64.44%;宋代宰辅中,布衣出身者达 53.3%④。而在中低品级的官员中,布衣出身者当占有更大的比例。

与此同时,宋朝君主优待士人的举动为文人拥有优越的社会境遇提供了很好的条件,"艺祖皇帝用天下之士人,以易武臣之任事者,故本朝以儒立国,而儒道之振,独优于前代"⑤。宋太祖甚至特置"贤良方正能直言极谏"科,并立誓不杀大臣,成为士大夫文人积极参政的政治保证⑥。太宗也曾谆谆告诫天下士人:"尔等各负志业,效官之外,更励精文采,无坠前功也。"⑦陈锋在《北宋武将群体与相关问题研究》一书中谈道:"纵观北宋历史,崇文抑武是一种极其突出的社会政治现象,提倡、推行和贯彻者,非一朝一帝,也非一时一地的权宜之计,自始至终,并未间断,系中央王朝所采用的具有纲领性质的治国方略。"⑧在这种右文政策的推动下,文士的政治地位与社会地位得到提升,士子的淑世热情得到极大的刺激与释放。

不仅大量士人通过科举进入权力中心,数量更为庞大的处于社会上层与下层之间的士人群体同样发挥着不可忽视的作用。尽管宋代科举录取人数比唐代有了显著提高,但相对数十万的学子而言仍是微乎其微,必然有相当数量的人才被挡在科举仕途之外,从而形成一个中间士人阶层,他们处在国家和民众之间,保持着与官场、文坛不即不离,又与民众若即若离

① 张希清:《北宋贡举登科人数考》,袁行霈主编:《国学研究》第 2 卷,北京:北京大学出版社,1994年,第 425 页。
② 张希清:《论宋代科举取士之多与冗官问题》,《北京大学学报(哲学社会科学版)》1987 年第 5 期。
③ 〔宋〕李焘撰:《续资治通鉴长编》,北京:中华书局,2004 年,第 336 页。
④ 参陈义彦:《从布衣入仕情形分析北宋布衣阶层的社会流动》,《思与言》1971 年第 4 期。
⑤ 〔元〕脱脱等撰:《宋史》,北京:中华书局,1977 年,第 12940 页。
⑥ 白钢主编:《中国政治制度史》,天津:天津人民出版社,2002 年,第 577 页。
⑦ 〔元〕脱脱等撰:《宋史》,北京:中华书局,1977 年,第 3608 页。
⑧ 陈锋:《北宋武将群体与相关问题研究》,北京:中华书局,2004 年,第 253 页。

的态势。这个群体在南宋更为突出,如江湖诗派,实际就是这种状态下的诗人群体,还有与民间说唱艺术密切相关的书会才人,也应是从这一群体中分离出来的。他们虽然不居于政治和文学的领袖地位,但由于人数众多,并且具有基础性、边缘性和群众性的特征,他们与之俱来的民间风俗、民间宗教、世俗气质、平民精神都因之渗透进社会主流的层面,从而深刻地影响着一代之文化,并决定着唐宋文化转型期贵族特色的最终淡去和平民色彩的日益加重。

其实,自魏晋以来,士阶层本身也发生了深刻的变化。包弼德就曾指出,"士的身份随时代而变化。在 7 世纪,士是家世显赫的高门大族所左右的精英群体;在 10 和 11 世纪,士是官僚;最后,在南宋,士是为数更多而家世却不太显赫的地方精英家族,这些家族输送了官僚和科举考试的应试者"①,"作为一个描述社会成分的术语,'士'在唐代的多数时间里可以被译为'世家大族',在北宋可以译为'文官家族',在南宋时期可以译为'地方精英'"②。士的身份和角色的变迁实际上是时代文化变迁的反映,其从世家大族向文官家族和地方精英的转变,正是整个社会和文化由贵族式向平民化转变的内在根据。苏辙即曰:"凡今农工商贾之家,未有不舍其旧而为士者也。"③这充分说明了宋代士人阶层与基层社会及基层文化的密切关系,如此巨大规模的阶级变动,必然会在整体上推动社会与文化的变迁。

二、文艺风尚的世俗之乐

肯定生活世界,追求世俗之乐,是宋代文化的主导倾向之一。

一般认为,宋人重理节情。其实,这或许是受到了以往对于理学片面认识的影响,事实上,所谓道学之拘谨,在宋代大部分时间里对于士大夫乃至民众均未产生较大影响。王水照即指出,"宋代士人群体并不缺乏'感情'和'个性',只是在特定的背景和条件下采取了一种变形的方式"④。翻阅宋人文集,"总感到一股扑面而来的自在、平和、明快、愉适的情调"⑤,

---

① 〔美〕包弼德著,刘宁译:《斯文:唐宋思想的转型》,南京:江苏人民出版社,2001 年,第 4 页。
② 〔美〕包弼德著,刘宁译:《斯文:唐宋思想的转型》,南京:江苏人民出版社,2001 年,第 37 页。
③ 〔宋〕苏辙著,曾枣庄、马德富校点:《栾城集》,上海:上海古籍出版社,2009 年,第 465 页。
④ 王水照主编:《宋代文学通论》,开封:河南大学出版社,1997 年,第 24 页。
⑤ 程杰:《北宋诗文革新研究》,呼和浩特:内蒙古教育出版社,2000 年,第 316 页。

"乐"的主题充斥着其中。梅尧臣《览翠亭记》、欧阳修《丰乐亭记》《醉翁亭记》、王安石《石门亭记》《寄题众乐亭》、苏轼《喜雨亭记》、苏辙《快哉亭记》等文章中无不洋溢着乐的意趣。苏轼说:"凡物皆有可观。苟有可观,皆有可乐,非必怪奇玮丽者也。餔糟啜漓皆可以醉,果蔬草木皆可以饱。推此类也,吾安往而不乐。"①又说:"胸中廓然无一物,即天壤之内,山川草木虫鱼之类,皆是供吾家乐事也。"②又说:"玩物之变,以自娱。"③宋人这种"乐"的个性,表明了他们对生活的热爱,以及乐观轻松的生活态度,形上层面的言外之意或象外之思似乎不大为他们所关注,他们更多的是沉浸在俗世生活的欢乐之中。程杰对此说:"这是充实的儒者情怀赋予乐观主题的美感新意。"④

　　宋人的这种"乐趣"具有鲜明的时代性,与以往文人的诙谐大为不同,程杰就曾指出两者的区别:"(以往文人的诙谐)一直附属于徘优滑稽系统,被视作后者影响下的产物。只有到了宋代,文人的诙谐才被视作自主的表现。对于诙谐的价值也不仅仅从徘言谲谏的'载道'之义上去加以提高,而是欣赏其'微言解颐'的趣味性,并把它化作为淡化人生苦难意识、摆脱'物我'对立尴尬处境的有效手段。"⑤由此折射出在他们的撰述中,更侧重于写实风格和生活内容。唐以前的文学艺术,大体说,可分贵族艺术和宗教艺术两大类⑥,而宋代则在题材和风格上都表现出平民化、世俗化的显著倾向。宋人笔记中所表现出来的娱乐性和世俗性,正与宋人这种精神以及轻松快活的社会风气密切相关。

三、"以俗为雅"的雅俗观念变迁

　　宋代的平民倾向甚为显著,雅俗文化传统之间出现了不同于以往时代的新现象。

　　晚唐五代礼崩乐坏,颠覆了自魏晋以来的与贵族制度相联系的雅文化

---

① 〔宋〕苏轼撰,孔凡礼点校:《苏轼文集》,北京:中华书局,1986年,第351页。
② 〔宋〕苏轼撰,孔凡礼点校:《苏轼文集》,北京:中华书局,1986年,第1832页。
③ 〔宋〕苏轼撰,孔凡礼点校:《苏轼文集》,北京:中华书局,1986年,第1615页。
④ 程杰:《北宋诗文革新研究》,呼和浩特:内蒙古教育出版社,2000年,第316页。
⑤ 程杰:《北宋诗文革新研究》,呼和浩特:内蒙古教育出版社,2000年,第326—327页。
⑥ 参钱穆:《中国文化传统之演进》,钱穆:《中国文化史导论》,北京:商务印书馆,1994年,第246—247页。

传统,中国社会日益向平民社会转变,村上哲见说,宋人的雅俗观与六朝及唐人颇不一样,六朝及唐之所谓"雅"乃与士族阶层的门第家世观念相联系,所谓"雅俗"殆同"士庶",是含有严格的阶层等级意义的。而宋人之"雅"则"被理解为纯粹个人人格状态的含义",是作为一种人格或审美的形态。"应该说雅俗认识是在魏晋六朝之际形成并确定下来的,是与'文人'这种中国所特有的一类人的形成相对应的。但是,所谓文人,六朝时期与后代的赵宋相比有着相当的不同,首当其冲的区别应归结为作为这类人观念基石的'雅俗认识'的不同",因为"经过唐五代时期,六朝式的贵族社会完全崩溃消失了,与六朝时期的贵族式文人不同,宋代的官僚文人已经摆脱了家世的制约"①。可以说,宋人的"雅"并没有脱离生活,往往与"俗"相共存,但又不是"俗",是来自于"俗"的一种向上层次的精神指向,他们所言的"雅",是升华过的"俗"。

宋人这种"以俗为雅"的雅俗观念使宋代文学的雅俗界限表现出了相当的模糊性,以雅为宗的同时又表现出雅俗结合的变化。王水照对此论述道:"忌俗尚雅是宋代士人雅俗观念的核心,但它已不同于前辈士人那种远离现实生活的高蹈绝尘之心境。他们的审美追求不仅仅停留在精神性的理想人格的崇奉和内心世界的探索上,而同时进入世俗生活的体验和官能感受的追求,提高和丰富生活的质量和内容。也就是说,在'雅'、'俗'之间,并非只有非此即彼的单一选择,而是打通雅俗、圆融二谛,才是最终的审美目标。因而,从宋代五类文体而言,固然可以大致区分为雅、俗两类文学,并可看出由雅而俗的历史动向;然而在文人文学的诗词文三体中,却又各自呈现出'以俗为雅'、俗中求雅、亦俗亦雅乃至大俗大雅的倾向。"②其实,宋代文学中雅俗界限的模糊性,宋人对此也有洞察。秦观在《逆旅集》序文中即已指出:

> 余闲居,有所闻辄书记之,既盈编轴,因次为若干卷,题曰《逆旅集》。盖以其智愚好丑,无所不存,彼皆随至随往,适相遇于一时,竟亦不能久其留也。或曰:"吾闻君子言欲纯事,书欲纯理,详于志常而略

① 〔日〕村上哲见:《雅俗考》,全国高校古籍整理研究工作委员会《中国典籍与文化》编辑部编:《中国典籍与文化论丛》第4辑,北京:中华书局,1997年,第440页。

② 王水照主编:《宋代文学通论》,开封:河南大学出版社,1997年,第52页。

于纪异。今子所集，虽有先王之余论，周孔之遗言，而浮屠、老子、卜医、梦幻、神仙、鬼物之说，猥杂于其间，是否莫之分也，信诞莫之质也，常者不加详，而异者不加略也，无乃与所谓君子之书言者异乎？"余笑之曰："鸟栖不择山林，唯其木而已。鱼游不择江湖，唯其水而已。彼计事而处，简物而言，窃窃然去彼取此者，缙绅先生之事也。仆野人也，拥肿是师，懒怠是习，仰不知雅言之可爱，俯不知俗论之可卑，偶有所闻，则随而记之耳，又安知其纯与驳邪！然观今世人，谓其言是则矍然改容，谓其言信则适然以喜，而终身未尝信也，则又安知彼之纯不为驳，而吾之驳不为纯乎？且万物历历，同归一隙，众言喧喧，归于一源。吾方与之沉，与之浮，欲有取舍而不可得，何暇是否信诞之择哉！子往矣。"客去遂以为序。①

序言中，作者的看法既显示了在当时文人中的雅俗互动现象，又反映了其突破士大夫崇雅为独尊的观念。美国学者艾朗诺（Ronald C. Egan）对此论述道："这篇序中存在许多离经叛道的思想，公然反对社会固有的对于知识、学问、等级等的正统观念。当'客'以正统观念来质疑秦观时，他立刻予以回击，申明自己的看法，他承认自己反传统，甚至还要颠覆传统。"②对以道为文的传统观念，宋人已表示了明显的不满。南宋末年周密的《浩然斋雅谈》中也论道："宋之文治虽盛，然诸老率崇性理、卑艺文。朱氏主程而抑苏，吕氏《文鉴》去取多朱意，故文字多遗落者，极可惜。水心叶氏云：'洛学兴而文字坏。'至哉言乎！"③周密等人对理学影响造成的文弊已有清醒认识，明确地对理学家的观念加以猛烈批判。不少文人与理学渐疏，主张"借俗写雅"，"化俗为雅"，表现出对俗文艺的认同。伴随文学观念、雅俗崇尚的变化，历来被认为不登大雅之堂的个体的日常琐事，由此成了宋人笔记的主要题材和内容。

---

① 周义敢、程自信、周雷编注：《秦观集编年校注》，北京：人民文学出版社，2001 年，第 529—530 页。
② 〔美〕艾朗诺著、杜斐然、刘鹏、潘玉涛译：《美的焦虑——北宋士大夫的审美思想与追求》，上海：上海古籍出版社，2013 年，第 351 页。
③ 〔宋〕周密：《浩然斋雅谈》，朱易安、傅璇琮等主编：《全宋笔记》第 8 编第 1 册，郑州：大象出版社，2017 年，第 146 页。

四、文人结盟风气的兴盛

文人尚统结盟并蔚然成风,是宋代文坛独具特色的现象之一。

宋代几乎每个历史时期都出现了引领风尚的文坛盟主。北宋时期,王禹偁、杨亿、晏殊、寇准、欧阳修、苏轼、黄庭坚等在政治和文坛中都具有重要地位与极高影响,不计其数的文人聚集在他们周围。南宋时期,四明文人的领袖人物史浩、汪大猷声望极高,众多文人亦聚集在他们的周围。余英时曾指出,"春秋战国之世为吾国士之第一次自觉,故各家弟子皆推尊其师,而儒家为尤甚,此观《孟子·公孙丑上》所引宰我、子贡、有若诸人称道孔子之语可知,其后宋代复是士大夫自觉之时代"①。诚然,相比于前朝,宋代文人更热衷于聚集同道,谋求以群体的形式实现自身的价值。宋人集会结社、唱和酬答等文事活动特别发达,正是宋代文人这种生活方式的一种反映。王水照即指出,"经常性的游宦、频密的贬谪以及以文酒诗会为中心的文人间交往过从,就成为宋代作家们的主要生存方式了"②。

文人的结盟风气促进了宋代文事活动的发达,对笔记的发展亦具有深远影响。他们往往以交游、畅谈、文酒诗会的形式展开文学活动和创作,不少记载和书写文人逸闻趣事的笔记就与之密切相关。欧阳修作《归田录》,是"欧门"的代表;苏轼作《东坡志林》,是"苏门"的代表;苏辙有《龙川略志》;苏门六君子中,张耒有《明道杂志》,陈师道有《后山谈丛》,李廌有《师友谈记》。还如孔平仲、赵令畤、王巩、朱彧等也与苏轼兄弟相交往,他们亦各自都撰述有笔记作品。这正可证实,从"欧门"到"苏门",确实有一条文学创作的传承脉络,这一传承影响了散文的创作领域,也影响了笔记的发展。

由唐到宋,由于经历了中唐至宋初较长时期的社会变动,宋人阶级观念和文化精神已发生明显的变化,传统的带有贵族色彩的雅文化已被在世俗文化基础上重铸的带有平民色彩的雅文化所替代,宋代文化不再为皇家或贵族阶级所垄断,而是接近并兼容于生活世界,主要以新兴的士绅阶层

---

① 余英时:《士与中国文化》,上海:上海人民出版社,2003年,第260页。
② 详细论述见王水照《北宋洛阳文人集团的构成》《嘉祐二年贡举事件的文学史意义》《"欧门"的形成与人才网络的特点》等相关文章。参王水照:《王水照自选集》,上海:上海教育出版社,2000年。

为载体,并向全体社会辐射。宋代是中国近世文化的开端,而宋代笔记也下开元明清笔记之新局面。这种新变不仅关联笔记自身的发展,也关涉到两宋文化之间的变革,笔记新变中体现了文化的转型。宋代文化的变革促进了笔记对社会、风俗、文化、伦常日用、民情风习和宗教信仰等的关注。

第二节　北宋笔记的分化与变革

目前,学界关于宋代笔记的分期与发展的研究成果尚不多见,仅见张晖的北宋、南北宋之交、南宋三个分期之说[①],以及李银珍的北宋前期、北宋中叶、南渡前后、中兴时期和南宋末期五个分期之说[②]。前者以三个分期的标准,论述了笔记的外部结构形式、作者身份、内容等方面的不同,稍显粗略而难以涵盖宋代丰富多变的笔记创作。后者按时间顺序,在文本的解读过程中探讨了笔记文体在宋代的发展、变化过程,细碎化的分期中,未曾揭示笔记的价值内涵与所体现的文化意蕴,这势必影响我们对宋代笔记更加深入的理解与认识。鉴于文化发展的南北两宋的时段差异性以及笔记文本发展的渐进性,本节结合当时社会的文化特征,在文本解读的过程中考察笔记这一文体在宋代的发展、变化过程,揭示笔记所体现的时代文化与价值内涵。

一、宋初笔记的存史新倾向

晚唐五代补史笔记的兴盛是笔记发展史上的重要转折,开启了笔记发展的新方向,宋初笔记在继承中晚唐笔记创作的基础上又有新变。在官方编修前代史的提倡和带动下,宋初出现了许多有关前代史事与逸事的笔记著作,一定程度上抑制了笔记的志怪内容,开启了宋代笔记纪实的新气象。这一时期笔记从大的方面可以分成唐、五代十国的政事笔记与唐、五代十国的逸闻笔记。其中,政事笔记的形式近于私家编撰的野史,其创作秉承比较严谨的态度,叙述前代的朝廷史事、典章制度;逸闻笔记以政事以外的各种琐事为主要内容,大多有关前代人物的奇闻逸事或地方风俗人情。

整体而言,从笔记本身的发展来看,宋初笔记在志怪之外另辟蹊径,笔记

---

① 参张晖:《宋代笔记研究》,武汉:华中师范大学出版社,1993年。
② 参〔韩〕李银珍:《宋代笔记研究》,复旦大学 2016 年博士学位论文。

的存史性得以提升。它们有的体制颇类史书，实非小说家之流。如《北梦琐言》鉴于唐僖宗时代以后秘籍散亡，为使一代遗闻逸事得以保存，以及出于"非但垂之空言，亦欲因事劝戒"，"庶勉后进子孙，俾希仰前事"的目的①，对当时的典籍与唐末五代的史料极为重视，于典章制度、文人遭遇、门阀问题、朝野遗闻、僧道逸事，以及文章与杂记等各方面均有记述，为后人编纂史书和研究唐末五代政治、社会及人物，提供了重要的依据。《稽神录》书中所记虽多为灵异神怪之事，但馆臣亦认为"铉书说鬼，率诞漫不经，淑书所记，则《周礼》所谓'怪民'，《史记》所谓'方士'，前史往往见之，尚为事之所有。其中如'耿先生'之类，马令、陆游二《南唐书》皆采取之，则亦未尽凿空也"②，概括其书内容的同时，对其史料价值也做了一定的肯定。还如《江南野史》全书由三十五人的传记组成，书中首先列南唐三代皇帝，卷三后附宜春王从谦事。自卷四始记载南唐旧臣事，凡三十二人。此外，还简单记载了潘阆、夏宝松、颜谢、陈颖、邵拙、刘素、韩熙载、欧阳观、丘旭、唐仁杰等人，保存了许多与正史或其他载籍不同的史事，为一部记录南唐史事的纪传体史书。

有的则记录烦琐，感情色彩较浓。如《广卓异记》中的异闻杂录，有些现在看来颇为荒诞不经，而在当时乐史却是抱着严肃的心态记录下来的，作者认为阅读这类"累代簪缨、盖世功业"之事，对读者"不无所益……乃见贤思齐之道也"③，强化了作品的教化劝诫作用。徐铉《稽神录》"皆记神怪之事"，其内容虽多"志怪"，甚至已经过作者有意无意地修改或者渲染夸大，但仔细考察后会发现，作者记录的多是其生活时代人们所关注、流传的人与事，史上可考之人亦很多，而许多人和事往往又是正史所没有记载的。鲁迅说"《稽神录》……其文平实简率，既失六朝志怪之古质，复无唐人传奇之缠绵，当宋之初，志怪又欲以'可信'见长，而此道于是不复振也"④，作者选取的材料不仅反映了作者的思想倾向，还反映出古代笔记的发展。林辰在《神怪小说史》中对此有这样的评价："《稽神录》是笔记体神怪小说由唐

①　〔宋〕孙光宪：《北梦琐言》，朱易安、傅璇琮等主编：《全宋笔记》第1编第1册，郑州：大象出版社，2003年，第14页。

②　〔清〕永瑢等：《四库全书总目提要》，《万有文库》第27册，上海：商务印书馆，1931年，第85页。

③　〔宋〕乐史：《广卓异记》，朱易安、傅璇琮等主编：《全宋笔记》第1编第3册，郑州：大象出版社，2003年，第12页。

④　鲁迅：《中国小说史略》，北京：人民文学出版社，2006年，第103页。

入宋具有转折性(或称划时代性亦可)的一部重要的小说集——它以接近白话的朴素、浅近文言,开创了笔记体小说的新文风;它以纪实的特点使神怪小说向着贴近世情的方向发展。"①郑文宝《南唐近事》主要记载了南唐烈祖、元宗两朝故事,堪称逸闻琐事。晁公武称此书"记李氏三主四十年间杂事"②。陈振孙也认为《南唐近事》"泛记杂事,实小说传记之类耳"③。书中所记虽多属传闻逸事,但仍是我们研究南唐社会生活的宝贵史料。

有的直接表达出对官方修订史书的不满,如郑文宝因认为徐铉奉诏所修的《江南史》"事多遗落,无年可编"而另作《江表志》④。乐史认为唐李翱《卓异记》"事多漏落,未为广博",故撰《续卓异记》三卷,补唐朝之事。后因"又续汉魏以降,至于五代史。窃见圣贤卓异之事,不下唐时之人,即未闻有纂集者",故又将"自汉魏以降,至于周世宗,并唐之人,总为一集,名曰《广卓异记》"⑤。

有的通过对前朝史事的记载,寄托物换星移,作者随之发出"千世之下,而士之多感激者,必将潸然于叟斯言"的感叹⑥。孙光宪、郑文宝等人有意识地延续唐人笔记体的创作传统,在他们看来,笔记可以记载史实,承载个人道德认知,大部分作品都是在存史的自觉性支配下完成的。

这些笔记所记人物上至皇帝权臣,下至贩夫走卒、三教九流,可算是当时社会生活的生动写照。而书中所记多以真人真事为基本素材,所记人物有很多是史上可考者。如《江淮异人录》,为了突出说明其真实性,往往在文中标明"某某亲见"的字眼。《北梦琐言》每条所述事迹,记录中都言得自某人所说,以示其所出有据。林辰说:"与唐代小说家相比,宋代小说家更喜欢鬼魅题材。但宋代传奇体鬼魅小说,与唐人的偏重于人鬼情爱不同,走进了以鬼事而展现人情世态的新阶段,即以荒诞的鬼事揭示现实的社会

---

① 林辰:《神怪小说史》,杭州:浙江古籍出版社,1998年,第252—253页。
② 〔宋〕晁公武撰,孙猛校证:《郡斋读书志校证》,上海:上海古籍出版社,2011年,第281页。
③ 〔宋〕陈振孙撰:《直斋书录解题》,上海:上海古籍出版社,1987年,第136页。
④ 〔宋〕郑文宝:《江表志》,朱易安、傅璇琮等主编:《全宋笔记》第1编第2册,郑州:大象出版社,2003年,第259页。
⑤ 〔宋〕乐史:《广卓异记》,朱易安、傅璇琮等主编:《全宋笔记》第1编第3册,郑州:大象出版社,2003年,第12页。
⑥ 〔宋〕史□:《钓矶立谈》,朱易安、傅璇琮等主编:《全宋笔记》第1编第4册,郑州:大象出版社,2003年,第220页。

人生。"①这指出了宋代笔记的独特贡献和价值所在。在这方面,此期笔记虽不能说有开创之功,但不能否认它们对有宋一代笔记的影响。宋人笔记更多地形成了讲求信实、质直少文的内容和艺术特色。正是宋初笔记的这些特点,为人们提供了一个别具特色的了解当时人们生活状况的视角,宋初江南文士的创作开启了笔记内涵拓展的序幕。

二、"古文运动"与北宋中期笔记创作基调的转变

如果说宋初笔记的创作,仍是在中唐补史笔记的基础上的记录逸闻,尚存志怪传统,仁宗朝之后,笔记创作则步入繁荣发展的阶段,欧阳修、司马光、苏轼、苏辙等人的笔记,无论内涵还是形式,皆呈一代文学之新风范。透过笔记创作的繁荣,我们会发现古文运动的理论主张实则为笔记的发展提供了契机,"文道并重"的古文理念既增强了笔记的思想性和文学性,也使笔记的文体观念得以丰富起来。

文、道关系自古是文学的重要话题。韩、柳倡导的古文运动,就形式而言,是一场反对六朝以来浮靡空洞的骈文文体的文风改革,究其实质,则如韩愈所言:"愈之为古文,岂独取其句读不类于今者邪? 思古人而不得见,学古道则欲兼通其辞。通其辞者,本志乎古道者也。"②明确提出"文以明道"的理论口号,以"道"充实文的内容,以"文"来为现实政治服务。韩愈、柳宗元不仅创作了大量饱含政治激情的古文,而且以自己在文坛的巨大影响力,聚集了张籍、李翱、李汉、樊宗师、皇甫湜等一批古文作者。但唐代的古文运动主要师法先秦两汉古文,"非三代两汉之书不敢观,非圣人之志不敢存"③,难免表现出泥古倾向。而且,晚唐五代直至宋初,骈文再度流行。北宋初期,以杨亿、刘筠为代表所形成的"西昆体"流行,更使骈俪之风席卷文坛④。"西昆体"长期主导文坛并影响文人的创作,逐渐无法适应社会发展的需求,所谓"宋兴且百年,而文章体裁,犹仍五季余习,锼刻骈偶,淟涊弗振,士因陋守旧,论卑气弱。苏舜元、舜钦、柳开、穆修辈,咸有意作而张

---

① 林辰:《神怪小说史》,杭州:浙江古籍出版社,1998 年,第 215 页。

② 〔唐〕韩愈著,钱仲联、马茂元校点:《韩愈全集》,上海:上海古籍出版社,1997 年,第 225 页。

③ 〔唐〕韩愈著,钱仲联、马茂元校点:《韩愈全集》,上海:上海古籍出版社,1997 年,第 177 页。

④ 诚如欧阳修所言:"杨大年与钱、刘数公唱和。自《西昆集》出,时人争效之,诗体一变。"〔宋〕欧阳修:《六一诗话》,〔清〕何文焕辑:《历代诗话》,北京:中华书局,1981 年,第 270 页。

之,而力不足"①。欧阳修有感于文坛这种积弱不振的状况,在前辈勉力开拓的成果上,勇毅前行,在继承韩愈道统与文统的基础上,追求平易流畅的散文风格,更进一步提出"道",大大缩短了文学和人与现实生活之间的心理距离。欧阳修在《答吴充秀才书》一文中强调"道"必须和实际生活中的"百事"相联系,言道崇尚平实,言文力求平易,"道胜者文不难而自至",反对"弃百事不关心"的倾向②,并进一步提出"圣人之言,在人情不远"的思想③。正是因为欧阳修注重文学与现实生活的关系,突出了文学中主要的情感联系和交流,使得文学情感不再因为社会功能或文体本身的限制而有所强制,奠定了当时独特的散文风格。

　　欧阳修等士大夫对文、道关系的梳理,有益于笔记文体地位的提升。笔记文体源远流长,然其发展并非一帆风顺,阻碍笔记发展的,主要是笔记的文体地位问题。北宋古文的倡导者,并没有因"小道"而贬抑笔记文体。如唐人仅以"偏记小说"的眼光看笔记,而欧阳修赞太史公"善叙",司马光将"长编考异"法应用到笔记中,此皆反映出宋代士大夫文、史观念的融通。欧阳修等人倡导诗文革新,着力革除不合儒道的思想以及怪诞艰涩的文风④,对于著述与文章的形式选择并无偏见。北宋士大夫关心的是文章的内容,正所谓"于教化治道"之作,皆"可谓文"⑤。笔记明道义,通致用,可以抒情言志,自然受到士大夫的青睐,在新型文道关系中,笔记的记事功能受到重视,文体属性得到重新定位。

　　伴随古文运动的深入,在王安石改革期间,笔记呈现出不同于宋初的发展态势,出现了一种新的气象。著名官员与文人开始参与这一形式的创作⑥。并且,记录的目的是为了"备闲居之览"。其写作视界,上自宫廷,下至街头小贩,笔记的范围扩大到了日常都市生活的方方面面,包括当时的

① 〔宋〕欧阳修著,李逸安点校:《欧阳修全集》附录《宋史本传》,北京:中华书局,2001年,第2650页。
② 〔宋〕欧阳修著,李逸安点校:《欧阳修全集》,北京:中华书局,2001年,第664页。
③ 〔宋〕欧阳修著,李逸安点校:《欧阳修全集》,北京:中华书局,2001年,第1015页。
④ 何寄澎:《北宋的古文运动》,上海:上海古籍出版社,2011年,第30页。
⑤ 原文详见〔宋〕李清臣:《欧阳文忠公谥议》,〔宋〕欧阳修著,李逸安点校:《欧阳修全集》附录卷一,北京:中华书局,2001年,第2622页。
⑥ 据张晖统计,北宋笔记作者是官员的占总数的75%,其中仅中央六部尚书以上的官员就有9人;笔记作者是进士的占总数的55%。参张晖:《宋代笔记研究》,武汉:华中师范大学出版社,1993年,第47—48页。

各种事件、自己的经历，以及对那些吸引自己、无法理解之事的思考。记录的仅仅是平凡常事，没有教化意图，充满世俗的而非超自然的好奇，或者仅仅是新奇有趣而已，笔记的基调转向日常、当下、个人方面，笔记的形式逐渐趋于多样化。李上交（约 1056 年在世）在其《近事会元》序言中即指出："儒家者流，诚资博洽；天下之事，故有本原。苟道听之未详，则宾围而奚解？实繁广记，以避无稽。尝谓经籍之渊，颇易探讨；耳目之接，或难周知。上交以退寓钟陵，静寻近史，及诸小说杂记之类，起唐武德而下，尽周显德之前，撷细务之所因，庶闲谈之引据。"①在这里，作者理直气壮地称自己的材料是"小说杂记"，强调它的娱乐消遣功能，明确指出了道听途说资料的重要性。此后，秦观在自己笔记的序言中，甚至还进而直言不讳地大胆声称这些受到精英士人轻视的非正统、非正式、"无用"的事件，本身即具有独特的价值，这充分说明了士人对于笔记的新兴趣。笔记的记录内容转向日常、当下生活由宋初的萌芽转而在这时候逐渐蓬勃起来，呈现了自身独特的风貌。

北宋初期，文人关注唐五代故事，但仁宗以后，文人开始偏重于记录当时的朝野故事。这一时期笔记，大部分是作者记叙所亲见、亲历、亲闻的内容。司马光《涑水记闻》详细记载了从北宋太祖到神宗时的国家大事、朝廷要闻，其中还包括能窥见北宋宫闱秘事的内容。《渑水燕谈录》所记大都是北宋开国之间至哲宗绍圣年间的北宋杂事。其序云："……今且老矣，仕不出乎州县，身不脱乎饥寒，不得与闻朝廷之论、史官所书，闲接贤士大夫谭议有可取者，辄记之，久而得三百六十余事，私编之为十卷，蓄之中囊，以为南亩北窗、倚杖鼓腹之资，且用消阻志，遣余年耳。"②身处地方，远离朝政，不能直接参与政治，由此取地方贤士大夫"议有可取者"记之。也有的笔记议论到当时存在的党争与私下的个人恩怨。如朱彧父亲属于新党人士，其《萍洲可谈》记述关于北宋党争的事迹时，多偏向于新党的角度。司马光是王安石变法时旧党的代表人物，《涑水记闻》中有很多篇幅记载王安石变法的史事，对王安石及新党的人物多所贬抑，对自己的支持者却是多所赞誉。

---

① 〔宋〕李上交：《近事会元》，朱易安、傅璇琮等主编：《全宋笔记》第 1 编第 4 册，郑州：大象出版社，2003 年，第 138 页。

② 〔宋〕王辟之：《渑水燕谈录》，朱易安、傅璇琮等主编：《全宋笔记》第 2 编第 4 册，郑州：大象出版社，2006 年，第 5 页。

这些笔记关注社会现实问题,内容大多是历史上的事件或人物评价,典章制度的考察以及王朝废兴,积极表露自己的政治态度。相对魏晋时笔记偏重于"杂载人事"、记录民俗和考证名物制度,宋代笔记更加系统地对事件本末,以及事件中的人物有所记载,写作中透露出强烈的"补史劝诚"的意图,态度严肃,笔记也相应地呈现出实录性、自觉性,有意识地表达观点、保存历史资料的特点。因此,这一时期的笔记与前代笔记相比,不仅具有更加全面、生动、仔细的记述性,而且蕴含着现实性,带着很强的政治目的性。

三、北宋中后期笔记的多元化发展

"文道并重"的古文理念拓展了笔记的内涵。北宋中后期笔记,记录内容更为丰富,与现实生活结合得更为紧密,笔记思想呈现出多元化的发展趋势,形式逐渐趋于多样化,众体兼备。除了沿袭前代笔记中的历史琐闻、小说故事等传统类型之外,主要发展了文艺类笔记与私密性笔记,前者主要叙述关于诗歌、书法、名画的意见与鉴赏,后者主要记录自己在日常生活中的小事。此外,这一时期的学术笔记,其涉及范围更为广泛,趋向于专业化、专门化。虽则这一时期的笔记分化只是初步的阶段,但后代各种各样笔记形式的繁荣都是从这一时期开始的。美国汉学家艾朗诺教授就指出笔记的身份"有点模棱两可,不能算是纯粹的文学作品,但我们不妨将之视为是一种由文人记录的文化现象,而且它关注日常,关注下层人民。欧阳修的《归田录》是一个转折,在他之前,宋代笔记记载的多数是宫廷、官员的稗史、轶事,还有部分志怪的内容。但在他之后,笔记的题材、范围大大扩展了,叙事的格调也变得轻松诙谐"①。

其一,文艺类笔记。记录了关于文学或艺术作品的欣赏与评论。宋前笔记也有少量有关评论诗文的内容,如《世说新语》中专列"文学"一门,已有论诗赋的片段。但宋代此类笔记由于受到诗话、词话之类著作的影响,记录文学或艺术作品欣赏与评论的内容大大增加,或仅记载诗歌的原文,或记录有关诗作与诗人的逸事,或叙述对诗文的欣赏与评论,蕴含着丰富的文学思想。如吴处厚《青箱杂记》多记五代至北宋年间朝野杂事,书中所记王禹偁、魏野、李淑、陈尧佐、陈亚、韩琦、王安国、曹翰等人诗词,多为其

---

① 季进:《另一种声音——海外汉学访谈录》,上海:复旦大学出版社,2011年,第29页。

他书籍所未载。赵令畤《侯鲭录》有名物的考证，有布露、短启、墓志等文体起源的考察，也有俗语、方言、习俗的记载，书中亦有许多关于唐、五代以及宋代文人的诗词文作品和逸闻趣事的记载，尤其是当时文人的各种逸事、诗坛趣闻、诗词之作等，内容博杂。张耒《明道杂志》多记当时见闻及朝野文人逸事，涉及司马光、王安石、苏轼、晁补之、黄庭坚、沈括等文学家，或评论唐朝的诗文与当时人诗歌的短长，或研讨诗歌的技巧，并录有不少时人作品。还有的叙述了有关艺术品的欣赏与评论，如米芾的《画史》记载收藏、品鉴古画以及作者对绘画的偏好、鉴别真伪、考订谬误、审美情趣、创作心得、风格特点等内容，是一部对前人画家、画作进行品评与鉴赏的著录性质的著作。

其二，私密性笔记。宋代之前，笔记的内容偏重于历史琐闻或各种逸事。但到北宋中叶，一方面如前所述，出现了大量记录时政的笔记，一方面也开始出现脱离朝政或历史领域，转而关注个体日常生活的笔记作品。笔记中，作者自由地表露自己的感情，记录生活上的各种小事，如苏轼《东坡志林》所载为作者自元丰至元符年间二十年中之耳闻目睹的各种杂事，内容广泛，无所不谈。其文章长短不拘，或达千言，或只数语，而以短小为多。其《仇池笔记》的内容风格也类似《东坡志林》，内容涉及当代人物逸事、个人生活记录，大抵兴到即写，自成妙绪。当然在此之前的笔记里，也有收录作者私人之事的内容，但只是片段的记录，直至苏轼，才开始在一部作品里大量言及私密性的内容。

其三，学术笔记。学术笔记并非创始于宋代，如先秦时的《山海经》就已专注于山川形胜和风土物产，汉代扬雄《方言》、应劭《风俗通》，晋人崔豹《古今注》，唐代李匡义《资暇集》、封演《封氏闻见记》等，其内容对此均有所偏重，性质也多属考据辨证；还有一大批围绕经史子集阐释的，或注、或疏、或传一类的读书笔记，实际上也属于学术笔记一类。但宋代的学术笔记，随着学术兴盛而出现高潮，其内容涉及经史子集，考辨万事万物，趋向于专业化、专门化。如杨彦龄的《杨公笔录》、王钦臣的《王氏谈录》、沈括的《梦溪笔谈》等。

要之，宋初笔记由对晚唐五代补史笔记发扬开来，笔记的纪实功能由此得以增强。仁宗之后，以欧阳修为代表的文人掀起古文运动高潮，以"文道并重"的文艺观拓展了笔记的内涵空间，笔记的文体功能得以扩展，笔记的文体属性得以凸显。北宋中后期,苏轼、苏辙以及苏门弟子的笔记,趋向笔记的文学性和文化趣味。北宋笔记的成就,体现在笔记史料意味的浓厚与内涵的丰富两方面。宋代笔记作者常记叙自己的亲历亲闻,并有意识地注明出处,说明来源自哪里,从谁那里听闻,这种落实的记载,使得叙事过程中"小说"色彩减淡而"史料"意味浓厚。不仅《涑水记闻》这类由史学家撰写、据说是专门为写作《资治通鉴后纪》做准备的笔记注有出处,连《江邻几杂志》《甲申杂记》这类内容驳杂的笔记,也都有较多或亲历,或有出处的记载:

> 谢师直说:北都李昭亮相,为宠嬖三夫人作水陆道场,嬴州店叟张三郎处主位,李之祖父在宾位,焚香拜跪,不胜其劳。①

> 朝请大夫潘适为渭州通判,时泾原帅吕大忠被召问边事……既死,上犹问执政曰:"大防因何至虔州?"后请归葬,独得旨归。盖哲宗柬在深矣。呜呼!帝王之度,非浅识可窥也。潘过高邮,语余如此。②

出处的注明,不仅有助于后代史家考证,更多的时候在于一种写作方式、态度的变化,即对现实性的关注增强,并且注重材料与笔记自身的连接。

就内涵方面而言,笔记的性质在史的基础上多了文的一面,笔记的文学性显著增强。大部分笔记以记录宋代社会生活为主,关注当世所发生的事,关注周遭人事变迁,关注内心感受。北宋中后期笔记的发展与分化,表明士大夫不再用正统史传挤压笔记的生存空间,笔记可有多种叙事方式,"记录"成为笔记的"正当"需求,而笔记的"文"亦担负起诠释心境的使命,笔记的文体功能得以拓展。文体功能与文体属性的变化,奠定了北宋笔记的历史地位。

第三节　南宋笔记的发展与新变

爱国主题与理学思想是推动南宋笔记演进的重要动力。经历了亡国

---

① 〔宋〕江休复:《江邻几杂志》,朱易安、傅璇琮等主编:《全宋笔记》第 1 编第 5 册,郑州:大象出版社,2003 年,第 154 页。

② 〔宋〕王巩:《甲申杂记》,朱易安、傅璇琮等主编:《全宋笔记》第 2 编第 6 册,郑州:大象出版社,2006 年,第 45—46 页。

之恨的士大夫，在严峻的民族危机面前，忧患意识凸显。亡国记忆、历史反思成为笔记的主要表现对象。随着政治局面的逐渐稳定，思想学术渐趋繁荣，到了孝宗后期，以朱熹为代表的理学家，重视实学与实务，激昂的爱国情绪开始沉淀，闲暇与存史意识在笔记创作中弥漫开来。

一、南渡前后笔记的爱国主题

北宋末和南宋初是政局动荡的历史时期，民间起义不断，北方金国蓬勃兴起。公元 1125 年，金国大举出兵侵宋，次年金军再次攻打北宋，靖康二年(1127)四月抢掠徽、钦二帝及大量财物，北宋后宫和大量官民女眷被抵押给金国，史称"靖康之变"。南宋初期的笔记作者，多数在政治上主张积极抗金，反对求和投降。他们大多按时间顺序，记载自己目睹的历史现场，反思历史，与前代笔记相比，不仅笔记的数量大为增加，而且内容更加丰富。笔记的转变主要体现在内容与思想上，多反映两宋之际的战乱。

其一，笔记中的亡国记忆。这些记述大都逐日记录，甚至准确到"时"，细节丰富，令人如身临其境。有的记金军围汴京之事：石茂良《避戎夜话》记靖康元年闰十一月三日至次年正月东京的陷落过程；丁特起《〈靖康纪闻〉附拾遗》记靖康元年十一月至次年五月间金军围汴京之事，并分析汴京失守、北宋亡国之因；《悲喜记》为围城中人记丧乱本末；秦湛《回天录》记吕好问围城中事。另夏少曾《朝野佥言》、汪藻《围城杂记》、方冠《金人犯阙记》、佚名《汴都记》均属此列。有的记"靖康之变"：旧题辛弃疾《南烬纪闻录》主要记载金灭北宋及其押送徽、钦二帝和二后北迁之事；韦承《瓮中人语》记事从政和元年李良嗣归宋至靖康二年金掳徽、钦二帝北迁。另李纲《靖康传信录》、朱邦基《靖康录》、沈良《靖康遗录》、佚名《靖康皇族记》、吴敏《吴丞相手录》、佚名《靖康别录》、佚名《靖康小录》、佚名《靖康后录》、佚名《靖康要盟录》、孙伟《靖康野史》、佚名《靖康总载》、何烈《靖康拾遗录》(《靖康小史》)、佚名《痛愤录》、佚名《靖康京城事实》、佚名《祸胎记》、佚名《靖康野录》、范仲熊《北纪》等亦属此列。还有的记徽、钦二帝北狩囚禁生活：旧题辛弃疾《窃愤录》与《窃愤续录》记载徽、钦二帝北迁生活及惨死北国之事；佚名《呻吟语》记载靖康二年至绍兴十二年徽、钦二帝北迁及被囚北国之事；王若冲《北狩行录》记北迁后徽宗一行的日常生活。另曹勋《北狩见闻录》、佚名《北狩蒙尘录》、佚名《靖康蒙尘录》、旧题辛弃疾《南渡录》、佚名《北狩野史》、旧题辛弃疾《宋徽钦二帝赴燕京北行纪略》亦属此列。这些记录者以亲历者的身份和视角留下了一份亡国大难的实录，对亡国的惨痛历史记忆加以强化、重申，对南宋人来说其实是一种情感的激发和动员。

其二，追忆前朝往事，反思历史，寄黍离之悲。在亡国惨祸的刺激下，南宋朝野沉痛反思历史，追究亡国之祸的根源。高宗时期，朝野基本达成一种共识，将北宋亡国的根源追究至王安石变法，彻底为元祐旧党翻案，也全面否定了哲宗、徽宗的"绍述之政"。这不但促进了私修本朝史的繁盛，相关的历史笔记也层出不穷，多聚焦于与北宋国运密切相关的变法和党争。邵雍之子邵伯温在仍处于战乱之中的建炎、绍兴初年撰成《邵氏闻见录》，"于王安石新法始末以及一时同异之论，载之尤详。其论洛、蜀、朔党相攻，授小人以间，引程子之言，以为变法由于激成，皆平心之论"①。朱弁身经靖康之难，于建炎元年(1127)奉使金国，被扣十七载，留金期间作《曲洧旧闻》，"于王安石之变法、蔡京之绍述，分朋角立之故，言之尤详。盖意在申明北宋一代兴衰治乱之由，深于史事有补，实非小说家流也"②。陈长方《步里客谈》"所记多嘉祐以来名臣言行，而于熙宁、元丰之间邪正是非，尤三致意"③。诚然，北宋后期一直行"绍述之政"，并非所有人都站在元祐旧党的立场上否定新法。如叶梦得曾为蔡京门客，"不免以门户之故，多阴抑元祐而曲解绍圣"④，于朝章国典夙所究心，其《石林燕语》与宋敏求《春明退朝录》、徐度《却扫编》并列为记载北宋典制掌故最重要的笔记撰述。张邦基《墨庄漫录》提供了有关北宋时政、党争的重要材料，他自称"其间是非毁誉，均无容心焉"⑤。

此外，两宋间有不少旧族世家子弟撰写笔记追述前朝往事，抒发黍离之悲，寄托沧桑今昔之感。如王莘之子王铚的《默记》，曾公亮裔孙曾慥的《高斋漫录》，吴中复之孙、吴则礼之子吴坰的《五总志》，吴越王钱镠后裔钱世昭的《钱氏私志》，蔡京之子蔡絛的《铁围山丛谈》等。其中尤为重要的是

① 〔清〕永瑢等：《四库全书总目提要》，《万有文库》第27册，上海：商务印书馆，1931年，第53页。
② 〔清〕永瑢等：《四库全书总目提要》，《万有文库》第23册，上海：商务印书馆，1931年，第78页。
③ 〔清〕永瑢等：《四库全书总目提要》，《万有文库》第27册，上海：商务印书馆，1931年，第56页。
④ 〔清〕永瑢等：《四库全书总目提要》，《万有文库》第23册，上海：商务印书馆，1931年，第82页。
⑤ 〔宋〕张邦基：《墨庄漫录》，朱易安、傅璇琮等主编：《全宋笔记》第3编第9册，郑州：大象出版社，2008年，第5页。

孟元老的《东京梦华录》，在他笔下，故都盛景犹如梦境，对逝去繁华的追忆更映衬出身经亡国者的怅恨。这类笔记在南宋人的历史记忆和情感中有着特殊的重要性，正如陆游为《岁时杂记》（吕原明著，已佚）作跋时指出的："太平无事之日，故都节物及中州风俗，人人知之，若不必记。自丧乱来七十余年，遗老凋落无在者，然后知此书之不可阙。则当如《梦华录》之韵。"

宋与金对峙期间，为解决双方的重大问题，双方派遣使节。据胡传志研究[①]，除建炎四年、绍兴元年以及金末十数年外，其他时间双方都能保持官方接触。正旦使、生辰使等各种使节名目繁多，队伍庞大，往来不断。宋金交聘不仅是重要的政治、军事、外交活动，还是重要的文化活动。按照惯例，这些有过出使、滞留金国经历的文人要将出使经过写成"语录"，上奏朝廷。赵良嗣《燕云奉使录》记录了宋宣和二年（1120）自己出使金国，相约出兵攻辽，并与金太祖议定宋金"海上盟约"的过程。连南夫《宣和使金录》为其宣和六年吊祭阿骨打奉使所记。《宣和乙巳奉使金国行程录》为宣和七年，许亢宗奉使金国时随行人员钟邦直记述沿途经见的笔记。傅雱《建炎通问录》述作者建炎元年奉使金国之事。洪皓《松漠纪闻》为作者留金见闻录。宋人宇文懋昭的《大金国志》、叶隆礼的《契丹国志》，元编修《金史》时都将它们列为重要的参考书。马扩《茆斋自叙》载作者多次出使辽、金的经历。王绘《绍兴甲寅通问录》记其绍兴四年出使金国之事。此外，郑望之《靖康奉使录》、李若水《山西军前和议奉使录》、佚名《使北录》、陈卓《使金录》亦属此列。

两宋之际的笔记发展，因社会政治巨变而出现明显的转折。经历了亡国之恨的士大夫，纷纷将目光投向广阔的社会、历史，笔记的现实批判意识更为强烈，时代特色再次得以拓展。一方面，北宋末年到南宋初年的政局甚为黑暗，国家衰弱不堪，对外奉行屈辱、偏安的政策，在内则钩心斗角，尔虞我诈。一些关心国家兴亡的有志之士，以笔录史实的形式来表达心声，企望当权者改道易辙，期盼更多人的抗金斗志及警醒统治者吸取亡国教训、收复中原的决心；另一方面，亡国的痛楚、偏安江左的屈辱，又促使他们在作品中感怀伤世，思索亡国缘由，较多地反映诤臣战将、布衣义士的抗金热忱和凛凛气节，同时表达对投降派祸国殃民行为的憎恨。士大夫审视历史，反思现

① 胡传志：《论南宋使金文人的创作》，《文学遗产》2003 年第 5 期。

实,笔记因之具有强烈的现实主义精神,南宋笔记中的爱国主题是时代的反映。

二、南宋中期笔记的闲适情怀

随着秦桧专权的结束,绍兴、隆兴间,南宋文化氛围稍见宽松。孝宗即位后,当政者采取了一系列积极的政治举措,士风提振,思想学术出现繁荣的局面。随之而来的"隆兴议和",南北对峙之势成,社会政治趋于稳定。时代的变化总能引起笔记思想内容的改变。自高宗绍兴末年至理宗端平年间,是南宋笔记创作的繁荣期,这一时期的笔记在沿袭此前笔记已有内容体式的同时,还创造了新的形式。随着笔记创作视野的扩大,士大夫的人文情怀让笔记变得更有情韵。

其一,以中兴思想为中心的史料笔记。南宋中兴时期,由于时代的变动,从下层民众到统治阶级上层中的有识之士,都发出了抵抗金国侵略与复国雪耻的强烈呼声,爱国精神成为了文学思潮中的主流,许多文人继承北宋士大夫关心现实、批评时弊的传统,或提出坚决抗战的主张,或抒写国破家亡的悲愤。在这种历史背景下,这一时期的笔记也反映了这些爱国中兴思想,许多作品里详细描写了诸多战争事例。《采石战胜录》记载了绍兴三十一年(1161),南宋文臣虞允文率领军民于采石(今安徽马鞍山市西南)阻遏金军渡江南进的江河防御战。李璧《中兴战功录》记录了南宋建炎至绍兴年间宋军抗击金兵的十三次大捷。赵与襄《辛巳泣蕲录》主要记载了南宋军民抗击金军围攻蕲州的历史。王致远《开禧德安守城录》是南宋开禧二年(1206)十一月至三年(1207)三月王允初保卫德安府城安陆的实录。岳珂《桯史》记载了许多作者目见耳闻的朝野各阶层人物的言行,愤怒地揭露了两宋政治的腐败黑暗,以及南宋统治集团中投降派祸国殃民的罪恶,热情歌颂了忠臣战将、布衣义士的抗金爱国气节等。《老学庵笔记》记录了南北宋间名物典章制度、逸闻趣事,并评品诗人诗作。书中大部分是作者生平亲身经历、耳闻目睹的内容,其中揭露了南宋投降派的腐败政治和骄奢生活,批判统治者苟且偷生、以秦桧为首的投降派对外屈辱求和,歌颂民族气节和爱国精神。

其二,出使笔记与游记体笔记。南宋中期的笔记创作呈现多样化的趋势,主要体现在记录出使过程与见闻的笔记中。如范成大《揽辔录》记载了从宋、金分界线的泗州进入金国直至金国统治中心燕山的全部行程及沿途所见，包括经过的府、县、镇、山、河的名称及距离，还考察了一些名胜古迹，对金中都宫殿的布局记载尤详。宋孝宗淳熙四年（1177），即金大定十七年，周煇跟随敷文阁待制张子政等人贺金世宗生辰，其撰写的《北辕录》记载了作者从南宋淳熙四年正月七日起，到四月十六日止往返九十六天中的见闻感受，包括在泗州、虹县、南京、相州、新乐县等地的路途见闻。孝宗乾道五年（1169），楼钥以书状官随汪大猷使金，写有《北行日录》，其书分为上、下两卷，以日记体裁，详记每日所见所闻，内容包括天气、行程、道里、城郭、古迹、人物、风俗、饮食、物产、典制等。宋宁宗嘉定四年（1211），程卓充贺金国正旦国信使，往返四月，写有《使金录》，此书记录途中见闻，对山川道里及所见古迹亦有所记载。

　　跟出使见闻相似但内容稍有新变的笔记是那些专门记述宦游或旅游行迹的作品，即游记体笔记。其实，在北宋已经存在了游记体笔记，如苏轼的《东坡志林》与沈括的《梦溪笔谈》等。据梅新林和俞樟华的研究[1]，苏轼《东坡志林》中的诸多游记小品，无论在其深刻的哲学内涵，还是在其精妙的艺术手法上，都取得了相当的成就，堪称笔记体游记的巅峰之作，并为后代奠定了游记小品的经典范式。

　　南宋之后，在笔记中记述山川风物、游观览胜的风气一时盛行，此时产生了一批游记体笔记。文人在撰述这些笔记时，除了记录行程或描绘景物、景观以外，也叙述了自己的日常生活面貌和生发的多样情感。范成大《骖鸾录》记载了乾道八年（1172）十二月七日至乾道九年三月十日，他由中书舍人出知静江府（今广西桂林）时途中的见闻。宋孝宗淳熙四年（1177），范成大自四川制置使召还，五月由成都起程，取水路东下，于十月抵临安（今浙江杭州），所作《吴船录》，记述了名山大川、古迹名胜、历史传说、名画名诗等。《入蜀记》是南宋陆游入蜀途中的日记，共六卷，是中国第一部长篇游记，将日常旅行生活、自然人文景观、世情风俗、军事政治、诗文掌故、文史考辨、旅游审美、沿革兴废错综成篇，评古论今，夹叙夹议，卓见迭出，寄慨遥深。周必大《乾道庚寅奏事录》详细记载了他乾道庚寅年（1170）四月丁亥至九月辛丑间的行程，历永和、吉水、新淦、临江军、丰城、吴城、南康

----

① 梅新林、俞樟华主编：《中国游记文学史》，上海：学林出版社，2004年，第185页。

军、湖口、芜湖、太平州、真州、镇江、丹阳、常州、无锡、平江府、昆山、吴江、秀州、临安，历时八十三日。

这一时期的笔记中还有以名言警句或佳言善行为主要内容的作品。名言警句指一些名人经过实践所得出的结论或建议，以及比较有名的用以警世的言语。这一类笔记的代表作品有：李邦献《省心杂言》，该书以格言的形式论述人生哲理，涉及的内容非常广泛，如为人处事、言谈举止、功名官位、修身养心、生死祸福、忠孝节义等。李元纲《厚德录》，该书专记宋代朝士贤达佳言懿行，垂范教人为善。书中间涉著名文学家寇准、石曼卿、范仲淹、张咏、苏舜钦、欧阳修、司马光、苏轼等人物的忠孝节义、贩灾济贫、疾恶惩邪等事迹。何坦《西畴老人常言》，此书共分九部分，即讲学、律己、应世、明道、莅官、原治、评古、用人、正弊。大抵因袭古代儒家学说，而加以广阐博释。陈录《善诱文》，该书内容涉及处世立身之道，修己治人之方，以及古人嘉言美行。其弟陈燎所写序言云："丹穴老人，吾家之长兄也。僻好编集戒杀之文传于世，因戒而得善报者，则编之；因不戒而得恶报者，则不敢编也。虽然，犹虑人不喜观，复以前贤警世格言浑淆乎其间，聊欲诱人之一睹也。"[①]赵善璙《自警编》，该书记录了宋代名臣大儒可作为规范之嘉言懿行，昭示后世，并以自警。许棐《樵谈》，该书共三十条，内容都是劝诫之言。

这一时期还陆续出现不少学术笔记。如《芥隐笔记》《能改斋漫录》《容斋随笔》《斋居纪事》《东园丛说》《刍言》《云麓漫钞》《纬略》《准斋杂说》《古今考》《示儿编》《考古质疑》《游宦纪闻》《芦浦笔记》等。

此外，这一时期笔记中还包括以作者自己祖先的逸闻轶事与家训为主要内容的作品。陆游《放翁家训》记述了陆游的高祖陆轸、祖父陆佃、叔祖陆傅、父亲陆宰几代人以及外家唐氏的逸闻轶事。范公称《过庭录》则是作者根据父亲范直方的谈话记录整理而成书，记录了祖先事迹与士大夫的逸闻轶事等多方面的内容。

最后，这一时期笔记作品中重要的一类即是涉及文人的诗话、文话。陈善《扪虱新话》以考论经史、诗文为主，兼及杂事。书中有不少记载当时文坛典故的内容，如"欧阳公喜梅圣俞苏子美诗""辨前辈论古今人文长短"

---

① 〔宋〕陈录：《善诱文》，朱易安、傅璇琮等主编：《全宋笔记》第7编第2册，郑州：大象出版社，2016年，第54页。

条等。书中评论诗文创作，研讨诗文法则的内容亦复不少，如"文章以气韵为主""文章有夺胎换骨法""本朝文章亦三变""文贵精工"条等。张端义《贵耳集》中有关诗人与文人的评述有约一百条，包括唐代的李颀，唐末的黄巢，北宋的苏轼、黄庭坚、秦观、周邦彦，南宋的李清照、陆游、范成大、杨万里、辛弃疾、项安世、赵蕃、周文璞、戴复古、刘过、赵师秀、翁卷等。方岳《深雪偶谈》一书今存十六则，各条多为评论诗词之语，间及诗人逸事，"主于性情"是方岳论诗的宗旨。俞成《萤雪丛说》共五十九则，其内容多为讨论儒学经典、研讨文字、议论诗文技巧、时人对文学的见解等。谢采伯《密斋笔记》中记载了两宋经济、政事、历史事件与人物，学术考辨、风俗民情、名胜文物等。

南宋中期笔记中的文学因素再次被唤醒。题材与主题的转变开拓了笔记的创作视野，也为文学艺术提供了施展的平台。南宋中期游记体的兴盛，总体上延续了北宋同类作品的创作趋势。笔记关注现实，笔记作者在叙事和谋篇布局中，注重笔记的文章属性和文化内涵，作品由此获得历史和文学的双重意义。

三、宋元之际笔记的存史意识

自理宗端平年间至南宋灭亡后文天祥从容就义（1283）为止，是宋代笔记发展的最后一个时期。属于这一时期的笔记约有五十种，虽数量比以前时期不多，但仍有相当可观的成就。

在宋季人眼中，南宋彻底覆灭，元朝统一全国，这是亘古未有的奇耻之辱，对宋人来说，是其所依附的社会、制度，所信奉的国家遭到了另一权力的挑战和抗衡，他们的生存际遇、风俗习惯、文化制度都将受到前所未有的冲击。这时，作为一向有着正统自律意识的文人士大夫，在传统文化的忠义节操观念的习染之下，"华夷之辨"在此际得以最大限度地复活。郑思肖极力争正统，《古今正统大论》中开篇写道："后世之论古今天下正统者，议率多端，自《春秋》后，史笔不知大伦所在，不过纪事耳。纪事而不明正理，是者非，伪者正，后世无以明其得失，诸史之通弊也。"[1]他认为："中国正统之史，乃后世中国正统帝王之取法者，亦以教后世天下之人所以为臣为子

---

① 〔宋〕郑思肖著，陈福康校点：《郑思肖集》，上海：上海古籍出版社，1991年，第132页。

也。岂宜列之以嬴政、王莽、曹操、孙坚、拓跋珪、十六夷国等,与中国正统互相夷虏之语,杂附于正史之间?且书其秦、新室、魏、吴、元魏、十六夷国名年号,及某祖、某帝、朕、诏、太子、封禅等事,竟无以别其大伦?"①在他看来"夷狄素无礼法,绝非人类"②,以至他在《久久书》中如此指出:"圣人也,为正统,为中国;彼夷狄,犬羊也,非人类,非正统,非中国……自古未尝夷狄掳中国,亦未尝有不亡国,苟不仁失天下,虽圣智亦莫救;我朝未尝一日不仁,乱臣贼子夭阏国脉,贪官虐吏刲剥民命,君上本无失德。今犬羊愈恣横逆,毕力南入,吾指吾在此,贼决灭于吾手,苟容夷狄大乱,当不复生!"③其夷夏观念,泾渭分明之至,可见一斑。周密时刻不忘争"正统观",《癸辛杂识》"正闰"条写道:

> 正闰之说尚矣……余尝见陈过圣观之说甚当,今备录于此,云:"……夫徒以其统之幸得而遂畀以正,则自今以往气数运会之参差,凡天下之暴者、巧者、侥幸者,皆可以窃取而安受之,而枭獍、蛇豕、豺狼,且将接迹于后世。为人类者,亦皆俯首稽首厥角以为事理之当然,而人道或几乎灭矣,天地将何赖以为天地乎!窃谓三代而下,独汉、唐、本朝可当正统,秦、晋与隋有统无正者当分注,薰莸玼玉,居然自明,汉、魏之际,亦有不待辨者矣。"④

在这里,作者引用陈过的言论,通过对"正"与"统"的阐述,认为"独汉、唐、本朝(宋)可当正统",尊华贱夷的观念泾渭分明,对夷狄的愤懑之情溢于言表。谢枋得甚至发出"兽相食欤,抑亦率兽而食人者欤,儒不胜其苦,逃而入僧入道入医入匠者什九"的悲叹⑤。可以说,此时,他们的悲愤已达到人生的临界点,这意味着此后他们只能抱着一颗死灰的心,顶着遗民头衔度过残生。在这种文化冲击的困惑与人生处境的痛苦中,他们既无法使自己

---

① 〔宋〕郑思肖著,陈福康校点:《郑思肖集》,上海:上海古籍出版社,1991年,第132页。

② 〔宋〕郑思肖著,陈福康校点:《郑思肖集》,上海:上海古籍出版社,1991年,第177页。

③ 〔宋〕郑思肖著,陈福康校点:《郑思肖集》,上海:上海古籍出版社,1991年,第103—104页。

④ 〔宋〕周密:《癸辛杂识》,朱易安、傅璇琮等主编:《全宋笔记》第8编第2册,郑州:大象出版社,2017年,第232—235页。

⑤ 〔宋〕谢枋得:《叠山集》,〔清〕纪昀、永瑢等:《景印文渊阁四库全书》第1184册,台北:台湾商务印书馆,1986年,第871页。

融入新的异族统治之下，又无法回避现实的困苦。而作为一名儒家现实主义的行道者，他们又始终忘怀不了现实的责任，只有反思生命存在的意义，带着无根的情绪，在边缘地带徘徊，在新旧政权交替中，将这种用世之心和民族情感寄予著作之中。立功不成，反诸立言，最终以出世而入世，由此，在经历种种纠结后，他们不为偷生一时之计，忍辱负重，转而为文化自救而努力，以保全生命和坚守节操，以此"从中获得生活的力量和生命的意趣"①。

宋亡后，王应麟深感悲愤，杜门不出，"力辞荐举，隐居教授"②，"朝夕坐堂上，取经史诸书讲解论辩"③，"嗜学老不倦，为《困学纪闻》"④。对元朝官员的造访，皆闭门不纳⑤。他始终不承认元朝的统治，以遗民自居。王应麟无视元统治者只准称宋为"亡宋"的禁令，在入元后所作的《困学纪闻》中依然称宋为"我朝""本朝""吾国"，称宋太祖为"我艺祖"，称宋太宗为"我太宗"，全书不见一处"亡宋"字样，仅有"本朝"之名。何谓"本朝"？清人顾炎武在《日知录》中说："古人谓所事之国为本朝。"⑥从中可见王应麟以元为敌朝，时刻眷恋宋朝的心迹。这诚如陈垣在《通鉴胡注表微·本朝篇》中所说："此称宋太祖为'我太祖'，身之之忠于宋，可谓深切著明矣。"⑦在看似不起眼的称谓中，却反映了作者一种可贵的民族气节。他曾自比为唐末梁初不仕梁的韩偓和见朝政日坏而辞官的司空图："学古而迂，志一而愚，其仕其止，如偓如图，不足称于遗老，或庶几乎守隅。归从先人，战兢免夫。"⑧全祖望称赞他："先生之大节，如青天白日不可掩也。"⑨

---

① 李泽厚：《李泽厚哲学美学文选》，长沙：湖南人民出版社，1985 年，第 109 页。
② 〔清〕陈仅：《王深宁先生年谱》，〔宋〕王应麟著，张骁飞点校：《四明文献集（外二种）》，北京：中华书局，2010 年，第 564 页。
③ 〔清〕钱大昕：《深宁先生年谱》，〔宋〕王应麟著，张骁飞点校：《四明文献集（外二种）》，北京：中华书局，2010 年，第 537 页。
④ 〔宋〕王应麟著，张骁飞点校：《四明文献集（外二种）》，北京：中华书局，2010 年，第 571 页。
⑤ 钱大昕《深宁先生年谱》记载："廉访副使陈祥分治庆元路，慕先生名德造庐式之。"参〔清〕钱大昕：《深宁先生年谱》，〔宋〕王应麟著，张骁飞点校：《四明文献集（外二种）》，北京：中华书局，2010 年，第 539 页。
⑥ 〔清〕顾炎武：《日知录》，〔清〕纪昀、永瑢等：《景印文渊阁四库全书》第 858 册，台北：台湾商务印书馆，1986 年，第 707 页。
⑦ 陈垣：《通鉴胡注表微》，沈阳：辽宁教育出版社，1997 年，第 2 页。
⑧ 〔宋〕王应麟著，张骁飞点校：《四明文献集（外二种）》，北京：中华书局，2010 年，第 571 页。
⑨ 〔清〕全祖望：《鲒埼亭集外编》，《续修四库全书》编委会编：《续修四库全书》第 1429 册，上海：上海古籍出版社，1996 年，第 640 页。

　　周密入元后,亦隐居不仕,以南宋遗老自居,终身抗节遁迹,"以无所责守而志节不屈著称","介然特立,足以增亡国之光"①。既遭遇不偶,又无力回天,除守护一己良知外,他把全部精力都投入到创作之中,"洊遭多故,遗编巨帙悉皆散亡。老病日至,忽忽漫不省忆为大恨。闲居追念,得一二于十百,惧复坠逸为先人羞。"②幽忧沉寂,他发愤著述,追怀过去,倾泻自己积习已久的文化情感,寄希望于来日:"成均旧规,后来不复可见矣。谩言所知者数则于此,亦可想见当时学校文物之盛,庶异日复古,或有取焉。"③通过著述寄予悲愤之情:"晚年展转荆棘霜露之间,感慨激发,抑郁悲壮,每一篇出,令人百忧生焉,又乌乌然称其为累臣羁客也。"④夏承焘也曾感叹周密著作:"其入元以后所作,必多国族之痛,遗黎之悲。"⑤在其著述中,我们可清晰地看到作者的隐忍伤痛,可感受到他那遗世独立、卓然一家的人格品质。诚如戴表元所言:"娓娓乎若无所为,呫呫乎又若有所思;顾顾乎若气盛远驰,累累乎又若老而将衰。归来乎吾与谁归?后有作者,则不可知,欲同世莫我瑕疵,莫我为宜。为无町畦乎?为婴儿乎?噫!"⑥正是这种遗世独立的人格力量,成就了他"笔记巨擘"的伟大成就⑦,他"抱崛奇而老忧患,据会通而观变化。反博趋约,落其华英"⑧。

　　这一时期的笔记作品多载史实。周密《齐东野语》多宋元之交的朝廷大事,很多可补史籍之不足,如"李全始末""端平入洛""二张援襄"等,都是很有价值的资料。刘一清《钱塘遗事》虽以钱塘为名,但多记载南宋

① 〔明〕王行:《半轩集》,〔清〕纪昀、永瑢等:《景印文渊阁四库全书》第1231册,台北:台湾商务印书馆,1986年,第394页。
② 〔宋〕周密:《齐东野语》,朱易安、傅璇琮等主编:《全宋笔记》第7编第10册,郑州:大象出版社,2016年,第13页。
③ 〔宋〕周密:《癸辛杂识》,朱易安、傅璇琮等主编:《全宋笔记》第8编第2册,郑州:大象出版社,2017年,第201页。
④ 〔宋〕戴表元:《剡源文集》,〔清〕纪昀、永瑢等:《景印文渊阁四库全书》第1194册,台北:台湾商务印书馆,1986年,第108页。
⑤ 夏承焘:《唐宋词人年谱》,北京:商务印书馆,2013年,第339页。
⑥ 〔宋〕戴表元:《周义乌真赞》,李修生主编:《全元文》第12册,南京:江苏古籍出版社,1999年,第407页。
⑦ 夏承焘《周草窗年谱》中写道:"入元以后,抱遗民之痛,以故国文献自任,辑录家乘旧闻为《齐东野语》《癸辛杂识》诸书,宋代野史,称巨擘焉。"参夏承焘:《唐宋词人年谱》,北京:商务印书馆,2013年,第293页。
⑧ 〔宋〕牟𪩘:《牟氏陵阳集》,〔清〕纪昀、永瑢等:《景印文渊阁四库全书》第1188册,台北:台湾商务印书馆,1986年,第145页。

一代史事。如对南宋末年军国大事，朝政腐败、贾似道专权等事实多所揭露，具有借鉴意义，所记南宋科考故事，于正史具有补遗、征实的价值。《东南纪闻》的大部分内容是追记南宋时事，间及北宋旧事、元初新事，颇足以补史传之缺。《咸淳遗事》多记载皇帝诏、制、谕等，与正史互为印证，为后世提供了研究南宋特别是度宗咸淳年间朝政的资料。《昭忠录》所记皆南宋末抗元斗争人物的事迹，旨在使一代忠烈之幽光彰显于世。

　　这一时期还有许多可观的学术笔记，如《鸡肋》《困学纪闻》《朝野类要》《鼠璞》《夷俗考》《物异考》《野服考》《诸蕃志》《脚气集》《爱日斋丛抄》《学斋佔毕》《识遗》等。同样，还陆续出现了不少文艺类笔记，如《云烟过眼录》《浩然斋雅谈》《鹤林玉露》《养疴漫笔》《随隐漫录》《佩韦斋辑闻》《对床夜语》。上述笔记以外，这一时期值得关注的笔记形式还有都市笔记，书写者主要集中描写昔日城市的繁华盛景，诸如朝政礼仪、山川风俗、市肆经纪、四时节物、教坊乐部等内容，这些繁盛的背后实则潜藏着衰败的因子[1]，由此而隐喻衰落的现实与当下生活的苦闷。诚如四库馆臣在著录《武林旧事》一书时所言："湖山歌舞，靡丽纷华，著其盛，正著其所以衰，遗老故臣，恻恻兴亡之隐，实曲寄于言外。"[2]张凤池在《梦粱录》跋文中，论其情感时说道："然一伤过去，一悲未来，具有深心。"[3]作者深层的末世焦虑之感无声地隐含在这些盛世繁华之中。

　　要之，靖康之难，社稷倾覆，南渡不久的高宗政权甚至一度泛舟海上，士大夫在国难中颠沛流离。严峻的时局使笔记题材与主题发生变化，抗金成为笔记的关注点。随着南渡政权在战与和的国事撕扯中逐渐趋稳，偏安之势渐成，士大夫关注的目光开始由对外战争转向内部政治，笔记创作也恢复了多元化的局面。此时，作者将笔记的纪事与闲适联系起来，炽热的爱国情感趋于冷却，理性的现实思考逐渐显现，笔记风格更为质朴，体现出

---

① 法国二十世纪下半叶的著名汉学家、历史学家、社会学家谢和耐在《蒙元入侵前夜的中国日常生活》一书中，通过大量的文献资料寻觅普通民众的日常生活图景，认为南宋社会崩溃的原因是中国社会内部民众生活方式的改变，以及这种改变对于民众思想观念的影响，由此中华文明才会被蒙元破坏。"13世纪的上层城市居民是神经过敏的，而且由于他们对时尚极度敏感并且喜欢炫耀和自我戏剧化，看上去他们甚至毋宁说是柔弱颓废的。不断地寻欢作乐、过度地酗酒以及纵欲无度，耗光了他们的精力，并加强了其天性中较为软弱的一面。"参〔法〕谢和耐著，刘东译：《蒙元入侵前夜的中国日常生活（插图本）》，北京：北京大学出版社，2008年，第240页。
② 〔清〕永瑢等：《四库全书总目提要》，《万有文库》第14册，上海：商务印书馆，1931年，第104页。
③ 〔宋〕吴自牧：《梦粱录》，杭州：浙江人民出版社，1980年，第199页。

社会发展的新动向以及作者别样的文化趣味。南宋笔记的价值体现在两个方面：首先，民族危机再次唤醒笔记的现实主义精神，"人之事"被赋予"国之史"的使命，弘扬民族大义的爱国笔记成为后人宝贵的精神财富；其次，南宋游记体笔记的文化内涵更加丰富，其繁荣成为中国古代笔记的特色之一。

第三章　随性与私化:宋代
笔记的成书与命名

所谓成书,即指在某种撰述意图的驱使下,搜集、选择材料,并对材料进行加工、改写以形成文字,最终将文字以某种体例编纂成书。作品的命名则是撰述完结的标志,很大程度上表现出作者的品位、学识以及对作品的价值判断,体现一定的理论内涵和价值地位。中国古籍浩如烟海,性质相似、类型相同的书籍往往被集中起来,采用类聚区分、分门别类的方式进行分类。分类标准各有不同,有的按内容性质分为抒情、纪实、说理之类,大概可对应文、史、哲三类著述。有的按地位、价值标准分类,如同为哲学著作,而有经、子之分;同为史书,而有正史、杂史之分。有的以成书方式分类,如目录中有丛书、类书等类目。在这些分类当中,从成书方式角度分析某类作品,有益于确立这类作品的性质,并进而确立其文体特征。

第一节　笔记的取材与成书方式

一、古代文献的著述类型

著述,即指以某种方式撰写、编纂书籍,可细分为著作、编述两类。古人对于"作"与"述"有着严格的区分,《礼记·乐记》中就指出:"作者之谓圣,述者之谓明。明圣者,述作之谓也。"①从这里还可见出,"作"与"述"又有着高下之别,孔颖达疏云:"凡制作者,量事制宜,既能穷本知变,又能著诚去伪,所以能制作者……述,谓训说义理。既知文章升降,辨定是非,故能训说礼乐义理,不能制作礼乐也。""作"乃圣人之事,尧、舜、禹、汤是也;

---

① 胡平生、张萌译注:《礼记》,北京:中华书局,2017年,第722—723页。

"述"乃明人(贤人)之事,子游、子夏之属是也①。这就认为"作"有开创之功,"述"含有因循之意,是对"作"的解释疏通。古人对于"作""述"的这种区分认识,清代焦循在《雕菰集·述难》中同样指出:"人未知而己先知,人未觉而己先觉,因以所先知先觉者教人。俾人皆知之觉之,而天下之知觉自我始,是为'作'。已有知之觉之者,自我而损益之,或其意久而不明,有明之者,用以教人,而作者之意复明,是之谓'述'。"②

由于"作"乃圣人所为,故古人不轻易言"作",即使是孔子,其修订六经,仅称"述而不作"③。同样,司马迁撰写《史记》,意在"究天人之际,通古今之变,成一家之言",却仍自谦道:"余所谓述故事,整齐其世传,非所谓作也。"④班固撰写《汉书》,亦称"述"而不敢言"作",书中《叙传》中指出:"汉绍尧运,以建帝业,至于六世,史臣乃追述功德,私作本纪,编于百王之末,厕于秦、项之列。太初以后,阙而不录,故探纂前纪,缀辑所闻,以述《汉书》。"颜师古对此作了如此解释:"班固谦,不言作而改言述,盖避'作者之谓圣',而取'述者之谓明'也。"⑤

继"作""述"等而下之者还有"论"。"论"是为"仑"之假借字,"仑"从亼从册,《说文解字》"亼"部云:"凡亼之属皆从亼,读若集。"故"亼"同"集"。又《说文解字》释"侖"字曰:"思也。"段注云:"凡人之思,必依其理……聚集简册必依其次第,求其文理。"将简册按次第聚集而有文理,以助思考,是为"仑"之本义。《说文解字》"言"部释"论"曰:"议也。"段注曰:"凡言语循其理、得其宜,谓之论。故孔门师弟子之言谓之《论语》。""论"由此有排比辑录之义,将材料按次序排比成文即可称之"论",如《论

---

① 〔汉〕郑玄注,〔唐〕孔颖达疏,龚抗云整理:《礼记正义》,《十三经注疏(整理本)》,北京:北京大学出版社,2000年,第1270页。

② 〔清〕焦循:《雕菰集》,王云五主编:《丛书集成初编》,上海:商务印书馆,1936年,第103页。

③ 朱熹《论语集注》卷四中认为孔子"述而不作"乃自谦之辞:"述,传旧而已。作,则创始也。故作非圣人不能,而述则贤者可及。"又云:"孔子删《诗》《书》,定《礼》《乐》,赞《周易》,修《春秋》,皆传先王之旧,而未尝有所作也,故其自言如此。盖不惟不敢当作者之圣,而亦不敢显然自附于古之贤人;盖其德愈盛而心愈下,不自知其辞之谦也。然当是时,作者略备,夫子盖集群圣之大成而折衷之。其事虽述,而功则倍于作矣,此又不可不知也。"参〔宋〕朱熹撰:《四书章句集注》,北京:中华书局,2011年,第90页。

④ 〔汉〕司马迁:《史记》卷一百三十《太史公自序》,北京:中华书局,1982年,第3299—3300页。

⑤ 〔汉〕班固撰:《汉书》卷一百《叙传》,北京:中华书局,1962年,第4236页。

语》依次排比孔子及弟子之言语，因而称之为"论语"①。司马迁亦云："于是论次其文。"②以"论"为名之书还有汉代桓谭《新论》、王充《论衡》。王充在回应他人称《论衡》为"作"时，还曾有如下一段论述：

> 非作也，亦非述也，论也。论者，述之次也。五经之兴，可谓作矣。《太史公书》、刘子政序、班叔皮传，可谓述矣。桓山君《新论》，邹伯奇《检论》，可谓论矣。今观《论衡》、《政务》，桓、邹之二论也，非所谓作也。造端更为，前始未有，若仓颉作书，奚仲作车是也。《易》言伏羲作八卦，前是未有八卦，伏羲造之，故曰作也。文王图八，自演为六十四，故曰衍。谓《论衡》之成，犹六十四卦，而又非也。六十四卦以状衍增益，其卦溢，其数多。今《论衡》就世俗之书，订其真伪，辩其实虚，非造始更为，无本于前也。儒生就先师之说，诘而难之；文吏就狱卿之事，覆而考之，谓《论衡》为作，儒生、文吏谓作乎？③

在这里，王充明确否认《论衡》为"作"和"述"，认为其只能属"论"，并由此将书籍分为"作""述""论"三类。在《礼记》分类基础上，又多出"论"一类，这表明随着书籍数量的增加，著述的方式也在逐渐增加。

在前人分类的基础上，张舜徽曾综合我国古代文献，将其著述方式分为三种类型，即："第一是'著作'，将一切从感性认识所取得的经验教训，提高到理性认识以后，抽出最基本最精要的结论，而成为一种富于创造性的理论，这才是'著作'。第二是'编述'，将过去已有的书籍，重新用新的体例，加以改造、组织的工夫，编为适应于客观需要的本子，这叫做'编述'。第三是'抄纂'，将过去繁多复杂的材料，加以排比、撮录，分门别类地用一种新的体式出现，这成为'抄纂'。"④三种著述方式中，"著作"着眼于作品的原创性，以创造性的理论思想、文学艺术为主；"抄纂"的特点是继承性

---

① 《论语注疏解经序》正义曰："郑玄云：'仲弓、子游、子夏等撰定。论者，纶也，轮也，理也，次也，撰也。'此书可以经纶世务，故曰纶也；圆转无穷，故曰轮也；蕴含万理，故曰理也；篇章有序，故曰次也；群贤集定，故曰撰也。"可知"论"有多重意义，其中"篇章有序"之义，即所谓"排比辑录"也。参〔三国〕何晏注，〔宋〕邢昺疏：《论语注疏》，北京：中国致公出版社，2016年，第1页。
② 〔汉〕司马迁撰：《史记》，北京：中华书局，1982年，第3300页。
③ 〔汉〕王充著，张宗祥校注，郑绍昌标点：《论衡校注》，上海：上海古籍出版社，2010年，第570页。
④ 张舜徽：《中国文献学》，郑州：中州书画社，1982年，第32页。

高,通过辑录已有的文献材料,排比编辑,将前人的著述成果按照一定的要求、体例,通常以"类书"的面貌呈现,具有汇集和总结的目的,一般规模较大,且门类繁多、眉目清晰;"编述"介于"著作"和"抄纂"之间,既不同于"著作"的创造,也不同于"抄纂"的专事抄撮而不作任何改变,"乃是将那些来自不同时间和不同时空的资料,经过整理、熔化的工作,使成为整齐划一的文体,以崭新的面貌出现"①。这就见出,"编述"要依据一定的想象和创造,将前人所留下的书籍文献,甚至是各种口传的故事传说,整理、改编、熔铸成为一个有一定体系的作品,赋予原本纷杂散乱的资料以新的生命和意义。

中国古代文献的创作,基本上被上述三种方式所涵盖②,其中编述比重最大,抄纂次之,著作比重最小。依时间顺序而言,汉代以前,著作数量最多;自汉魏以至隋唐,编述较为兴盛,经部的各家注疏,史部的《史记》《汉书》以及各代官私史书均为编述之作;唐宋以后,雕版印刷发达,商品经济繁荣,读者增加,书籍出版有了质的飞跃,类书、丛书等各种形式的抄纂书籍不断涌现,汇集小说的说部、稗官类书门类繁多,数量剧增。由此,从总体上而言,中国古籍随着时间的推移,著作越来越少,而编述、抄纂越来越多。可以说,"述而不作"是我国古代文人学者最基本的著述方式,其虽有益于搜集、整理、阐发、传播中国古代学术文化,但同时也产生了多因循而少创造的弊端。经史领域要求遵守家法、传统;子学以及文学也处处要求言之有据,六经之外"存而不论",否则即被视作异端;文章诗赋以多用典为佳,以至于讲求"无一字无来处";文坛也不时兴起复古之风。

先秦时期,文献典籍数量有限,资料相对缺乏,编述、抄纂的方式难以进行。魏晋时期,随着文化的积累,各类书籍数量逐渐增加,尤其是子、史二部已极为丰富,出于对已有知识的总结归纳,编述、抄纂等著述方式渐次增多。笔记作为子部之一家,又兼有史书的某些特点,就在这一背景下繁荣起来。与史部中大量的史钞类似,魏晋时期大部分小说都带有抄纂的痕

---

① 张舜徽:《中国文献学》,郑州:中州书画社,1982年,第36页。
② 杜泽逊《文献学概要》第三章《文献的形成与流布》将文献的形成方式分为著、述、编、译四种,其前三类继承自张舜徽《中国文献学》之分类,内涵也基本相同。所增"译"一类即"翻译",是指将传自外国,以外文撰写的文献翻译成中文文献,主要有佛典翻译、学术翻译、文学翻译三种。参杜泽逊:《文献学概要》,北京:中华书局,2001年,第36—58页。

迹，且一直延续至清代。张舜徽对此有很精到的论述：

> 子部之有小说，犹史部之有史钞也。盖载籍极博，子史尤繁，学者率钞撮以助记诵，自古已然，仍世益盛。顾世人咸知史钞之为钞撮，而不知小说之亦所以荟萃群言也。《汉志》小说家载虞初《周说》九百四十三篇外，尚有臣寿《周纪》七篇，《百家》百三十九卷。书以周名，犹《易》象之称《周易》，盖取周普、周备之义。《周纪》、《周说》，殆即后世丛钞、杂说之类。《百家》一书，尤可望名以知其实，此非钞纂而何？《隋志》小说家自《世说》、《辩林》诸书外，复有《杂语》、《杂书钞》诸种，其意更显。后世簿录家率以笔记丛钞之书入于此门，实沿汉隋诸《志》旧例也。夫小说既与史钞相似，故二类最易混淆，与杂史一门亦复难辨。《四库总目》小说类二案语云："小说与杂史最易相淆，诸家著录亦往往牵混。今以述朝政军国者入杂史，其参以里巷闲谈词章细故者，则均隶此门。《世说新语》古俱著录于小说，其明例矣。"今以《总目》所录诸书考之，若《朝野佥载》、《唐国史补》之类，俱唐代旧事，有关治道，司马《通鉴》，犹引用之，归诸杂史，允得其门。他如《西京杂记》、《涑水纪闻》之类，虽不能列入杂史，独不可属之史钞乎？至于《南唐近事》，自当列之载记。虽百计辨之，适足自乱其例耳。此特就其昭著者言之，其它叙次失宜者，更不可胜数。亦由事类相近，不易区分，故多错乱也。故小说一家，固书林之总汇，史部之支流，博览者之渊泉，而未可以里巷琐谈视之矣。①

此处基于著述方式、著述体例的相似之处，将小说与史钞相提并论。可以看出，小说（笔记体）在古代不是"著作"的对象，通常只是"荟萃群言"的产物。而在经史子集四部之著述中，史部书籍对故有之典籍文献依赖程度最高，因而史部的编述、抄撮之作数量最多，笔记的材料来源或出于口头传述，或出于前人书籍，其中，出于口传者，在从口语写定为文字的过程中会有一定的创作因素，但基本不会改变原貌；出于前人书籍者，则多数是照原样誊写，小说之所以同史钞相似，正是在成书方式上亦具有编述、抄撮的

---

① 张舜徽：《四库提要叙讲疏》，昆明：云南人民出版社，2005 年，第 120—121 页。

特点。

二、笔记的取材方式

书籍的著述特点同其取材方式密切相关。笔记之所以形成编述、抄纂的著述方式，与它以如实记录、原文抄撮为主的取材方式是相联系的。笔记的材料来源十分广泛，任何符合小说之内涵及作者撰述意图的内容都可能被采纳，且所据材料不局限于书面文献，也包括了口头材料，既有历代流传的传说掌故，也有剧谈夜话的各种趣闻逸事。

《汉书·艺文志》在界定"小说家"的定义时，已对笔记的材料来源及取材方式有明确说明："小说家者流，盖出于稗官。街谈巷语，道听途说者之所造也……闾里小知者之所及，亦使缀而不忘。如或一言可采，此亦刍荛狂夫之议也。"①其中的稗官是小说的采集者，而非创造者，"稗官者，职惟采集而非创作"②。小说的真正创作者是街巷中"道听途说"之徒。可见，最早的小说是出自口头，在街巷间传播的，这些传闻被"闾里小知者"所采集。其"缀"，即是将口头传闻书于简编连属成册，"缀而不忘"是一种有意识的采集工作。《隋书·经籍志》在继承《汉书·艺文志》小说乃"街谈巷语"之说的基础上，又有引申，将采集小说的职责同采诗观风的古制联系起来："孟春，徇木铎以求歌谣，巡省观人诗，以知风俗。过则正之，失则改之，道听途说，靡不毕纪。"这既表明了小说的内容特点，也指出了小说来源于街巷道途的取材方式，即在民间口耳相传，为稗官所采集，书写成文字，缀辑成书，而成小说之书。

小说除了直接采集口说传闻外，还有相当一部分辑录自书面文献。上文引张舜徽之言指出，《汉书·艺文志》"小说家"著录的《虞初周说》《周纪》《百家》，以及《隋书·经籍志》"小说家"著录的大部分作品都属于抄撮前代典籍而成。鲁迅《中国小说史略》中曾提到"晋唐人引《周书》者，有三事如《山海经》及《穆天子传》，与《逸周书》不类，朱右曾（《逸周书集训校释》十一）疑是《虞初说》"③，这里就指出《虞初周说》的取材对象可能是《山海经》《穆天子传》之类文献。还有的以小说家所著录的《百家》说明小说的取材

---

① 陈国庆编：《汉书艺文志注释汇编》，北京：中华书局，1983年，第163页。
② 鲁迅：《中国小说史略》，北京：人民文学出版社，2006年，第17页。
③ 鲁迅：《中国小说史略》，北京：人民文学出版社，2006年，第29页。

方式，刘向《说苑叙录》云："所校中书《说苑杂事》及臣向书、民间书，诬校雠。其事类众多，章句相溷，或上下谬乱，难分别次序。除去与《新序》复重者，其余者浅薄不中义理，别集以为《百家》。"①从中可知，《百家》其书是刘向编纂《说苑》剩余之物。还如刘义庆《世说新语》是在《语林》《郭子》等作品的基础上，参考其他文献及传闻编纂而成。殷芸《小说》是集结修史之余的产物，陈振孙《直斋书录解题》称此书"盖于诸史传记中钞集"②，清人姚振宗称《小说》"殆是梁武帝作《通史》时，凡不经之说为《通史》所不取者，皆令殷芸别集为《小说》。是《小说》因《通史》而作，犹《通史》之外乘"③。

在这两种材料的来源当中，小说取材的偏向是有所不同的。干宝《搜神记》自序中，即比较了两种取材方式的不同：

> 虽考先志于载籍，收遗逸于当时，盖非一耳一目之所亲闻睹也，又安敢谓无失实者哉？卫朔失国，二传互其所闻；吕望事周，子长存其两说，若此比类，往往有焉。从此观之，闻见之难，由来尚矣。夫书赴告之定辞，据国史之方册，犹尚若此；况仰述千载之前，记殊俗之表，缀片言于残阙，访行事于故老，将使事不二迹，言无异途，然后为信者，固亦前史之所病。然而国家不废注记之官，学士不绝诵览之业，岂不以其所失者小，所存者大乎？今之所集，设有承于前载者，则非余之罪也。若使采访近世之事，苟有虚错，愿与先贤前儒分其讥谤。及其著述，亦足以明神道之不诬也。群言百家，不可胜览；耳目所受，不可胜载。④

由此自序可知：从记载故事的真实性来看，亲闻目睹无疑是最高的，而现实的情况是，因"闻见之难，由来尚矣"，无论载籍还是传闻，都无法达到每一事都出自亲闻目睹，故而历代的著述，所据材料多出自载籍和传闻，这就使著述中产生"传闻异辞"的情况甚为普遍。就干宝自撰《搜神记》来说，他搜

---

① 〔汉〕刘向、刘歆撰，〔清〕姚振宗辑录，邓骏捷校补：《七略别录佚文·七略佚文》，上海：上海古籍出版社，2008 年，第 47 页。

② 〔宋〕陈振孙撰：《直斋书录解题》，上海：上海古籍出版社，1987 年，第 316 页。

③ 〔清〕姚振宗：《隋书经籍志考证》，二十五史刊行委员会编：《二十五史补编》，北京：中华书局，1955 年，第 5537 页。

④ 〔晋〕干宝：《搜神记》，丁锡根编著：《中国历代小说序跋集》，北京：人民文学出版社，1996 年，第 49—50 页。

集材料既有"承于前载者",又有采访自近世者,而在两者之间,更依赖于前代载籍,以使所集之事更有据可凭,从而提高其可信度。

取材自前代书籍的作品渊源颇早,至南北朝时趋于繁荣。清人章学诚曾就这种抄撰的历史论述道:

> 钞书始于葛稚川。然其体未杂,后人易识别也。唐后史家,无专门别识,钞撮前人史籍,不能自擅名家;故《宋志》艺文史部,创为史钞一条,亦不得已也。嗣后学术,日趋苟简,无论治经业史,皆有简约钞撮之工;其始不过便一时之记忆,初非有意留青;后乃父子授受,师弟传习,流别既广,巧法滋多;其书既不能悉畀丙丁;惟有强编甲乙;弊至近日流传之残本《说郛》而极矣。其书有经有史,其文或墨或儒,若还其部次,则篇目不全;若自为一书,则义类难附。凡若此者,当自立书钞名目,附之史钞之后,可矣。①

章氏将抄书追溯至葛洪。南北朝时期,抄撰成为重要的著述方式,史钞极为发达,《隋书·经籍志》史部杂史类序云:"自后汉已来,学者多钞撮旧史,自为一书,或起自人皇,或断之近代,亦各有志,而体制不经。"

正如前文所述,张舜徽就曾指出小说与抄撰联系紧密:"夫小说既与史钞相似,故二类最易混淆,与杂史一门亦复难辨。"又因史钞中有"体制不经"者,又有"委巷之说,迂怪妄诞,真虚莫测",杂有"虚诞怪妄"之说,后世被目为小说的作品于《隋书·经籍志》就被著录于杂史、杂传类。小说与子钞、史钞的关系由此甚为紧密。受到史钞、子钞风气之影响,小说作者同样偏向于使用书面材料,王嘉《拾遗记》载张华撰《博物志》云:"张华字茂先,挺生聪慧之德,好观秘异图纬之部,捃采天下遗逸,自书契之始,考验神怪,及世间闾里所说,造《博物志》四百卷,奏于武帝。"②这就指出《博物志》所据材料虽也有"世间闾里所说",但明显不占主要地位。还如《搜神记》《世说新语》,以及殷芸的《小说》等,均是较为典型的抄撰作品。

---

① 〔清〕章学诚撰,叶瑛校注:《文史通义校注》,北京:中华书局,2014年,第1116页。
② 〔晋〕王嘉撰,〔梁〕萧绮录,齐治平校注:《拾遗记》,北京:中华书局,1981年,第210—211页。

三、宋代笔记的取材方式

宋代笔记接续了宋前笔记的取材方式，取材多采集自民间传闻、文人剧谈，以及前代的相关作品。

其一，取材自耳闻目见。所谓"耳闻"，即由他人向作者讲述一则故事或传闻，此讲述者或是故事的亲历者，或是故事的旁观者，或是得自"耳闻"的另一位转述者。在耳闻目睹得来的故事中，亲见或亲历者占少数，多数是乃得之"耳闻"者，张端义《贵耳集》自序中即云："耳为人至贵，言由音入，事由言听。古人有入耳著心之训，又有贵耳贱目之说。"①由此可见古人对耳闻之事的重视。

因他人之口说而取得故事素材，大致又可分为文人剧谈、游历所得、回忆往昔、主动访求等方式，其动机和记录方式各有不同。

剧谈是笔记作者获得素材的重要方式，多有用来娱乐与休闲的目的，内容散漫，记录方式较为随意。以"剧谈""闲谈""闲话""客话""谭宾""谈录""谈圃""谈苑""燕谈""燕语""丛谈""雅谈""雅言"等词命名的作品，其书多为剧谈内容的记录。如：

> 茅亭，其所居也。暇日，宾客话言及虚无变化、谣俗卜筮，虽异端而合道，旨属惩劝者皆录之。②
>
> 《渑水谭》者，齐国王辟之将归渑水之上，治先人旧庐，与田夫樵叟闲燕而谭说也。③
>
> 故人亲戚时时相过，周旋嵁岩之下，无与为娱，纵谈所及，多故实旧闻，或古今嘉言善行，皆少日所传于长老名流，及出入中朝身所践更者；下至田夫野老之言，与夫滑稽谐谑之辞，时以抵掌一笑。穷谷无事，偶遇笔札，随辄书之。④

----

① 〔宋〕张端义：《贵耳集》，朱易安、傅璇琮等主编：《全宋笔记》第 6 编第 10 册，郑州：大象出版社，2013 年，第 282 页。

② 〔宋〕晁公武撰，孙猛校证：《郡斋读书志校证》，上海：上海古籍出版社，2011 年，第 590 页。

③ 〔宋〕王辟之：《渑水燕谈录》，朱易安、傅璇琮等主编：《全宋笔记》第 2 编第 4 册，郑州：大象出版社，2006 年，第 5 页。

④ 〔宋〕叶梦得：《石林燕语》，朱易安、傅璇琮等主编：《全宋笔记》第 2 编第 10 册，郑州：大象出版社，2006 年，第 5 页。

　　除此之外，文人剧谈还有一种特殊的情形，即作者长期伴随于著名文士左右，将其剧谈时述说的内容载录集合成书。如《杨文公谈苑》专记杨亿言论，《直斋书录解题》卷十一中指出："丞相宋庠公序所录杨文公亿言论。初，文公里人黄鉴从公游，纂其异闻奇说，名《南阳谈薮》。宋公删其重复，分为二十一门，改曰《谈苑》。"①《孙公谈圃》专记孙升言论，《直斋书录解题》卷十一中指出："临江刘延世录高邮孙升君孚所谈。"②《傅公嘉话》专记傅尧俞言论，《郡斋读书志》卷十三中曰："右皇朝傅尧俞之子孙记尧俞之言行，凡四十余章。"③这些作品类似于语录体，内容多为朝廷秘事、文人逸事、传闻怪谈以及一些细碎的知识。

　　游历所得，多为记录旅途中的所见所闻。有的记录沿途所闻逸事，有的记录沿途或所居地的山川物产、风俗民情等，如范成大曾宦游桂林，《桂海虞衡志》系其自桂入蜀道中追忆而作，"道中无事，时念昔游，因追记其登临之处与风物土宜，凡方志所未载者，萃为一书。蛮陬绝徼，见闻可纪者亦附著之，以备土训之图。"④与此类似的还有《入蜀记》《老学庵笔记》《骖鸾录》《吴船录》《松漠纪闻》《岭外代答》等。

　　通过记录回忆所得而成书者，一般是作者在中晚年，为消遣余暇而作，其回忆的内容多来自过去的见闻。如张世南《游宦纪闻》乃作者回忆宦游时见闻而成："绍定改元，适有令原之戚，闭门谢客。因追思捉笔纪录，不觉盈轴，以《游宦纪闻》题之，所以记事实而备遗忘也。"⑤欧阳修《归田录》乃作者致仕后居颍州所撰，故以"归田"为名。范镇《东斋记事》乃作者谢事之后著述的，为"追忆馆阁中及在侍从时交游语言，与夫里俗传说"⑥著录纂集而成，因其所居之地名东斋，故书名为《东斋记事》。魏泰《东轩笔录》乃作者晚年僻居汉阴邓城县，追忆少年时"力学尚友，游于公卿间，其绪言余

①〔宋〕陈振孙撰：《直斋书录解题》，上海：上海古籍出版社，1987年，第325页。
②〔宋〕陈振孙撰：《直斋书录解题》，上海：上海古籍出版社，1987年，第330页。
③〔宋〕晁公武撰，孙猛校证：《郡斋读书志校证》，上海：上海古籍出版社，2011年，第584页。
④〔宋〕范成大：《桂海虞衡志》，朱易安、傅璇琮等主编：《全宋笔记》第5编第7册，郑州：大象出版社，第96页。
⑤〔宋〕张世南：《游宦纪闻》，朱易安、傅璇琮等主编：《全宋笔记》第7编第8册，郑州：大象出版社，2016年，第31页。
⑥〔宋〕范镇：《东斋记事》，朱易安、傅璇琮等主编：《全宋笔记》第1编第6册，郑州：大象出版社，2003年，第194页。

论有补于聪明者"①，故其书乃采撷群言而成。苏辙《龙川志略》乃作者晚年居龙川时"老衰昏眩"，"乃杜门闭目，追思平昔"②，由家人执笔记录而成。周辉《清波杂志》乃作者晚年居清波门时回忆早年"侍先生长者，与聆前言往行，有可传者"③，笔而记之。《东京梦华录》乃作者追念故国、感怀往昔之作："仆今追念，回首怅然，岂非华胥之梦觉哉？目之曰《梦华录》。"④

　　主动访求则带着补史、好奇，或传教的明确之目的，通过探访、询问的方式征求故事材料，记录方式相对严谨。出于补史目的以征求材料，通常是作者在史官心态的驱使下搜集遗逸，以备将来修史之需。孙光宪鉴于乱离之后"朝野遗芳，莫得传播"，于是"游处之间，专于博访"，"话秦中平时旧说，常记于心"，按照一定体例撰写《北梦琐言》，"先以唐朝达贤一言一行列于谈次，其有事类相近，自唐至后唐、梁、蜀、江南诸霸所得闻知者，皆附其末"⑤；张齐贤《洛阳搢绅旧闻记》专记唐、梁已还五代间事，乃是访求于洛城缙绅旧老所得。有的则是作者出于好奇尚异而主动访求材料。苏轼聚客谈异而"强人说鬼"，留下"姑妄言之"的佳话；章炳文"苟目有所见，不忘于心，耳有所闻，必诵于口。稽灵朗冥，搜神纂异……每开谈较议，博采妖祥，不类不次，不文不饰，无诞无避"⑥；洪迈因好谈鬼神，人闻其名，"每得一说，或千里寄声"⑦，其所取材的对象上至贤卿士夫，下至寒人、野僧、山客、道士、瞽巫、俚妇、下隶、走卒，"凡以异闻至，亦欣欣然受之"，可见其取材之广泛。

　　宋代笔记的取材除了口传之外，还有一部分直接取材自书面：有的是

---

① 〔宋〕魏泰：《东轩笔录》，朱易安、傅璇琮等主编：《全宋笔记》第1编第8册，郑州：大象出版社，2003年，第4页。

② 〔宋〕苏辙：《龙川志略》，朱易安、傅璇琮等主编：《全宋笔记》第1编第9册，郑州：大象出版社，2003年，第255页。

③ 〔宋〕周辉：《清波杂志》，朱易安、傅璇琮等主编：《全宋笔记》第5编第9册，郑州：大象出版社，2012年，第4页。

④ 〔宋〕孟元老：《东京梦华录》，朱易安、傅璇琮等主编：《全宋笔记》第5编第1册，郑州：大象出版社，2012年，第115页。

⑤ 〔宋〕孙光宪：《北梦琐言》，朱易安、傅璇琮等主编：《全宋笔记》第1编第1册，郑州：大象出版社，2003年，第14页。

⑥ 〔宋〕章炳文：《搜神秘览》，朱易安、傅璇琮等主编：《全宋笔记》第3编第3册，郑州：大象出版社，2008年，第108页。

⑦ 〔宋〕洪迈：《夷坚志》，朱易安、傅璇琮等主编：《全宋笔记》第9编第3册，郑州：大象出版社，2018年，第222页。

平时的读书摘抄、随笔记录;有的是专门就某一主题抄撮群书。对于口头传闻与书面文字之间的关系及可信程度之高低,古人也有较为清晰的认识。杨万里在书曾敏行《独醒杂志》序中,探讨了言与书的关系:

> 古者有亡书,无亡言。南人之言,孔子取之;夏谚之言,晏子诵焉。而孔子非南人,晏子非夏人也。南北异地,夏、周殊时,而其言犹传,未必垂之策书也,口传焉而已矣。故秦人之火能及漆简,而不能及伏生之口。然则,言与书孰坚乎哉?虽然,言则坚矣,而言者有在亡也。言者亡,则言亦有时而不坚也,书又可废乎! 书存则人诵,人诵则言存,言存则书可亡而不亡矣。书与言其交相存者欤![①]

杨氏对言和书采取并重的态度,指出在远古时期,书写困难,口传之言"未必垂之策书",此时口传相对更显宝贵。随着书籍数量的增加,言的保存日趋简便,而口述传言的准确性相对降低了,"书存则人诵,人诵则言存",一切文化知识皆可凭借书籍而流传后世,书籍的重要性日益彰显。基于此,笔记作者在征求道听途说的材料之外,也从各类书籍中摘取、搜集材料,加以整理、改编、汇集,从而使笔记有了新的、更为广阔的材料来源。

材料源自书面的笔记中有一类可称为读书笔记[②],是文人学者平时读书时随笔记录的产物:"凡读书有疑,随即疏而思之,遇有所得,质之于师友而不谬也,则随而录之。"[③]它没有严格的规范与体例,随读随记,集摘抄、议论、考辨为一体,议论间杂有作者耳闻目睹之逸闻琐事。这类笔记滥觞于先秦诸子,发端于汉魏六朝,至唐已较为成熟,发展到宋代,而蔚为大观,备受文人青睐。宋代学者中,雍民献为龚颐正《芥隐笔记》一书所作跋中对文人何以喜撰笔记,以及"笔记"命名之意加以解释道:

---

① 〔宋〕曾敏行:《独醒杂志》,朱易安、傅璇琮等主编:《全宋笔记》第 4 编第 5 册,郑州:大象出版社,2008 年,第 117 页。

② 此类笔记类似今所谓"考据辨证类"笔记。参刘叶秋:《历代笔记概述》,北京:北京出版社,2011 年,第 4 页。

③ 〔宋〕史绳祖:《学斋佔毕》,朱易安、傅璇琮等主编:《全宋笔记》第 8 编第 3 册,郑州:大象出版社,2017 年,第 43 页。

士非博学之难,能审思明辨之为难。古人固有耽玩典籍,涉猎书记,穷年皓首,贪多务得者矣。然履常蹈故,诵书缀文,趣了目前,不求甚解。疑误相传,莫通伦类,漫无所考按也。检讨龚公,以学问文章知名当世,诸公要人争欲令出我门下。自六艺、百家、诸史之籍,无所不读;河图洛书、山镵冢刻、方言地志、浮屠老子、骚人墨客之文,无所不记。至于讨论典故,订正事实,辨明音训,评论文体,虽片言只字,必欲推原是正,俾学者知所依据。此其闲居暇日,有得于一时之诵览者,随而录之,故号曰"笔记"。①

跋中指出士人读书,在博览的基础上要做到"审思明辨",不盲从古人,对疑误之处要指出,加以考证,所谓"推原是正,俾学者知所依据"。可见到了宋代,在读书诵览的同时,随笔记录、编纂笔记已成为文人学者的习惯,而笔记也因其简单易记而被用作此类作品的名称,读书笔记更是成为笔记中之大宗。《四库全书总目提要》在杂家类的杂说之属按语中指出:"(笔记)大抵随意录载,不限卷帙之多寡,不分次第之先后。兴之所至,即可成编。故自宋以来,作者至夥。"②其书杂家类杂考之属按语中亦指出:"考证经义之书,始于《白虎通义》,蔡邕《独断》之类,皆沿其支流。至唐而《资暇集》、《刊误》之类,为数渐繁。至宋而《容斋随笔》之类,动成巨帙。其说大抵兼论经史子集,不可限以一类,是真出于议官之杂家也。"③

读书笔记因其是读书、摘抄的产物,其作者大部分是博览群书的饱读之士,撰《宜斋野乘》的吴枋自称"自四十岁以来,荣念已绝,独于嗜书一事,如饥之于食,渴之于饮,未尝一日忘情也"④;《云谷杂记》的作者张淏"自幼无他好,独嗜书之癖,根著胶固,与日加益。每获一异书,则津津喜见眉宇,意世间所谓乐事,无以易此"⑤。他们读书博杂,不拘一隅,张淏自称"虽阴

---

① 〔宋〕龚颐正:《芥隐笔记》,朱易安、傅璇琮等主编:《全宋笔记》第5编第2册,郑州:大象出版社,2012年,第121页。
② 〔清〕永瑢等:《四库全书总目提要》,《万有文库》第24册,上海:商务印书馆,1931年,第43页。
③ 〔清〕永瑢等:《四库全书总目提要》,《万有文库》第23册,上海:商务印书馆,1931年,第61页。
④ 〔宋〕吴枋:《宜斋野乘》,朱易安、傅璇琮等主编:《全宋笔记》第7编第2册,郑州:大象出版社,2016年,第90页。
⑤ 〔宋〕张淏:《云谷杂记》,朱易安、傅璇琮等主编:《全宋笔记》第7编第1册,郑州:大象出版社,2016年,第80页。

阳方伎、种植医卜之法，辎轩、稗官、黄老、浮图之书，可以娱闲暇而资见闻者，悉读而不厌"[1]。洪迈序朱翌《猗觉寮杂记》时，称朱翌因阅古有见，不问经史、稗说、谐戏，"穷经考古，砭剂疵病，校量草木虫鱼，上掸骚雅，旁弋史传，证引竺干龙汉诸章，下及琐录稗说，左掇右劀，悉为吾用"[2]。

读书笔记除了广征博引，还需长期积累，非一朝一夕之功可成，少则三五年，多则数十年。朱翌撰《猗觉寮杂记》历经"五闰"；洪迈撰《容斋随笔》、《续笔》、《三笔》、《四笔》，前后花费近三十七年；吴坰《五总志》、俞成《萤雪丛说》、张淏《云谷杂记》、史绳祖《学斋佔毕》皆自年少时即为之。作者起初并无意著述，只是兴之所至、随笔记录，经多年的累积，集腋成裘，融为一编。所成作品之内容、形式、规模不拘一格，馆臣所谓"不限卷帙之多寡，不分次第之先后，兴之所至，即可成编"，正可概括其特点。

辑录摘抄是笔记取材的重要方式之一，宋初张君房《搢绅脞说》中的不少故事辑录自前代小说，其中大部分为唐人作品，其所引之书目，有诸如《乐府杂录》《汉武帝内传》《庐氏杂说》《闻奇录》《玄怪录》《稽神录》《纪闻》《玉溪编事》《广异记》《河东记》《潇湘录》《王氏见闻》《玉堂闲话》《尚书故实》《抒情诗》《异梦录》《本事诗》等。依照《诗话总龟》（前集）卷四十二中"《搢绅脞说》载:《庐氏杂记》曰:'歌曲之妙……'"，推测《搢绅脞说》凡引录前人书时有可能都注明了出处[3]。《科名定分录》全载"唐朝科名分定事，估计是纂辑唐人小说中科名前定事而成"[4]。宋人采辑前人书还好为类编之事，如《通籍录异》《唐语林》《续世说》《古今前定录》《宋朝事实类苑》《分门古今类事》《劝戒别录》等都为类编之书，且随着时间推移，分类越来越繁，采书也越来越广，如《宋朝事实类苑》分为二十四类，引书超过五十种；《唐语林》分为五十二类，引书均甚多；《续世说》分为三十八门；《分门古今类事》引书超过一百三十种。

抄撮旧籍基于不同的目的，或炫技逞博，或好奇尚怪，或保留史事，或休闲自娱。陆游《避暑漫钞》是其避暑闲居时观书抄录而成，内容均为唐宋

① 〔宋〕张淏:《云谷杂记》，朱易安、傅璇琮等主编:《全宋笔记》第7编第1册，郑州:大象出版社，2016年，第80页。
② 〔宋〕朱翌:《猗觉寮杂记》，朱易安、傅璇琮等主编:《全宋笔记》第3编第10册，郑州:大象出版社，2008年，第5页。
③ 李剑国:《宋代志怪传奇叙录》，天津:南开大学出版社，1997年，第69页。
④ 李剑国:《宋代志怪传奇叙录》，天津:南开大学出版社，1997年，第71页。

间趣闻逸事；吕祖谦《卧游录》是其晚年自娱之作，王深源为其作序云："太史东莱先生晚岁卧家，深居一室，若与世相忘，而其周览山川，收拾人物之意未能已也。因有感于宗少文卧游之语，每遇昔人记载人境之胜，辄命门人随手笔之，而目之曰《卧游录》，非直以为怡神玩志之具而已。"①"卧游"取典自南朝刘宋宗炳之事，名其书为"卧游"，自寓有一种闲情雅致在内。周密《澄怀录》，亦取典宗炳之卧游，其自序云：

> 澄怀观道，卧以游之，宗少文语也，东莱翁用以名书，盖取会心以济胜，非直事游观也。惟胸中自有山壑，然后知人境之胜，体用之妙，不在兹乎？余凤好游，几自贻戚，晚虽惩创，而烟霞之痼不可针砭，每闻一泉石奇、一景趣异，未尝不跃然喜，欣然往。爱之者警以曩事，则悚然惧，慨然叹曰："人生能消几两屐？司马子长岂直以游获戾哉！"因拾古今高胜、翁所未录者，附于卷末，名之曰"澄怀"，亦"高山"、"景行"之意也。②

周、吕二人皆好游，"烟霞之痼"，至晚年而不熄。周密撰此书的用意与吕祖谦也大抵相同，即通过拾取古书中游观山水的事迹，表达内心情志与高雅生活趣味。

综上所述，笔记的取材范围基本上来自口说见闻和遗书旧编两方面。随着时间的推移，新的传闻故事不断产生，亦成为笔记重要的取材对象，口说见闻在笔记的材料来源中始终占据着重要的地位。而在宋人"崇实"治学风气与良好的文化环境、出版繁荣、书籍易得的情境中，也导致时人对书面材料的偏好，为宋人读书、抄书、编书打下了坚实基础。宋人好抄撮、编纂笔记，越到后期其风气越盛，由此广收博取，保存了大量珍贵的笔记作品，且很多作品分门别类、注明出处，便于传阅和取资。

---

① 〔宋〕吕祖谦：《卧游录》，朱易安、傅璇琮等主编：《全宋笔记》第 6 编第 3 册，郑州：大象出版社，2013 年，第 306 页。
② 〔宋〕周密：《澄怀录》，朱易安、傅璇琮等主编：《全宋笔记》第 8 编第 1 册，郑州：大象出版社，2017 年，第 91 页。

第二节　宋代笔记命名的基本类型与理论内涵

一、宋代笔记命名的基本类型

古人著书,于书名亦极为重视。清人钮琇云:"著书必先命名。所命之名,与所著之书,明简确切,然后可传。若意尚新奇,字谋替代,一有谬误,遂生訾议,不可不慎也。"①从中足可见出书名的重要性。给书籍命名有一个历史变迁的过程,先秦时期为书籍命名尚不普遍,此时著述多单篇别行,甚少集结成书,待后来编次成书时,命名也较为随意,多以作者的人名命之,或摘该书内容的首二字命名。汉以后以至于魏晋南北朝时期,为书籍命名渐趋普遍,书名成为书籍的重要组成部分②。到了两宋时期,作者在构思、编纂书籍时,为书籍命名更是成为重要的一环。

为所撰作品命名体现着撰者的创作目的和态度。关于笔记名称之含义,除撰者本人或后人为其所作序跋中有释义之外,还多见于历代书目提要中。而书目在提要作品时,不同时期的侧重点也不尽相同。《汉书·艺文志》小说家类著录十五家小说,班固及以后的应劭、颜师古为其作注时主要是介绍作品的性质内容,并不语及命名。如对《周考》,班固注曰:"考周事也。"③对《青史子》,班固注曰:"古史官记事也。"④对《待诏臣饶心术》,颜师古注曰:"刘向《别录》云,饶,齐人也。不知其姓。武帝时待诏,作书曰《心术》也。"⑤对《待诏臣安成未央术》,应劭注曰:"道家也。好养生事,为未央之术。"⑥对《虞初周说》,应劭注曰:"其说以《周书》为本。"颜师古注曰:"《史记》云虞初,洛阳人,即张衡《西京赋》'小说九百,本自虞初'者也。"⑦

两宋时期书目中有详细提要的,如晁公武《郡斋读书志》、陈振孙《直斋

① 〔清〕钮琇:《觚賸》,上海:上海古籍出版社,1986年,第177页。
② 参余嘉锡:《目录学发微·古书通例》,北京:商务印书馆,2011年,第208—215页。
③ 陈国庆编:《汉书艺文志注释汇编》,北京:中华书局,1983年,第160页。
④ 陈国庆编:《汉书艺文志注释汇编》,北京:中华书局,1983年,第160页。
⑤ 陈国庆编:《汉书艺文志注释汇编》,北京:中华书局,1983年,第161页。
⑥ 陈国庆编:《汉书艺文志注释汇编》,北京:中华书局,1983年,第161页。
⑦ 陈国庆编:《汉书艺文志注释汇编》,北京:中华书局,1983年,第162页。

书录解题》,除对著录的作品进行或详或略的介绍外,还有不少涉及笔记作品的命名。《直斋书录解题》小说家类中提及笔记命名的有:

《北梦琐言》:"北梦"者,言在梦泽之北也。①

《乘异记》:咸平癸卯序,取"晋之乘"之义也。②

《龙川略志》《别志》:龙川者,循州也。③

《渑水燕谈》:渑,齐水名,《春秋传》"有酒如渑"。④

《碧云騢》:以厩马为书名,其说曰:"世以旋毛为丑,此以旋毛为贵,虽贵矣,病可去乎?"其不逊如此,圣俞必不尔也。⑤

《玉涧杂书》:"玉涧"者,石林山居涧水名也。⑥

《萍洲可谈》:萍洲老圃,其自号也,在黄州,盖其乔寓之地,事见《齐安志》。⑦

《泊宅编》:泊宅在乌程,相传张志和泊舟浮家泛宅之所,匀买田卜筑,号泊宅翁。⑧

《闲燕常谈》:取士相与谈仁义于闲燕之义。⑨

《鄞川志》:寓居四明,故曰鄞川。⑩

《睽车志》:取《睽》上六"载鬼一车"之语。⑪

《桯史》:"桯史"者,犹言柱记也。原注:"《说文》:'桯,床前几也。'"⑫

《秀水闲居录》:"秀水"者,袁州水名也。⑬

① 〔宋〕陈振孙撰:《直斋书录解题》,上海:上海古籍出版社,1987年,第324页。
② 〔宋〕陈振孙撰:《直斋书录解题》,上海:上海古籍出版社,1987年,第326页。
③ 〔宋〕陈振孙撰:《直斋书录解题》,上海:上海古籍出版社,1987年,第329页。
④ 〔宋〕陈振孙撰:《直斋书录解题》,上海:上海古籍出版社,1987年,第330页。
⑤ 〔宋〕陈振孙撰:《直斋书录解题》,上海:上海古籍出版社,1987年,第330—331页。
⑥ 〔宋〕陈振孙撰:《直斋书录解题》,上海:上海古籍出版社,1987年,第332页。
⑦ 〔宋〕陈振孙撰:《直斋书录解题》,上海:上海古籍出版社,1987年,第334页。
⑧ 〔宋〕陈振孙撰:《直斋书录解题》,上海:上海古籍出版社,1987年,第334页。
⑨ 〔宋〕陈振孙撰:《直斋书录解题》,上海:上海古籍出版社,1987年,第334页。
⑩ 〔宋〕陈振孙撰:《直斋书录解题》,上海:上海古籍出版社,1987年,第335页。
⑪ 〔宋〕陈振孙撰:《直斋书录解题》,上海:上海古籍出版社,1987年,第337页。
⑫ 〔宋〕陈振孙撰:《直斋书录解题》,上海:上海古籍出版社,1987年,第338页。
⑬ 〔宋〕陈振孙撰:《直斋书录解题》,上海:上海古籍出版社,1987年,第342页。

《吴船录》：取"门泊东吴万里船"之语。①

这种对笔记的论述还局限于名称解说、考证、罗列等方面，尚未从整体上归纳笔记命名的规律，以及笔记命名中所蕴含的理论内涵。

程国赋在《论中国古代小说命名的文体意义》中探讨了小说命名的基本模式，指出古代小说命名呈现出复合结构，多含有两种因素，有的与作者或作品的内容相关；有的则含有作品的文体形态、编撰方式、创作观念等之中的某种信息。在具体的命名中又会出现省略的情况，其中省略与作品内容相关因素的情况极为少见，而省略文体形式、编撰方式、创作观念信息的情况比较普遍②。下文依循这一命名模式，对宋代笔记命名的基本面貌作一简要梳理。

在与作者或作品内容相关的命名中，与作者相关的因素包括作者的姓名、字号、谥号等，以及与作者有关的人物、地点、时代、时间、意趣、状态等③，从这些因素可以了解或推测出作者的相关背景。与作品内容相关的因素包括作品表现的对象（包括人物、事件）以及对象的类型特征，由此可了解作品的题材选择、创作倾向、审美趣味等。

先看与作者相关的命名情况。笔记由于自古皆为正统文人所轻视，以作者自己的名、号命名笔记的情况并不常见。余嘉锡就此曾认为："古人著书，既不题撰人，又不自署书名。后之传录其书者，知其出于某家之学，则题为某氏某子，或某姓名。"④这就指出了古书名中的姓名并不是撰述者本人，而是后来人编书时所依托的对象，以此表明其为某家之学说。《汉书·艺文志》小说家类著录的小说作品中，就常有人物的姓名或字号、称号，但这些作品的命名大多不是出自作者本人，而是后人所加，其中《伊尹说》《鬻子说》《师旷》《宋子》《黄帝说》多是上古传说人物，作者自撰小说书名的可能微乎其微，依托之意则甚为明了。还如《青史子》《待诏臣饶心术》《待诏臣安成未央术》《臣寿周纪》《虞初周说》等书名中的"史""饶心术""未央术"

---

① 〔宋〕陈振孙撰：《直斋书录解题》，上海：上海古籍出版社，1987年，第344页。

② 程国赋：《论中国古代小说命名的文体意义》，《明清小说研究》2011年第2期。

③ 《中国古代小说命名研究》中就曾指出："以人名嵌入小说名称，包括以作者之姓名、字号命名，以故事讲述者命名，以小说中相关人名命名，将小说中人物姓名拼合而成等多种形式。"参宗立东：《中国古代小说命名研究》，哈尔滨：黑龙江大学出版社，2021年，第3页。

④ 余嘉锡：《目录学发微（含〈古书通例〉）》，北京：中国人民大学出版社，2004年，第257页。

"周纪""周说"等字眼，均可见作者本意并非撰写小说。鲁迅就曾论《汉书·艺文志》著录的十五家小说书名道："今审其书名，依人则伊尹鬻熊师旷黄帝，说事则封禅养生，盖多属方士假托。"①足见这些作品的命名，大抵非出于作者本人。魏晋时期以作者命名的小说有东晋郭澄之所撰《郭子》。宋代以作者姓名、字号命名的笔记也不多见，一般都较为隐晦，多以"某氏""某子"或自号命名，如：

笔　记	作　者	笔　记	作　者
《石林燕语》	叶梦得	《孔氏杂说》	孔平仲
《退斋笔录》	侯延庆	《吕氏杂记》	吕希哲
《容斋随笔》	洪迈	《晁氏客语》	晁说之
《萍洲可谈》	朱彧	《张氏可书》	张知甫
《清虚居士随手杂录》	王巩	《邵氏闻见录》	邵伯温
《润泉日记》	韩淲	《邵氏闻见后录》	邵博
《后山谈丛》	陈师道	《钓矶立谈》	史□
《泊宅编》	方勺	《懒真子》	马永卿

其中"石林""钓矶""润泉""萍洲""泊宅"等，都是作者的自号。还有一些作品如《野客谈书》《醉翁谈录》《墨客挥犀》，其"野客""醉翁""墨客"等也可视为作者的自号或代称。

在专门记录某人言谈逸事的笔记中，因作者与记录对象的关系较为亲密，一般为下属、幕僚、后人、晚辈，除了以"某氏"命名外，常以记录对象的职务或尊称为作品命名，如：宋庠《杨文公谈苑》、佚名《寇莱公遗事》、李宗谔《李公谈录》、王暐《王文正公言行录》、苏象先《丞相魏公谭训》等。还如《友会谈丛》《国老谈苑》《洛阳搢绅旧闻记》《搢绅脞说》《师友谈记》《师友杂志》《耆旧续闻》等以"友会""国老""搢绅""师友""耆旧"命名，可知其记录的言谈逸闻并非出自一人，而是某一特定人群。还如《温公琐语》《东坡志林》虽以"温公""东坡"命名，其书乃是后人撷取司马光和苏东坡之文重为编辑而成。

以与作者有关的地点命名，则涵盖了作者的籍贯、为官地、写作地、被贬地、具体斋堂室名，或与之相关的景物等，具体如下表：

---

① 鲁迅：《中国小说史略》，北京：人民文学出版社，2006年，第29页。

书　名	作　者	命名原因
《北梦琐言》	孙光宪	自序："《禹贡》云'云土梦作义'。《传》有'畋于江南之梦'，鄙从事于荆江之北，题曰《北梦琐言》。"
《钓矶立谈》	史□	自序："避地江表，始营钓矶于江渚……自号'钓矶闲客'。"
《灯下闲谈》	阙名	自序："洎余灯下与二三知己谈对外，语近代异事。"
《湘山野录》	释文莹	撰于荆州之金銮寺，故以"湘山"为名。
《玉壶清话》	释文莹	自序："玉壶，隐居之潭也。"
《东斋记事》	范镇	"东斋"乃所居之地。
《春明退朝录》	宋敏求	自序："先庐在春明里。"
《涑水记闻》	司马光	陕州夏县涑水乡人，世称涑水先生。
《龙川略志》《龙川别志》	苏辙	谪居循州龙川时所撰。
《茅亭客话》	黄休复	"茅亭"乃所居之地。
《道山清话》	阙名	"道山"乃秘阁代称。
《梦溪笔谈》	沈括	晚年居润州"梦溪园"。
《渑水燕谈录》	王辟之	退居渑水所撰。
《岩下放言》	叶梦得	"岩下"代致仕之地。
《玉涧杂书》	叶梦得	"玉涧"乃作者在石林山居中的一条涧水之名。
《东皋杂录》	孙宗鉴	因病退居，号其山林曰"东皋"。
《松漠纪闻》	洪皓	"松漠"指出使之北方。
《中吴纪闻》	龚明之	"中吴"指作者的家乡吴中之地。
《墨庄漫录》	张邦基	"墨庄"乃作者寓所之名。
《铁围山丛谈》	蔡絛	贬地白州境内有铁围山。
《碧鸡漫志》	王灼	客寄成都之碧鸡坊妙胜院。
《步里客谈》	陈长方	依外家客居于吴之步里。
《枫窗小牍》	袁褧	"枫窗"指客居之所。
《桐阴旧话》	韩元吉	京师第门有桐木，故称"桐阴"。
《罗湖野录》	释晓莹	自序："愚以倦进，归憩罗湖之上。"
《芥隐笔记》	龚颐正	"芥隐"乃作者书室之名。

续表

书 名	作 者	命名原因
《吴船录》	范成大	"吴船"指游历所乘之船。
《清波杂志》《清波别志》	周煇	寓居都下清波门时所撰。
《陶朱新录》	马纯	退居陶朱时所撰。
《东园丛说》	李如篪	自序云："顷年僻居语儿之东乡。"
《玉照新志》	王明清	寓所名曰"玉照"。
《幕府燕闲录》	毕仲询	于幕府中所撰。
《郡阁雅言》	潘若同	于郡阁中所撰。
《秘阁雅谈》	吴淑	于秘阁中所撰。
《鹤林玉露》	罗大经	自序云："余闲居无营，日与客清谈鹤林之下。"
《癸辛杂识》	周密	居杭州癸辛街时所撰。
《芦浦笔记》	刘昌诗	自序云："芦浦乃廨宇之攸寓云。"
《秀水闲居录》	朱胜非	居袁州秀水时所撰。
《苕溪渔隐丛话》	胡仔	居闽中苕溪时所撰。

　　除了以上所录作品外，还有惠洪《冷斋夜话》、高晦叟《珍席放谈》、何远《春渚纪闻》、朱弁《曲洧旧闻》、朱翌《猗觉寮杂记》、姚宽《西溪丛语》、曾慥《高斋漫录》、袁文《瓮牖闲评》、费衮《梁溪漫志》、吴曾《能改斋漫录》、陆游《老学庵笔记》、高文虎《蓼花洲闲录》、周必大《二老堂杂志》、吴枋《宜斋野乘》、张淏《云谷杂记》、赵彦卫《云麓漫钞》、陈正敏《剑溪野语》、倪思《经鉏堂杂志》、王迈《北山记事》、耐得翁《山斋愚见十书》、谢采伯《密斋笔记》、周密《浩然斋雅谈》和《志雅堂杂钞》、叶寘《爱日斋丛抄》等，其命名之意无明确记载，审其诸如"冷斋""春渚""曲洧""猗觉寮""西溪""高斋""瓮牖""能改斋""老学庵""梁溪""蓼花洲""二老堂""云谷""云麓""山斋""剑溪""经鉏堂""复斋""北山""志雅堂""浩然斋""密斋""爱日斋"等皆为地名、书室、斋堂名，其命名之意当相似于表中所列作品。

　　与内容相关的命名同样多种多样。首先是与笔记的时间、地点相关的命名，这些命名表明所记录故事发生的时间、地点。其中，与时间相关的命名，有的以朝代命名，如郑文宝的《南唐近事》、王谠的《唐语林》等；大部分是以撰述时的年号为名，如《靖康传信录》《建炎进退录》《建炎时政记》《靖炎两朝闻见录》《建炎笔录》《靖康纪闻》《建炎维扬遗录》《正隆事迹记》《淳熙玉堂杂记》《建炎以来朝野杂记》《宣政杂录》等。

与地点相关的命名，有的则较为具体明确，如《御史台记》《东观奏记》《麟台故事》，观名可知其所记为有关"御史台""东观""麟台"之事。又如《洛阳搢绅旧闻记》《锦里耆旧传》《蜀梼杌》《东京梦华录》《岳阳风土记》《辰州风土记》《梦粱录》《武林旧事》等，也都有具体的地点。另一些则比较模糊，如《朝野佥载》《南楚新闻》《南唐近事》《南部新书》《江南余载》《江南野史》《江南别录》《朝野类要》《建炎以来朝野杂记》《江淮异人录》，其地点或指某一范围，如朝野、朝廷等，或为范围较大的地区，如南楚、南部、江南、江淮等。

与内容相关的命名中，比较重要的是以笔记创作题材、主旨或寓意命名的，或传教劝诫，或搜奇记异，或博物补史，或取笑娱乐。如搜奇记异常以奇、异、怪、灵、神、幽、冥等对象或题材来命名，如《广卓异记》《南方异物志》。博物补史则是以博物、补史观念命名作品，如《续博物志》《广博物志》《史遗》《唐阙史》《桯史》《逸史》《唐国史补》等。

宋代笔记中还有一类以典故命名的作品，可归入与内容相关的命名之中。如《肯綮录》之"肯綮"语出《庄子·养生主》"疱丁解牛"之事："技经肯綮之未尝，而况大瓠乎？"[1]《侯鲭录》之"侯鲭"语出《西京杂记》卷二"五侯鲭"，其文云："五侯不相能，宾客不得来往。娄护丰辩，传食五侯间，各得其欢心，竞致奇膳。护乃合以为鲭，世称'五侯鲭'，以为奇味焉。"[2]《鸡肋编》之"鸡肋"语出《后汉书·杨修传》："夫鸡肋，食之则无所得，弃之则如可惜。"[3]《五总志》中的"五总"语出"五总龟"典故："龟生五总，灵而知事，古人譬诸老于学而不斁者，心窃慕之，因志其首曰'五总'。"[4]《扪虱新话》中的"扪虱"典出《晋书·王猛传》："桓温入关，猛被褐而诣之，一面谈当世之事，扪虱而言，旁若无人。"[5]《萤雪丛说》中的"萤雪"典出晋代孙康、车胤苦

① 〔晋〕郭象注，〔唐〕成玄英疏：《庄子注疏》，北京：中华书局，2011年，第66页。

② 〔晋〕葛洪撰，周天游校注：《西京杂记》，西安：三秦出版社，2006年，第74页。

③ 〔南朝宋〕范晔撰：《后汉书》，北京：中华书局，2007年，第525页。

④ 〔宋〕吴坰：《五总志》，朱易安、傅璇琮等主编：《全宋笔记》第5编第1册，郑州：大象出版社，2012年，第5页。

⑤ 〔唐〕房玄龄等撰：《晋书》，北京：中华书局，1974年，第2930页。

读事："家贫不常得油，夏月则练囊盛数十萤火以照书，以夜继日焉。"①《投辖录》中的"投辖"典出《汉书》陈遵事："遵耆酒，每大饮，宾客满堂，辄关门，取客车投辖井中，虽有急，终不得去。"②《卧游录》中的"卧游"语出宗炳《画山水序》及《宋书·宗炳传》。《贵耳集》中的"贵耳"出自"贵耳贱目"之说："耳为人至贵，言由音入，事由言听。古人有入耳著心之训，又有贵耳贱目之说。"③《吹剑录》中的"吹剑"语出《庄子·则阳》"吹剑首者，吷而已矣。尧舜，人之所誉也，道尧舜于戴晋人之前，譬犹一吷也。"④《过庭录》中的"过庭"出自《论语·季氏》"鲤趋而过庭"之语。《齐东野语》之"齐东野语"即"齐东野人之语"，出自《孟子·万章上》"此非君子之言，齐东野人之语也"⑤。

在指向作品的体裁、材料来源、编纂方式等因素的命名方式中，体现了作品的类型特点、文体特征、取材编纂方式等方面的共性。

其一，与史传有关。宋代笔记中有大量与史传有关的命名，即以"传""记""纪""志""录"等命名。史书有多种体裁，体制各异，承担不同的叙述任务，其中最重要的是传、记二体。"传"即人物传记，列入正史之传可称为正传，不入正史之传可称为"外传"，又有家传、别传、杂传之名，与小说相通⑥。"纪"即本纪之纪"，与"记"通，《史记·五帝本纪》司马贞索隐曰："纪者，记也。本其事而记之，故曰本纪。"传、记本无区别，以人区别者，即可谓之传记，至于后世，始以人物者谓之传，叙事迹者谓之记⑦，《四库全书总目》谓："传记者，总名也。类而别之，则叙一人之始末者谓传之属，叙一事之始末者为记之属。"⑧而在笔记命名中，并不完全遵循其规范，两者经

① 〔唐〕房玄龄等撰：《晋书》，北京：中华书局，1974 年，第 2177 页。

② 〔汉〕班固撰：《汉书》，北京：中华书局，2007 年，第 909 页。

③ 〔宋〕张端义：《贵耳集》，朱易安、傅璇琮等主编：《全宋笔记》第 6 编第 10 册，郑州：大象出版社，2013 年，第 282 页。

④ 〔晋〕郭象注，〔唐〕成玄英疏：《庄子注疏》，北京：中华书局，2011 年，第 468 页。

⑤ 杨伯峻译注：《孟子译注》，北京：中华书局，1960 年，第 198 页。

⑥ 朱希祖《中国史学通论》云："别传之作，大都书其逸事，纪其异闻，以别于史传……窃谓别传之作，实为小说之流……盖此等记载，例皆讳饰而不敢记实者也。地方先贤旧传，其源亦出于小说。"朱希祖：《中国史学通论》，北京：商务印书馆，2015 年，第 35—36 页。

⑦ 朱希祖《中国史学通论》云："自班固作《汉书》，志以记事，传以记人，实开后世记以记事、传以记人之端。然六代之时，则固未尝分别也……自唐以后，始渐以传专属人，记专属事，此又传记之又一变矣。"参朱希祖：《中国史学通论》，北京：商务印书馆，2015 年，第 34—35 页。

⑧ 〔清〕纪昀等著，四库全书研究所整理：《钦定四库全书总目（整理本）》，北京：中华书局，1997 年，第 820 页。

常混用，如吴淑《异僧记》、张齐贤《洛阳搢绅旧闻记》等皆以人为单位分别记述，粗可视作人物列传。

"志""录"皆原出自史书，《周礼·春官·外史》"掌四方之志"，郑玄注曰"志，记也。若谓鲁之春秋，晋之乘，楚之梼杌"①，此"志"即史籍稽案之类，班固《汉书》有"十志"，此后凡礼乐、山川、风土等皆有志，所谓"纪传之外，有所不尽，只字片语，于斯备录"②。"录"有记录之义，《春秋公羊传》"隐公十年"云："《春秋》录内而略外，于外大恶书，小恶不书；于内大恶讳，小恶书。"③古代又有录事之官，负责总录要事。记载言行事物之书即可称为"录"，有语录、目录、谱录、杂录、实录等。宋代笔记中以"志""录"命名的作品不在少数，如《玄怪录》《松窗杂录》《剧谈录》《云斋广录》《投辖录》等。

在笔记的命名中，"传"与"记""纪""志""录"皆可相通，都有记录、记载之义，本无严格之区分，并无正史中的记人、记事之别，杂录各类人物事迹、传闻逸事之作，皆可命名为某记、某志、某录。

其二，与剧谈活动有关。两宋时期士人聚会时谈谑、说话之风盛行，根据剧谈内容记录而成的作品，常以"谈""语""话""说""议""言"等命名。这种命名方式多与言说有关，《说文解字》谓"话，合会善言也"，"语，论也"，"谈，语也"④，《世说新语·轻诋》刘孝标注引《续晋阳秋》"晋隆和中，河东裴启撰汉、魏以来迄于今时言语应对之可称者，谓之《语林》"⑤，可见《语林》正是因为记载言论方以"语"字命名。《世说新语》唐时多作《世说新书》，宋人所见本则已为《世说新语》，黄伯思跋《世说新语》谓"宋临川孝王因录汉末至江左名士佳语"⑥，高似孙跋则言其"采撷汉、晋以来佳事佳话"⑦，皆强调《世说新语》与言说的关系。以"话"字命名的作品侧重于其

① 〔汉〕郑玄注，〔唐〕贾公彦疏，彭林整理：《周礼注疏》，上海：上海古籍出版社，2010 年，第1027 页。

② 〔唐〕刘知几著，〔清〕浦起龙通释：《史通通释》，上海：上海古籍出版社，2009 年，第51 页。

③ 黄铭、曾亦译注：《春秋公羊传》，北京：中华书局，2016 年，第61 页。

④ 〔汉〕许慎撰，〔宋〕徐铉校定：《说文解字》，北京：中华书局，1998 年，第51、53 页。

⑤ 〔南朝宋〕刘义庆著，〔南朝梁〕刘孝标注，余嘉锡笺疏：《世说新语笺疏》，北京：中华书局，2011年，第729 页。

⑥ 〔南朝宋〕刘义庆撰，〔南朝梁〕刘孝标注，刘强会评辑校：《世说新语会评》，南京：凤凰出版社，2007 年，第530 页。

⑦ 〔南朝宋〕刘义庆著，〔南朝梁〕刘孝标注，余嘉锡笺疏：《世说新语笺疏》，北京：中华书局，2011年，第803 页。

创作方式是记载自己听说的内容，如刘𫗧《隋唐嘉话》序中言"余自髫丱之年，便多闻往说；不足备之大典，故系之小说之末"①。此外，并非直接记录谈话，而是在剧谈风气影响下形成的作品，也可以"话""议""谈"等词命名，如《刘宾客嘉话录》"依当时日夕所话而录之"②便是如此。还如《搢绅脞说》《玉堂闲话》《青琐高议》《野人闲话》《因话录》《闲燕常谈》《茅亭客话》《文酒清话》《友会谈丛》《北梦琐言》《灯下闲谈》《唐摭言》《戎幕闲谈》《云溪友议》《青琐高议》《渑水燕谈录》《剧谈录》《桂苑丛谈》《铁围山丛谈》《后山谈丛》等，这些作品中有些是完全记录士人言谈，是名副其实的"语录"，有些则还杂有一般的传闻，如《北梦琐言》《唐摭言》《冷斋夜话》等。这样的命名方式也在一定程度上说明了杂录笔记的内容与材料来源。

其三，与耳闻目见有关。笔记的内容大量出自耳闻目见，出现了大量以"闻""纪闻""闻见""见闻""旧闻"等词命名的作品，如《洛阳搢绅旧闻记》《涑水记闻》《闻见近录》《闻见录》《闻见后录》《春渚纪闻》《靖炎两朝见闻录》《曲洧旧闻》《松漠纪闻》《中吴纪闻》《北狩见闻录》《南烬纪闻录》《靖康纪闻》《家世旧闻》《耆旧续闻》《四朝闻见录》等。以"见""闻"等字名书，是为了强调记录内容的真实可信，出自自己的耳闻目见，反映出史学传统对笔记创作的影响。

其四，与成书、编辑方式有关。以作品的成书、编纂方式来命名，能够体现作品的体制特点。如古代诗文作品常以"集"来命名，"集"之本义是群鸟聚集于木，引申出聚合、汇聚、众多、丛杂之义。《汉书·艺文志》载刘歆"总群书而奏其《七略》，故有《辑略》"，颜师古注曰："辑，与集同，谓诸书之总要。"③后世以汇集文章诗作为一编皆可称"集"，又有别集、总集、合集、类集、全集、遗集等名④，更扩大而为集部，与经、史、子并列，成为诗文聚合作品的通称。宋代笔记中，如《绀珠集》《贵耳集》等，其"集"为"聚集"之义，或与"辑"通，为"编辑"之义。

通过对笔记命名方式的梳理，我们大致了解了笔记命名的类型特点。

---

① 〔唐〕刘𫗧撰：《隋唐嘉话》，上海：古典文学出版社，1957年，第2页。
② 〔唐〕韦绚撰：《刘宾客嘉话录》，北京：中华书局，1985年，第1页。
③ 陈国庆编：《汉书艺文志注释汇编》，北京：中华书局，1983年，第7页。
④ 张舜徽《清人文集别录》自序云："清人自袁所为文，或身后由门生故吏辑录之，以成一编，大抵沿前世旧称，名之曰集，或曰文集，或曰类集，或曰合集，或曰全集，或曰遗集。"参张舜徽：《清人文集别录》，武汉：华中师范大学出版社，2004年，第2页。

一方面,通过各具特色的书名可体会到笔记命名方式的丰富多彩;另一方面,笔记的命名也体现出某种一致性,显示出笔记在内容、体制、成书方面的共同特征。

二、宋代笔记命名的理论内涵

程国赋指出:"中国古代小说命名是小说作品最直观、最明显的外在形式之一,其中凝聚着不同时代的思想、文化内涵与小说作家丰富多样的文学观念。透过古代的小说命名,我们可以考察古代小说观念的变迁,与此同时,古代小说命名与读者群体、小说传播关系密切。"①他进而概括出古代小说命名的补史说、娱乐说、劝诫说等创作观念②。我们正可据以概括宋代笔记命名的理论内涵,据以了解笔记在创作观念、旨趣,内容特点、取材倾向,著述方式、编纂手法这三方面的变与不变。

其中,补史说体现在以"史""补史""逸史"来命名的作品,以及以"传""记""录""志"等命名的作品。娱乐说主要体现在笑话类、志怪类作品与剧谈类作品的命名中。笑话类作品以"笑""谐谑"等命名,娱乐性强;还有以"异""奇""怪""神""灵""幽""冥"等命名的作品,也反映出宋代笔记娱乐遣怀意味的日渐浓厚③。剧谈类作品的命名多冠以"剧谈""闲谈""暇语""闲话""燕谈"等字眼,具有闲适、闲暇、轻松、愉悦的情调。劝诫说体现在直接以"劝诫""鉴戒"等命名的作品,点出了作品的主旨。

除了这三种创作观念外,宋代笔记的命名还反映出一些其他的创作观念。首先,笔记作为"小道",历来为正统文人所轻视,而宋代笔记作者在书名中嵌入名号,显示宋代笔记在文人心中不同于以往的地位。其次,在命名中嵌入时间、地域,显示出笔记作者较强的时间、地域观念。第三,在命名中突出某一主题,说明宋代笔记作者有着比较明确的类型观念。第四,大量以典故来命名作品显示出宋代笔记具有浓重的文人气息,借由典故蕴含的深意,呈现作品的创作主旨和寓意,或以"酉阳""侯鲭""五总"显示博学,或以"宣室""齐东野语"宣扬怪异,或以"扪虱""投辖"肯定闲适和意趣。宋代笔记是文人借以挥洒才情、抒发情怀的工具,于主观和客观上扩大了

---

① 程国赋:《中国古典小说论稿》,北京:中华书局,2012年,第1页。
② 程国赋:《中国古典小说论稿》,北京:中华书局,2012年,第7—15页。
③ 参任明华:《古代"小说选本"命名的理论批评价值》,《文艺理论研究》2008年第1期。

笔记的影响，提升了笔记的地位。

宋代笔记在内容、取材方面相较于之前有了明显的扩展，取材的对象更为广泛，方式更为多样。宋前笔记主要局限于志怪、志人两类题材，博物类、读书笔记类题材还处于萌发阶段，十分少见。至唐代，博物类笔记有所增加，宋时大量以"杂""博""琐""漫"等词命名的作品，都显示出"博物"倾向。此外，宋代出现的"笔记""随笔""笔谈""笔录"等名称，表明了读书笔记类作品的大量出现。同时，还出现大量以野史杂记、朝野逸闻为记录对象的作品。这些多样的作品命名，既表明了笔记新题材的不断涌现，也说明了传统题材与类型的增加，宋代笔记的取材范围（包括口头、书面两方面）确是大为拓展了。

宋代笔记在著述方式、编纂手法上的特点和变化也在其命名方式中有所体现。宋前笔记在著述方式和编纂手法上受史学影响较大，多以"传""记""志""录"等与史籍相关的名称来命名①。到了宋代，之前的一些命名方式在笔记中得以沿用，如普遍采用以"传""记""志""录"等与史书有关的命名，以及"说""话""议""言""谈"等与剧谈、语录有关的命名，这表明宋代笔记的命名仍然受到史学和言谈活动的影响，以及在著述方式、编纂手法上对前代的继承。除了继承的一面外，从命名的变化也可看出宋代笔记在著述方式、编纂手法上创新的一面。首先，最为明显的即是"随笔""笔录""笔谈"等以"随笔记录"为意涵的命名的出现，这导致了"笔记"这一特殊著述体式的正式出现和确立。其次，宋时以"闻""纪闻""见闻""闻见""新闻""旧闻"等词命名的作品大为增加，这在宋前笔记命名中极为少见。第三，在博物观念、知识主义的引导下，大量以博采众书、广录见闻、随手抄录、长年累积、不拘体例为著述兼编纂特色的作品问世，"杂俎""杂记""杂录""杂编""漫钞""杂钞""漫录""漫志""琐录"等具有鲜明特点的命名随之出现。

综上，宋代笔记命名方式的诸多新变表明，宋代笔记具有更浓厚的随意性和私人化特点，作者在记录时处于闲散、轻松的状态，较少受史学意识的束缚，著述方式更趋随意、不拘一格。宋代笔记的作者对于见闻的记录

---

① 唐代刘知几将"偏记小说"视作正史之附庸，即"史氏流别"中的一种，其中与后世笔记联系较为紧密的有"逸事""琐言""别传""杂记"四类："逸事"记国史之遗逸；"琐言"载街谈巷议、辨对、嘲谑；"别传"录各类人物而"类聚区分"；"杂记"则搜奇记异。参〔唐〕刘知几著，〔清〕浦起龙通释：《史通通释》，上海：上海古籍出版社，2009年，第253—256页。

和采集十分积极，显示出笔记与见闻之间的紧密联系，以及从口头到书面这种著述方式的重要性。随着时代的发展，随笔记录、随手摘录、随意抄录的著述方式，长期积累、随意成编、不拘体例的编纂手法日益成为一种普遍现象。笔记的著述方式由注重对口说传闻的记录，逐渐变为对口说传闻的记录和对书面文籍的抄录并重的局面。

第四章　助谈与致用：宋代笔记的文体属性

宋代笔记是在与诗话、语录、日记、题跋、笺疏、游记、年谱、志乘、传记等各种文体的相互借鉴、相互吸收的过程中，不断发展起来的，文体规范最不固定，体现出"兼备众体"的文体特征。本章在整个宋代文学体系的框架中，考辨宋代目录的笔记著录格局之新变，辨析笔记与其他文类的关系，进而考察宋代笔记的文体功能，揭示宋代笔记助谈与致用的散文文体属性。

第一节　宋代目录的笔记著录格局之新变

考察宋时笔记观念，目录是不能忽视的领域。虽然历代目录中从未有过笔记类，但宋代目录史部、子部各类中著录了大量笔记作品，奠定了笔记著录的基本格局。并且每一次目录编纂，既体现出对以往编纂成果的继承，也根据新的情况，随时变动与调整。落实到宋代官私目录，如《崇文总目》《新唐书·艺文志》《郡斋读书志》和《直斋书录解题》，对笔记的著录和归类均有诸多变化。透过宋代目录对笔记著录和归类的诸多变化，可从中较为全面、客观地了解宋人的笔记观念与内涵风貌。

宋代目录学视域中的笔记，有四个新变：

第一，宋代目录学家将志怪类作品从以往的史部杂传类转隶于子部小说（家）类，从根本上改变了目录中小说（家）类的面目与基础。通过对《隋书·经籍志》《旧唐书·经籍志》《新唐书·艺文志》著录同一作品的类目变化，可直观地反映出这种趋势。如下表所列：

作品名称	作　者	《隋书·经籍志》	《旧唐书·经籍志》	《新唐书·艺文志》
《述异记》	祖冲之	杂传	杂传	小说
《近异录》	刘质	杂传	杂传	小说

作品名称	作　者	《隋书·经籍志》	《旧唐书·经籍志》	《新唐书·艺文志》
《搜神记》	干宝	杂传	杂传	小说
《神录》	刘之遴	杂传	杂传	小说
《妍神记》	梁元帝	杂传	杂传	小说
《灵鬼志》	荀氏	杂传	杂传	小说
《幽明录》	刘义庆	杂传	杂传	小说
《齐谐记》	东阳无疑	杂传	杂传	小说
《续齐谐记》	吴均	杂传	杂传	小说
《系应验记》	陆杲	无	杂传	小说
《感应传》	王延秀	杂传、杂家	杂传	小说
《冥祥记》	王琰	杂传	杂传	小说
《因果记》	刘泳	杂家	杂传	小说
《征应集》	颜之推	无	杂传	小说
《集灵记》	颜之推	杂传	杂传	小说
《冤魂志》	颜之推	杂传	杂传	小说
《旌异记》	侯君素	杂传	杂传	小说

以上选取的为魏晋南北朝时的志怪作品,其在《隋书·经籍志》和新、旧《唐书》的《艺文志》《经籍志》中皆有著录,因此颇能清晰地反映唐宋目录学"杂传"内涵的变化。唐代目录学家对杂传"虚"与"实"的认识还较为模糊,不似正史者皆入杂传,其小说观念仍停留在记言上,因此,《隋书·经籍志》和《旧唐书·经籍志》中收录的基本是《世说新语》一类的志人小说,且作品数量甚少。周勋初在《宋人轶事汇编》前言中谈道:"唐人对小说与杂史的理解常持模糊的态度","他们把正史之外的著述都称之为'小说'"[①]。宋代,目录家逐渐放弃《隋书·经籍志》中狭隘的小说观,对志怪、传奇的内涵有了更为深入的认识,认为史部之中不应再有"怪力乱神"之作,遂将志怪作品从杂传中分离出来,归入子部小说(家)类。如《新唐书·艺文志》著录的《杜阳杂编》《甘泽谣》《南楚新闻》《常侍言旨》《刘公嘉话录》《玉泉子见

---

① 参周勋初主编,葛渭君等编:《宋人轶事汇编》,上海:上海古籍出版社,2014年,第17页。

闻真录》《谭宾录》《芝田录》《桂苑丛谈》《松窗录》等杂史类笔记，便由《崇文总目》的传记类转入了小说类。这一转向确立了以志怪、志人小说以及各类杂史笔记为基础的小说的总体框架，促进了小说畛域的日趋清晰和明确。

此小说观念、小说归类在宋代私人藏书目录出现之后，得到了进一步的发展。晁公武在《郡斋读书志》小说类序中重点论及了小说"志梦卜、纪谲怪、记谈谐"的类别划分（其中"志梦卜、纪谲怪"大致可视为志怪小说，"记谈谐"大致可视为志人小说），并指出"故近时为小说者，始多及人之善恶"，认为唐宋以来小说作者注重记录与历史相关的人事故事或传闻，以备史官的采择。在此基础上，晁氏将著录的小说分为"志怪者"和"褒贬者"两部分，其以"褒贬者"来概括著录的作品，体现了将这些作品视为史书看待的认知视角①，但又因为这些作品褒贬失当、记载失实，方降而为小说。《郡斋读书志》由此将不少在《崇文总目》和《新唐书·艺文志》中被划归为小说的作品清理出去，如《颜氏家训》转入儒家类，《事始》《续事始》《宋齐丘化书》等转入杂家类，《茶经》《煎茶水记》《竹谱》《平泉草木记》等转入农家类，《古今刀剑录》《古镜记》《钱谱》《古鼎记》转入类书类。可见，《郡斋读书志》相较《崇文总目》和《新唐书·艺文志》在小说划分上的进步性，主要体现在小说的畛域进一步的清晰化与整齐化。

然而从其著录的具体作品来看，晁氏将类别名称定为"褒贬者"，显然又有过于简单之嫌，虽然大部分作品大都有杂记历史的内容，但还有不少是溢出了历史范围的，如《资暇集》《梦溪笔谈》有大量考证辨订内容，《牧竖闲谈》"多记奇器异物"，《鉴诫录》"多采摭唐人诗话"，而《褒善录》《劝善录》《古今前定录》《吉凶影响录》《劝善录拾遗》等，更应入志怪类。宋代出现大量的诗话作品，《欧公诗话》《东坡诗话》《后山诗话》《诗眼》《续诗话》《归叟诗话》《中山诗话》等专门诗话，则附属于小说（家）类。以上种种，反映了小说作为一种目录类别的包容性，以及作为一种文类的复杂性。可见，随着唐代以来史部著述形式发生的较大变化，宋代目录家不得不将本已收窄的小说概念再次扩大，以容纳杂体史料，小说再次成为子部之中内涵最为庞

---

① 因寓褒贬历来是史籍具有的功能，《文心雕龙·史传》即言"褒见一字，贵逾轩冕；贬在片言，诛深斧钺"，史官应做到"举得失以表黜陟，征存亡以标劝戒"。参〔梁〕刘勰著，范文澜注：《文心雕龙注》，北京：人民文学出版社，1958年，第283—284页。

杂者。

第二，随着宋代"记体"与"传体"（主要指"传体文"）创作的兴盛，部分目录家开始将史部中的"杂传"易名为"传记"，意在将人物传与杂体史料进行区分。如北宋《崇文总目》中"传记"取代"杂传"，成为书目中的独立一类①。其传记类原叙释云：

> 古者史官，其书有法，大事书之策，小事载之简牍。至于风俗之旧，耆老所传，遗言逸行，史不及书。则传记之说，或有取焉。然自六经之文，诸家异学，说或不同。况乎幽人处士，闻见各异，或详一时之所得，或发史官之所讳，参求考质，可以备多闻焉。②

此处，欧阳修即指出了传记是记载为史官所讳的"史不及书"的遗闻逸事。从其著录的传记类作品来看，大体有两类，一类是以人物言行事迹为核心的传体作品，一类是诸如杂记、杂事、杂录的杂体史料作品，后者名目繁多，体制不一。

随后成书的《新唐书·艺文志》设有杂传记一类，内容与《崇文总目》的传记类基本相同。其所谓"杂传记"，并非要回到《隋书·经籍志》"杂传"之称，而是认识到传记内容之"杂"。《崇文总目》与《新唐书·艺文志》确立的传记目录类名，得到后人的广泛继承。南宋各类目录学著作，如《郡斋读书志》《直斋书录解题》，以及宋代之后的目录著作，如《文献通考》《宋史·艺文志》《四库全书总目》，大多沿用"传记"之名。其中《郡斋读书志》序云：

> 《艺文志》以书之纪国政得失、人事美恶，其大者类为杂史，其余则属之小说。然其间或论一事、著一人者，附于杂史、小说皆未安，故又为传记类，今从之。如《神仙》《高僧》，不附其类而系于此者，亦以其记一事，犹《列女》《名士》也。③

---

① 《崇文总目》史部在目录上有三处调整：减少了起居注类、故事类，多出了实录类、岁时类，另将谱牒类改作氏族类，杂传记类或杂传类改作传记类。
② 〔宋〕欧阳修著，李逸安点校：《欧阳修全集》，北京：中华书局，2001 年，第 1890 页。
③ 〔宋〕晁公武撰，孙猛校证：《郡斋读书志校证》，上海：上海古籍出版社，2011 年，第 359 页。

序中指出传记类作品原先入杂史或小说类，而其体例乃专记一事或一人，与杂史、小说实为不同，故另立传记一类。晁氏将传记与杂史、小说进行区分，指出它们在内容、体例上的不同，表明其在文体意识、作品划分方面比前人已有所进步。其所著录的作品中，《王魏公遗事》《韩魏公家传》等属专记一人之书；《忠臣逆臣传》《嘉祐名臣传》《唐宋科名分定录》《民表录》《贤惠录》等属多人传记；《张忠定公语录》《西李文正公谈录》《魏国忠献公别录》《王文正公言行录》为语录类作品，内容皆为掌故杂事，实为笔记作品。此外，《东家杂记》①、《孔子编年》②分别属于杂记和年谱类作品。

《直斋书录解题》的传记类较《郡斋读书志》，其突出的变化是著录了大量日记类以及语录类作品，其中日记类作品可分为两类，一类是出使日记，专记出使行程中所见所闻、感想言谈等；一类是一般私人日记，记录每日见闻杂事，如《熙宁日录》《温公日记》《赵靖康日记》《绍圣甲戌日录》《元符庚辰日录》等作品。语录类也可分为两类，一类是讲学语录，一类是平时杂谈③，其中与笔记关系较密切的是杂谈类语录，如《直斋书录解题》著录的《丁晋公谈录》《贾公谈录》《王沂公笔录》《沂公言行录》《王文正家录》《安定先生言行录》《乖崖政行语录》《魏公语录》《杜祁公语录》《范忠宣言行录》《傅献简嘉话》《杜公谈录》《道乡语录》等。

郑樵《通志》则采用了不同于前人的文体分类方法。首先，借鉴《隋书·经籍志》和《旧唐书·经籍志》按人物类型分类，顾及目录分类的传统，"冥异"重新出现在传记中；其次，将《崇文总目》《郡斋读书志》等传记类中的部分杂体史料作品归入"杂史"④，保留在传记类的只有"科第""名号""祥异"。

---

① 提要云："(孔传)纂其家旧闻轶事于此书。"参〔宋〕晁公武撰，孙猛校证：《郡斋读书志校证》，上海：上海古籍出版社，2011年，第370页。

② 提要云："右皇朝孔传取《左氏》、《国语》、《公羊》、《史记》及他书所载孔子事，以年次之，自生至卒。"参〔宋〕晁公武撰，孙猛校证：《郡斋读书志校证》，上海：上海古籍出版社，2011年，第370页。

③ 一类是理学家的讲学语录，一类是某人的(一般是名公士大夫)平时杂谈，主要是阐述义理。讲学语录在目录中一般归入经部或子部儒家类，或者单独列为一类，如《郡斋读书志》中"读书附志目录"中即有"语录类"；后一类则内容复杂，大部分涉及历史传阅、朝野逸事，杂谈语录则既可归入史部的杂史类或传记类，也可归入子部的小说家类。

④ 在《通志·艺文略》中著录了一些杂体史料作品，如张鷟《朝野佥载》、封演《封氏闻见记》、杜佑《文宗朝备问》、萧叔和《天祚永归记》等，这类作品在《新唐书·艺文志》中，通常被置于史部传记类。

　　王应麟《玉海》作为南宋时期的一部类书，在体例上，虽无经、史、子、集等一级目录，但仍以传统四部法编排小类。在传统集部中，《玉海·艺文》打破以往格局，将诗赋文章分为十九小类：

　　　　总集文章，承诏撰述、类书，著书（杂著）、别集，赐书，图，图绘名臣，记、志，传，录，诗（歌），赋，箴，铭、碑，颂，奏疏、策，论，序、赞，经，艺术。①

《玉海·艺文》保留了传统目录集部中的总集、别集等小类设置，另以文体为限，收录专集或单篇作品。其二级目录下的小类划分格外细致，"传"与"记"被分开，"传"主要收录《崇文总目》和《新唐书·艺文志》中的人物杂传，而杂体史料则多被归入"记"或"录"，各部类之间的文体区别甚为明显。

　　可见，自宋初，目录著述下的"传记"已是一个内涵庞大的文类综合体，这种分类法在目录著录中，得到了普遍接受，然就创作实际而言，宋代"传"与"记"已具有鲜明的文体区别，宋代目录学的分类已不能反映现实创作的新变，主流目录学之外的《通志》《玉海》重新对两者进行归类，由此在传记类中将其与杂体史料进行区别，其类目名下所收录的作品更具有文体上的一致性。

　　第三，史部杂史类著录的笔记作品，鲜明凸显了作品补史之用的特征。《崇文总目》原叙释云：

　　　　《周礼》：天子、诸侯皆有史官。晋之《乘》，楚之《梼杌》，考其纪事，为法不同。至于周衰，七国交侵，各尊其主，是非多异，寻亦磨灭，其存无几。若乃史官失职，畏怯回隐，则游谈处士亦必各记其说，以申所怀。然自司马迁之多闻，当其作《史记》，必上采《帝系》《世本》，旁及战国荀卿所录，以成其书，则诸家之说，可不备存乎。②

据欧阳修的叙看，其对杂史有两重认识：一是指出杂史是在史官失职，"畏怯回隐"，未遵守秉笔直书的实录原则的情况下，游谈处士各自记录见闻的

---

① 〔宋〕王应麟撰，武秀成、赵庶洋校证：《玉海艺文校证》，南京：凤凰出版社，2013 年，第 14 页。
② 〔宋〕欧阳修著，李逸安点校：《欧阳修全集》，北京：中华书局，2001 年，第 1886 页。

产物；二是认为杂史可为正史所采用而不可废。《崇文总目》杂史类著录了不少可视为笔记的作品，如《阙史》《逸史》《中朝故事》等。晁公武关于杂史的观点与欧阳修有相似之处，其《郡斋读书志》杂史类序云：

> 　　古者天子诸侯，皆有史官，惟书法信实者行于世。秦、汉罢黜封建，独天子之史存，然史官或怯而阿世，贪而曲笔，虚美隐恶，不足考信。惟宿儒处士，或私有记述，以伸其志，将来赖以证史官之失，其弘益大矣。故以司马迁之博闻，犹采数家之言，以成其书，况其下者乎？然亦有闻见卑浅，记录失实，胸臆偏私，褒贬弗公，以误后世者，是在观者慎择之矣。①

晁氏指出史官著史应做到"书法信实"。接着便从正反两方面阐述了杂史的特点，优点是可"证史官之失"；缺点是见识浅陋、记录失实、褒贬不公，容易误导读者。正是因为有正反两面的优缺点，使得有些杂史作品在具备补史功能的同时也具有小说的特征。如《南部新书》②、《晋公谈录》③、《建炎日历》④、《五代史阙文》⑤、《温公纪闻》⑥、《笔录》⑦等，皆为杂记各类朝野遗闻逸事之作，与笔记十分接近。

　　第四，史部地理类中著录的笔记作品，进一步反映出笔记归类渐趋细

---

① 〔宋〕晁公武撰，孙猛校证：《郡斋读书志校证》，上海：上海古籍出版社，2011年，第238—239页。
② 《郡斋读书志》注云："袁本卷二上杂史类、卷三下小说类复出，衢本不重。"参〔宋〕晁公武撰，孙猛校证：《郡斋读书志校证》，上海：上海古籍出版社，2011年，第254页。
③ 《郡斋读书志》注云："按此书袁本卷二上杂史类、卷三下小说类重出，衢本不重。小说类题作《晋公谈录》一卷，解题曰：'右皇朝丁谓封晋公，不知何人记其所谈。'"参〔宋〕晁公武撰，孙猛校证：《郡斋读书志校证》，上海：上海古籍出版社，2011年，第254页。
④ 《郡斋读书志》解题云："记太上皇登极时事。"参〔宋〕晁公武撰，孙猛校证：《郡斋读书志校证》，上海：上海古籍出版社，2011年，第255页。
⑤ 《郡斋读书志》解题云："录五代史笔避嫌漏略者，以备阙文，凡一十七事。"参〔宋〕晁公武撰，孙猛校证：《郡斋读书志校证》，上海：上海古籍出版社，2011年，第255页。
⑥ 《郡斋读书志》解题云："记宾客所谈祖宗朝及当时杂事。"《郡斋读书志》注云："卧云本、《经籍考》卷二十三题作《涑水纪闻》，卷数同原本。按《涑水纪闻》，时或称《司马温公记闻》，见《建炎以来系年要录》卷一五四。"参〔宋〕晁公武撰，孙猛校证：《郡斋读书志校证》，上海：上海古籍出版社，2011年，第266页。
⑦ 《郡斋读书志》解题云："皆国朝杂事。"《郡斋读书志》注云："此书衢本未收，今据袁本，并参以王先谦刊本次第补入。《四库总目》卷一四〇小说家类题作《王文正笔录》，《续谈助》所收题作《沂公笔录》。"参〔宋〕晁公武撰，孙猛校证：《郡斋读书志校证》，上海：上海古籍出版社，2011年，第267页。

化的趋势。《新唐书·艺文志》史部地理类新著录作品中可视为笔记的作品,有记载远方物产、异物的《岭表录异》《桂林风止记》《北户杂录》《南方异物志》《岭南异物志》《渚宫故事》等,还有记载各地物产、风俗、传说的《嵩山记》《成都记》《戎州记》《吴兴杂录》《益州理乱记》《华阳风俗录》《太原事迹记》,还有属于都邑志的《东都记》《两京新记》《两京道里记》,记载藩属国、外国的山川地理、民情物产、风俗传说的《诸蕃记》《云南记》《云南行记》《云南别录》《海南诸蕃行记》《北荒君长录》《四夷朝贡录》。

《直斋书录解题》地理类所著录的作品中,有的偏重于记载历史传闻,如《北边备对》"追采自古中华、北狄枢纽相关者,条列其地而推言之,明曰《备对》"①,《桂海虞衡志》系"范(成大)自桂移蜀,道中追记昔游"②,《六朝事迹》"记六朝故都事迹颇详"③,《吴兴统记》"分门别类,古事颇详"④;有的偏重对风俗、物产的记载,如《诸蕃志》"记诸蕃国及物货所出"⑤,《高丽图经》"物图其形,事为之说"⑥,《海外使程广记》"使高丽所记海道及其国山川、事迹、物产甚详"⑦。此外,《直斋书录解题》地理类还著录了《潮说》《海涛志》《海潮图论》《太虚潮论》等有关潮水的著作,《崇文总目》中却是将此类作品如《海潮论》《海潮记》《海潮会最》著录于小说类中,相较之下,《直斋书录解题》的归类更为合理,反映出《直斋书录解题》小说观念和归类标准的进步。

综上,可知宋代目录家在笔记分类上存在两种思路:一种是以崇文馆臣和史官为代表,主张小说与杂体史料分流,形成一个文类纯粹体,这种文献编排模式得到宋代官、私目录家的普遍认同;另一种思路是以《通志》与《玉海》为代表的少数派,开始注重笔记的文体特征,并尝试以文章的视角区别传体与记体,体现出现实创作对目录分类的影响。遗憾的是,郑樵和王应麟对笔记文体分类的探索没有得到太多响应,元代马端临《文献通考》依旧遵循《崇文总目》以来的小说分类法,《宋史·艺文志》更是依据宋代的

---

① 〔宋〕陈振孙撰:《直斋书录解题》,上海:上海古籍出版社,1987年,第266页。
② 〔宋〕陈振孙撰:《直斋书录解题》,上海:上海古籍出版社,1987年,第259页。
③ 〔宋〕陈振孙撰:《直斋书录解题》,上海:上海古籍出版社,1987年,第249页。
④ 〔宋〕陈振孙撰:《直斋书录解题》,上海:上海古籍出版社,1987年,第245页。
⑤ 〔宋〕陈振孙撰:《直斋书录解题》,上海:上海古籍出版社,1987年,第268页。
⑥ 〔宋〕陈振孙撰:《直斋书录解题》,上海:上海古籍出版社,1987年,第267页。
⑦ 〔宋〕陈振孙撰:《直斋书录解题》,上海:上海古籍出版社,1987年,第266页。

几种国史《艺文志》编撰而成，分类思路上无太多变化。至清代四库馆臣，杂记类名下的作品更为庞杂，用以容纳史部各类难容之作品。总之，在很长一段时间里，大抵因目录分类主要关注的是文类背后的学术渊源，以及目录体系的完整与合理，宋代笔记文体的存在并未获得目录家的充分重视。在宋代目录著述中，笔记的分类亦反映了不少新的趋向，一部分杂传作品被划入小说（家）类，史部杂传数量相对减少；杂体史料与传记分离，类目名下所收录的作品更具有文体上的一致性；史部杂史类著录大量笔记作品，凸显了笔记的驳杂特征；地理类中的作品，进一步体现笔记归类的细化。可见，笔记文体地位的确立，不仅是文体形式与作品存在方式的问题，更为重要的是其文体内涵是否能得到广泛认识与认同。

第二节　宋代笔记与其他文类的关系

刘勰曾指出过："夫设文之体有常，变文之数无方。"[①]这说明文学创作虽需要区分各种文体，辨别彼此之间的异同，但任何一种文体的特征又只是相对的，并非决然如此，各种文体之间的关系是互动着的，总是会处于变化变动之中，文体之间，有着不可分割的相袭性与派生性。笔记的创作极为自由，形式不拘一格，又可随事而录，文体特性极不稳定，常与诗话、语录、题跋、日记、游记、小品、笺疏等文体有着密切关系，往往兼备众体，包容性极强。然而，从辨体的角度考虑而言，笔记总得遵循一定的文体规范。现就择其要而简述之。

一、笔记为诗话词话之嚆矢

关于诗话，王水照先生等如此认为："广义的'诗话'内容囊括古今各种关于诗歌的理论，诗歌评论，诗法技巧的研讨，诗人事迹，诗歌本事以及诗语考辨与疏证等，形式则可以是包括笔记、诗歌、题跋、书信、书序等在内的各种文体。"[②]这里指明了在形式上诗话与笔记是有着密切关系的。文选德在给郑宪春《中国笔记文史》所作序文中说："中国古代文学中的小说、小

---

① 周振甫：《文心雕龙今译》，北京：中华书局，1986年，第269页。
② 王水照、熊海英：《南宋文学史》，北京：人民文学出版社，2009年，第382页。

品、诗话、日记、书信、游记诸种文体,均由笔记派生而出。"①诗话作为我国古代诗学著作中的特有形态,和笔记是否有派生关系,其产生和发展与笔记又有着怎样的联系,下文拟对这些问题加以讨论。

(一)诗话与诗话之源

诗话,是中国古代一种特殊的论诗体裁,蔡镇楚在《中国诗话史》中将诗话按概念的外延不同分为狭义和广义两种,他认为狭义的诗话,在内容上是关于诗歌故事的"话";在体裁上,则是关于诗歌故事的随笔。广义上的诗话,就是一种诗歌评论样式,凡是涉及到诗歌的,诸如评论诗人、诗歌风格、诗派以及记录与诗人诗歌有关的故事,都可以称之为诗话。据此两种定义,诗话的发展也遵循着两条轨迹,一条是以"话"为主,主要记录和诗人诗歌有关的本事;一条以"论"为主,主要探讨诗歌内在发展规律,重在评论诗歌。

关于诗话名称的由来,现在公认"诗话"之名当属欧阳修首创。如郭绍虞指出:"诗话之称,当始于欧阳修;诗话之体,也创自欧阳修。"②"诗话之得称,始于欧阳修《六一诗话》。"③《六一诗话》是古代第一部以"诗话"命名的著述,全书共二十八则,内容涉及诗歌作品的创作背景、诗歌风格鉴赏、炼字用事、作家群体等方面。

关于诗话的渊源则众说纷纭,莫衷一是。比较常见的见解,主要有四种,一是诗话起源于先秦两汉时期;二是诗话起源于六朝时期;三是诗话本于《本事诗》;四是诗话出于诗律之"细"说。

持先秦两汉时期之说者,如何文焕云:"诗话于何昉乎?赓歌纪于《虞书》,六义详于古序,孔孟论言,别申远旨,《春秋》赋答,都属断章。三代尚已。汉魏而降,作者渐夥,遂成一家言,泃是骚人之利器,艺苑之轮扁也。"④他认为诗话之源头可以追溯到三代,《论语》《诗大序》对后世的诗歌理论有很大影响,如《论语》中的"兴观群怨"说和《诗大序》中的"诗言志"说

① 文选德:《〈中国笔记文史〉序》,郑宪春:《中国笔记文史》,长沙:湖南大学出版社,2004年,第3页。
② 郭绍虞辑:《宋诗话辑佚》,北京:中华书局,1980年,第2页。
③ 郭绍虞:《照隅室杂著》,上海:上海古籍出版社,1986年,第231页。
④ 〔清〕何文焕辑:《历代诗话》,北京:中华书局,1981年,第3页。

对后人解读诗歌意义重大。还如姜曾云："吴札观乐，不废美讥；子夏序诗，并论哀乐，即诗话之滥觞也。"①秦大士云："诗话之由来尚矣：'思无邪'，孔子之诗话也。'不以文害辞，不以辞害志'，孟子之诗话也。"②曾燠云："诗话何昉乎？孟子之论《小牟》《凯风》与《云汉》之诗，盖诗话之祖也。"③杭世骏云："子谓诗话之作，滥觞于卜氏《小序》，至钟仲伟《诗品》出，更一变其体。"④这些论述均认为诗话起于先秦两汉时期。

有人认为诗话起源于六朝时期，或具体指出钟嵘《诗品》为诗话之滥觞，或视《世说新语》为诗话之开端。清代学者章学诚在其《文史通义》中说："诗话之源，本于钟嵘《诗品》……《诗品》之于论诗，视《文心雕龙》之于论文，皆专门名家勒为成书之初祖也。《文心》体大而虑周，《诗品》思深而意远，盖《文心》笼罩群言，而《诗品》深从六艺溯流别也。论诗论文而知溯流别，则可以探源经籍，而进窥天地之纯，古人之大体矣。"⑤章学诚把《诗品》置于和《文心雕龙》同等的高度，并指出《诗品》最大的优点正是暗合了清儒"考辨源流"的传统，使人能"窥天地之纯"，所以诗话之源应起于《诗品》。还如孙均云："诗话之作，昉于六朝，衍于唐，盛于宋，流波及于元、明。"⑥方世举云："晋谢太傅问兄子玄'诗以何句为佳？'玄举'昔我往矣，杨柳依依'四语，太傅举'讦谟定命，远猷辰告'二语，盖各道其将相襟怀也。然已开诗话之端。"⑦余成教则还以唐人诗格、诗图为诗话之始，即言："顺宗时，僧皎然《杼山诗式》著偷语诗类，懿宗咸通时，张为作《诗人主客图》。此后人诗话诗派之所由滥觞也。"⑧

---

① 〔清〕姜曾：《三家诗话序》，郭绍虞编选，富寿荪校点：《清诗话续编》，上海：上海古籍出版社，1983 年，第 1919 页。
② 〔清〕秦大士：《龙性堂诗话序》，郭绍虞编选，富寿荪校点：《清诗话续编》，上海：上海古籍出版社，1983 年，第 929 页。
③ 〔清〕曾燠：《静志居诗话序》，〔清〕朱彝尊著，姚祖恩编：《静志居诗话》，北京：人民文学出版社，1990 年，第 2 页。
④ 〔清〕杭世骏：《榕城诗话》，北京：中华书局，1985 年，第 1 页。
⑤ 〔清〕章学诚：《文史通义》，上海：上海古籍出版社，2015 年，第 188—189 页。
⑥ 〔清〕孙均：《灵芬馆诗话序》，张寅彭选辑，吴忱、杨焄点校：《清诗话三编》第 5 册，上海：上海古籍出版社，2014 年，第 3273 页。
⑦ 〔清〕方世举：《兰丛诗话序》，郭绍虞编选，富寿荪校点：《清诗话续编》，上海：上海古籍出版社，1983 年，第 769 页。
⑧ 〔清〕余成教：《石园诗话》，郭绍虞编选，富寿荪校点：《清诗话续编》，上海：上海古籍出版社，1983 年，第 1785 页。

但郭绍虞在丁福保编纂的《清诗话》前言中云:"诗话之体,顾名思义,应当是一种有关诗的理论著作,溯其渊源所自,可以远推到钟嵘的《诗品》,甚至推到诗三百或孔、孟论诗的片言只语。但是严格地讲,又只能以欧阳修的《六一诗话》为最早的著作。"①郭绍虞同样将《诗品》看成是诗话的源头,甚至将其滥觞推至先秦诸子之作,但认为严格来讲又只能以欧阳修所创为最早的著作。

罗根泽《中国文学批评史》在论及《本事诗》时指出:"《本事诗》是'诗话'的前身,其来源则与笔记小说有关。唐代有大批的记录遗事的笔记小说,对诗人的遗事,自然也在记录之列。就中如范摅的《云溪友议》、王定保的《唐摭言》,其所记录,尤其是偏于文人诗人。由这种笔记的转入纯粹的记录诗人遗事,便是《本事诗》。我们知道了'诗话'出于《本事诗》,《本事诗》出于笔记小说,则'诗话'的偏于探求诗本事,毫不奇怪了。"②罗根泽的论述不仅帮我们认识了《本事诗》和诗话之间的关系,更让我们从根源上了解了笔记对诗话的影响。蔡镇楚在《中国诗话史》中还将《本事诗》和《六一诗话》做了对比:"论起性质,都是关于诗歌的随笔闲谈;在体制上,都是互不关联的条目连缀而成;采录对象,以当代诗人诗作为主;创作宗旨上,著者都采集诗人故事,以为谈资。"③

第四种认为诗话出于诗律之"细"说的观点,则是清人对诗话起源的独特认识,吴琇在《龙性堂诗话》的序中云:"'晚节渐于诗律细','细'之为义,诗话所从来也。予夺可否,次第高下,诗于是乎有选;平章风雅,推敲字句,诗于是乎有话。话者,诗选之功臣也。"④他认为诗律渐细,成为了诗话"平章风雅,推敲字句"的基础,此论点接触到了诗歌发展的内部规律,看到了诗话产生和发展是诗歌声律逐渐严密的自然结果。

其中,指出诗话源于先秦两汉者,可视为是诗话的远源,因其同时也是笔记的滥觞;指出诗话始于钟嵘的《诗品》、唐人诗格者,确实是忽视了诗话初创时期与成熟时期的不同之处。《四库全书总目》在诗文评类序言中,将历来诗

① 郭绍虞:《〈清诗话〉前言》,〔清〕王夫之等撰:《清诗话》,上海:上海古籍出版社,1978年,第1页。
② 罗根泽:《中国文学批评史》,上海:上海书店出版社,2003年,第540页。
③ 蔡镇楚:《中国诗话史》,长沙:湖南文艺出版社,1988年,第14页。
④ 〔清〕叶矫然:《龙性堂诗话》,郭绍虞编选,富寿荪校点:《清诗话续编》,上海:上海古籍出版社,1983年,第931页。

文评类著作，以《文心雕龙》、《诗品》、《诗式》、《本事诗》、《六一诗话》为代表分为五类。后四类为论诗之作，《诗品》《诗式》为诗歌理论批评一路，《诗式》主要为诗歌创作理论，属于唐诗格一类之代表，而《本事诗》《六一诗话》则为随笔记事一路，其承笔记而来，至张戒《岁寒堂诗话》、严羽《沧浪诗话》这样系统的、成熟的诗话作品出现之后，两个诗评路数遂融而为一。并且，馆臣在谈及刘攽《中山诗话》与欧阳修《六一诗话》时，明言"体兼说部"①，是可说明诗话与笔记的渊源。由此，我们说，谈诗话之起源，应当以诗话创制之初的作品为准，如以《六一诗话》为参照②，而其后发展成熟的诗话，则是吸收了其他相关文体因素形成的。

（二）宋诗话发展与笔记写作的联系与分离

自欧阳修《六一诗话》后，宋人的诗话创作层出不穷，而且每部诗话的内容各有侧重，但大体可分为记事和论诗两方面，随着诗话不断发展，其论诗的成分越来越系统。清代学者章学诚在《文史通义》中曾说到诗话的记事和论诗："诗话之源，本于钟嵘《诗品》。然考之经传，如云：'为此诗者，其知道乎？'又云：'未之思也，何远之有？'此论诗而及事也，又如'吉甫作诵，穆如清风，其诗孔硕，其风肆好'，此论诗而及辞也。事有是非，辞有工拙，触类旁通，启发实多。江河始于滥觞。后世诗话家言，虽曰本于钟嵘，要其流别滋繁，不可一端尽矣。"章学诚认为诗话主要可分为两类，一类论诗及事，一类论诗及辞，及事主要涉及和诗歌有关的典故和逸闻趣事，及辞则是纯粹的诗歌批评理论，包括诗歌风格和作诗法则等。而笔记对诗话的影响主要在论诗及事方面，晋、南北朝至唐五代的笔记发展了诗话在记录诗本事方面的专长，这在诗话的渊源中就能体现，所以诗话在魏才具有随笔杂谈的性质。

《六一诗话》后，诗话的发展大都沿着欧阳修开创的路子，多是为了"闲谈"，以记叙诗歌本事为主，同时对诗歌加以简单的论述。《温公续诗话》卷

---

① "觑究文体之源流，而评其工拙；嵘第作者之甲乙，而溯厥师承，为例各殊。至皎然《诗式》，备陈法律；孟棨《本事诗》，旁采故实，刘攽《中山诗话》、欧阳修《六一诗话》，又体兼说部。后所论著，不出此五例中矣。"参〔清〕永瑢等：《四库全书总目提要》，《万有文库》第39册，上海：商务印书馆，1931年，第92页。

② 诗话之创制与得名，经郭绍虞先生"诗话之称，当始于欧阳修；诗话之体，也创自欧阳修"这番论断，殆成定论。参郭绍虞辑：《宋诗话辑佚》，北京：中华书局，1980年，第2页。

首小序云："诗话尚有遗者，欧阳公文章名声虽不可及，然记事一也，故敢续书之。"[1]"记事一也"指出了诗话与笔记的联系，并且点明早期诗话的首要目的在于记事。《温公续诗话》共三十一则，全篇记事，对于诗歌往往只做一两句甚至几个字的点评，同时也和司马光的笔记写作密不可分，四库馆臣怀疑《温公续诗话》的个别条目是由《涑水记闻》误入。《四库全书总目》在对《温公续诗话》做提要时指出："考光别有《涑水记闻》一书，载当时杂事。岂二书并修，偶以欲笔于彼册者，误笔于此册欤？"[2]之后刘攽的《中山诗话》在内容上多考证之语，如对白居易诗"请钱不早朝"中"请"字的考证。

随着诗话的不断发展成熟，有关诗坛逸事的记载越来越少，可作为诗话所谓"话"的方面却一直保留着，《后山诗话》共八十四则，大多为寻章摘句，保存诗歌。《临汉隐居诗话》七十则，涉及记事的约有四十则。《彦周诗话》一百三十八则，记事论辞掺半，其小序中论述云："诗话者，辨句法，备古今，纪盛德，录异事，正讹误也。"[3]许顗在开篇就说诗话的作用是辨明句法，考证讹误，依然还有"备古今，纪盛德，录异事"的功能。这期间的诗话，皆以"闲谈"为旨，以"记事"为主，偏重于诗本事的记录。

北宋前期的几部诗话大都以记事为主，但随着苏轼和江西诗派的出现，在诗话中针对他们的评论越来越多，而且受到他们学风的影响，诗话更加关注"用事出处"和"造语出处"。《后山诗话》的作者陈师道为江西诗派的代表人物，论诗沿袭苏、黄，主张"以故为新，以俗为雅"，同时推尊杜甫，主张学诗从老杜入手。吴开《优古堂诗话》共一百五十四条，其中大部分为考证诗歌用事出处，成为江西诗派中别开生面的论诗著作。吕本中《紫微诗话》共九十条，主要记述吕氏家世旧闻及江西诗派逸事，论诗只限于诗句品评，虽多记事，但吕本中主张尊杜和字字有来处，也有自己的诗学见解。通过这几种诗话可知宋人在诗话创作中，一边遵循欧阳修"以资闲谈"的宗旨，同时又对诗话写作进行了扩展，使其符合以及服务于诗歌发展。

到北宋末期叶梦得《石林诗话》，则开始出现偏重理论的某种倾向。叶梦得提倡自然清新的诗歌风格，不排斥炼字，对江西诗派末流片面讲究法

---

① 〔宋〕司马光：《温公续诗话》，〔清〕何文焕辑：《历代诗话》，北京：中华书局，1981年，第274页。
② 〔清〕永瑢等：《四库全书总目提要》，《万有文库》第39册，上海：商务印书馆，1931年，第97页。
③ 〔宋〕许顗：《彦周诗话》，〔清〕何文焕辑：《历代诗话》，北京：中华书局，1981年，第378页。

度、炼字与刻板模拟的倾向进行了否定，虽然没有系统的构思，但透露出向论诗及辞的转变。南宋时虽然有不少诗话还拘泥于北宋诗话"以资闲谈"和"记事"的藩篱，然而，其总的创作倾向则已经向着论诗及辞的方向发展，除了体制上还受笔记的影响，其他方面受笔记的影响则越来越小。南宋末年，自成体系的诗话之作，严羽的《沧浪诗话》从诗辨、诗体、诗法、诗评、诗证五个门类对诗歌创作鉴赏理论作了系统总结，从他的论述当中很难再看到诗歌本事的影子，在创作宗旨、体制、内容等方面都和笔记相去甚远了。

在最初的诗话创作宗旨方面，欧阳修是"以资闲谈"，闲谈的内容则围绕诗歌展开，大多以记录诗歌本事为主，内容上的庞杂要求诗话体制比较散乱随意，多为信笔记录。这种随意的记录也使得作者在语言上要尽量简洁通俗，风格上则要生动活泼。早期诗话在创作宗旨、体制、内容、语言风格上具有这些特点，和笔记的写作特点基本吻合。随着诗话的发展，它和笔记之间的相似点逐渐减少。首先诗话的作者认为诗话应该是针对诗歌内在理论的专门批评，诗话的体制逐步系统化，或是按照人物来进行划分写作，或是按照不同门类对诗歌创作作系统评述。体制上的完善使得诗话慢慢形成一种权威性语言解读，风格也不再显得生动活泼。至此，诗话和笔记才真正完成了分离，有了不同的分工，了解历史掌故、学术杂谈、人物逸事就要关注笔记，想要了解诗歌内在创作规律就要阅读诗话。

（三）笔记和诗话论诗的区别

虽然笔记和诗话在体制和内容上颇多相似，但作为两种不同的文体，它们又有不同于对方的特质，尤其是两者在论诗上的区别。对此，我们通过《归田录》与《六一诗话》中关于梅圣俞的记载来予以说明。

《归田录》中有两个条目是关于梅圣俞事的记载：

> 王副枢畴之夫人，梅鼎臣之女也。景祐初除枢密副使，梅夫人入谢慈寿宫。太后问："夫人谁家子？"对曰："梅鼎臣女也。"太后笑曰："是梅圣俞家乎？"由是始知圣俞名闻于宫禁也。圣俞在时，家甚贫，余或至其家，饮酒甚醇，非常人家所有。问其所得，云："皇亲有好学者，

宛转致之。"余又闻皇亲有以钱数千购梅诗一篇者,其名重于时如此。①

　　梅圣俞以诗知名,三十年终不得一官职。晚年与修《唐书》,书成未奏而卒,士大夫莫不叹惜。其初受敕修《唐书》,语其妻刁氏曰:"吾之修书,可谓猢狲入布袋矣。"刁氏对曰:"君于仕宦,亦何异鲇鱼上竹竿耶?"闻者皆以为善对。②

第一条首先记叙梅圣俞的女儿与太后的对话,旨在说明梅圣俞的诗名远扬,重于其时;之后又记叙自己到他家做客喝酒,旨在说明梅圣俞虽然贫穷,生活困苦,却因皇亲中有赏识其诗者,赠其美酒。条目中自始至终都没有直接谈及梅圣俞具体的诗歌创作成就,仅从两则逸事的记载中,侧面传达出了梅圣俞声名的巨大影响力。第二条叙述梅圣俞虽然极富诗名,然仕途坎坷,命运多舛,终其生都不得一职,而笔记中的侧重点则在梅圣俞与妻子间的绝妙对话,于幽默的话语中传达了情深意切的夫妻之情,从其中,我们却可以感受到撰述者欧阳修对亡友的怀念之情,以及对其友一生坎坷命运的同情之心。两则笔记中所记的内容,均与梅圣俞的诗作相关,但又并不是就其诗作而发表看法,给予评论,这就显示出了不同于诗话侧重论诗的写作旨趣。从这里也可见出,《归田录》中所记录的,多是作者身边的一些文人逸事,不以发表议论为撰述旨趣。

　　《六一诗话》中也有关于梅圣俞的记载:

　　　　圣俞尝语余曰:"诗家虽率意,而造语亦难。若意新语工,得前人所未道者,斯为善也。必能状难写之景,如在目前,含不尽之意,见于言外,然后为至矣。"③

这显然是关于梅圣俞诗歌创作的记录,条目中不曾涉及相关的文人形象与生活琐事,就诗而论诗,是为"诗话"。

① 〔宋〕欧阳修:《归田录》,朱易安、傅璇琮等主编:《全宋笔记》第1编第5册,郑州:大象出版社,2003年,第257页。
② 〔宋〕欧阳修:《归田录》,朱易安、傅璇琮等主编:《全宋笔记》第1编第5册,郑州:大象出版社,2003年,第260页。
③ 〔宋〕欧阳修:《六一诗话》,〔清〕何文焕辑:《历代诗话》,北京:中华书局,1981年,第267页。

　　还如《鹤林玉露》乙编卷二《春风花草》一则："杜少陵绝句云：'迟日江山丽，春风花草香。泥融飞燕子，沙暖睡鸳鸯。'或谓此与儿童之属对何以异。余曰，不然。上二句见两间莫非生意，下二句见万物莫不适性。于此而涵泳之，体认之，岂不足以感发吾心之真乐乎！大抵古人好诗，在人如何看，在人把做甚么用。如'水流心不竞，云在意俱迟'，'野色更无山隔断，天光直与水相通'，'乐意相关禽对语，生香不断树交花'等句，只把做景物看亦可，把做道理看，其中亦尽有可玩索处。大抵看诗，要胸次玲珑活络。"①这里直接讨论诗歌的鉴赏问题，诗话文体的特征相当明显。只是诗话中这些讨论诗歌种种的条目，与笔记有着紧密的联系："记事以资闲谈的著作在唐代已很发达，就是所谓笔记；所不同者，笔记的记事漫无限制，诗话的记事止于诗人诗作。"②我们由此可以说，诗话最重要的是通过有趣的故事来"话诗论人"。

　　当诗话一体问世后，在笔记中谈论诗文的现象仍相当普遍，只是随着宋代诗文革新的胜利，苏轼、黄庭坚等著名诗人占据诗坛主导地位，以及有着鲜明理论主张的江西诗派的形成与壮大，诗话多讨论诗词的篇章、写诗技巧，议论增加，学术性增强，内容也与当时的理论思潮相关③，宋人由此在各种诗话著作中展现他们关于诗歌的理论主张与批评意见。宋代诗话越是往后发展，越是注重对诗歌本身的把握，理论性与系统性就更为明显了。如南宋初张戒的《岁寒堂诗话》，明显减少了其以资闲谈的内容，相应地增加了批评性的内容，理论主张与批评风格十分鲜明。还有姜夔的《白石道人诗说》、严羽的《沧浪诗话》均提出了比较系统的诗学理论。诗话的"漫谈"性质备受文人的青睐，诗话由此在后世得以发展繁盛，据不完全统计，宋代或以"诗话"为名，或不以"诗话"为名但是以漫谈形式论诗的著作就有上千种之多④。诗话逐渐从笔记中独立出来后，其撰述目的、成书方式以及探讨内容都有了新的变化，故事性淡化，议论性加强，与笔记在形式

①〔宋〕罗大经：《鹤林玉露》，朱易安、傅璇琮等主编：《全宋笔记》第8编第4册，郑州：大象出版社，2017年，第256页。

② 罗根泽：《中国文学批评史》，上海：上海书店出版社，2003年，第220页。

③ 刘明华：《丛生的文体——唐宋文学五大文体的繁荣》，南京：江苏教育出版社，2000年，第374—375页。

④ 刘明华：《丛生的文体——唐宋文学五大文体的繁荣》，南京：江苏教育出版社，2000年，第380页。

或体例上的差别也就越来越明显。可以说,诗话是从笔记中分离出来的一种新的著述体式,只是在宋代的发展中,与笔记的分界逐渐清晰。

概言之,笔记为诗话之近源,对诗话的创制影响深远;诗话实是专门论诗的笔记,以笔记为体的特征相当明显,笔记乃增广内容之诗话,内容大为扩展。也就是说,诗话无论论及人、事情或诗歌本身,通常都是以说诗为中心,以论诗解诗为重心;而笔记则不受说诗的这种限制,以叙事记人为主,主要是"依事存诗"。诗话在其发展流变过程中,吸收《诗品》《诗式》的诗论要素,大约北宋诗话主要是以"论事"为主,"以资闲谈"的撰述旨趣明显;南宋诗话则主要以"论辞"为主,"重理论"倾向凸显①。宋代论诗材料虽广泛存于诗话、词话、文话、诗歌、笔记、序跋、书信等文体中,而其中,笔记中所含有的论诗资料占据了相当大的比重,"以笔记为体"可视作宋代诗论的重要形式。

二、笔记类似语录

笔记除了与诗话在形式体制和题材内容上有诸多相似之处,与语录在文体上也有许多相似之处。《四库全书总目提要》中有许多笔记都被认为是语录之类,如对晁说之《晁氏客语》提要曰:"是书乃其札记杂论,兼及朝野见闻,盖亦语录之流。"②馆臣指出了其类似语录的文体特点。语录体除了记录口说经义③,还可记录见闻逸事,这通过《语录》其书的著录情况可得到印证。刘知几《史通·杂述篇》"琐言"著录《世说新语》《谈薮》《语录》《语林》等作品,《旧唐书·经籍志》史部杂史类著录孔尚思《宋齐语录》,此《宋齐语录》似即上述之《语录》。《语录》虽早已亡佚,但《艺文类聚》《太平御览》《初学记》等类书中尚存一些佚文,内容以记人事与神怪灵异者为主。这表明《语录》主要以记录人事、异闻为主,故刘知几将其与《世说新语》等

---

① 参郭绍虞:《〈清诗话〉前言》,〔清〕王夫之等撰:《清诗话》,上海:上海古籍出版社,1978年,第3页。

② 〔清〕永瑢等:《四库全书总目提要》,《万有文库》第23册,上海:商务印书馆,1931年,第74页。

③ "说"即口说经义,将口说之内容书于竹帛,即成为语录体。如《汉书·河间献王传》中曰:"献王所得书皆古文先秦旧书,周官、尚书、礼、礼记、孟子、老子之属,皆经传说记,七十子之徒所论。"参〔汉〕班固撰:《汉书》,北京:中华书局,2007年,第535页。又,传、说、记是与经相对而言的著述体式,其中传、说二者,实即一物,都是"翼经"之作。如吕思勉指出:"其出较先,久著竹帛者,则谓之传;其出较后,犹存口耳者,则谓之说耳。"参吕思勉:《吕思勉读史札记》乙帙《传、说、记》,上海:上海古籍出版社,2005年,第748—754页。

作品一起归为琐言类。由此可知，语录体作为记载人物言语的文体，具有两重内涵：一种以记录经义为主，以历代禅宗语录，以及宋明理学家的讲学语录如《朱子语类》《龟山先生语录》《上蔡先生语录》等最为典型；一种以记录见闻逸事为主，如《晁氏客语》《王氏谈录》《贾氏谭录》等。这些作品虽都具备口耳相传的性质，但口传的具体方式和内容已大为不同，渐由记录言语扩展为记录传闻，与纯粹的语录渐行渐远。

其一，形式体制上类似语录。笔记在命名上，采取类似语录的命名方式，《四库全书总目》中著录宋代以"录"命名的笔记不在少数：有"谈录"，如王钦臣《王氏谈录》、张洎《贾氏谭录》；有"笔录"，如杨延龄《杨公笔录》、王曾《王文正笔录》；有"漫录"，如张邦基《墨庄漫录》、曾慥《高斋漫录》；有"闻见录"，如邵博《邵氏闻见录》、叶绍翁《四朝闻见录》；有"野录"，如释晓莹《罗湖野录》等，还有直接以"语录"命名的笔记，如马永卿《元城语录》。除了命名方式上类似语录外，语录对于笔记的影响其实主要还是在形式体制上。语录无需长篇大论的说理，只是片言只语式的简短论述，这种短章碎语条目式的体制，更适合随笔记录。

其二，内容取材上类似语录。这主要是指笔记与讲学语录以及出使语录联系密切。现存语录一体的作品，卷帙最多的数宋明以来理学家的讲学之作，通常以讲天人性命之理为主，弟子们为防备日后遗忘，所以记录其师讲学之语。此外，宋代使臣出使归来后向朝廷进呈的语录作品亦有不少。如路振《乘轺录》是"大中祥符初（1008）使契丹，撰此书以献"[①]；韩元吉《朔行日记》自述"凡所以觇敌者，日夜不敢忘……归，因为圣主言……盖不敢广也"[②]；郑刚中《西征道里记》绍兴九年（1139）五月十三日载："陕府安抚吴琦甲马来迎"，自注："他郡守迎送不录者，行府专为陕西出也。"[③]这些语录行文斟酌损益，甚至饶有史笔意味，与笔记记录日常、内容纷杂的特点甚为相似。

笔记之所以类似语录与其实录的撰述原则相关。笔记与语录何以在

① 〔宋〕晁公武撰，孙猛校证：《郡斋读书志校证》，上海：上海古籍出版社，2011年，第283页。
② 〔宋〕韩元吉：《书朔行日记后》，曾枣庄、刘琳主编：《全宋文》第216册，上海、合肥：上海辞书出版社、安徽教育出版社，2006年，第118—119页。
③ 〔宋〕郑刚中《西征道里记》，朱易安、傅璇琮等主编：《全宋笔记》第3编第7册，郑州：大象出版社，2008年，第102页。

命名上相似？日本佚名所撰《临济钞》中注"语录"云："语者，本《论语》之语也；录者，记也，记录语言三昧也。"查《说文解字》，"语，论也"，"录"原义是刻木，有记录、叙述、抄写之意，"语""录"合在一起就是客观记载论说之词，从《论语》开始，语录就指直接记录圣人之言，先秦诸子语录大部分是弟子记其师言。宋代，禅宗的言论也称为"语录"，可见，语录即为实录圣人儒者、禅宗大师的议论说理的言论。宋代"语录"的另一层含义是记载使臣出使的言行见闻，这是使臣向朝廷进呈的一种语录，通常以客观真实地记载出使经历和见闻为主。客观记事是语录的基本目标。笔记的内涵中包括有"录"，同样追求实录原则，只是实录的内容比语录宽泛，既可以实录类似于语录的讲学之语和使臣出使之闻见，也可以实录作者亲自经历和见闻的其他事情，还可以记考据辨证类的求真务实的内容，可以说，"录"是笔记和语录共同遵循的原则。

　　笔记类似语录的内在原因还与其源于子书有关。子书即诸子百家著作，大多采用语录体。《论语》记录孔子及其弟子的言行，其片言只语式的记录，是语录体的典范之作，《论衡·正说》中曰："夫《论语》者，弟子共纪孔子之言行，敕记之时甚多，数十百篇，以八寸为尺，纪之约省，怀持之便也。"①《老子》为老子自著，也是语录体，《史记》记载："至关，关令尹喜曰：'子将隐矣，强为我著书。'于是老子乃著书上下篇，言道德之意五千余言而去。"②战国中期，《孟子》一书颇具论辩色彩，但仍没有摆脱语录体的模式。韩愈曾说："孟轲之书，非轲自著，轲既殁，其徒万章、公孙丑相与记轲所言焉耳。"③《孟子》的生成与《论语》成为语录体书的情况相近。"大致诸子文章，语录体居多，其形成原因，'子'说什么，'徒'就记什么，略加诠次，便成巨帙。语录体以其随事记录不拘长短的传统，成为中国笔记的源头之二。"④语录体叙事简洁，一事一议，没有烦琐的论证和详细的描述，这种简洁明了的说理方式与笔记体没有预设的篇章结构的安排，不需采用逻辑严密的说理论证的随而记之的方式正相吻合。可以说，笔记不仅在形式上与语录类似，多为格言警句的条目式的体制，而且还有语录简明扼要的议论说理的精神实质。

---

① 黄晖撰：《论衡校释》，《新编诸子集成》，北京：中华书局，1990年，第1136页。

② 〔汉〕司马迁撰：《史记》，北京：中华书局，1982年，第2141页。

③ 〔唐〕韩愈著，钱仲联、马茂元校点：《韩愈全集》，上海：上海古籍出版社，1997年，第162页。

④ 郑宪春：《中国笔记文史》，长沙：湖南大学出版社，2004年，第53页。

三、笔记与题跋、日记、话本的关系

其一，"皆类题跋"说。在笔记中，有以"笔记"命名题跋和笔记中杂有题跋两种情况。"题跋兴于唐而成于宋，以跋名篇始于宋。"[①]题跋题材广泛，涉及诗文、书画、金石等不同艺术、不同文化领域，表达方式灵活，议论、说理、记事、抒情等均可见于文中，体式上无常规格式，极为自由灵活，可读性和趣味性强，文学性突出。如黄庭坚《跋东坡字后》：

> 东坡居士极不惜书，然不可乞。有乞书者，正色诘责之，或终不与一字。元祐中，锁试礼部，每来见过，案上纸不择精粗，书遍乃已。性喜酒，然不能四五龠已烂醉。不辞谢而就卧，鼻鼾如雷。少焉苏醒，落笔如风雨，虽谑弄皆有义味，真神仙中人，此岂与今世翰墨之士争衡哉！[②]

跋文中细腻地描述了东坡的仙风，不失为一则极具可读性、趣味性的笔记。《四库全书总目提要》杂家类杂考之属提要宋黄伯思《东观余论》曰："所著有《法帖刊误》二卷，《古器说》四百二十六篇。绍兴丁卯，其子詥与其所著论辨题跋合而刊之，总名曰《东观余论》。"[③]馆臣不仅指出笔记中"皆有题跋"的特点，也客观评价了《东观余论》考证"颇为精博"的特征。这种"皆类题跋"的笔记通常是较为专门的鉴赏书画的艺术类笔记。

其二，"类似日记"说。宋代日记体的笔记通常有两类突出的内容：一是读书日记体笔记，许多学术性笔记都是用日记体写就的；二是纪游日记体笔记，如周必大辞官南返，撰《归庐陵日记》；陆游入蜀途中作《入蜀记》。此类笔记大多以纪实为主，按日记载作者的行程和见闻。

古人将笔记以"日记"名之和将日记以"笔记"名之，互用中说明在古人的观念中，日记与笔记是有某种内在联系的。首先，从语义上看，日记按日记载，内容通常和自己的日常生活有极大的关系，或者为读书所得，或者为自身见闻，也多以纪实为主，且常不是一次性成书，和笔记随笔记录一样，同

---

① 赵义山、李修生主编：《中国分体文学史·散文卷》，上海：上海古籍出版社，2001年，第171页。
② 〔宋〕黄庭坚撰，刘琳等校点：《黄庭坚全集》，成都：四川大学出版社，2001年，第771页。
③ 〔清〕永瑢等：《四库全书总目提要》，《万有文库》第23册，上海：商务印书馆，1931年，第25页。

为一个不断累积的过程。这种渐进的成书过程，某种程度上造成了二者的相似，日记和笔记的名称互用大概即源于此。其次，先秦散文以时间为序的记事传统对笔记影响至深。《左传》整体以年为单位，每篇又按春、夏、秋、冬四季为序，这种以时间为序的记事方式成为人类最初的一种记事方式，影响深远。《穆天子传》按日记载周穆王西游行程，《四库全书总目提要》介绍《穆天子传》曰："旧皆入起居注类。徒以编年纪月，叙述西游之事，体近乎起居注耳。"①这就指出了《穆天子传》以编年纪月"体近乎起居注"的特点（起居注指皇帝的言行录，一般是按日记载），说明《穆天子传》是一部按日记载的小说类笔记。另，笔记执笔记录的著述方式源于"左史记言，右史记事"的传统，这种即时性采写，一般都采取以日记事的形式，以日为线来贯穿事件，故笔记与日记紧密联系是与生俱来的，笔记源于史是二者紧密联系的本质原因。

其三，与话本的差异。笔记体在篇章体制、艺术构造方式等文体特征上与话本体截然不同，有着自己独立的文体特性。

笔记体的文体渊源与话本体完全不同。笔记孕育于史传的母体之中，魏晋南北朝时期，"从史传中分离出来逐渐形成两种文体，一是杂史杂传，一是笔记小说"②。史传母体孕育了笔记体，极大地影响了其叙事者、叙事方式、叙事结构等文体要素③。总体上说，笔记体的叙事者不同于话本体、章回体的虚拟说书人，而类似于史传的记述者。其中，笔记体叙事者多是"据见闻实录"，许多笔记序跋中反复强调作品是作者耳闻目睹之传闻的实录，反对有意地想象虚构，即"小说既述见闻，即属叙事，不比戏场关目，随意装点。……今燕昵之词，媟狎之态，细微曲折，摹绘如生，使出自言，似无此理，使出作者代言，则何从而闻见之"④，其中虽不免虚妄失真的讹传，但却并非子虚乌有的杜撰。笔记体这种实录传闻的创作原则使其叙事者始

---

① 〔清〕永瑢等：《四库全书总目提要》，《万有文库》第27册，上海：商务印书馆，1931年，第70页。

② 石昌渝：《小说》，《中国古代文体丛书》，北京：人民文学出版社，1994年，第41页。具体论证参考该书第二章《史统散而小说兴》的有关论述。

③ 如韩南先生称："中国文言小说中是完全看不见口头文学的影响的。……叙述时取编年史家或传记作家的姿态，而不取说书人的姿态。"参韩南：《中国白话小说史》，杭州：浙江古籍出版社，1989年，第21页。

④ 〔清〕盛时彦：《姑妄听之跋》，侯忠义编：《中国文言小说参考资料》，北京：北京大学出版社，1985年，第33页。

终保持了实录传闻的记述姿态。与笔记体不同，话本体源于口头文学，常刻意模仿说书人的口吻来讲述故事，完全是说书人的讲说姿态。

笔记体叙事方式继承了史传之传统，与话本体迥异。笔记为"客观记述式"，即仅概述人物背景、事件发展，描述人物语言、行动，或少量简洁的心理描写，既不会中断叙述而对人物、事件进行评价议论，也不会在叙述中渗透主观解释评价。话本为"主观讲述式"，即叙事者在讲述人物故事过程中，或中断叙述而对人物、事件直接议论评价、解释说明，或将主观解释评价渗透于描述之中。

笔记体在叙事视角上亦深受史传文学的影响，魏晋南北朝时期，在大量以"传人"为创作主旨的杂史杂传中，叙事焦点完全集中于传主身上，人物视角因此而成为主体视角，角色视角的使用很普遍。话本体的叙事视角与笔记体不同，虽然也有一些采用人物视角的作品，但这些作品大多仅限于篇幅短小、人物事件较单一者，所占比重小，全知视角或全知视角辅以局部角色视角最为普遍，占据了主导地位。

在中国古代文学史上，辨体和破体一直伴随始终。辨体认为各种文体应该有自己独特的文体规范和审美特性，破体则认为应打破各体之间的界限，各种文体应该互相取长补短，相互融合。笔记兼备众体的包容性是在不断变体、乱体和破体的过程中形成的，各种文体对于笔记的影响，一是笔记体的流行促成了其他文体的诞生，二是笔记体书写的随意方式对于其他文体的存在有着直接或间接的启发。正如四库馆臣一方面意识到各种文体的差别，将诗话列诗文评类，将日记、题跋、年谱入文集中，各就各位，这是辨体的结果；另一方面又在笔记文本评价中，客观公允地指出其体兼诗话、类似语录、皆类题跋、体类说部等特性。笔记既有诗话的含蓄雅致之美，又有语录议论说理的雄辩之美，兼具日记年谱的实录精神，还有类似题跋小品的凝练清淡之美，是在与其他文体相互交流、相互融合，兼取众长的基础上不断发展起来的一种文体。

第三节　宋代笔记的文体功能

文体功能指文体在特定社会文化环境中的作用。笔记作为子之末、史之余，地位较低，常有笔记是否有"用"的论证，庄绰以鸡肋相比，段成式据美食成喻,以及周煇在《清波杂志》序中所谓"非曰著述,长夏无所用心,贤于博弈云尔"之论①,都可说明笔记介于有用与无用之间的价值定位。在"虽小道,或有可观"这样一种"小道可观"的观念之下,古人对笔记功用的探求也大体分为两类,一类强调其娱乐功用,即无用之一面;另一类则致力于找寻笔记在娱乐之外的其他意义,也就是有用的一面。宋代笔记的文体功能,体现在笔记的一般功能与时代功能。笔记的主要功能是记录见闻,并基本保持实事求是的态度。文体演变的复杂性又提示我们,每个时代的文体范畴各有不同,不可一概而论。如魏晋时期主要是虚妄志怪笔记,唐代出现史料笔记的兴盛,至宋代,史料笔记则成为笔记的主体,笔记的文化内涵更为丰富。若分其门类,则宋人对笔记功用的梳理,主要集中在资闲谈、与史互补、议论时政三个方面,笔记在价值功用上的文类之特征因之得以体现。

一、记录见闻:笔记文体的基本功能

记录,强调笔记的成书是记录,而不是虚构或创作;见闻,强调笔记作品中的记载有来源和根据,是眼见和听闻而来,而不是想象和杜撰的。记录见闻是笔记不同于古代白话小说的重要特质。刘勰在《文心雕龙·书记》中写道:

> 记之言志,进己志也。
> 夫书记广大,衣被事体,笔札杂名,古今多品……并述理于心,著言于翰,虽艺文之末品,而政事之先务也。②

这里就指出,笔记是个人情志的表露记载,包罗万象,虽然属文学的"末品",不登大雅之堂,但同样记录着各种要务,有经国教化的功能。

笔记大多是记述作者耳目之所亲闻睹,植根生活,不虚美,不隐恶,内容充实,既有对社会重大事件的记录,也有对微观生活的具体生动的叙述。笔记中相当一部分内容为作者亲闻亲历,其以质朴、不事雕琢的特色全方

---

① 〔宋〕周煇:《清波杂志》,北京:中华书局,1985年,第1页。
② 周振甫:《文心雕龙今译》,北京:中华书局,1986年,第232页。

位地记述了古代文化风貌和社会生活场景,内容极为广博,涉及哲学、政治、经济、文化、军事、科技、艺术、宗教、民俗等领域,保存了大量正史不屑记载的科技、文化、社会史等方面的珍贵资料,在反映历朝历代社会生活方方面面的丰富性、具体性上,是其他文学形式难以比拟的。史学家刘知几十分强调博闻的重要,指出:"刍荛之言,明王必择;葑菲之体,诗人不弃。故学者有博闻旧事,多识其物,若不窥别录,不讨异书,专治周、孔之章句,直守迁、固之纪传,亦何能自致于此乎?"[1]这里的别录、异书许多便是指的笔记。清代学者刘廷玑从笔记发展角度加以概括,指出:"自汉、魏、晋、唐、宋、元、明以来,不下数百家,皆文辞典雅,有纪其各代之帝略官制,朝政宫帏,上而天文,下而舆土,人物岁时,禽鱼花卉,边塞外国,释道神鬼,仙妖怪异,或合或分,或详或略,或列传,行纪,或举大纲,或陈琐细,或短章数语,或连篇成帙,用佐正史之未备,统曰历朝小说。读之可以索幽隐,考正误,助词藻之丽华,资谈锋之锐利,更可以畅行文之奇正,而得叙事之法焉。"[2]其所说的"历朝小说",主要指笔记,可以说,各朝各代的政治状况、思想潮流、典章制度、民情风俗、宗教信仰、学术科技、文化艺术等,在笔记中都有所反映。

宋代笔记数量庞大,记载着极为丰富的内容。沈括《梦溪笔谈》在中国科技史乃至世界科技史上都占有重要地位;社会历史方面,对北宋统治集团的腐朽有所揭露,对西北和北方的军事利害、典制礼仪的演变,旧赋役制度的弊害,都有较为翔实的记载。朱彧《萍洲可谈》多述其父朱服所见所闻,首卷记朝廷典章制度、君臣言行;卷二则于广州蕃坊市舶、贸易物产、风土民情言之甚详;卷三多记巫卜异事。三卷之中,皆记有朝野重要文人学者如王安石、司马光、苏辙、黄庭坚、沈括等人的逸事,而于苏轼记录尤详。又如徐兢的《宣和奉使高丽图经》,记录了宋朝使团出使朝鲜半岛的情景,保存了珍贵的中外交通史料。孟元老的《东京梦华录》,用细腻的笔触记载了宋代京城开封的繁华景象和市民日常生活,是我国有关城市社会文学作品的开创之作。洪迈的《容斋随笔》涉猎广泛,对历代典章制度、史书、文学、语言文字、天文律历、古代文物等,无不淹通,征引赅博,考据精确,论述

---

[1] 〔唐〕刘知几著,〔清〕浦起龙通释:《史通通释》,上海:上海古籍出版社,2009年,第257页。
[2] 〔清〕刘廷玑撰,张守谦点校:《在园杂志》,北京:中华书局,2005年,第83页。

深邃,不啻为一部百科全书式的作品。记录见闻是笔记的基本功能与写作原则。

二、资闲谈:宋代笔记的一般功能

在中国传统的文人士大夫心目中,立德、立功、立言是他们毕生的追求,是体现文人价值的重要途径,但这三者是有价值高下,主次先后之分的。《左传·襄公二十四年》云:"太上有立德,其次有立功,其次有立言。"这概括了士大夫立身处世的准绳。但在现实生活中,并不是所有的人都能够建功立业,当理想的立德、立功在现实中化为泡影时,文人士大夫又转而追求最次一等的立言。而在立言中,既可以立正襟危坐的经史诗文之言,又可以操持笔墨立小道杂说之言。

经史诗文的创作是有意为之的,在文人士大夫立言体系中是正经神圣的事业,是仅次于立德、立功价值的事业。曹丕《典论·论文》中即指出其价值为"文章,经国之大业,不朽之盛事"。这些经史诗文的正经之作,是在文人士大夫积极进取心态支配下产生的。这是因为"士大夫就其本性而言,总是不能忘怀在群体性政治伦理生活中施展怀抱,这不仅是历代圣贤的教诲,更是社会结构所促成的'阶级意识',而离开这种'阶级意识',则不复为文人士大夫矣"①。这种阶级意识驱使他们在生活中积极进取,求取功名,建立功业,即使不能实现现实的济世理想,于笔墨文字中,也应以积极进取的心态去完成其济世目标。

由此,经史诗文自是一项带有浓厚的功利性与目的性的创作,是文人士大夫有意为之的一项重大的人生事业,创作出如司马迁"究天人之际,通古今之变,成一家之言"的《史记》类的作品是文人毕生的追求。撰修正史是传统文人士大夫梦寐以求的事情,而且在古代修正史通常是由官方组织完成的,是一项官方行为,在体制结构安排和题材内容选取上都有严格要求,往往以帝王将相、军国大事为叙述主体,其他内容则不屑言之。但事实上,并不是所有的文人都能参与撰修正史,"官方的历史叙述放弃了一个很大的地盘,于是就给后来文人士大夫作为私人的野史叙述留下了广阔的空

---

① 林岗:《口述与案头》,北京:北京大学出版社,2011年,第199页。

间……正史不语所留下的话语空间，就被野史小说占据了"①。无缘修史者转而记野史杂记、街谈巷议，记一些正史之外的余料，哪怕有补正史之微薄的功效也算是满足了文人士大夫对记史的企慕和渴望。这种撰述不需要宏大的视野，选材上不需要只关注帝王将相、军国大事，记野史杂记街谈巷议属于个人的行为，创作有极大的随意性和自由度。与传统的经史诗文创作相比，笔记在传统的价值观念里是属于不入流的旁系，是士大夫"消遣岁月"的补充。

在宋代走向近世的社会变革中，一方面，著书立说、成一家之言仍然占据着士人的思想高地；另一方面，元丰以来，笔祸不断，传媒变革、言论环境恶化而致士人心态谨小慎微，又影响着士人立言。如沈括撰述《梦溪笔谈》时，应十分了解刻书业的技术革新，他在《梦溪笔谈》中首次记录了"庆历中，有布衣毕昇，又为活板"的方法和过程，对其效率之高、印量之大，也相当清楚："若印数十百千本，则极为神速。常作二铁板，一板印刷，一板已自布字，此印者才毕，则第二板已具，更互用之，瞬息可就。"②在这样的背景下，写作《梦溪笔谈》时，撰者极为谨慎，在自序中即表明撰述的"三不"原则："圣谟国政，及事近宫省，皆不敢私纪"，"系当日士大夫毁誉者，虽善亦不欲书，非止不言人恶而已"，"率意谈噱，不系人之利害"③。话语中旨在强调该书内容不针对人，即使有阙谬之处，也只是"无意"。欧阳修记"朝廷之遗事，史官之所不记，与士大夫笑谈之余而可录者"本是为了自己"闲居之览"④，但此书后来被神宗要求呈进，撰者只得又做删改，并强调"不书人之过恶"⑤。可以说，在当时时局的影响下，士人心态渐趋内敛，普遍认同笔记"助谈笑"或"资谈笑"的作用。《贾氏谭录》序中所云"贻诸好事者云尔"，《南唐近事》所言"聊资抵掌之谈"等即是。

① 林岗：《口述与案头》，北京：北京大学出版社，2011年，第195页。

② 〔宋〕沈括：《梦溪笔谈》，朱易安、傅璇琮等主编：《全宋笔记》第2编第3册，郑州：大象出版社，2006年，第137页。

③ 〔宋〕沈括：《梦溪笔谈》，朱易安、傅璇琮等主编：《全宋笔记》第2编第3册，郑州：大象出版社，2006年，第7页。

④ 〔宋〕欧阳修：《归田录》，朱易安、傅璇琮等主编：《全宋笔记》第1编第5册，郑州：大象出版社，2003年，第236页。

⑤ 〔宋〕欧阳修：《归田录》，朱易安、傅璇琮等主编：《全宋笔记》第1编第5册，郑州：大象出版社，2003年，第269页。

在这些笔记中,作者往往一方面强调其所杂录事件的来源出自谈话的内容,另一方面,这些内容被记录下来加以流传,要能够起到重新成为"谈柄"的功用,并且二者之间有着相辅相成的关系,以体现笔记的社会性表达,即笔记要载录大家所共同关注的内容才能成为谈助而被津津乐道。如吴曾在《能改斋漫录》序中谓"以广好事之传"、陈善在《扪虱新话》序中言"尚有资于谈笑"皆是。当然,一些作者如陈善所说,有明显的自谦意味,他未必真以为其作品只有娱乐功能,但从中也可以看出,娱乐功能是笔记最基本的功用,是笔记与其他子、史之作不同的主要因素。除谈助外,消闲也是笔记的娱乐功用之一。欧阳修作《归田录》"录之以备闲居之览"便传递出一种向内的娱乐倾向。写作常常只是为了聊以自娱,"时时捉笔据几,随所趣而志之,虽无甚奇论,然意到即就,亦殊自喜"[1],"予屏居山中,无与晤语,有所记忆,辄寓诸简牍,纷纶丛脞,虽诙谐俚语无所不有,而至言妙道间有存焉。已而诵言之,则欣然如见平生故人抵掌剧谈,一笑相乐也。因名之曰《寓简》,聊以自娱"[2]。序言中都明显表达了撰述以自娱之意,在这样的功用下,作品之中私人性的寄寓更为突出,作者与作品之间的契合度更高。

三、与史互补:宋代笔记的史学价值

笔记发展到唐代,就所记的内容而言,多为对真实的历史事件的记述,真实性大为增强,而其关于历史事件的记录,较之史馆所修之史还是有所区别的,并非纪、传、志、表等文体中所记之内容,显现出了笔记"补史之阙"的意识。李肇在其所撰述的《唐国史补》自序中这样写道:"昔刘餗集小说,涉南北朝至开元,著为传记。予自开元至长庆撰《国史补》,虑史氏或阙则补之意,续传记而有不为。言报应,叙鬼神,征梦卜,近帷箔,悉去之;纪事实,探物理,辨疑惑,示劝戒,采风俗,助谈笑,则书之。"[3]这就指明了其撰写《唐国史补》是为"虑史氏或阙则补"的撰述旨意,由此笔记在内容的选择上,剔除了那些因果报应、怪力乱神以及占卜梦之先兆、房中帷帐等无稽之

---

① 〔宋〕洪迈:《容斋三笔》,朱易安、傅璇琮等主编:《全宋笔记》第 5 编第 6 册,郑州:大象出版社,2012 年,第 8 页。

② 〔宋〕沈作喆:《寓简》,〔清〕纪昀、永瑢等:《景印文渊阁四库全书》第 864 册,台北:台湾商务印书馆,1986 年,第 105 页。

③ 〔唐〕李肇撰:《唐国史补》,上海:上海古籍出版社,1979 年,第 1 页。

说，不再记录那些于世教无用之事，主要集中记述、推究、分辨真实发生过的史事与事物存在发生的原理。笔记中的这种"虑史氏或阙则补之意"的补国史意识，引起了时人与后人的普遍关注。唐代笔记对宋人的影响，范镇《东斋记事》自序中对此进行了记载：

> 予尝与修《唐史》，见唐之士人著书以述当时之事，后数百年有可考正者甚多。而近代以来盖希矣，惟杨文公《谈苑》、欧阳永叔《归田录》，然各记所闻而尚有漏略者。予既谢事，日于所居之东斋燕坐多暇，追忆馆阁中及在侍从时交游语言，与夫里俗传说，因纂集之，目为《东斋记事》①

从这里可以看出，宋代士人已经注意到著述与补史的关系，即"著书以述当时之事"与"后数百年有可考正者"，这在宋代笔记中有着相当突出的体现。刘叶秋在《略谈历代笔记》中肯定了宋代笔记的史料价值："由于宋代史学昌盛，文士多精史笔，故历史琐闻类笔记最为发达，其特点是以'亲历''亲见''亲闻'来叙述本朝的轶事与掌故，内容较为切实。"②袁桷在《修辽金宋史搜访遗书条列事状》中提出修史应广采史料："纂修史传，必当先以实录小传，附入九朝史传，仍附行状、墓志、神道碑，以备去取。"③其中谈到的笔记有二十五部：《涑水记闻》《邵氏闻见录》《春明退朝录》《梦溪笔谈》《龙川略志》《归田录》《续归田录》《萍州可谈》《后山谈丛》《师友杂志》《晁氏客语》《师友谈记》《杨文公谈苑》《麈史》《能改斋漫录》《石林燕语》《嘉祐杂志》《东斋记事》《谈圃》《渑水燕谈》《避暑录》《却扫编》《挥麈录》《挥麈录后录》《挥麈录三录》。诚然，至宋代，笔记更加注重对于史事的考证，内容更加广泛，弥补了官方所修史书难以涉及之处。

首先，笔记可补史之阙。补史有两种，一种是补史家所不载，一种是补与史家传闻异词的部分或细节。对于笔记来说，二者皆适用。唐人对于笔记补史功用的理解更偏向第一种，高彦休明确指出"其雅登于太史氏者，不

---

① 〔宋〕范镇：《东斋记事》，朱易安、傅璇琮等主编：《全宋笔记》第 1 编第 6 册，郑州：大象出版社，2003 年，第 194 页。

② 刘叶秋：《略谈历代笔记》，《天津社会科学》1987 年第 5 期。

③ 〔元〕袁桷著，杨亮校注：《袁桷集校注》，北京：中华书局，2012 年，第 1848 页。

复载录"的创作原则①，指明其所记载的内容是史书中所不涉及的。《唐国史补》谓"虑史氏或阙则补"②，《次柳氏旧闻》言"以备史官之阙"③，《杜阳杂编》称"稍以补东观缇缃之遗阙"等皆表现出明确的补史之阙的意识④。宋人延续了对笔记补史功用的认知，并进一步强化了笔记在补史方面的重要意义，《洛阳搢绅旧闻记》自比于别传、外传："摭旧老之所说，必稽事实；约前史之类例，动求劝诫。乡曲小辨，略而不书，与正史差异者，并存而录之，则别传、外传比也。"⑤该书将与正史差异者一起存而录之，已不再仅仅是补史家之不载者，而是对传闻异词也有所记载，从而与史家形成了一种对话式的关系。

此外，笔记在史学上的独特价值和重要意义也开始逐渐被宋人提出，如岳珂《桯史》序中曰："每窃自恕，以谓公是公非，古之人莫之废也，见睫者不若身历，滕口者不若目击，史之不可已也审矣。彼徇时者持谀以售其身，或张夸以为窿，或溢厌以为洿，言则书，书则疑，疑则久，久而乱真，天下谁将质之，兹非稗官氏之辱乎！况戏笑近谑，辞章近雅，辨论近纵，讽议近约，若是而不屑书，殆括囊者。夫金匮石室之藏，荛夫野人之记，名虽不同，而行之者一也。"⑥岳珂在这里指出笔记的长处：一方面，其载乃身历目击之事，可以保证史料的真实可信；另一方面，其所录内容包罗万象，自有价值所在。故其将"金匮石室之藏"（史书）与"荛夫野人之记"（笔记）并观，认为二者"名虽不同，而行之者一"，充分肯定了笔记的补史功用。

或为补前史中不当的地方。这些不当可能是失记、误记，或干脆是前辈史官在史识上存在的问题，如张唐英《蜀梼杌》主要记录前后蜀两朝八十

---

① 〔唐〕高彦休：《唐阙史》，上海古籍出版社编：《唐五代笔记小说大观》，上海：上海古籍出版社，2000年，第1237页。

② 〔唐〕李肇：《唐国史补》，上海古籍出版社编：《唐五代笔记小说大观》，上海：上海古籍出版社，2000年，第158页。

③ 〔唐〕李德裕：《次柳氏旧闻》，上海古籍出版社编：《唐五代笔记小说大观》，上海：上海古籍出版社，2000年，第464页。

④ 〔唐〕苏鹗：《杜阳杂编》，〔清〕董诰等编：《全唐文》第4册，上海：上海古籍出版社，1990年，第3796页。

⑤ 〔宋〕张齐贤：《洛阳搢绅旧闻记》，朱易安、傅璇琮等主编：《全宋笔记》第1编第2册，郑州：大象出版社，2003年，第147页。

⑥ 〔宋〕岳珂：《桯史》，朱易安、傅璇琮等主编：《全宋笔记》第7编第4册，郑州：大象出版社，2016年，第175页。

余年的史实,写作缘起是作者因不满《锦里耆旧传》《鉴戒录》《野人闲话》对蜀地历史本末倒置的记载,由此整理家藏旧书,采用编年叙事的体系,依仿苟悦《汉纪》以补史,意在使"乱臣贼子观而恐惧"①。还如鉴于叶梦得《石林燕语》"间有记忆失真,考据不详者"②,南宋汪应辰作《石林燕语辨》、宇文绍奕作《石林燕语考异》为之纠谬。李心传《旧闻证误》四卷及《补遗》一卷,以考证史实为主,针对当时一些野史、笔记中关于宋朝掌故的某些错误记载,条分缕析,详加驳正,澄清相关史实以及典章制度。《四库全书总目提要》在介绍李心传《旧闻证误》时曰:"《要录》于诸书伪异,多随事辨正,故此书所论,北宋之事为多,不复出也,或及于南宋之事,则《要录》之所未及,此补其遗也。凡所见私史小说,上自朝廷制度沿革,下及岁月之参差,名姓之错互,皆一一详征博引,以折衷其是非,大致如司马光之《通鉴考异》。而先列旧文,次为驳正,条分缕析,其体例则如孔丛之《诘墨》。其间决疑定舛,于史学深为有裨……其资考证者已不少矣。"③刘昌诗的《芦浦笔记》"凡先儒之训传,历代之故实,文字之讹舛,地理之迁变,皆得溯其源而循其流"④,《四库全书总目提要》对此指出:"其书多纠吴曾《能改斋漫录》之失。其论泥轼、屏星、金根车、诸葛亮表脱句、孙叔敖碑舛讹、欧阳修误题《多心经》、杜甫诗错简,皆有特识。"⑤

　　或为史官漏记而阙则补者。吴处厚《青箱杂记》序言中直言撰述此书意在接续前人所撰笔记,曰:"前世小说有《北梦琐言》、《酉阳杂俎》、《玉堂闲话》、《戎幕闲谈》,其类甚多,近代复有《闲花》、《闲录》、《归田录》,皆采摭一时之事,要以广记资讲话而已。余自筮仕未尝废书,又喜访问,故闻见不觉滋多,况复遇事裁量,动成品藻,亦辄纪录,以为警劝。"⑥魏泰在《东轩笔录》序中指出:"思少时力学尚友,游于公卿间,其绪言余论有补于聪明者,

① 〔宋〕张唐英:《蜀梼杌》,朱易安、傅璇琮等主编:《全宋笔记》第 1 编第 8 册,郑州:大象出版社,2003 年,第 32 页。
② 〔宋〕叶梦得:《石林燕语》,朱易安、傅璇琮等主编:《全宋笔记》第 2 编第 10 册,郑州:大象出版社,2006 年,第 157 页。
③ 〔清〕永瑢等:《四库全书总目提要》,《万有文库》第 17 册,上海:商务印书馆,1931 年,第 80—81 页。
④ 〔宋〕刘昌诗:《芦浦笔记》,朱易安、傅璇琮等主编:《全宋笔记》第 7 编第 2 册,郑州:大象出版社,2016 年,第 175 页。
⑤ 〔宋〕刘昌诗:《芦浦笔记》附录,北京:中华书局,1986 年,第 84 页。
⑥ 〔宋〕吴处厚撰,李裕民点校:《青箱杂记》,北京:中华书局,1985 年,第 7 页。

虽老矣,尚班班可记,因丛摭成书。呜呼,事固有善恶,然吾未尝敢致意于其间,姑录其实以示子孙而已,异时有补史氏之阙,或讥以见闻之殊者,吾皆无憾,惟览者之详否焉。"①宋敏求《春明退朝录》自述为:"熙宁三年,予以谏议大夫奉朝请。每退食,观唐人洎本朝名辈撰著以补史遗者,因纂所闻见继之。"②这些均表明其书"有补史氏之阙"之意。

或为野史难得周全而阙则补者。张贵谟序周辉《清波杂志》时曰:"纪前言往行及耳目所接,虽寻常细事,多有益风教,及可补野史所阙遗者。"③王栐《燕翼诒谋录》记载了诸多宋朝典章制度,涉及职官、选举、食货、兵刑、地理等多方面内容,撰述缘起是因为正史、野史未记录祖宗良法美政,由此在书中对此加以记述,期盼有裨于世教,后世君臣不忘却其好,序中指出:"人皆知罪熙、丰以来用事之臣,而不原祖宗立国之本旨。苟非规摹宏远,德泽深厚,则其效验尚不能如汉、唐之季世,何以再肇中兴之基?夷考建隆迄于嘉祐,良法美意,灿然具陈,治平以后此意泯矣。今备述如后,与识者商榷之,以稽世变云。"④《四库全书总目提要》称叶梦得《石林燕语》"是书纂述旧闻,皆有关当时掌故,于官制科目,言之尤详,颇足以补史传之缺,与宋敏求《春明退朝录》、徐度《却扫编》可相表里"⑤。

其次,拟为世戒在宋人看来也是笔记的重要功能。孙光宪、景焕、张齐贤等人皆在作品的序言中肯定了笔记应该寓劝诚的功用价值。其中,志怪类与杂录类彰显劝诚的方式略有不同,志怪类寄寓劝诚往往是通过彰显报应来完成,针对人的道德修养;而杂录类寓劝诚往往与史家功用相关,带有几分以史为鉴的意味。如王得臣《麈史》序曰:"故自师友之余论、宾僚之燕谈与耳目之所及,苟有所得,辄皆记之。……其间自朝廷至州里,有可训、

---

① 〔宋〕魏泰:《东轩笔录》,朱易安、傅璇琮等主编:《全宋笔记》第 2 编第 8 册,郑州:大象出版社,2006 年,第 4 页。
② 〔宋〕宋敏求:《春明退朝录》,朱易安、傅璇琮等主编:《全宋笔记》第 1 编第 6 册,郑州:大象出版社,2003 年,第 253 页。
③ 〔宋〕周辉:《清波杂志》,朱易安、傅璇琮等主编:《全宋笔记》第 5 编第 9 册,郑州:大象出版社,2012 年,第 5 页。
④ 〔宋〕王栐:《燕翼诒谋录》,朱易安、傅璇琮等主编:《全宋笔记》第 7 编第 1 册,郑州:大象出版社,2016 年,第 234 页。
⑤ 〔清〕永瑢等:《四库全书总目提要》,《万有文库》第 23 册,上海:商务印书馆,1931 年,第 81 页。

可法、可鉴、可诫者无不载。"①释文莹《玉壶清话》曰"古之所以有史者，必欲其传。无其传，则圣贤治乱之迹，都寂寥于天地间。当知传者，亦古今之大劝也"②；《王文正公遗事》记录先公言行议论，是为"保守家法、训诫子弟、可为示范"③；《泊宅编》中记崇宁间事，感叹"吁！可以为世之戒矣"④。《可书》作者张知甫的著述也有同样目的，四库馆臣称其"犹及见汴梁全盛之日。故都遗事，目击颇详。迨其晚岁，追述为书，不无沧桑今昔之感，故于徽宗时朝廷故实记录尤多，往往意存鉴戒"⑤。王明清《挥麈录》中明确指出其著述目的在于"善有可劝，恶有可戒"⑥，《玉照新志》序言中同样指出其书"务在直书，初无私意。为善者固可以为韦弦，为恶者又足以为龟鉴。间有奇怪谐谑，亦存乎其中。若夫人祸天刑，则付之无心可也"⑦。张邦基《墨庄漫录》自跋云："稗官小说虽曰无关治乱，然所书者必劝善惩恶之事，亦不为无补于世。"⑧这些作品力图通过劝善惩恶来向世人表明自己记载历史人物、事迹的意图。张齐贤《洛阳搢绅旧闻记》序云："摭旧老之所说，必稽事实；约前史之类例，动求劝诫。乡曲小辨，略而不书，与正史差异者，并存而录之，则别传、外传比也……庶可传信，览之无惑焉。"⑨

　　第三，备史之用在宋人看来也是笔记的重要功能。备遗忘偏向于材料，强调笔记在保留史料方面的意义，这一点在唐代关于笔记功用的论述中尚较为少见，但却成了宋人撰述笔记的常见动机。北宋初期，宋人强调在笔

---

① 〔宋〕王得臣：《麈史》，朱易安、傅璇琮等主编：《全宋笔记》第 1 编第 10 册，郑州：大象出版社，2003 年，第 5 页。
② 〔宋〕释文莹：《玉壶清话》，朱易安、傅璇琮等主编：《全宋笔记》第 1 编第 6 册，郑州：大象出版社，2003 年，第 86 页。
③ 〔宋〕王素：《王文正公遗事》，朱易安、傅璇琮等主编：《全宋笔记》第 1 编第 5 册，郑州：大象出版社，2003 年，第 178 页。
④ 〔宋〕方勺：《泊宅编》，朱易安、傅璇琮等主编：《全宋笔记》第 2 编第 8 册，郑州：大象出版社，2006 年，第 176 页。
⑤ 〔清〕永瑢等：《四库全书总目提要》，《万有文库》第 27 册，上海：商务印书馆，1931 年，第 53 页。
⑥ 〔宋〕王明清：《挥麈录》，上海：上海书店出版社，2001 年，第 175 页。
⑦ 〔宋〕王明清：《玉照新志》，朱易安、傅璇琮等主编：《全宋笔记》第 6 编第 2 册，郑州：大象出版社，2013 年，第 124 页。
⑧ 〔宋〕张邦基：《墨庄漫录》，朱易安、傅璇琮等主编：《全宋笔记》第 3 编第 9 册，郑州：大象出版社，2008 年，第 138 页。
⑨ 〔宋〕张齐贤：《洛阳搢绅旧闻记》，朱易安、傅璇琮等主编：《全宋笔记》第 1 编第 2 册，郑州：大象出版社，2003 年，第 147 页。

记中保存史料,主要是针对五代兵乱史料被毁严重的情况,郑文宝作《南唐近事》时便面临着"君臣用舍,朝廷典章,兵火之余,史籍荡尽,惜夫前事,十不存一"的状况①。与此相类似,南宋初期经历了南北宋之交及秦桧禁私史事,也呈现出保存史料的客观需求。李纲认为"朝廷应变设施大略,众人所共知者,往往私窃书之。至于庙堂之上,帷幄之中,议论取舍,事情物态,为宗社安危生民利害之所系者,众人所不得而知,书之或失其实",因而写《靖康传信录》,声称"于此录记其实而无所隐",希望"庶几后之览者有感于斯文"②。除此种客观需求,宋人对笔记备遗忘功用的认可也体现在主观的需求上。如张世南《游宦纪闻》便是因兄弟去世,他闭门谢客,追思宦游往事,欲以"记事实而备遗忘",并"嗣有所得,又当传益之云"③。或如《齐东野语》作者周密"惧复坠逸为先人羞",恐怕先人著述的真实史实在后世的流传中为世人所遗忘,因此"不计言之野也",悉数记载自己所能回忆起来的相关人事:"洊遭多故,遗编巨帙悉皆散亡。老病日至,忽忽漫不省忆为大恨。闲居追念求得一二于十百,惧复坠逸为先人羞。乃参之史传诸书,博以近闻脞说,务求事之实,不计言之野也。异时展余卷者,噱曰:'野哉言乎,子真齐人也。'余对曰:'客知言哉!余故齐,欲不齐不可。虽然,余何言哉?何言,亦言也,无所言也,无所不言,乌乎言。'客大笑,吾因以名其书。"④这样的功用在唐人笔记里是极为少见的,唐人更强调笔记补史的功用。

第四,广见闻与资考证在宋人看来也是笔记的重要功能。与补史、劝诫等史家功用不同,笔记广见闻、资考证的价值功用主要体现在其作为"子之末"所体现出的子部的提供智识方面的功用。宋代不仅不乏资考证、广见闻的笔记作品,并且明确表明作品广见闻功用的论述也较多。《南部新书》钱明逸的序言是宋代较早明确提出笔记广见闻功用的论述:"其间所

---

① 〔宋〕郑文宝:《南唐近事》,朱易安、傅璇琮等主编:《全宋笔记》第 1 编第 2 册,郑州:大象出版社,2003 年,第 208 页。

② 〔宋〕李纲:《靖康传信录》,朱易安、傅璇琮等主编:《全宋笔记》第 3 编第 5 册,郑州:大象出版社,2008 年,第 6—7 页。

③ 〔宋〕张世南:《游宦纪闻》,朱易安、傅璇琮等主编:《全宋笔记》第 7 编第 8 册,郑州:大象出版社,2016 年,第 31 页。

④ 〔宋〕周密:《齐东野语》,朱易安、傅璇琮等主编:《全宋笔记》第 7 编第 10 册,郑州:大象出版社,2016 年,第 13—14 页。

纪,则无远近耳目所不接熟者,事无纤巨善恶足为鉴诫者,忠鲠孝义可以劝臣子,因果报应可以警愚俗,典章仪式可以识国体,风谊廉让可以励节概。机辩敏悟、怪奇迥特,亦所以志难知而广多闻。《尔雅》为六艺钤键,而采谣志、考方语。周《诗》形四方风雅,比兴多虫鱼草木之类。"①钱明逸对《南部新书》中所载的各类内容的功用予以分类说明,强调"机辩敏悟、怪奇迥特"者可以"志难知而广多闻",又以《尔雅》、周《诗》的博物性质相比较,突出了《南部新书》的子部功用。这一点在宋代得到了较为广泛的接受和认可,石京称《茅亭客话》"足使览者益夫耳闻目见之广识"②;曾慥"集百家之说,采摭事实"编成《类说》,在自序中指出其功能为"资治体、助名教、供谈笑、广见闻。如嗜常珍,不废异馔。下箸之处,水陆俱陈"③,其中广见闻已经与教化、娱乐功能并列。宋代笔记中考订辨证类的内容逐渐增多,也是广见闻观念影响的结果,在广见闻的基础上,融入作者理性客观的著述态度,即产生了笔记资考证的价值功能。何异称赞《容斋随笔》"可以稽典故,可以广闻见,可以证讹谬,可以膏笔端"④,也是从这一角度切入,可见宋人对笔记广见闻、资考证功用的认可。在通常情况下资考证同广见闻是相通的,资考证的最终目的还是为了广见闻。

宋代笔记的补史之功能被普遍接受,为史著所采。如《续资治通鉴长编跋》中提到,著书"分注、考异详引他书……《东斋纪事》《涑水记闻》《东轩笔录》《湘山野录》《玉壶清话》《邵氏闻见录》《笔谈》《挥麈录》之类"⑤。但著述者通常会根据史家笔法,对笔记内容进行考证、调整,"递相稽审,质验异同"⑥,使其合乎史书叙事行文。补史之阙、拟为世戒、备史之用构成了宋人对笔记功能的基本理解,我们由此认为与史互补为宋代笔记的时代功

---

① 〔宋〕钱易撰,黄寿成点校:《南部新书》,北京:中华书局,2002年,第1页。

② 〔宋〕石京:《茅亭客话后序》,丁锡根编著:《中国历代小说序跋集》,北京:人民文学出版社,1996年,第350页。

③ 〔宋〕曾慥编纂,王汝涛等校注:《类说校注》,福州:福建人民出版社,1996年,第1页。

④ 〔宋〕何异:《容斋随笔序》,〔宋〕洪迈撰,孔凡礼点校:《容斋随笔》,北京:中华书局,2005年,第980页。

⑤ 〔宋〕李焘撰:《续资治通鉴长编》,北京:中华书局,2004年,第17页。

⑥ 〔清〕永瑢等:《四库全书总目提要》,《万有文库》第10册,上海:商务印书馆,1931年,第67页。

能。这里的"史"主要指正史纪传,同时也包括其他形式的官修史著①。"互补"包含四层含意:首先,笔记在宋代具有史传的一般功能,同时又具有独立的文体地位;其次,宋代笔记作者的身份立场与官方史家不同;再次,宋代笔记的思想主旨有别于官修史著;复次,宋代笔记在文体形式上与官修史著同中有异。其中,最为重要的是创作者的立场身份,即创作者以何种姿态进行笔记创作。

历史上,与笔记文体功能密切相关的,是笔记在官、私两家史学中的定位。宋代当政者对史书修撰的重视,巩固了官方史学的正统地位,也推动了包括部分笔记在内的私史创作的繁荣。王盛恩在《宋代官方史学研究》中指出,南宋朝廷虽申令"禁私史"②,但"南宋私修当代史书的史家却层出不穷"③。其实不仅南宋如此,北宋虽然很少有私修当代史者,但是,各类私史性质的著述甚多,其中究包括部分笔记。自宋代以来,官史本着维护自身权威的目的,不断肃清来自野史、杂传的影响。明代焦竑在其《国史经籍志》卷三传记类的序言中说:"至于流风遗迹,故老所传,史不及书,则传记兴焉。"④"史不及书,则传记兴",事实上就是说史书所不暇或不屑记载的内容,导致了传记与小说的兴盛。正史弃而不用的材料,由此具有史学或文学价值。面对官史的强势,宋代笔记作者一方面强调笔记补史之阙、备史之用的功用,另一方面采取较为严肃的创作态度,取法正史,争取文体价值。在正史体系之外,笔记已经成为宋代私家史著的重要形式:一是宋代笔记的创作规模远超前代,且其创作大多在官方史学体制之外,具有鲜明的私史印记;二是宋人对笔记的文体意义有了较为深入的认识,并非全以游戏的态度对待私史形态的笔记。

宋人以笔记之体行正史之道,并不能遮蔽笔记与官修国史的区别。首

---

① 其实"正史"是一个相对的概念,章太炎《国学讲演录》史部"正史"条对此已有论述。至于正史纪传之外,一些官修编年体、实录体史书,如《资治通鉴》、宋诸朝《实录》等,也在官修史书体系之内,与绝大多数野史笔记作品的存在状态有区别。

② 《建炎以来朝野杂记·嘉泰禁私史》云"顷秦丞相既主和议,始有私史之禁"。参李心传:《建炎以来朝野杂记》(甲集),朱易安、傅璇琮等主编:《全宋笔记》第6编第7册,郑州:大象出版社,2013年,第120页。

③ 王盛恩:《宋代官方史学研究》,北京:人民出版社,2008年,第57页。

④ 〔明〕焦竑:《国史经籍志》,《续修四库全书》编委会编:《续修四库全书》第916册,上海:上海古籍出版社,1996年,第364页。

先，宋代笔记对事件的选取多据私见，有较多的主动性，多表达自己对世事的看法，甚至是个人的人生体悟，笔记的文学性由此得以激活。其次，宋人笔记在继承先代史法的基础上，敢于灵活运用各种叙说手法创新笔记体，议论、戒寓、抒情等散文笔法在笔记中充分释放，这是以往笔记创作不能想象的。再次，宋人笔记无论形式还是内容都颇为注意向正史靠拢，这会让人感觉笔记文体渐归正史，然细玩其味，却可发现这是笔记作者在自觉或不自觉中提升笔记的文体地位，弥合笔记与官修史传的地位差距，从而为其作品增加身价。

笔记关注的领域自有与官修史传相别之处，官史笔下的当代王侯将相，笔记很少会涉及，而笔记所关注的人事很多也难入国史。当然，正史中也有底层人物，但笔记中对他们的叙事立场不同，书写重点也不一样。笔记多写底层人物，能够获得更广阔的思想阐发空间，作品中作者的个人思想情感可以充分表达，这些优势都是官史修撰所不具备的。相对于魏晋时期，史料性笔记主要是简单记录人事、民风习俗与考证名物制度，宋代笔记在记载事件时，则突出对其来龙去脉、本末经过，以及与事件相关人物的记载，在历史琐闻的记载中透露出强烈补史劝诫的意图，态度严肃、考证严谨，通过其撰述旨趣，可窥见宋代笔记在正史、国史之外，提供了另一种书写历史的模式，为世人展现了一个更有社会性、抗争性、多元性的历史书写空间。在具体的历史环境中，笔记与官修史传分属不同史著系统，两者各自有体，不同的功能指向使得笔记与官家史传处于相对独立的状态，两者的结合不仅展现了历史发展的宏观脉络，而且尽可能地不让历史的细节被时间遗忘，可以说，"与史互补"是对笔记，至少是宋代笔记文体功能更为合适的表述。

四、议论时政：宋代笔记功能的时代特征

在宋人的笔记观念中，笔记有着和史传互补的实际功能，为了阐明撰述之必要，让记录事迹更具有历史和现实的意义，恰当而充分的议论成为表达作者思想的重要途径。因此，议论不仅是宋代笔记的主要特征，也是宋代笔记文体的重要功能。宋人在笔记中阐发议论，有的表达政治见解，有的探讨伦理道义，也有的抒发个人心性志向。时政、士风、道德、人伦是其常见的主题。

　　笔记中,作者以其理性的心理与实事求是的撰述态度,多方面辨析时代局势,深刻反思与尖锐批判腐朽的社会弊政。如洪迈在《容斋随笔》中,重点剖析了北宋末年蔡京专权时,他与王黼、童贯、朱勔、梁师成、李彦等"六贼"结党营私、狼狈为奸、沆瀣一气,贪赃枉法,祸害天下的罪行,笔记如此记载他们用严刑和峻法摧残正论、禁锢正士:"章惇、蔡京为政,欲殄灭元祐善类,正士禁锢者三十年。"①这导致"当时试文无辜而坐黜者多矣"②。岳珂深切感受到当时朝政腐败,是非不明,每议论时政,则义愤填膺,情绪激越,声称以"公是公非"为目的③,撰述《桯史》。书中通过对南宋朝野各阶层人物言行的记载,揭露了两宋政治的腐败黑暗,表现了他对主战派和投降派人物的鲜明爱憎。朱弁《曲洧旧闻》对蔡京等"六贼"的专权多有揭露:"三千索,直秘阁;五百贯,擢通判。"④通过讽刺童贯与蔡京等打着绍述新法的旗号,无恶不作,贿赂公行,公开卖官鬻爵,交三千就能到秘阁做事,交五百贯可以当个通判,由此推崇司马光而对王安石不满。《四库全书总目提要》称其为:"而于王安石之变法,蔡京之绍述,分朋角立之故,言之尤详,盖意在申明北宋一代兴衰治乱之由,深于史事有补,实非小说家流也。"⑤郭允蹈《蜀鉴》既详述了蜀地战乱频繁、山河残破、生灵涂炭的局势,又仔细辨证了古今地理的变化,以资为军事借鉴。四库馆臣称"是书所述,皆战守胜败之迹,于军事之得失,地形之险易,恒三致意"⑥。这些作品,虽记录时政事件,然论说却直指时政之弊,展现着作者通过议论文字为笔记增添资政价值的愿景。

　　士风好坏与政治环境直接相关,士人风貌亦是笔记讨论的重要话题。苏轼《东坡志林》"措大吃饭"条写两贫寒书生相与言志:"有二措大相与言志,一云:'我平生不足惟饭与睡耳,他日得志,当饱吃饭,饭了便睡,睡了又

---

① 〔宋〕洪迈:《容斋随笔》,朱易安、傅璇琮等主编:《全宋笔记》第 5 编第 5 册,郑州:大象出版社,2012 年,第 129 页。

② 〔宋〕洪迈:《容斋随笔》,朱易安、傅璇琮等主编:《全宋笔记》第 5 编第 6 册,郑州:大象出版社,2012 年,第 162—163 页。

③ 〔宋〕岳珂:《桯史》,朱易安、傅璇琮等主编:《全宋笔记》第 7 编第 4 册,郑州:大象出版社,2016 年,第 175 页。

④ 〔宋〕朱弁:《曲洧旧闻》,朱易安、傅璇琮等主编:《全宋笔记》第 3 编第 7 册,郑州:大象出版社,2008 年,第 87 页。

⑤ 〔清〕永瑢等:《四库全书总目提要》,《万有文库》第 23 册,上海:商务印书馆,1931 年,第 78 页。

⑥ 〔清〕永瑢等:《四库全书总目提要》,《万有文库》第 11 册,上海:商务印书馆,1931 年,第 4 页。

吃饭。'一云:'我则异于是,当吃了又吃,何暇复睡耶!'吾来庐山,闻马道士嗜睡,于睡中得妙。然吾观之,终不如彼措大得吃饭三昧也。"①通过对书生夸张的补偿心理的记录,映射儒道堕落的可悲现实,深刻揭露了当时读书功利化的不良倾向。罗大经在《鹤林玉露》中亦言:"今世儒生竭半生之精力,以应举觅官。幸而得之,便指为富贵安逸之媒,非特于学问切己事不知尽心,而书册亦几绝交。"②作者尖锐地批判今世儒生的求学之道,已非往日之求圣贤之道,多为贪慕荣华富贵,享受虚荣名利。该书"奸富"条中批判玩弄智巧,不道德而致富者:"本富为上,末富次之,奸富为下。今之富者,大抵皆奸富也,而务本之农,皆为仆妾于奸富之家矣。呜呼,悲夫!"③悲痛天下熙熙,皆为利来;天下攘攘,皆为利往的时局。诚然,不少笔记也记录不少正面的事例。周密笔记中,对宋代君后着墨甚多,称孝宗为"天纵睿圣,英武果断,古今之所鲜俪"④,并将自己主要生活的度宗朝,誉为"内外治谧,文武熙畅。普天观万化之新,昌运际三登之泰"的太平盛世⑤。作者还着意书写那些临危受命、死而后已的忠臣烈士,如《齐东野语》一书,所书写的人物就有儒臣真德秀、方岳、汪应辰,骁勇善战的统帅岳飞、曲端、毕再遇,因于金国、矢志不渝的忠臣何宏中、滕茂实,为国捐躯的义士张贵、张顺,以及知人善任、造福一方的清官罗点、俞澄、王佐、黄洽、吴愐、章良能等人。罗大经敬仰本朝正直而清廉的官吏,热情书写了诸多抗金志士的事迹,彰显了他们的高尚气节。《鹤林玉露》甲编卷一"范石湖使北"条记范成大出使金国,受命而不辱使命,讴歌其民族气节;乙编卷一"湖州生祠"条,认为"杨伯子为湖州守,弹压豪贵,牧养小民,治声赫然,为三辅冠"。王应麟对不事二主的忠臣大加赞扬,评罗昭谏毅然拒绝谏议大夫之召之举为

① 〔宋〕苏轼:《东坡志林》,朱易安、傅璇琮等主编:《全宋笔记》第 1 编第 9 册,郑州:大象出版社,2003 年,第 30 页。
② 〔宋〕罗大经:《鹤林玉露》,朱易安、傅璇琮等主编:《全宋笔记》第 8 编第 3 册,郑州:大象出版社,2017 年,第 261 页。
③ 〔宋〕罗大经:《鹤林玉露》,朱易安、傅璇琮等主编:《全宋笔记》第 8 编第 3 册,郑州:大象出版社,2017 年,第 151 页。
④ 〔宋〕周密:《齐东野语》,朱易安、傅璇琮等主编:《全宋笔记》第 7 编第 10 册,郑州:大象出版社,2016 年,第 15 页。
⑤ 〔宋〕周密:《南郊庆成口号序》,北京大学古文献研究所编:《全宋诗》第 67 册,北京:北京大学出版社,1992 年,第 42522 页。

"其志亦可悲矣"①。这些笔记的书写继承了儒家史书以追索往事来镜鉴当下的书写理论,旨在寄寓作者褒扬节气、净化世风、澄清时俗的美好愿望,作者强烈的道德情感力与思想批判力也就在其中得到彰显。

　　体悟处世之道,启迪生命智慧也是宋代笔记关注的话题。宋代笔记多为作者晚年的作品,他们大多经历了生命的起承转合、人世沧桑,逐渐褪去了少年轻狂的色彩,转而注重生命力的张扬,寻求生命的淡泊与寄托。洪迈一以贯之的处世之道是不为名利所累,随性而适,宠辱不惊,静心养性,他在《容斋随笔》卷十四"士之处世"条中写道:

　　　　士之处世,视富贵利禄,当如优伶之为参军,方其据几正坐,噫呜诃棰,群优拱而听命,戏罢则亦已矣。见纷华盛丽,当如老人之抚节物,以上元、清明言之,方少年壮盛,昼夜出游,若恐不暇,灯收花暮,辄怅然移日不能忘,老人则不然,未尝置欣戚于胸中也。睹金珠珍玩,当如小儿之弄戏剧,方杂然前陈,疑若可悦,即委之以去,了无恋想。遭横逆机阱,当如醉人之受骂辱,耳无所闻,目无所见,酒醒之后,所以为我者自若也,何所加损哉。②

以戏子、老人、小儿、醉汉等社会角色为参照,说明士人无须过多在意仕进、富贵利禄,这些皆如浮云,应坦然应对进退。叶梦得致仕之后,乃寄情山水,回归自然,不为世俗所累,努力营造自己的精神家园,常言:"天下真理日见于前,未尝不昭然与人相接。但人役于外,与之俱驰,自不见耳。惟静者乃能得之。"③罗大经经历仕途之险,更当末世之时,主张士大夫应当坦然面对仕途的坎坷,"流行坎止任安排","击搏豪强,拒绝宦寺,悉无所畏"④。就如何处理为官与修养之间的关系,他在"忧乐"条中这样写道:

① 〔宋〕王应麟著,〔清〕翁元圻等注,栾保群等校点:《困学纪闻(全校本)》,上海:上海古籍出版社,2008 年,第 1892 页。
② 〔宋〕洪迈:《容斋随笔》,朱易安、傅璇琮等主编:《全宋笔记》第 5 编第 5 册,郑州:大象出版社,2012 年,第 180 页。
③ 〔宋〕叶梦得:《避暑录话》,朱易安、傅璇琮等主编:《全宋笔记》第 2 编第 10 册,郑州:大象出版社,2006 年,第 297 页。
④ 〔宋〕罗大经:《鹤林玉露》,朱易安、傅璇琮等主编:《全宋笔记》第 8 编第 3 册,郑州:大象出版社,2017 年,第 243 页。

　　吾辈学道，须是打叠教心下快活。古曰无闷，曰不惕，曰乐则生矣，曰乐莫大焉。夫子有曲肱饮水之乐，颜子有陋巷箪瓢之乐，曾点有浴沂咏归之乐，曾参有履穿肘见、歌若金石之乐。周、程有爱莲观草、弄月吟风，望花随柳之乐。学道而至于乐，方是真有所得。大概于世间一切声色嗜好洗得净，一切荣辱得丧看得破，然后快活意思方自此生。或曰，君子有终身之忧；又曰，忧以天下；又曰，莫知我忧；又曰，先天下之忧而忧。此义又是如何？曰：圣贤忧乐二字，并行不悖。故魏鹤山诗云：'须知陋巷忧中乐，又识耕莘乐处忧。'古之诗人有识见者，如陶彭泽、杜少陵，亦皆有忧乐。如采菊东篱，挥杯劝影，乐矣，而有平陆成江之忧；步屦春风，泥饮田父，乐矣，而有眉攒万国之忧。盖惟贤者而后有真忧，亦惟贤者而后有真乐，乐不以忧而废，忧亦不以乐而忘。①

　　从这里似乎可以看到作者主张以超越的、审美的态度来对待人生，乐天知命的人生意愿。倪思同样指出："闲居事业，与达官无异。观圣贤书，如对君父；观史，如观公案；观小说，如观优伶；观诗，如听歌曲。此其乐，与达者何异？"②还有的感世伤怀，追念旧事。如《东京梦华录》作者孟元老曾在崇宁二年至京师，目睹汴京之盛，"数十年烂赏叠游，莫知厌足"。靖康之后，作者"避地江左，情绪牢落"，"暗想当年，节物风流，人情和美，但成怅恨"，与亲戚会面时谈及往昔，"后生往往妄生不然"，作者"恐浸久，论其风俗者，失于事实，诚为可惜"③，遂省记编次成《东京梦华录》。于这些作者而言，富贵生活、圣贤事业已不可企及，不如让心灵回归本真，尽享生命的无限乐趣，由此，这些士人另寻完美的生命形态，在不断的思索中体悟淡定的真谛，在最平凡的事物中拥抱人生的真趣，诗意地栖居于自然之中，在朴素、幽静、完美的大自然中得以解悟与超脱，于追忆中得以沉醉。

　　宋代笔记议论的话题涉及时局、政治、士风等多个方面，是了解一代社会文化与士人心态的重要窗口。宋代笔记中议论成分的增加，使笔记功用

① 〔宋〕罗大经：《鹤林玉露》，朱易安、傅璇琮等主编：《全宋笔记》第 8 编第 3 册，郑州：大象出版社，2017 年，第 361 页。
② 〔宋〕倪思：《经鉏堂杂志》，朱易安、傅璇琮等主编：《全宋笔记》第 6 编第 4 册，郑州：大象出版社，2013 年，第 394 页。
③ 〔宋〕孟元老：《东京梦华录》，朱易安、傅璇琮等主编：《全宋笔记》第 5 编第 1 册，郑州：大象出版社，2012 年，第 114 页。

偏向于义理阐发,见闻由此成为议论的由头,笔记的思想价值逐渐高于史料价值。与专事议论的论说文相比,宋代笔记的议论常以具体见闻事迹为基础,立论根植更为深厚;与纪传赞语相比,宋代笔记的议论对作品本体意义的阐发更为充分,多从具体见闻事迹入手,以小见大。对于多数的宋代笔记作品而言,议论不再是叙事的点缀,而成为笔记不可或缺的一部分,议论功能在宋代笔记文体中具有独特性和不可替代性。宋代笔记议论功能的凸显是笔记发展之新变,它不限于个人思想之一隅,而是通过一己心志之抒发,展现士大夫对儒道的自觉追求,其议论具有广泛的世教与致用价值。可见,议论不仅是宋代笔记的重要艺术特色,也是笔记的重要功能之一。同时,宋代笔记的议论功能使笔记更富有文学意味。议论拓展了笔记的文体内涵,面对政治、士风、道德、人伦等士大夫感兴趣的话题,议论必然会带有作者的主观情绪,作者的情感因素渗入笔记,客观上延伸了笔记的思想性,当情感、议论、叙事系于一处,笔记不再局限于道听途说的记述层面,便具备了散文的特质。议论功能的强化,使宋代笔记更富有文章特质,笔记的文体性质也因此发生改变。

从上文的论述中可以看到,宋人对笔记价值功用的定位,在延续了唐人助谈笑、寓劝诫等功用的同时,进一步强化、发展了消闲暇、补史阙、备遗忘、广见闻、资考证等价值功用,呈现出宋人对笔记功用新的理解与要求。从中可见出,宋人对笔记功用的认知有两个特点。其一,宋人对笔记"有用"的一面更为重视,更强调笔记在娱乐以外的其他价值。在宋人看来,资考证、广见闻、补史阙等价值是评价笔记优劣的重要依据,只有记载可靠、议论公允,能够起到补充史料甚至是更高的价值要求的笔记作品,方可谓佳作。在一些作者看来,即使作品中杂有鬼神戏谑,也应有劝诫等价值存在,龚明之《中吴纪闻》序在强调自己作品"不惟可以稽考往迹,资助谈柄,其间有裨王化、关士风者颇多,皆新旧《图经》及《吴地志》所不载者"的同时,也对作品中其他条目做了说明,"至于鬼神梦卜杂置其间,盖效范忠文《东斋纪事》体。谈谐嘲谑,亦录而弗弃,盖效苏文忠公《志林》体,皆取其有戒于人耳"[①],充分表现了其对笔记价值应在于"有用"的观点。其二,宋人

---

① 〔宋〕龚明之:《中吴纪闻》,朱易安、傅璇琮等主编:《全宋笔记》第3编第7册,郑州:大象出版社,2008年,第167页。

对笔记功用的理解，不仅局限在向外的价值，也强调笔记对作者本人的作用，在其论述中个人情怀的书写与时代趣味的呈现是可以共存的。这一点在谈助与消闲上体现得最为明显。在宋人看来，笔记不仅仅是给旁人看的，对于一部分作者来说，笔记也可以寄寓其个人情感以及对往事故人的追思与留念，是自我闲居消闲的凭借。故周密有"青灯永夜，时一展卷，恍然类昨日事，而一时朋游沦落，如晨星霜叶，而余亦老矣"①之叹。

　　由以上观之，宋代笔记记录现实，与史互补，议论时政，同时又有别于正史与国史，展现出历史书写的另一种模式，为世人呈现了一个更有社会性、抗争性、多元性的历史书写空间。笔记撰述的这一新趋向受到了两宋相对自由、多元的社会、文化环境的深层影响。宋代士人多是学者、官僚、文人三位一体，多出身于中小地主阶级，经由科举入仕，他们有着对于自身与家国历史之关系的高度自觉意识，于撰述中渗透着心忧天下的主体意识。正是由于士人们自觉地参与建构本朝的时代历史记忆，多方位地争取历史书写的权力，历史笔记由此得以兴起和繁荣。笔记作者各自有着自己的书写方式与立场，以及对不同历史事件的把握，从而产生了具有足够多样的立场和角度的笔记作品，使历史的复杂性在书写中得到多维度的呈现。同时，随着士人历史意识的不断深化与扩展，他们关注的社会文化现象更为丰富多样，因此，有关社会史与文化史的笔记作品不断涌现。因其如此，这些笔记在今天的读者看来，不仅具有学术上的价值，也有思想上的启发。

---

① 〔宋〕周密：《武林旧事》，朱易安、傅璇琮等主编：《全宋笔记》第 8 编第 2 册，郑州：大象出版社，2017 年，第 5 页。

第五章　情与趣：宋代笔记的文体特征

在现有的文体学著作中，关于"文体"的具体内涵已有十分深入的探讨，尤其是对"体"的内涵作了细致的分析。郭英德的《中国古代文体学论稿》，将中国古代文体的基本结构分为体制、语体、体式、体性四个层次，其中体制指文体外在的形状、面貌、构架，犹如人的外表体形；语体指文体的语言系统、语言修辞和语言风格，犹如人的语言谈吐；体式指文体的表现方式，犹如人的体态动作；体性指文体的表现对象和审美精神，犹如人的心灵、性格。吴承学的《中国古代文体学研究》，指出文体之"体"有六种含义：（一）体裁或文体类别；（二）具体的语言特征和语言系统；（三）章法结构与表现形式；（四）体要或大体；（五）体性、体貌；（六）文章或文学之本体。吴文并指出中国古代文体内涵的丰富性、复杂性与模糊性，但从总体上看，文体是本体与形体的统一体，本体是内，形体是外，本体指向审美精神、风格、趣味，形体指向外部风貌、体制、形态。这些研究均立足于中国古代丰富的文体学理论资源，同时也结合吸收了西方文体学的相关理论，具有贴近本土和视野开阔的特点。只是，现有文体学的著作大多是以诗文为研究对象，对笔记的关注较少，而诗文与笔记在文体形态上又差异甚多，故我们在讨论笔记文体时，既要借助已有文体学的理论成果，也要贴近研究对象，找出笔记文体上的独特点加以概括分析。对此，下文将依照文体内涵显示的内外两方面，选择外在的叙事特征、语言风格，以及内在的审美特征作为探讨对象，考察唐宋转型视域下宋代笔记文体特征的新变。

第一节　宋代笔记的叙事特色

宋代笔记客观记录所见所闻，作者的情感立场蕴藏于字里行间，没有曲折凄婉的情节，语言质朴明快，说理倾向明显，义理明晰，极具史料价值，体现出由诗性特质向历史倾斜的趋向。

一、笔记中的历史性叙事

由于叙事是现代小说的主要表达方式,大部分学者在有关笔记或笔记小说的概念界定及相关论述中,常常将"叙事"作为一个重要的指标来区别小说与非小说,即笔记小说的核心是"小说",要符合"虚构的叙事散文"这一基本概念,而笔记则因其包含了非叙事的内容而不应被称为小说,只有其中一部分符合"虚构的叙事散文"概念的内容才能被称作"小说"——以笔记形式创作的小说,即笔记小说。事实上,中国古代的小说理论中,其实很少谈及小说的叙事,并没有将叙事作为判断笔记是否为小说的唯一标准,笔记中往往同时包括非叙事与叙事两部分内容,其中叙事部分又可区分为历史性叙事与文学性叙事两种类型。

其中非叙事的内容,是指没有故事情节的记录、说明、议论与考证,涉及天文地理、远国异邦、奇人异物、文学艺术、典章制度、民情风俗、医卜星相等方面的知识。非叙事的笔记伴随着小说的产生与发展,在笔记中占据了重要地位,从《汉书·艺文志》确立"小道可观"这一小说内涵,历代官修书目子部小说家类中就容纳了大量难以归类的杂著、杂记,符合"小道可观"内涵的小说由此被称作子部小说。可见,子部小说主要是以价值、地位作为判别标准,而非叙事与否。《隋书·经籍志》小说家类就著录了《郭子》《琐语》《笑林》《世说新语》这类琐言类叙事作品。刘知几《史通》中所列十家"偏记小说"中的郡书、家史、地理书、都邑簿等类中同样包含着非叙事的内容。宋代公私书目如《新唐书·艺文志》《崇文总目》《郡斋读书志》《直斋书录解题》小说(家)类的著录主体虽为志怪、志人、杂史、杂记、传奇等叙事类作品,但同时也著录了杂考、杂说、杂纂等非叙事性作品①。

笔记中非叙事性内容的文字表达主要以说明、记述、议论为主,《山海经》《神异经》《博物志》《十洲记》《西京杂记》等都包含了大量非叙事的内容。宋代以后笔记发展大盛,作品除了记录传闻逸事外,还往往兼有考证、议论、杂说等内容,所谓"或抒己意,或订俗讹,或述近闻,或综古义"②,大多体例不纯、内容驳杂。作者常于随笔记录的所见所闻、所思所感中加入

---

① 谭帆等:《中国古代小说文体文法术语考释》,上海:上海古籍出版社,2013年,第6—7页。
② 〔清〕永瑢等:《四库全书总目提要》,《万有文库》第24册,上海:商务印书馆,1931年,第43页。

一些自己的见解与看法,议论中植入作者严峻的道德感,"前言往行,辨证发明以寓劝戒之意"是宋代笔记带有的普遍情感倾向①。刘昌诗《芦浦笔记》对上至先秦,下至宋代的典章制度,以及作者所见闻之遗闻逸事,都详加记载或考证:"凡先儒之训传,历代之故实,文字之讹舛,地理之迁变,皆得溯其源而循其流。苟未惬于心,则纡轸而弗敢释。旁稽力探,偶究竟其仿佛,则忻幸亦足以乐。久惧遗忘,因并取畴昔所闻见者而笔之册,凡百余事,萃为十卷。有未检证者,留俟续编。"②徐度《却扫编》多载宋代典制,邵康跋其书:"其襟韵萧散,论议英发,有晋、宋简远之趣。而考订根据,辨析精敏,不竟不止。"③刘董跋认为《芥隐笔记》亦是如此:"讨论典故,订正事实,辨明音训,评论文体,虽片言只字,必欲推原是正,俾学者知所依据。"④还如《四库全书总目提要》称《入蜀记》:"游本工文,故于山川、风土,叙次颇为雅洁,而于考订古迹,尤所留意。……引据诗文以参证地理者尤不可殚数,非他家行记,徒流连风景、记载琐屑者比也。"⑤称《吴船录》:"于古迹形胜言之最悉,亦自有所考证。"⑥称苏籀《栾城先生遗言》:"中间辨论文章流别,古今人是非得失,最为详晰,颇能见辙作文宗旨。"⑦可以说,自唐至宋,随着笔记的不断发展,议论体、说明体、考证体笔记与叙事体笔记构成了笔记的总体面貌,非叙事的笔记在笔记中始终占据着重要地位。

除了非叙事的内容,也有些笔记包含有叙事性的内容,而在叙事性的内容中,又可区分为历史性叙事和文学性叙事。历史性叙事与文学性叙事两者在叙事的对象、方式、结构上是有着明显的区别的,只有文学性叙事才符合现代意义上的小说内涵。历史性叙事以历史事实为叙述对象,排斥虚构,文学性叙事推崇虚构和想象;历史性叙事的叙事方式是讲述(telling),即作者概述一个事件,所述事件多为故事梗概,甚或仅是一个片段,无法构

---

① 〔宋〕俞文豹撰,张宗祥校订:《吹剑录全编》,上海:古典文学出版社,1958年,第89页。
② 〔宋〕刘昌诗:《芦浦笔记》,朱易安、傅璇琮等主编:《全宋笔记》第7编第2册,郑州:大象出版社,2016年,第175页。
③ 〔宋〕徐度:《却扫编》,朱易安、傅璇琮等主编:《全宋笔记》第3编第10册,郑州:大象出版社,2008年,第178页。
④ 〔宋〕龚颐正:《芥隐笔记》,朱易安、傅璇琮等主编:《全宋笔记》第5编第2册,郑州:大象出版社,2012年,第121页。
⑤ 〔清〕永瑢等:《四库全书总目提要》,《万有文库》第12册,上海:商务印书馆,1931年,第108页。
⑥ 〔清〕永瑢等:《四库全书总目提要》,《万有文库》第12册,上海:商务印书馆,1931年,第107页。
⑦ 〔清〕永瑢等:《四库全书总目提要》,《万有文库》第23册,上海:商务印书馆,1931年,第87页。

成一个完整的故事，而文学性叙事是展示(showing)，需演绎一个生动完整的故事，有曲折的情节和细节描写，讲究人物的刻画以及人物之间矛盾冲突的营造，故事往往具有开头、发展、高潮、结局几个部分①。历史性叙事的作者有强烈的史官意识，以史官的口吻讲述故事，于议论中对事件作出评价，对人物作褒贬；文学性叙事则尽量要求减少作者的干预，作者要隐没于叙事背后；受到真实客观的制约，历史性叙事只能对人物进行外貌、动作、语言等外部的描画，并要避免虚构、夸饰之嫌，文学性叙事则可根据情节需要塑造人物形象，详尽进行外貌、动作、语言的刻画，还可深入人物的内心世界，详细揭示人物的心理活动。可见，历史性叙事是外在性的，而文学性叙事则是内在性的②。

　　在宋代笔记的叙事性内容中，文学性叙事虽占据了一定的比例，但就整体而言，历史性叙事所占比重更大，这是由笔记在其发展过程中，在观念、取材、编创、体制等方面的特点造成的。两宋时期，不少笔记寄居在史部，或者由史部移往子部，游离于子史之间，由于"史余"观念的强大制约，笔记在叙事方法上多模仿史书，多采用历史性叙事。并且，"叙事"历来即属于史学的讨论范畴，《说文解字》云："史，记事也。"又云："事，职也，从史。"可见记事从来就是史官的职责。《汉书·艺文志》云："古之王者，世有史官，君举必书，所以慎言行，昭法式也。左史记言，右史记事，事为《春秋》，言为《尚书》，帝王靡不同之。"③唐代刘知几《史通》有《叙事篇》，是专门探讨叙事规则、方法的开端，指出"国史之美者，以叙事为工"④。宋代笔记记录传闻逸事，即使事涉虚诞，仍多谨守史书简约的叙事准则。且笔记往往记录片段，较史书更为简短，难以展示文学性叙事的特点。李剑国指出六朝志人小说无法与志怪匹敌，其重要原因之一即是志人小说的叙事较志怪简短，"很少能表现一个比较完整的过程和形象结构"⑤。两宋时期涌现的大量记录朝野逸事传闻的笔记，因其取材或为前代书籍，或为耳目见闻，加之叙事简洁质朴，少铺叙渲染而多议论，叙事方法和风格接近史书，

① 参罗钢：《叙事学导论》，昆明：云南人民出版社，1994年，第189—196页。
② 王秀林：《"史有诗心"——历史性叙事与文学性叙事的分别》，傅承洲主编：《中国古代叙事文学国际学术研讨会论文集》，北京：中央民族大学出版社，2011年，第57—58页。
③ 陈国庆编：《汉书艺文志注释汇编》，北京：中华书局，1983年，第72—73页。
④ 白云译注：《史通》，北京：中华书局，2014年，第284页。
⑤ 李剑国：《唐五代志怪传奇叙录》，天津：南开大学出版社，1993年，第2页。

故被后世称为野史、稗史、杂史。即便是志怪笔记，所记虽然怪诞，但主观上大多仍以真实记录事实为目的，是以历史性叙事来讲述神奇怪异之事，与记录真实事件的杂史、杂记类笔记相比，仅仅是题材内容的区别，在笔记观念、叙事方法上仍然是一致的。

历史性叙事出于简约、省文的目的，大部分采用概括、梗概式的叙事方式，排斥展示、呈现式的叙事方式。但也有例外，如司马迁的《史记》有些片段因采用了场景、戏剧化的呈现式叙事而被后世诟病，刘勰也曾指出："然俗皆爱奇，莫顾实理。传闻而欲伟其事，录远而欲详其迹，于是弃同即异，穿凿旁说，旧史所无，我书则传。"①史官在好奇心理的驱使下，往往会自觉不自觉地抛弃史书只述故事梗概的叙事原则，而进行详细的铺陈描写，由此增强史书的故事性、情节性，从而具有了小说化的倾向。在史书的这种小说化影响下，一批杂史、杂传类笔记自魏晋后大量涌现，其与正统史书的区别在于：杂史杂传以朝野逸事、日常琐事为主，往往"序鬼物奇怪之事"，"杂以虚诞怪妄之说"②；二是杂史杂传采用历史性叙事与文学性叙事相结合的叙事手法，在历史性叙事中加入文学性叙事的因素，原本简约、平淡的故事由此变得具体、细致、生动，人物形象更为饱满，情节更为曲折，结构更为完整。

宋代笔记中的一部分作品具有很高的叙事水平，尤其是一些篇幅较长、情节曲折的作品，其叙事手法和技巧同现代小说已无二致。《懒真子》有一则言："持正年二十许岁时，家苦贫，衣服稍敝。一日，与郡士人张（湜）师是同行。张亦贫儒也。俄有道人至，注视持正久之。因谩问曰：'先生能相乎？'曰：'然。'又问曰：'何如？'曰：'先辈状貌极似李德裕。'持正以为戏己，因戏问曰：'为相乎？'曰：'然'。'南迁乎？'曰：'然。'……道人既去，二人大笑，曰：'狂哉，道人！以吾二人贫儒，故相戏耳。'"③故事中，通过悬念的设置推动情节，贫苦的预言对象不敢相信未来自己拥有成为达官显贵的命运，故而以"大笑"和言语来质疑、嘲讽预言者。情节如何发展的悬念得以积蓄，看似"不着边际"的预言能否实现变得更受读者关注，故事的可读

① 〔梁〕刘勰著，范文澜注：《文心雕龙注》，北京：人民文学出版社，1958年，第287页。
② 〔唐〕魏征、令狐德棻撰：《隋书》，北京：中华书局，1973年，第982页。
③ 〔宋〕马永卿：《懒真子》，朱易安、傅璇琮等主编：《全宋笔记》第3编第6册，郑州：大象出版社，2008年，第185页。

性大为增强。还如："岳公飞微时，尝于长安道中遇一相者曰'舒翁'。飞时贫甚，翁熟视之曰：'子异日当贵显，总重兵，然死非其命。'飞曰：'何谓也？'翁曰：'第识之，子，猪精也，猪硕大而必受害。子贵显则睥睨者众矣。'飞，靖、炎间起偏裨为大将，位至三孤，竟为谗邪所害。"①故事中，预言者因看透岳飞日后"贵显则睥睨者众"，将其生动形象地比作"猪精"，并给出了既接地气又符合常人认知的解释——"猪硕大而必受害"。此类联想叙述极具趣味性。

但是，从总体上看，历史性叙事在宋代笔记中仍占据主要地位，其同文学性叙事"一实一虚，亦高亦下，互相影响，双轨并进"②，共同构成了宋代笔记的叙事景观。

二、片段结构形式与细节描写

笔记由于是文人有感于生活中的某些人物、某些逸闻趣事，信笔记录而成，写的多是人物或生活的一些片段，是片段的连缀，多采用逐条式的撰述形式③。其各条不拘字数，或者每条都有题目，或者每门附有题目，或者没有题目④。从内容上看，各条之间或有着密切的关系，或互不相关，形式松散。撰者每每在其笔记序言中强调写作的随意性，表明文体结构的松散。如张淏《云谷杂纪》自跋言："太息之余，曩之贮积于方寸间者，于是悉索言之，非敢以千虑一得为夸，盖将识所疑而求诸博闻之士，相与质正焉，凡同于随笔者不录，又往岁尝纪所闻杂事数条，因取而合为一编，杂然无复诠次，故目之曰'杂纪'。"⑤《容斋随笔》序中言："予老去习懒，读书不多，意之所之，随即记录，因其后先，无复诠次，故目之曰'随笔'。"⑥刘昌在《芥隐笔记》跋中写道："此其闲居暇日，有得于一时之诵览者，随而录之，故号曰

---

① 〔宋〕曾敏行：《独醒杂志》，朱易安、傅璇琮等主编：《全宋笔记》第 4 编第 5 册，郑州：大象出版社，2008 年，第 199 页。

② 杨义：《中国叙事学》，《杨义文存》第 1 卷，北京：人民出版社，1997 年，第 15 页。

③ 参〔韩〕安芮璿：《宋人笔记研究——以随笔杂记为中心》，复旦大学 2005 年博士学位论文，第 6 页。

④ 参张晖：《宋代笔记研究》，武汉：华中师范大学出版社，1993 年，第 29 页。

⑤ 〔宋〕张淏：《云谷杂纪跋》，〔清〕纪昀、永瑢等：《景印文渊阁四库全书》第 850 册，台北：台湾商务印书馆，1986 年，第 910 页。

⑥ 〔宋〕洪迈：《容斋随笔》，朱易安、傅璇琮等主编：《全宋笔记》第 5 编第 5 册，郑州：大象出版社，2012 年，第 11 页。

'笔记'。"①《梁溪漫志》序中言:"予生无益于时,其学迂阔无所可用,暇日时以所欲言者,记之于纸,岁月浸久,积而成编,因目以'漫志'。嗟夫！竟何谓哉。顾非有用之言,且非有所不得已,譬之候虫逢秋自吟自止,识者当亦为之欢笑耶!"②《癸辛杂识》序中言:"暇日萃之成编,其或独夜遐想,旧朋不来,展卷封之,何异平生之友相与抵掌剧谈哉!"③《宜斋野乘》序中言:"凡耳之所闻,目之所见,口之所诵,心之所得,随手钞记,目曰'野乘'。"④

笔记编纂方式的纷杂性或片段性已多为学者所关注。程毅中即言:"'笔记'一词本指散文的一体。"⑤程千帆在谈及宋代笔记时亦说:"这些为数极其众多的作品,自然只是出于作家们的随手记录,而不是什么精心结构的东西。"⑥吴河清同样指出:"到了宋代,笔记的作者范围更为扩大,形式也更加自由活泼,不拘一格。"⑦笔记多是作者耳目所接,意兴所至,笔亦随之,造成了笔记无复卷帙的编纂形式。

笔记叙述在时间概念上是较为模糊的,一般注意的就是人物和事件本身,不大关注时间元素,大部分都是由一个或几个场景组成,有的类似一个特写镜头,有的类似一篇素描。但因为类似史传笔法,单篇笔记的叙事时间是比较明确的,会标明日期,如开头即说明:"自武德至长安四年已前"⑧,"太祖建隆六年"⑨。笔记的普遍通例是,往往在开头,对叙述对象作概括性的交代,用于提供事件的背景材料,包括历史背景、社会风貌、人文地理等。

---

① 〔宋〕龚颐正:《芥隐笔记》,朱易安、傅璇琮等主编:《全宋笔记》第5编第2册,郑州:大象出版社,2012年,第121页。
② 〔宋〕费衮:《梁溪漫志》,朱易安、傅璇琮等主编:《全宋笔记》第5编第2册,郑州:大象出版社,2012年,第126页。
③ 〔宋〕周密:《癸辛杂识》,朱易安、傅璇琮等主编:《全宋笔记》第8编第2册,郑州:大象出版社,2017年,第147页。
④ 〔宋〕吴枋:《宜斋野乘》,朱易安、傅璇琮等主编:《全宋笔记》第7编第2册,郑州:大象出版社,2016年,第90页。
⑤ 程毅中:《漫谈笔记小说及古代小说的分类》,《古籍整理出版情况简报》2003年第3期。
⑥ 程千帆:《俭腹抄》,上海:上海文艺出版社,1998年,第119页。
⑦ 王水照主编:《宋代文学通论》,开封:河南大学出版社,1997年,第561页。
⑧ 〔宋〕李上交:《近事会元》,朱易安、傅璇琮等主编:《全宋笔记》第1编第4册,郑州:大象出版社,2003年,第7页。
⑨ 〔宋〕欧阳修:《归田录》,朱易安、傅璇琮等主编:《全宋笔记》第1编第5册,郑州:大象出版社,2003年,第241页。

从叙事特征来看，笔记的叙事结构主要分为两类，一类笔记一事一则，保持着较为简单的叙事结构，通过情节设计、叙述与评论的加入，使得叙事主体的主体性得到表达；另一类笔记一则多事，多个事件的组合方式构成了不同的叙事结构和叙事重心，一则多事条目的结构，较为常见的是以人物为中心，对事件进行安排，与史家传记写法类似，如《归田录》中"钱思公虽生长富贵，而少所嗜好"一条：

> 钱思公虽生长富贵，而少所嗜好。在西洛时，尝语僚属言："平生惟好读书，坐则读经史，卧则读小说，上厕则阅小辞，盖未尝顷刻释卷也。"谢希深亦言："宋公垂同在史院，每走厕必挟书以往，讽诵之声琅然闻于远近，其笃学如此。"余因谓希深曰："余平生所作文章，多在三上：乃马上、枕上、厕上也。"盖惟此尤可以属思尔。[①]

分别叙述了钱思公不顷刻释卷、宋公垂笃学和欧阳修自己做文章多在"三上"等事，这些事件不再是围绕一个人而展开，而是按照主题罗列，彼此之间相互映照，进一步加强了主体性的表达。

宋代笔记在叙事结构和叙事特征上，往往通过细节的呈现与原因的说明，凸显主题，渗透主体性。如《明道杂志》中关于欧阳修的一条云：

> 欧阳文忠公应举时，常游京师浴室院。有一僧熟视公，公因问之曰："吾师能相人乎？"僧曰："然。足下贵人也，然有二事：耳白于面，当名满天下；唇不掩齿，一生常遭人谤骂。"其后公以文章名世，而屡为言者中以阴事，然卒践二府。[②]

条目中具体描摹了欧阳修的两大面部特征，并通过巧妙的联想与附会，由其面相特征映射其人生的世俗境遇，从容而自洽地建构了一套"相事勾连"的逻辑体系，将据相预言的主题凸显出来。

---

① 〔宋〕欧阳修：《归田录》，朱易安、傅璇琮等主编：《全宋笔记》第1编第5册，郑州：大象出版社，2003年，第257页。

② 〔宋〕张耒：《明道杂志》，朱易安、傅璇琮等主编：《全宋笔记》第2编第7册，郑州：大象出版社，2006年，第6页。

笔记中,有的通过史载证据体现细节描写的真实,比较典型的史实主要包括众所周知的社会名流或朝廷重臣的个人信息,如他们的籍贯、人生经历等,通过叙写部分史实内容来影响读者对条目真实性的判断。如:

> 吕文穆蒙正少时,尝与张文定齐贤、王章惠随、钱宣靖若水、刘龙图烨同学赋于洛人郭延卿……一日,同渡水谒道士王抱一求相……徐曰:"吕君得解及第,无人可奉压,不过十年作宰相,十二年出判河南府,自是出将入相三十年,富贵寿考终始。张君后三十年作相,亦皆富贵寿考终始。钱君可作执政,然无百日之久。刘君有执政之名,而无执政之实。"①

书写的都是朝廷政要,通过对他们为官经历的叙写,奠定记录的真实感。还有的在开头或结尾进行强调以说明事件的真实性,以此渗透主体性对笔记记录的干预,如"其言无不符验。果异乎哉"②,"薛大受叔器云,其妇翁蔡文饶目睹"③。

此外,笔记的叙事也较为客观,多采用第三人称全知视角的客观叙述,或记述事件的始末,或勾勒一两个细节,或描写一个场景、一个生活片段,或记叙人物某个方面的行动和对话,大多是从生活中随手拾取素材,使用的也多半是极其平实的描写叙述手法。这也就造就了逸事笔记叙述角度的个人化,写作过程的自然性。"个人化叙述主要是相对于史书的公共化叙述而言的,虽然它可能是记录的、传说的,并不是小说家纯个人化的写作,但这种记录与传说依托的还是个人的表述行为。"④因而作者往往不太会就故事本身在叙述层面表现个人的看法,但却常会说明得来的故事并不是虚构的,或强调情节得之于某种传闻的事实。正如张邦基在《墨庄漫录》

---

① 〔宋〕王铚:《默记》,朱易安、傅璇琮等主编:《全宋笔记》第 4 编第 3 册,郑州:大象出版社,2008 年,第 149 页。

② 〔宋〕孙光宪:《北梦琐言》,朱易安、傅璇琮等主编:《全宋笔记》第 1 编第 1 册,郑州:大象出版社,2003 年,第 196 页。

③ 〔宋〕王明清:《挥麈后录》,朱易安、傅璇琮等主编:《全宋笔记》第 6 编第 1 册,郑州:大象出版社,2013 年,第 158 页。

④ 刘勇强:《中国古代小说史叙论》,北京:北京大学出版社,2007 年,第 82 页。

的跋中所说："予抄此集，如寓言寄意者，皆不敢载；闻之审，传之的，方录焉。"①作者一再说明自己所记不是虚构的，却依照个人主观意愿记载"道听途说"的逸事，同样印证笔记文体的随意性，任意书写所想所思，没有太大的负担。

第二节　宋代笔记的语言风格

语言作为文学思想的载体，充当着情感表达的媒介作用。不同的文本内容有不同的语言形式与其相适应，恰当的语言形式更能细致精微地传达文本的情感意蕴。笔记短小精悍，其所使用的文字也就特别要求简洁精练，除少数篇章篇幅稍长之外，九成以上的篇章皆为一两百字以内，要在如此短的篇幅之中，精准地将事件、寓意作最完美的表达，这便促成了笔记明快简约的语体风格。

一、俚俗与典雅的语词风格

宋代笔记中的词语使用，显得自由而随性。笔记作者为了表达的需要，灵活使用不同的语言表达形式，既有方言俚语，亦有简洁典雅之语，显示出融合多种语言体式的包容性。

唐传奇追求诗意与叙事的融合，崇尚典雅的审美情韵，其语体大多是"史才、诗笔、议论"②，尚未形成自己独立的语体。至北宋，笔记创作强势兴起，雅小说与市人小说的文化藩篱逐渐消解，唐传奇的"诗笔"渐渐发展为市民的谐趣，史笔则演化为民间叙事，渐趋形成了一种"言不文，辞不饰"的独立语体③，有着明显的俚语倾向。欧阳修《崇文总目》小说类序中便说

---

① 〔宋〕张邦基：《墨庄漫录》，朱易安、傅璇琮等主编：《全宋笔记》第 3 编第 9 册，郑州：大象出版社，2008 年，第 139 页。

② 〔宋〕赵彦卫：《云麓漫钞》，朱易安、傅璇琮等主编：《全宋笔记》第 6 编第 4 册，郑州：大象出版社，2013 年，第 192 页。

③ 李昌龄《乐善录序》中写道："言不文，辞不饰，每事直述其旨要，在明道理、达伦类、辨是非、通世务，使贤愚贵贱皆得以洞晓之。或曰：子之言可谓达理，若更加润色则尽善矣。余曰：不然。本朝文章之盛，超轶汉唐，所不足者节义。区区之见，盖在警世谕俗，利物济人，何以文为？所患其间类逆耳骨鲠之言，与世俗违者甚多，未免有毁誉之私。"参〔宋〕李昌龄：《乐善录》，〔清〕纪昀、永瑢等：《景印文渊阁四库全书》第 880 册，台北：台湾商务印书馆，1986 年，第 143 页。

道:"书曰:'狂夫之言,圣人择焉。'又曰:'询于刍荛。'是小说之不可废也。古者惧下情之壅于上闻,故每岁孟春,以木铎徇于路,采其风谣而观之,至于俚言巷语,亦足取也。今特列而存之。"①可见,此时的笔记创作,开始否定绮丽与缘饰的语体,渐趋回归了俚言巷语的语体风格。黄伯思《东观余论》卷下《跋高彦休阙史后》中直接表示了对缘饰语体的否定:"彦休叙事颇可观,但过为缘饰,殊有铣溪虬户体。"②在作者看来,"过为缘饰"的语体有妨文体的传播,因此否定高彦休《阙史》中过分诗化的语体。这同时反映出士人对"言语猥俗"语体的追求③。赵鼎《林灵蘁传》文后附记的言论还揭示了宋人否定"华饰文章",推崇"将事实作常言"的深层旨趣:"本传始以翰林学士耿延禧作,华饰文章,引证故事,旨趣渊深,非博学士夫,莫能晓识。仆今将事实作常言,切欲奉道士俗咸知先生之仙迹。"④这里指出反对"缘饰",崇尚"猥俗",是为了让士、俗两个阶层都能明晓作者所叙之事的价值与意义。世人这种开始自觉追求笔记语体的俗化的取向,在其创作中,亦有着鲜明的体现。如在人物对话中,时常杂用口语。《摭青杂说》"盐商厚德"条中就写道:

> 项邻里有一金官人,受得澧州安乡尉,新丧妻,闻此女善能针线,遂亲见项求顾。项执前言不肯,金尉求之不已。女常呼项为阿爹,因谓项曰:"儿受阿爹厚恩,死无以报。阿爹许嫁我以好人,好人不知来历,亦不肯娶我。今此官人看来亦是一个周旋底人,又是尉职,或能获贼,便能报仇。兼差遣在澧州,亦可以到彼知得家人存亡。"项曰:"汝自意如此,吾岂可固执。但去后或有不足处,不干我事。"女曰:"此儿甘心情愿也。"遂许之,且戒金尉曰:"万一不如意,须嫁事一好人,不要

① 〔宋〕欧阳修:《崇文总目》,〔清〕纪昀、永瑢等:《景印文渊阁四库全书》第674册,台北:台湾商务印书馆,1986年,第64页。
② "铣溪虬户体"典出《绀珠集》卷三:"唐徐彦伯为文,多变易求新,以凤阁为鹓阁,以龙门为虬户,以金谷为铣溪,以玉山为琼岳,以刍狗为卉犬,以竹马为筊骖,以月兔为魄兔,以风牛为飙犊,后进效之,谓之涩体。"参〔宋〕朱胜非:《绀珠集》,〔清〕纪昀、永瑢等:《景印文渊阁四库全书》第872册,台北:台湾商务印书馆,1986年,第321页。
③ 景焕《野人闲话》自序云:"故事件繁杂,言语猥俗,亦可警悟于人者,录之编为五卷,谓之《野人闲话》。"参〔宋〕景焕:《野人闲话》,〔清〕纪昀、永瑢等:《景印文渊阁四库全书》第877册,台北:台湾商务印书馆,1986年,第552页。
④ 李剑国:《宋代传奇集》,北京:中华书局,2001年,第453页。

教他失所。"金尉笑曰："吾与四郎为邻居，岂不知某不他耶？"金尉问项所索，项曰："吾始者更要陪些奁具嫁人，今与官人，既无结束，岂复需索也？"①

这里完全是人物对话的记录，且多是口语之词。洪迈《容斋随笔》叙写时人对话，亦多依当时口语实际描写，"待制知制诰"条云：

> 庆历七年，曾鲁公（公亮）自修起居注除天章阁待制。时陈恭公独为相，其弟妇王氏，冀公孙女，曾出也。当月旦出拜，恭公迎语之，曰："六新妇，曾三做从官，想甚喜。"应声对曰："三舅荷伯伯提挈，极欢喜，只是外婆不乐。"②

宋代笔记中，不仅引用的人物对话多口语性词语，即使叙述性语言也是如此，且词语极为俚俗，如《东京梦华录》的作者孟元老宣称："此录语言鄙俚，不以文饰者，盖欲上下通晓耳，观者幸详焉。"③吴自牧《梦粱录》中大量使用俗语，四库馆臣由此批评道："详于叙述，而拙于文采，俚词俗字，展笈纷如。又出《梦华录》之下。"④也正是在这些极不"雅洁"且非常直白俚俗的日常语词中，宋代笔记得以成功地描述出贴近自然人生形态的生活画面，给人以一种强烈的真实感、亲切感。冯梦龙对宋代笔记的这种读者意识以及由此带来的语词风格的嬗变作出了较为精当的概括："大抵唐人选言，入于文心，宋人通俗，谐于里耳。天下之文心少而里耳多，则小说之资于选言者少，而资于通俗者多。"⑤可见，宋人笔记中的里耳之言，确是其词语使用方面的显著特征。

另一方面，笔记作者在很多记述比较正式，或阐述事理的段落中，又大

---

① 佚名：《摭青杂说》，朱易安、傅璇琮等主编：《全宋笔记》第 6 编第 2 册，郑州：大象出版社，2013年，第 221 页。

② 〔宋〕洪迈：《容斋四笔》，朱易安、傅璇琮等主编：《全宋笔记》第 5 编第 6 册，郑州：大象出版社，2012 年，第 227 页。

③ 〔宋〕孟元老：《东京梦华录》，朱易安、傅璇琮等主编：《全宋笔记》第 5 编第 1 册，郑州：大象出版社，2012 年，第 115 页。

④ 〔清〕永瑢等：《四库全书总目提要》，《万有文库》第 14 册，上海：商务印书馆，1931 年，第 103 页。

⑤ 〔明〕绿天馆主人：《古今小说序》，〔明〕冯梦龙编：《古今小说》，北京：人民文学出版社，1958 年，第 1 页。

量使用典雅之语,以使文辞与表达的内容完美地结合起来,形成一种与作者主观情感倾向相一致的语言美感。如《鹤林玉露》"货色"条:

> 一顾倾城,再顾倾国,色也。大者倾城,下者倾乡,富也。货色之不祥如此哉![①]

文中以雅洁之语突出货色的危害,告诫士人"财色之际,可不慎哉"。再如范成大《骖鸾录》中云:

> 十五日,发赤门。早饭松江,送客入膣庵。夜登垂虹,霜月满江船,不忍发。送者亦忘归,遂泊桥下。[②]

文中用语简洁,却极富诗意的美感。"霜月满江船,不忍发。送者亦忘归"之语,简洁的字句中写出了作者与送行者之间的深情厚谊。同时用"夜登垂虹,霜月满江船"这一诗意的语言渲染离别情境,显得更是情深意切,语言质朴而文雅。周中孚如此评《骖鸾录》:"凡山川古迹,与所游从论述,可喜可感,随笔占记,事核词雅,实具史法。"[③]指出其内容真实,具有史家的写实笔法,同时也肯定其质实而词雅的用词风格。即使是以用词俚俗见称的《梦粱录》,也不乏雅洁之语,如"暮春"条:

> 是月春光将暮,百花尽开,如牡丹、芍药、棣棠、木香、酴醾、蔷薇、金纱、玉绣球、小牡丹、海棠、锦李、徘徊、月季、粉团、杜鹃、宝相、千叶桃、绯桃、香梅、紫笑、长春、紫荆、金雀儿、笑靥、香兰、水仙、映山红等花,种种奇绝。卖花者以马头竹篮盛之,歌叫于市,买者纷然。当此之时,雕梁燕语,绮槛莺啼,静院明轩,溶溶泄泄,对景行乐,未易以一言

---

① 〔宋〕罗大经:《鹤林玉露》,朱易安、傅璇琮等主编:《全宋笔记》第 8 编第 3 册,郑州:大象出版社,2017 年,第 151 页。
② 〔宋〕范成大:《骖鸾录》,朱易安、傅璇琮等主编:《全宋笔记》第 5 编第 7 册,郑州:大象出版社,2012 年,第 30 页。
③ 〔宋〕范成大撰,孔凡礼点校:《范成大笔记六种》,北京:中华书局,2019 年,第 69 页。

尽也。①

语言骈散交错，散句叙事，骈句渲染描绘，铺以对偶，华丽而工整，清新而又自然流畅，构成骈散结合的华美文风。华美的语言文字，恰好与优雅的文人生活互为表里。再如该书"六月"条：

> 六月季夏，正当三伏炎暑之时。内殿朝参之际，命翰林司供给冰雪，赐禁卫、殿直、观从以解暑气。六月初六日，敕封护国显应兴福普佑真君诞辰，乃磁州崔府君，系东汉人也。朝廷建观在阊门外聚景园前灵芝寺侧，赐观额名曰"显应"。其神于靖康时高庙为亲王日出使到磁州界，神显灵卫驾，因建此官观，崇奉香火，以褒其功。此日内庭差天使降香设醮，贵戚士庶多有献香化纸。是日，湖中画舫俱舣堤边，纳凉避暑，沈眠柳影，饱挹荷香，散发披襟，浮瓜沉李。或酌酒以狂歌，或围棋而垂钓，游情寓意不一而足。盖此时烁石流金，无可为玩，姑借此以行乐耳。②

全文以四字为主，骈散兼行，语言优美，极具文采。作者以一种闲玩的态度游玩于山水之中，放浪沉迷于世俗生活，其为文之语多呈现一种温婉、华丽而又通俗、自由的口语化、生活化的语词风格。

二、明快、简约的语体风格

语体风格是民族共同语派生出的各种变体所形成的审美风貌。由于交际的目的与需求的不同，民族共同语派生出诸如科技体、文艺体、政论体、公文体等功用变体。不同的变体，对语言风格的要求也不一致。仅就文学性文体而言，诗歌要求语言的行列式与音韵美，散文要求文辞流畅与蕴藉，小说要求叙事的亲切与绘物的细腻。不同的语体，形成不同的独异风貌，这正是风格多样化的体现。就宋代笔记的语体风格而言，最为突出

---

① 〔宋〕吴自牧：《梦粱录》，朱易安、傅璇琮等主编：《全宋笔记》第 8 编第 5 册，郑州：大象出版社，2017 年，第 107 页。
② 〔宋〕吴自牧：《梦粱录》，朱易安、傅璇琮等主编：《全宋笔记》第 8 编第 5 册，郑州：大象出版社，2017 年，第 117 页。

的是明快与简约。

这里的"明快"，主要是相对于纪事的历史著作而言的。在中国历史上，正史指以纪传体、编年体、国别体、政书体（典志体）和纪事本末体为编撰体例的史书，往往肩负着沉重的政教责任，是一种"资治"的读物，有着严峻的道德、政治背景，史家对于其历史人物的叙写，得考虑其对整个人类社会生活的影响，往往要视其在家国中的责任、关系以及当时的社会政治环境而作。赵翼《廿二史札记》卷七论令狐德棻等修的《晋书》时有云："陶潜已在《宋书·隐逸》之首，而潜本晋完节之臣，应入晋史，故仍列其传于《晋·隐逸》之内。""《郭璞传》不载《江赋》《南郊赋》，而独载刑狱一疏，见当时刑罚之滥也。""《张华传》载《鹪鹩赋》，殊觉无谓。华有相业，不必以此见长也。"①可见，历史学家所关注的是和历史有关的大事、大局与人物大节，也即这些历史人物并不具有纯粹的个人身份，不需对细节了如指掌，他们是从属于家国或社会集团的一分子，需体现一定的意识形态。为与其内容相称，纪事历史著作的语言风格多是凝重厚实的。《文史通义》卷三"文理"论《史记》风格时即指出："盖《史记》体本苍质，而司马才大，故运之以轻灵。今归、唐之所谓疏宕顿挫，其中无物，遂不免于浮滑，而开后人描摹浅陋之习。故疑归、唐诸子，得力于《史记》者，特其皮毛，而于古人深际，未之有见。"②"苍质"，即凝重厚实

宋代笔记则不然，其关注重心由整体的社会生活转向个人世界，由历史转入见闻，它不必装腔作势，不必反复打量、左右权衡相关事件与人物，追求的是事件本身的独特性与个别性，也就不必关乎大局，不必考虑它在历史长河中的具体作用与影响，往往是悠然、洒脱地切入生活，以展现生活的情趣为目标，语言风格多是明快而清新的。程千帆认为，宋代笔记随意为文，数量众多，内容广博，语言"有着朴素流畅的特色，在被认为正统文学样式的古文和骈文之外，别具一格，自成一体"③。明人潘大复在《刻经鉏堂杂志序》中高度评价了倪思的文辞："观其《经鉏堂》一书，论朝事则有忠臣爱君之心，论家政则有君陈孝友之念，论山川则有遗世

① 〔清〕赵翼撰，曹光甫校点：《廿二史札记》，南京：凤凰出版社，2008年，第104页。

② 〔清〕章学诚著，叶瑛校注：《文史通义校注》，北京：中华书局，1985年，第287页。

③ 程千帆：《宋代的笔记小说与诗话》，程千帆：《俭腹抄》，上海：上海文艺出版社，1998年，第119页。

独立之志，论世味则有藻鉴人伦之明。繁而不乱，约而有规。其辞爽以劲，其气简而舒，信文章之大家，绣虎之长技也。"①指出不同的内容能使人读出不同的味道，但总体的语言风格是"繁而不乱，约而有规。其辞爽以劲，其气简而舒"。其书中云："松声、涧声、山禽声、夜虫声、鹤声、琴声、棋落子声、雨滴阶声、雪洒窗声、煎茶声、作茶声，皆声之至清者，而读书伊吾声为最。闻他人读书声未极其喜，唯闻子弟读书声，则喜不可胜言矣。"②先由声引出读书声，再由读书声引出对子弟读书的赞赏，其行文章法得体，并且包涵温柔敦厚之风格。《澄怀录》中，周密选取的都是文学价值最高的游记作为其书的内容，他在自序中写道："澄怀观道，卧以游之，宗少文语也。东莱翁用以名书，盖取会心以济胜，非直事游观也。惟胸中自有丘壑，然后知人境之胜。体用之妙，不在兹乎？余凤好游，几自贻戚，晚虽惩创，而烟霞锢不可针砭。每闻一泉石奇、一景趣异，未尝不跃然喜，忻然往。爱之者警以曩事，则悚然惧。慨然叹曰：人生能消几两屐？司马子长岂直以游获戾哉！因拾古今高胜、翁所未录者，附于卷末，名之曰'澄怀'，亦'高山'、'景行'之意也。③"《四库全书总目提要》对《澄怀录》评价云："明人喜摘录清谈，目为小品，滥觞所自，盖在此书矣。"④

"简约"主要是相对唐传奇而言的。唐传奇作家迷恋于奇异的传闻与想象，追求各种意象、情节的纤秾华美，力图淋漓尽致地展现每一个局部细节，作品风格奇丽而浓艳。宋代笔记钟情的不再是想象，而是智慧，它旨在向读者提供理性的快乐。而智慧需在对称、秩序和明确性的形式化中方能得以清晰地呈现，这反映在语言要求上，需以最少的文字表达意蕴丰富的内容，即要求表意清晰、明确，语言多是简约而精练的。笔记作者在创作时，以自身鲜明的个性统摄貌似松散凌乱的生活事实，虽是客观记录事实，但就在简短的言谈举止，简约凝练的细节之中，蕴含着作者的性灵旨趣与情感导向，它"只是随笔写去，却如'秀才撰写家书'，不太注意技巧。笔下

① 〔宋〕倪思：《经鉏堂杂志》，朱易安、傅璇琮等主编：《全宋笔记》第 6 编第 4 册，郑州：大象出版社，2013 年，第 330 页。

② 〔宋〕倪思：《经鉏堂杂志》，朱易安、傅璇琮等主编：《全宋笔记》第 6 编第 4 册，郑州：大象出版社，2013 年，第 365 页。

③ 〔宋〕周密：《澄怀录》，朱易安、傅璇琮等主编：《全宋笔记》第 8 编第 1 册，郑州：大象出版社，2017 年，第 91 页。

④ 〔清〕永瑢等：《四库全书总目提要》，《万有文库》第 25 册，上海：商务印书馆，1931 年，第 61 页。

清新活泼,自饶风致,不缺乏幽默感,也有说的很俏皮的话,则是作者性情的自然流露,不是做出来的"①。虽然"着墨不多,而一代人物,百年风尚,历历如睹"②,平常中含有深意,随手写来,却韵味悠长。这种呈现不再是传奇那样的热烈豪迈,它是隐藏了激情的笔墨,是猝而不惊,简洁而凝练,需要细细地品味,是"才子之笔,务殚心巧;飞仙之笔,妙出天然"的浑然之境界③。如吕祖谦《入越记》中的一段文字:

> 晨雾上横陇,东嶂出日,金晕吞吐。少焉,金璧径升,晃濯不可正视。升数尺,韬于云,绚采光丽,因蔽益奇,非浮翳所能掩。露稻风叶,皆鲜鲜有生意。④
>
> 湖天夕照,水村渔屋皆被光景,日所入诸峰俱在全雾中,天下绝境也。⑤

寥寥几笔,便勾勒出一幅光影参差、静谧安详的湖天晚照图。语言简约明快,而境界全出。周去非的《岭外代答》,是书专记他服官广西时所见闻的风土人情,其书自序云:"疆场之事,经国之具,荒忽诞漫之俗,瑰诡谲怪之产,耳目所治,与得诸学士大夫之绪谈者,亦云广矣。盖尝随事笔记,得四百余条。"⑥书中各条短者百余字,长者逾千字,往往记事而兼说明,浅显生动,可读性很高。吕叔湘对此书评价颇高,说:"盖笔记之作,至南渡而极盛,渐为文章之一体,颇事整齐,矜尚雅正,去文集之文,一间而已,与前世之信手为之自饶本色者不相侔矣。说明之文,自来不为文家所重,以其动陷枯涩,不易出色也。是书诸记,长者或逾千言,大致皆有段落有章法,可为初学取鉴之资,说明文之上选也。"⑦可谓允洽。由于笔记是消遣的读物,不必承载过多的道德意涵,更利于真实的表达,可以"想到什么写什么,

---

① 汪曾祺:《读一本新笔记体小说》,《光明日报》1990年2月13日。

② 吕叔湘选注:《笔记文选读》,上海:上海古籍出版社,1979年,第1页。

③ 〔清〕纪昀著,汪贤度校点:《阅微草堂笔记》,上海:上海古籍出版社,1980年,第455、522页。

④ 〔宋〕吕祖谦:《入越记》,〔清〕纪昀、永瑢等:《景印文渊阁四库全书》第879册,台北:台湾商务印书馆,1986年,第442页。

⑤ 〔宋〕吕祖谦:《入越记》,〔清〕纪昀、永瑢等:《景印文渊阁四库全书》第879册,台北:台湾商务印书馆,1986年,第445页。

⑥ 〔宋〕周去非著,杨武泉校注:《岭外代答校注》,北京:中华书局,1999年,第1页。

⑦ 吕叔湘选注:《笔记文选读》,上海:上海古籍出版社,1979年,第81页。

知道什么写什么,了解什么写什么",正统文学里"不敢说,不敢写的写了说了","'呵天骂地'、'箴君议臣'、'评人论事'、'指桑骂槐',甚至于'滑稽讽刺'、'嘲笑幽默'……无所不可,亦无所不有"①。

笔记的篇幅与思维空间均较为裕如从容,形式灵活多样,长短不一,写作时字数或多或少,十分随意。生活中的某些人物、某些逸闻趣事,信笔记录,写的多是人物或生活的一些片段,是片段的连缀,篇幅短小,不似传奇、话本、章回有较复杂的叙事结构,片段的背后留下很大的空白,隐约有一种气韵流贯即可。毋庸置疑,宋代笔记独具特色的语言风格,脱离于唐传奇"史才、诗笔、议论"的用语窠臼,亦不如载道的史传著作,受庄严整饬的语体风格的束缚,呈现着不避俚俗,且又有经典骈语的用词方式,形成了自身明快简约的语体风格。"随笔写之"的特性,决定了其从容、散淡、安宁、闲适的审美风格。正如陈文新所说:"不必板着面孔代圣贤论道,也不必煞有其事言志,态度比较洒脱,用笔比较随意。它首先是重情趣的艺术。这不是勉力为之,然而却又是集人生精华之大成。一段笑话,一件趣事,一句名言,都不妨舒展成篇。"②

第三节　宋代笔记的审美特征

自魏晋至宋,笔记的发展方向可概括为从虚幻走向日常,志怪内容逐渐减少而世俗人文因素日渐增加,笔记呈现出书写对象日常化与书写方式人文化的特征。

一、日常化与纪实性特质

宋代笔记脱离朝政或历史领域,转而关注个人日常生活,记录生活中的各种小事,关注个人生活细节,通过自身的视域,叙写自身的生活与命运、情趣与愿望,自由地表达情感。吕叔湘曾言:"随笔之体肇始魏晋,而宋人最擅胜场……或写人情,或述物理,或记一时之谐谑,或叙一地风土,多半是和实际人生直接打交道的文字。"③这道出了宋代笔记记录现实人事

---

① 姜亮夫:《姜亮夫全集》第21册,昆明:云南人民出版社,2002年,第624—625页。
② 陈文新:《论轶事小说之"轶"》,《贵州社会科学》1995年第1期。
③ 吕叔湘选注:《笔记文选读》,上海:上海古籍出版社,1979年,第2页。

的题材特征,表现出浓厚的日常化倾向。钟情于"无关宏旨"的生活琐事,偏于"里巷闲谈词章细故",宋代笔记中的很多记载都只是片段的随想,或为"史官之所不记"的朝廷逸事,或多载"嘉言韵事",或详于各地风俗及民间杂事,生活中的方方面面,事无巨细,作者都随即录之于笔端。美国学者艾朗诺教授曾指出:笔记的"身份有点模棱两可,不能算是纯粹的文学作品,但我们不妨将之视为是一种由文人记录的文化现象,而且它关注日常,关注下层人民。欧阳修的《归田录》是一个转折,在他之前,宋代笔记记载的多数是宫廷、官员的稗史、轶事,还有部分志怪的内容。但在他之后,笔记的题材、范围大大扩展了,叙事的格调也变得轻松诙谐"①。

　　宋代笔记书写对象日常化是指笔记开始将作者自己的日常生活、情感融入其中,笔记的纪实性特征更为明显。其一,记录个人化的日常生活。如《归田录》中记录了诸多"不属于那些与政治相关的、有用的历史细节"②,全书一百一十五个条目中,有近三分之一的条目与日常生活层面相关,或为日常之事,或为身边之人事。作者以饱含温情的笔触记录当年的元夕赐宴、礼部唱和、玉堂旧事,含义隽永而精妙贴切的制辞,以及京师市井生活中兴趣无穷的诸多琐事,显示出作者对日常生活的关注与深切体验。《东坡志林》中亦有许多关于作者个人化的日常生活情态的记录,如"赤壁洞穴"条:

　　　　黄州守居之数百步为赤壁,或言即周瑜破曹公处,不知果是否?断崖壁立,江水深碧,二鹊巢其上,有二蛇,或见之。遇见浪静,辄乘小舟至其下,舍舟登岸,入徐公洞。非有洞穴也,但山崦深邃耳。《图经》云是徐邈,不知何时人,非魏之徐邈也。岸多细石,往往有温莹如玉者,深浅红黄之色,或细纹如人手指螺纹也。既数游,得二百七十枚,大者如枣栗,小者如芡实,又得一古铜盆盛之,注水粲然。有一枚如虎

----

① 季进:《另一种声音——海外汉学访谈录》,上海:复旦大学出版社,2011年,第29页。
② 〔美〕艾朗诺著,杜斐然、刘鹏、潘玉涛译:《美的焦虑——北宋士大夫的审美思想与追求》,上海:上海古籍出版社,2013年,第51—52页。

豹首，有口鼻眼处，以为群石之长。①

记苏轼游玩赤壁洞穴时，捡拾石子二百七十枚，乃以古铜盆盛之，并将其中长相奇异的石头命名为"群石之长"之事。即使是书中诸多关于梦境的描写，其梦中的景象亦关乎他的人生经历与思想观念，如"记梦参寥茶诗"条：

> 昨夜梦参寥师携一轴诗见过，觉而记其《饮茶》诗两句云："寒食清明都过了，石泉槐火一时新。"梦中问："火固新矣，泉何故新？"答曰："俗以清明淘井。"当续成诗，以纪其事。②

记自己夜梦参寥法师携诗造访，觉而记其诗语之事。苏轼后在《参寥泉铭并叙》一文中叙及此事曰："余以寒食去郡，实来告行。舍下旧有泉，出石间。是月，又凿石得泉，加冽。参寥子撷新茶，钻火煮泉而瀹之，笑曰：'是见于梦九年，卫公之为灵也久矣。'……真即是梦，梦即是真。石泉槐火，九年而信。夫求何神，实弊汝神。"③此处说明了梦中与友人关于《饮茶诗》展开的讨论竟成了对作者现实人生遭遇的预兆，足见作者梦中所记，亦是其人生经历与日常生活情态的见证，纯然是充满世俗的、新奇有趣的日常生活与个人经历。

其二，记录民间风俗趣闻。如《归田录》中诸多关于生活窍门、意趣故事的记载，赋予其一种来源于民众的鲜活生命力与感染力。该书卷一第二条关于民间能人巧匠的记载云：

> 开宝寺塔在京师诸塔中最高，而制度甚精，都料匠预浩所造也。塔初成，望之不正而势倾西北，人怪而问之。浩曰："京师地平无山而多西北风，吹之不百年，当正也。"其用心之精盖如此。国朝以来木工，一人而已，至今木工皆以预都料为法。有《木经》三卷行于世。世传浩

---

① 〔宋〕苏轼：《东坡志林》，朱易安、傅璇琮等主编：《全宋笔记》第1编第9册，郑州：大象出版社，2003年，第80—81页。

② 〔宋〕苏轼：《东坡志林》，朱易安、傅璇琮等主编：《全宋笔记》第1编第9册，郑州：大象出版社，2003年，第26页。

③ 〔宋〕苏轼著，〔明〕凌濛初增订，〔明〕冯梦祯批点：《东坡禅喜集》，合肥：黄山书社，2010年，第162—163页。

惟一女,年十余岁,每卧则交手于胸为结构状,如此逾年,撰成《木经》三卷,今行于世者是也。①

记载都料匠预浩造开宝寺塔,考虑到塔址的地形气候,由于西北风之故,乃使新塔向西北倾斜,塔百年之后方得以正,从而比其他塔具有更长的寿命。还如:

> 金橘产于江西,以远难致,都人初不识。明道、景祐初,始与竹子俱至京师。竹子味酸,人不甚喜,后遂不至。而金橘香清味美,置之樽俎间,光彩灼烁,如金弹丸,诚珍果也。都人初亦不甚贵,其后因温成皇后尤好食之,由是价重京师。余世家江西,见吉州人甚惜此果,其欲久留者,则于绿豆中藏之,可经时不变。云"橘性热而豆性凉,故能久也"。②

此条写都城人识得金橘的过程,详细记载了京师人爱金橘的由来,其后还介绍了欧公家乡人关于金橘保鲜的方法。《东坡志林》中,作者曾戏言蕲州人庞安常耳聩而善医之事:

> 蕲州庞君安常善医而聩,与人语,须书始能晓。东坡笑曰:"吾与君皆异人也,吾以手为口,君以眼为耳,非异人乎!"③

这些不寻常的民间趣事或世人不解之事,具有相当高的民俗学价值。笔记中还有关于灵异神秘的小佛屋"猪母佛",在墓冢中吸蟾蜍之气而存活的婴儿,玄妙而有仙气的道士和僧人等的记载。正是因这些民间风俗趣事的记录,笔记中充满了一种浓郁的民间世俗意味。

诚然,晋唐笔记中并不是完全不涉及日常生活的内容,诸多笔记也体现出日常化倾向,如《世说新语》所代表的志人派笔记,多记载汉末至东晋

---

① 〔宋〕欧阳修:《归田录》,朱易安、傅璇琮等主编:《全宋笔记》第1编第5册,郑州:大象出版社,2003年,第237页。
② 〔宋〕欧阳修:《归田录》,朱易安、傅璇琮等主编:《全宋笔记》第1编第5册,郑州:大象出版社,2003年,第266页。
③ 〔宋〕苏轼:《东坡志林》,朱易安、傅璇琮等主编:《全宋笔记》第1编第9册,郑州:大象出版社,2003年,第26页。

间一些名士的言行与逸事，所载均属历史上实有的人物，日常化倾向明显。唐代笔记中表现人情社会、世俗风气，以及一些记载历史事件的史料类笔记，也体现出日常化的特征。在此层意义上，宋代笔记的这种世俗性特征，也可以说是在晋唐的基础上继续发展、丰富的结果。只是诸多宋代笔记记录的视域范围，已不再是荒诞不经的鬼神志怪内容，而是转向到了人世间和日常生活之中，这种记录视域范围的转变，进而影响到了笔记写作方式的变化，凸显了笔记的纪实性特征。

宋代笔记并不推崇想象和虚构，而只是满足于对历史现实和传闻异说的忠实记录，所述之事都有所依据，不违背事实。这一点从唐至宋渐趋明显，由宋代笔记中考证之语大为增加可知。因笔记是记作者的所见所闻，全然是与个人的经历视域相关的内容，所见为亲眼所见，所闻也一定是有所依据，或为前辈故老谈及的过往故事，或是作者闲暇之余与友朋之间谈论的一些事件，自然确信其是"真"的；甚至对一些书籍中的闻见，所记之事涉及荒诞幻怪，也是在主观认定其为真实的前提下才作的记录。而有些过于荒诞不经的故事，连作者本人也有所怀疑的，则会通过交待故事来源来强调故事的真实性。正如洪迈所言："稗官小说家言不必信，固也。信以传信，疑以传疑……《夷坚》诸志，皆得之传闻，苟以其说至，斯受之而已矣，聱牙畔奂，予盖自知之。"①总而言之，作者都会相信其记录是有所依据的，故也是真实的。笔记中，作者秉承实录的原则，客观记载，据实而录，不偏不倚，为求存其始末，以还原历史真相。如对《燕云录》，《四库全书总目提要》称赞其是："皆据所见闻，与《金史》或同或异。惟其末称'金人必不可和'，则其后验如操券，可谓真得其虚实矣。"②对《松漠纪闻》，《四库全书总目提要》称其是："如叙太祖起兵本末，则《辽史·天祚纪》颇用其说。其'熙州龙见'一条，《金史·五行志》亦全采之。盖以其身在金廷，故所纪虽真赝相参，究非凿空妄说者比也。"③

这里需指出，宋代笔记的实录书写方式，是有别于六朝笔记据传闻而录的。六朝笔记并非真实的"实录"，是含有虚构性特征的。譬如《搜神记》中记载孙策杀于吉一事："孙策欲渡江袭许，与于吉俱行。时大旱，所在熇

---

① 〔宋〕洪迈撰，何卓点校：《夷坚志》，北京：中华书局，1981年，第967页。

② 〔清〕永瑢等：《四库全书总目提要》，《万有文库》第11册，上海：商务印书馆，1931年，第80页。

③ 〔清〕永瑢等：《四库全书总目提要》，《万有文库》第11册，上海：商务印书馆，1931年，第66页。

厉。策催诸将士使速引船，或身自早出督切，见将吏多在吉许，策因此激怒，言：'我为不如于吉邪，而先趋附之？'便使收吉……策遂杀之。将士哀惜，共藏其尸。天夜，忽更兴云覆之。明旦往视，不知所在。策既杀吉，每独坐，仿佛见吉在左右。意深恶之，颇有失常。"①这本应是现实之事的记录，但文末的"天夜，忽更兴云覆之；明旦往视，不知所在"，又显示出假想与虚构的成分，非现实性特质明显。由此可见，六朝笔记的"实录"，即使作者一再认定其是客观记录，但并不能掩盖其虚构性非写实的倾向。宋代笔记已无《搜神记》式的虚幻传奇之笔，均是现实情事的记录。明胡应麟对此认为，宋代笔记有排斥虚构而"近实"的特征："小说，唐人以前纪述多虚而藻绘可观，宋人以后论次多实而彩艳殊乏。"②鲁迅亦对此曰："偏重事状，少所铺叙。"③

二、人文化与主体性特征

宋代笔记书写方式的人文化主要是指其记载与士阶层相关的逸闻轶事，诸如游历风光、诗词曲赋、馆阁典章等与文人生活相关的奇闻杂谈。欧阳修在《归田录》自序中，就如此写道："归田录者，朝廷之遗事，史官之所不记，与夫士大夫笑谈之余而可录者，录之以备闲居之览也。"④表明其所写的是"士大夫笑谈"之类的士林逸事。如：

> 嘉祐八年上元夜，赐中书、枢密院御筵于相国寺罗汉院。国朝之制，岁时赐宴多矣，自两制已上皆与；惟上元一夕，只赐中书、枢密院，虽前两府见任使相皆不得与也。是岁昭文韩相、集贤曾公、枢密张太尉皆在假不赴，惟余与西厅赵侍郎（概）、副枢胡谏议（宿）、吴谏议（奎）四人在席。酒半相顾，四人者皆同时翰林学士，相继登二府，前此未有也。因相与道玉堂旧事为笑乐，遂皆引满剧饮，亦一时之盛事也。⑤

① 〔东晋〕干宝撰：《搜神记》，北京：中华书局，1979年，第10页。

② 〔明〕胡应麟撰：《少室山房笔丛》，上海：上海书店出版社，2009年，第283页。

③ 鲁迅：《中国小说史略》，北京：人民文学出版社，2006年，第104—105页。

④ 〔宋〕欧阳修：《归田录》，朱易安、傅璇琮等主编：《全宋笔记》第1编第5册，郑州：大象出版社，2003年，第236页。

⑤ 〔宋〕欧阳修：《归田录》，朱易安、傅璇琮等主编：《全宋笔记》第1编第5册，郑州：大象出版社，2003年，第259—260页。

　　嘉祐二年,余与端明韩子华、翰长王禹玉、侍读范景仁、龙图梅公仪同知礼部贡举,辟梅圣俞为小试官,凡锁院五十日,六人者相与唱和,为古律歌诗一百七十余篇,集为三卷。禹玉,余为校理时,武成王庙所解进士也,至此新入翰林,与余同院,又同知贡举。故禹玉赠余云"十五年前出门下,最荣今日预东堂"。余答云"昔时叨入武成宫,曾看挥毫气吐虹。梦寐闲思十年事,笑谈今此一樽同。喜君新赐黄金带,顾我宜为白发翁"也。天圣中,余举进士,国学、南省,皆忝第一人荐名。其后,景仁相继亦然。故景仁赠余云"澹墨题名第一人,孤生何幸继前尘"也。圣俞自天圣中与余为诗友,余尝赠以《蟠桃诗》,有韩、孟之戏。故至此梅赠余云:"犹喜共量天下士,亦胜东野亦胜韩。"而子华笔力豪赡,公仪文思温雅而敏捷,皆劲敌也,前此为南省试官者,多窘束条制,不少放怀。余六人者,欢然相得,群居终日,长篇险韵,众制交作,笔吏疲于写录,僮史奔走往来。间以滑稽嘲谑,形于风刺,更相酬酢,往往烘堂绝倒。自谓一时盛事,前此未之有也。①

　　其一记与赵概、胡宿、吴奎四人同为翰林学士并相继登二府之尊荣,其二记嘉祐二年知贡举时与王珪、韩绛、梅挚、范镇、梅尧臣六人唱和事,末尾感叹"一时之盛事",这些精妙故事讲述了文人士林的悠悠往事,再现了中国文坛的生活百态。《青箱杂记》其书"皆记当代杂事,亦多诗话"②。范镇《东斋记事》"是书为镇退居时作,故所记蜀事较多"③。诸如此类记载多是士大夫阶层特有的审美趣味的反映,而非一般民间百姓所有,显示出宋代笔记人文化的倾向及其对传统笔记的创变。

　　宋代笔记人文化的凸显,其所展开的对自我心理的呈现,同时也对社会宇宙的关注甚或批判,是不同于以往笔记对社会人生的记录,在记录的过程中,立足个人视角,始终渗透着自我的主体性。宋前的"笔记之文,不论记人、记物、记事,皆为客观之叙写;论议之文固非随笔之正轨,抒怀抒感

①〔宋〕欧阳修:《归田录》,朱易安、傅璇琮等主编:《全宋笔记》第1编第5册,郑州:大象出版社,2003年,第264—265页。
②〔清〕永瑢等:《四库全书总目提要》,《万有文库》第27册,上海:商务印书馆,1931年,第35页。
③〔清〕永瑢等:《四库全书总目提要》,《万有文库》第27册,上海:商务印书馆,1931年,第42页。

之作亦不多见"①,始终坚守述而不作的撰述原则,记录中,作者不发表意见,不表明心迹,不渗透作者的见解。宋代笔记则立足于自我的视角记录人事,并于其中阐明自己对社会人生、文学艺术等相关问题的意见与感想。从笔记的序言中便可见其作者叙述方式的个人性,如《东洲几上语》序中写道:"仆癖嗜书,昔贪今懒。中年幽忧之疾,沉沉兀兀,殊欠排遣。胸中追忆。旧多碎语在稿册间,收拾删改,恰若干则合老释,以非三融精粗而为一,聊自警也。"②《东洲枕上语》序曰:"仆向丙戌岁卧痁六阅月,几失其生,病枕光阴,无可排遣,摄之以善念,厥后追录于册。"③《樵谈》序云:"樵,身也;谈,心也。向月涧云崖,和树声,答泉响,高亦可,低亦可,繁亦可,简亦可。猿鹤不猜,鹿豕不忌。恐饶舌者语世人,世人笑之耳,世人不谈王道,樵亦能笑之。"④从中可知,所记的言辞片段,多是从个人角度写下的记忆与感悟,自我表露的痕迹明显。

笔记内容中有对朝中政局的关切之情。如郑刚中《西征道里记》,是作者在任左宣教郎试秘书少监充枢密行府参谋时的记行之作,其自序中写道:"绍兴己未,上以陕西初复,命签书枢密楼公,谕以朝廷安辑混贷之意。某以秘书少监,被旨参谋。是役也,审择将帅,屯隶军马,经画用度,询访疾苦,振恤隐孤,表扬忠义,公皆推行如上意。故其本末次序,属隶不敢私录。至于所过道里,则集而记之。虽搜览不能周尽,而耳目所际,亦可以验遗踪而知往古。与夫兵火凋落之后,人事兴衰,物情向背,时有可得而窥者。"⑤"人事兴衰,物情向背",可见作者对时局关注的深切之情。祁宽叙《省心杂言》时指出:"其多至数十百章,旁见杂出,从容中道,无所不用其极,非明于忧患与故知至而至之者不能。如已试之医方,已储之实聚,盍广其施,俾人得而知诚意正心,推之以及于天下、国家,是乃竭尽所知报上化俗之一端,

① 吕叔湘选注:《笔记文选读》,上海:上海古籍出版社,1979 年,第 37 页。
② 〔宋〕施清臣:《东洲几上语》,朱易安、傅璇琮等主编:《全宋笔记》第 8 编第 4 册,郑州:大象出版社,2017 年,第 126 页。
③ 〔宋〕施清臣:《东洲枕上语》,朱易安、傅璇琮等主编:《全宋笔记》第 8 编第 4 册,郑州:大象出版社,2017 年,第 137 页。
④ 〔宋〕许棐:《樵谈》,朱易安、傅璇琮等主编:《全宋笔记》第 7 编第 7 册,郑州:大象出版社,2016 年,第 168 页。
⑤ 〔宋〕郑刚中:《西征道里记》,朱易安、傅璇琮等主编:《全宋笔记》第 3 编第 7 册,郑州:大象出版社,2008 年,第 97 页。

而亦公所当任也。"①其撰述的缘起就是要化民成俗,可见其针时弊,欲使之改观的强烈用心。

有些笔记则书写个人情绪,寄意遥深。《东谷所见》,南宋末期的李之彦撰,作者晚年触事动心,据所见随录而成此书,凡三十篇,议题涉及科举、狱讼、理学、教导、名利、交友等,范围甚广,议论中常有妙语。《四库全书总目提要》对此评曰:"皆愤世嫉俗,词怨以怒。末载太行山戏语一条,谓是非不必与世人辨,盖其篇中之寓意。前有自序,题咸淳戊辰小春,正宋政弊极之时也。"②如《铁围山丛谈》作者蔡絛,为蔡京季子,其身份的特殊性,使其具有更为独到的历史审视眼光。徽宗时,京为太师,既"目昏眊不能事事,悉决于季子絛"。朝廷当时许多制度、故事在是书中得以披露。清人周中孚《郑堂读书记》中认为"以其久直中禁,所记徽宗时一切制作始末,究与传闻者不同,故多足以资考证焉"③。《齐东野语》,共二十卷,周密撰。书中所记,多宋元之交的朝廷大事,很多可补史籍之不足。胡文璧在其序中指出:"中间可喜可愕,可慨可惩处殊甚。"④盛杲后序亦曰:"首之以淳熙之政,见阜陵足以有为,而忠臣孝子之心,庶几其归也。次历富平、淮西、符离诸篇,则当时事势,诚有可为流涕长太息者矣。故是书正以补史传之缺,不溢美,不隐恶。国家之盛衰,人才之进退,斯文之兴丧,议论之是非,种种可辨。阐幽微于既往,示惩劝于将来,其有裨于世教也,岂小小哉!"⑤《独醒杂志》,曾敏行撰,为作者积所闻见而成。杨万里为其序时言:"盖人物之淑慝、议论之予夺、事功之成败,其载之无诿笔也。下至谐浪之语,细琐之汇,可喜可笑,可骇可悲,咸在焉。……后之览者,岂无取于此书乎!"⑥李瀚序洪迈的《容斋随笔》时认为:"文敏公洪景卢,博洽通儒……聚天下之书而遍

① 〔宋〕李邦献:《省心杂言》,朱易安、傅璇琮等主编:《全宋笔记》第6编第3册,郑州:大象出版社,2013年,第51页。

② 〔清〕永瑢等:《四库全书总目提要》,《万有文库》第24册,上海:商务印书馆,1931年,第43页。

③ 〔清〕周中孚著,黄曙辉、印晓峰标校:《郑堂读书记》,上海:上海书店出版社,2009年,第1051页。

④ 〔宋〕周密:《齐东野语》,朱易安、傅璇琮等主编:《全宋笔记》第7编第10册,郑州:大象出版社,2016年,第347页。

⑤ 〔宋〕周密:《齐东野语》,朱易安、傅璇琮等主编:《全宋笔记》第7编第10册,郑州:大象出版社,2016年,第348—349页。

⑥ 〔宋〕曾敏行:《独醒杂志》,朱易安、傅璇琮等主编:《全宋笔记》第4编第5册,郑州:大象出版社,2008年,第117—118页。

阅之。搜悉异闻,考核经史,捃拾典故,值言之最者必札之,遇事之奇者必摘之,虽诗词、文翰、历谶、卜医,钩纂不遗,从而评之……可劝可戒,可喜可愕,可以广见闻,可以证讹谬,可以袪疑贰,其于世教未尝无所裨补。"①充分肯定了其通过叙写表达个人见解和立场,寄托寓意的特点。

笔记书写方式人文化的突出表现是重理性的色彩。理性色彩的加强,在表达方式上表现为重议论的特点。笔记中融入议论的表达方式,经历了一个渐进的发展过程。在唐代,笔记作者在作品中并不表露个人化的语言与个性化的评论,多是述而不作,如李肇(? —约836)等人的作品多隶属于史部,历代各类公私目录书也多是将其划入到史部,或杂史类或传记类②。五代宋初之时,这种严格控制个性化评论的撰述倾向有所缓和,孙光宪(901—968)的《北梦琐言》中,就开始掺入了个人化色彩的议论,效仿"太史公曰"的方式,多次以"葆光子曰"发端,阐发个人见解。其后众多的笔记,诸如多部他人追忆式的笔记——《丁晋公谈录》《杨文公谈苑》《宋景文公笔记》《王文正公笔录》等,均直接以所记述主人公的视角,阐发对于具体事件的评论,这类著作的撰述旨在以人存言,个人化色彩得到增强,但著述者自己的议论语言却甚为少有或几乎没有③。至宋真宗景德二年(1005),张齐贤(942—1014)写成《洛阳搢绅旧闻记》,则又有新的变化了,作者开始以"余"的口吻出现在文中,如序中"余未应举前,十数年中,多与洛城搢绅旧老善,为余说及唐、梁已还五代间事"④。该书"虔州记异"条云:

> 余在江南掌转输之明年……余求得法定乡人徐满者,少与之狎……余遣满招之,赦其罪……余未半岁,自京奏公事回,溯流至虔州……余自暂离洪州来上京,却归江南……余未及解带,怀琪独候谒,未及与接谈……余亦惘然嗟叹者久之……余告以起发之由,且请诸公

① 〔宋〕洪迈撰,孔凡礼点校:《容斋随笔》,北京:中华书局,2005 年,第 983—984 页。
② 知见所及,仅见《八千卷楼书目》《四库全书总目》等少量目录书将其列入子部小说家类。
③ 《宋景文公笔记》《杨文公谈苑》《王文正公笔录》等笔记中,撰述者一般于行文中,通篇贯穿对宋祁、杨亿、王曾等名公巨卿的仰慕之情,感情基调甚为单一,与作品中著述者个人化的议论不属同一概念。
④ 〔宋〕张齐贤:《洛阳搢绅旧闻记》,朱易安、傅璇琮等主编:《全宋笔记》第 1 编第 2 册,郑州:大象出版社,2003 年,第 147 页。

不得出门……余惊起问之，即怀琪之虞候尔……①

文句中，叙及了作者的个人经历，也凸显了作者主体性的评论。欧阳修《归田录》由此接续张氏著作，既富个人化色彩，又有着著述者自己的议论语言。

欧阳修虽自言"不书人之过恶"，看似消弭了褒贬评价和个人化议论的特点，但幽微婉曲的议论多贯注于行文之中。如：

> 太祖时，以李汉超为关南巡检使捍北虏，与兵三千而已。然其齐州赋税最多，乃以为齐州防御使，悉与一州之赋，俾之养士。而汉超武人，所为多不法，久之，关南百姓诣阙讼汉超贷民钱不还及掠其女以为妾。太祖召百姓入见便殿，赐以酒食慰劳之，徐问曰："自汉超在关南，契丹入寇者几？"百姓曰："无也。"太祖曰："往时契丹入寇，边将不能御，河北之民岁遭劫虏，汝于此时能保全其资、财妇女乎？今汉超所取，孰与契丹之多？"又问讼女者曰："汝家几女，所嫁何人？"百姓具以对。太祖曰："然则所嫁皆村夫也。若汉超者，吾之贵臣也，以爱汝女则取之，得之必不使失所，与其嫁村夫，孰若处汉超家富贵。"于是百姓皆感悦而去。太祖使人语汉超曰："汝须钱，何不告我，而取于民乎！"乃赐以银数百两，曰："汝自还之，使其感汝也。"汉超感泣，誓以死报。②

此段文字记述百姓诉李汉超"贷民财不归"，"掠民女为妾"一事，有多处细节描写，突出了太祖善驭臣下的雄才谋略。如太祖召见百姓后"赐以酒食，慰劳之"，百姓"感悦而去"，太祖最后的嘱咐"汝自还之"，李汉超最后的反应"感泣"等细节，鲜明而集中地凸显了太祖镇定的应变能力、安抚人心的效果以及笼络武将的谋略，而欧阳修个人对于太祖的颂扬也不动声色地融入在字里行间之中。这种融贯于行文之中的幽微隐曲的议论方式，在《东坡志林》中得到了很好的继承与发扬，如"记游松风亭"条中：

---

① 〔宋〕张齐贤：《洛阳搢绅旧闻记》，朱易安、傅璇琮等主编：《全宋笔记》第1编第2册，郑州：大象出版社，2003年，第166—168页。
② 〔宋〕欧阳修：《归田录》，朱易安、傅璇琮等主编：《全宋笔记》第1编第5册，郑州：大象出版社，2003年，第244—245页。

　　余尝寓居惠州嘉祐寺，纵步松风亭下，足力疲乏，思欲就林止息。望亭宇尚在木末，意谓是如何得到？良久忽曰："此间有甚么歇不得处？"由是如挂钩之鱼忽得解脱。若人悟此，虽兵阵相接，鼓声如雷霆，进则死敌，退则死法，当甚么时也不妨熟歇。①

在记叙日常散步之事中，作者悟出令自己精神解脱的人生哲理："进则死敌，退则死法，当甚么时也不妨熟歇。"由记叙自然而然地引发议论，从游历之中即兴产生顿悟，可谓"极有布置而了无布置痕迹"②。还如"论修养帖寄子由"条：

　　任性逍遥，随缘放旷，但尽凡心，别无胜解。以我观之，凡心尽处，胜解卓然。但此胜解不属有无，不通言语，故祖师教人到此便住。如眼翳尽，眼自有明，医师只有除翳药，何曾有求明药？明若可求，即还是翳。固不可于翳中求明，即不可言翳外无明。而世之昧者，便将颓然无知认作佛地，若如此是佛，猫儿狗儿得饱熟睡，腹摇鼻息，与土木同，当恁么时，可谓无一毫思念，岂谓猫狗已入佛地？故凡学者，观妄除爱，自粗及细，念念不忘，会作一日，得无所住。弟所教我者，是如此否？因见二偈警策，孔君不觉耸然，更以闻之。书至此，墙外有悍妇与夫相殴，詈声飞灰火，如猪嘶狗嗥。因念他一点圆明，正在猪嘶狗嗥里面，譬如江河鉴物之性，长在飞砂走石之中。寻常静中推求，常患不见，今日闹里忽捉得些子。元丰六年三月二十五日。③

苏轼先与子由讨论"任性逍遥，随缘放旷，但尽凡心，别无胜解。以我观之，凡心尽处，胜解卓然"的修养问题，后用"书至此"一句，自然过渡至听到窗外夫妻吵架之事，并素描悍妇的骂声曰"詈声飞灰火，如猪嘶狗嗥"。议论、记叙、描写多种手法转换自如，更为真实地呈现着生活的原本面貌，并水到

---

① 〔宋〕苏轼：《东坡志林》，朱易安、傅璇琮等主编：《全宋笔记》第 1 编第 9 册，郑州：大象出版社，2003 年，第 15—16 页。

② 〔明〕徐渭撰：《徐渭集》，北京：中华书局，1983 年，第 531 页。

③ 〔宋〕苏轼：《东坡志林》，朱易安、傅璇琮等主编：《全宋笔记》第 1 编第 9 册，郑州：大象出版社，2003 年，第 19—20 页。

渠成地揭示出闹中求静的哲理："寻常静中推求,常患不见,今日闹里忽捉得些子。"这些条目均是在多种表达方式中,于字里行间融进作者的所思所感以及鲜明的情感立场,以此凸显主体性。

诚然,叙事主体性的增强有时有削弱作品真实感之嫌,但宋代笔记通过议论的方式,却很好地实现了二者的统一,笔记在"求实"的同时也求其"有用","求实"强调事件本身的可信性,"有用"则强调叙事主体对事件价值的处理,通过把议论抽离出叙事,既保证了叙事本身不会受到叙事主体的干扰,又使得叙事主体的观点得到了抒发,笔记的真实需求与价值需求由此同时得到满足,作品因而呈现出迥异于以往的独特风貌。

主体性更内在的表现是在私人化生活记载的表层下,作者个人情感、思想和人格精神的流露,从自己的角度记录人事,表露对文艺、学问、人事、世态的意见和感想。《东坡志林》中：

> 吾昔自杭移高密,与杨元素同舟,而陈令举、张子野皆从余过李公择于湖,遂与刘孝叔俱至松江。夜半月出,置酒垂虹亭上。子野年八十五,以歌词闻于天下,作《定风波令》,其略云："见说贤人聚吴分,试问,也应傍有老人星。"坐客欢甚,有醉倒者,此乐未尝忘也。今七年耳,子野、孝叔、令举皆为异物,而松江桥亭,今岁七月九日海风架潮,平地丈余,荡尽无复子遗矣。追思曩时,真一梦耳。元丰四年十二月十二日,黄州临皋亭夜坐书。①
>
> 仆在徐州,王子立、子敏皆馆于官舍,而蜀人张师厚来过,二王方年少,吹洞箫,饮酒杏花下。明年,余谪黄州,对月独饮,尝有诗云："去年花落在徐州,对月酣歌美清夜。今日黄州见花发,小院闭门风露下。"盖忆与二王饮时也。张师厚久已死,今年子立复为古人,哀哉！②
>
> 吾故人黎錞,字希声,治《春秋》有家法,欧阳文忠公喜之。然为人

① 〔宋〕苏轼：《东坡志林》,朱易安、傅璇琮等主编：《全宋笔记》第1编第9册,郑州：大象出版社,2003年,第14页。
② 〔宋〕苏轼：《东坡志林》,朱易安、傅璇琮等主编：《全宋笔记》第1编第9册,郑州：大象出版社,2003年,第16页。

质木迟缓,刘贡父戏之为"黎檬子",以谓指其德,不知果木中真有是也。一日联骑出,闻市人有唱是果鬻之者,大笑,几落马。今吾谪海南,所居有此,霜实累累,然二君皆入鬼录。坐念故友之风味,岂复可见!刘固不泯于世者,黎亦能文守道不苟随者也。①

　　昔为凤翔幕,过长安,见刘原父,留吾剧饮数日。酒酣,谓吾曰:"昔陈季弼告陈元龙曰:'闻远近之论,谓明府骄而自矜。'元龙曰:'夫闺门雍穆,有德有行,吾敬陈元方兄弟;渊清玉洁,有礼有法,吾敬华子鱼;清修疾恶,有识有义,吾敬赵元达;博闻强记,奇逸卓荦,吾敬孔文举;雄姿杰出,有王霸之略,吾敬刘玄德。所敬如此,何骄之有?余子琐琐,亦安足录哉!'"因仰天太息。此亦原父之雅趣也。吾后在黄州,作诗云:"平生我亦轻余子,晚岁谁人念此翁?"盖记原父语也。原父既没久矣,尚有贡父在,每与语,今复死矣,何时复见此俊杰人乎?悲夫。②

作者留恋昔日与友人"夜半月出,置酒垂虹亭上""吹洞箫饮酒杏花下"欢愉宴饮的交流情景,悲叹"故友之风味,岂复可见!""何时复见此俊杰人乎?"在这些思念、回忆之中,抒发了对友人的真挚怀念,展现了作者对他们人格的赞叹与对俊杰人物逝去的痛惜之感。"陈氏草堂"条中云:

　　慈湖陈氏草堂,瀑流出两山间,落于堂后,如悬布崩雪,如风中絮,如群鹤舞。参寥子问主人乞此地养老,主人许之。东坡居士投名作供养主,龙丘子欲作库头。参寥不纳,云:"待汝一口吸尽此水,令汝作。"③

这段文字连用三个喻体,写瀑布"如悬布崩雪,如风中絮,如群鹤舞",生动展现了雄伟壮观、纯洁缥缈的自然景观,更写出了作者的想象、神情和观看

① 〔宋〕苏轼:《东坡志林》,朱易安、傅璇琮等主编:《全宋笔记》第1编第9册,郑州:大象出版社,2003年,第16—17页。
② 〔宋〕苏轼:《东坡志林》,朱易安、傅璇琮等主编:《全宋笔记》第1编第9册,郑州:大象出版社,2003年,第17页。
③ 〔宋〕苏轼:《东坡志林》,朱易安、傅璇琮等主编:《全宋笔记》第1编第9册,郑州:大象出版社,2003年,第85页。

瀑布由远及近的过程和心境。诚如吕叔湘所言,苏东坡的笔记"或直抒所怀,或因事见理,处处有一东坡,其为人,其哲学,皆豁然呈现"①。还如"笔记巨擘"周密入元后②,隐居不仕,辑录家乘旧闻为《齐东野语》《癸辛杂识》诸书,夏承焘曾感叹周密著作是"比多国族之痛,遗黎之悲"③。在其著述中,作者的隐忍伤痛,遗世独立而卓然一家的民族气节无不一一表露在字里行间。

记录中,笔记作者把自己的生活、情感融入具体的人、事或景物之中,叙述视角呈现出私人化、微观化的特征④。正是这种写作的私人性、私密性,其个体的情感更易显露,并且不同于诗词、歌赋中个体情感的展现,那是一种远离自我现实的个体情感,笔记中个体情感的展现植根于自我的生活之中,更体现出个体情感的丰富性。宋代笔记这种突出的主体性特征,改变了笔记传统的客观记述方式,融入议论、描写等多种表现方式,更为含蓄地表达了作者的内在情感与人格精神。

三、文理自然与涵味不尽的风格特点

宋代笔记大多是作者年老隐退、致仕还乡时所作,与高文大册的典雅、严谨、整齐、宏大相反,笔记记录片言琐语、逸闻轶事,具有雅趣、闲适、随意、自由的特点,其深入而浅出所形成的张力,表现出文理自然、情深味长的艺术效果。如方勺《泊宅编》是主要记载北宋末、南宋初朝野旧闻的见闻笔记,洪兴祖认为《泊宅编》是方勺"笔端游戏三昧耳,胸中不传之妙",其为文"道古今理乱、人物成败,使人听之竦然忘倦。时出句律,意匠至到。扁舟苕、霅之上,侣婵娟,弄明月,兴之所至,辄悠然忘归"⑤。欧阳修条达舒

---

① 吕叔湘选注:《笔记文选读》,上海:上海古籍出版社,1979年,第61页。
② 夏承焘《周草窗年谱》中写道:"入元以后,抱遗民之痛,以故国文献自任,辑录家乘旧闻为《齐东野语》、《癸辛杂识》诸书,宋代野史,称巨擘焉。"参夏承焘:《唐宋词人年谱》,北京:商务印书馆,2013年,第293页。
③ 夏承焘:《唐宋词人年谱》,北京:商务印书馆,2013年,第339页。
④ 安芮璿《宋人笔记研究——以随笔杂记为中心》(复旦大学2005年博士学位论文)中指出,宋代笔记具有叙述的私人化、记事的颠覆性、内容的杂俎性、视角的微观化等特点;并考察了苏轼的《东坡志林》、叶梦得的《避暑话录》、周密的《癸辛杂识》三部笔记,说明笔记叙述的私人化表现在文人表达对文艺、学问、人事、世态的意见和感慨,或叙述私人生活中的琐事、感想等。李银珍《宋代笔记研究》(复旦大学2014年博士学位论文)中则以"私密性"概括宋代笔记特征,认为"私密"比"私人"个人化的程度更深。
⑤ 〔宋〕方勺撰,许沛藻、杨立扬点校:《泊宅编》,北京:中华书局,1983年,第1页。

畅、容与闲逸之"六一风神",在其笔记中有充分的体现。如《夏日学书说》
一则:

> 夏日之长,饱食难过,不自知愧。但思所以寓心而销昼暑者,惟据
> 案作字,殊不为劳。当其挥翰若飞,手不能止,虽惊雷疾霆,雨雹交下,
> 有不暇顾也。古人流爱,信有之矣。字未至于工,尚已如此,使其乐之
> 不厌,未有不至于工者。使其遂至于工,可以乐而不厌,不必取悦当时
> 之人,垂名于后世,要于自适而已。嘉祐七年正月九日补空。①

文章先叙写学书之乐,即超脱外物的干扰,专注于心,语句笔势雄奇,叙事
简括有法;后议论学书之用,于"乐而不厌"中,臻至自我满足与境界的升
华,论述纡徐委备,婉曲有致,清晰明快。诚如苏轼题跋所说:"此数十纸,
皆文忠公冲口而得,信手而成,初不加意者也。其文采字画,皆有自然绝人
之姿,信天下之奇迹也。"②

　　苏轼之文"如行云流水,初无定质"③,《东坡志林》中的诸多文字,或述
感抒怀、议论品评,笔调闲散从容,平和冲淡,仿佛是从作者内心深处自然
流出,不求高妙而自然高妙。如"予少不喜杀生"条:

> 予少不喜杀生,时未能断也。近年始能不杀猪羊,然性嗜蟹蛤,故
> 不免杀。自去年得罪下狱,始意不免,既而得脱,遂自此不复杀一物。
> 有见饷蟹蛤者,皆放之江中。虽知蛤在江中无活理,然犹庶几万一,便
> 使不活,亦愈于煎烹也。非有所求觊,但以亲经患难,不异鸡鸭之在庖
> 厨,不忍复以口腹之故,使有生之类,受无量怖苦尔,犹恨未能忘味,食
> 自死物也。《南史·隐逸传》:"始兴人卢度,字彦章。有道术。少随张
> 永北伐魏,永败,魏人追急,淮水不得过。自祝云,若得免死,从今不复
> 杀生。须臾,见两楯流来,接之得过。后隐居庐陵西昌三顾山,鸟兽随
> 之,夜有鹿触其壁。度曰:'汝勿坏我壁。'鹿应声去。屋前有池,养鱼

① 〔宋〕欧阳修:《笔说》,朱易安、傅璇琮等主编:《全宋笔记》第1编第5册,郑州:大象出版社,
2003年,第210页。
② 〔宋〕欧阳修撰,李之亮笺注:《欧阳修集编年笺注》,成都:巴蜀书社,2007年,第178页。
③ 〔宋〕苏轼撰,孔凡礼点校:《苏轼文集》,北京:中华书局,1986年,第1418页。

皆名呼之，次第取食。逆知死年月，竟以寿终。”偶读此书，与余事粗相类，故拜录之。①

笔记中，苏轼叙述因读《南史·隐逸传》，联想到自己失意后的心态，而相应引起了行为的改变，生发“与余事粗相类”之感。又如“梦南轩”条：

> 元祐八年八月十一日将朝，尚早，假寐，梦归穀行宅，遍历蔬圃中。已而坐于南轩，见庄客数人方运土塞小池，土中得两芦菔根，客喜食之。予取笔作一篇文，有数句云：“坐于南轩，对修竹数百，野鸟数千。”既觉，惘然思之。南轩，先君名之曰“来风”者也。②

东坡梦回旧宅，梦境中“修竹数百，野鸟数千”之景，实是令人神往，而梦醒之后，“惘然思之”，生怅然若失之感。还如《仇池笔记》中“二红饭”条：

> 今年东坡收大麦二十余石，卖之价甚贱，而粳米适尽，故日夜课奴婢舂以为饭，嚼之啧啧有声。小儿女相调，云是嚼虱子。然日中腹饥，用浆水淘食之，自然甘酸浮滑，有西北村落气味。今日复令庖人杂小豆作饭，尤有味。老妻大笑曰：“此新样二红饭也。”③

其时，作者被贬居黄州，生活艰难困顿，环境闭塞恶劣，但就是在这种艰难困苦之中，作者全然没有消沉悲戚之思，而是以苦为乐，以戏谑调侃的心态面对人生的艰难坎坷。即使日常饮食难以为继，作者依然嚼之啧啧有声，喻之以“嚼虱子”“二红饭”，家人在其感染下，也“大笑”之，以此化开了生活的艰难苦涩。全篇虽无一说理之辞，其苦中作乐的欢然心态，与随缘自适、超然旷达的心胸却得以淋漓尽致的展现。苏轼笔记作品无论是记游、记梦忆，甚或是记养生、记送别，皆是信手拈来，集于一文，又别具匠心，潇洒从

---

① 〔宋〕苏轼：《补录：商刻东坡志林》，朱易安、傅璇琮等主编：《全宋笔记》第1编第9册，郑州：大象出版社，2003年，第160页。

② 〔宋〕苏轼：《东坡志林》，朱易安、傅璇琮等主编：《全宋笔记》第1编第9册，郑州：大象出版社，2003年，第30页。

③ 〔宋〕苏轼：《仇池笔记》，朱易安、傅璇琮等主编：《全宋笔记》第1编第9册，郑州：大象出版社，2003年，第211页。

容,清丽脱俗,让人回味无穷。对此,徐渭在《评朱子论东坡文》中即指出:"极有布置而了无布置痕迹者,东坡千古一人而已。"①明代王圣俞在编选《苏长公小品》时,同样认为:"文至东坡,真是不须作文,只随事记录便是文。"

经魏晋至唐代的逐渐转变,宋代笔记不再拘泥于补史之阙,而是以记录身边百事乃个人经历、心情感悟为旨归,所关注的对象都是历史细节、社会百态,记录的都是些人间细事:"笔记体作家更关心百姓日用、风土人情,关心原始儒家如孔子等曾关心的人格的修养、志趣的涵濡和言谈的幽默等有助于我们的日常生活更完善的智慧。"②笔记中表达的都是些关乎人情物理的小感触,在平淡处显出智慧和渊雅。宋代笔记大多又都是在作者经过人生历练之后的经验之作,形成了"味余于事"的艺术效果。诚如《五朝小说》序中所言:"唯宋则出士大夫之手,非公余纂录,即林下闲谈。所述皆生平父兄师友相与谈说,或履历见闻、疑误考证;故一语一笑,想见先辈风流。其事可补正史之亡,裨掌故之阙。"③话语中道出了宋人笔记意旨深远、涵味深长的风格特点。这种风格特征后人在阅读笔记时,有着充分的感悟。如何宇度在《益部谈资》中云及宋人笔记呈现的审美感受:"宋陆务观,范石湖,皆作记妙手。一有《入蜀记》,一有《吴船录》。载三峡风物,不异丹青图画,读之跃然。"④萧士玮在《南归日录》中指出:"余读欧公《于役志》、陆放翁《入蜀记》,随笔所到,如空中之雨,小大萧散,出于自然。"⑤概说了宋代笔记作品无意于自我的表现和掩藏,而只是极率真的自然流露,却有着不尽意味的风格特征。

宋代笔记的文体形式非封建正统的主流,不是经史,不是诗赋,不是章表铭谏,是没有规则的文体;所要表达的内容既非经国大业、不朽盛事,也非圣者道理、学子文章,就文笔而言,大都简洁流畅,语言风格多明快而清新。它在形式和内容两方面都是无规律可循的,真正的共性在于一种特殊的写作态度。从桓谭说"合丛残小语"到班固说"街谈巷语,道听途说",直

---

① 〔明〕徐渭撰:《徐渭集》,北京:中华书局,1983年,第531页。
② 陈文新:《中国小说的谱系与文体形态》,北京:中国社会科学出版社,2012年,第7页。
③ 《五朝小说大观》,上海:上海文艺出版社,1991年,据扫叶山房石印本影印,第271页。
④ 〔明〕何宇度撰:《益部谈资》,《丛书集成初编》,北京:中华书局,1985年,第1页。
⑤ 四库禁毁书丛刊编纂委员会:《四库禁毁书丛刊(集部)》第108册,北京:北京出版社,2000年,第547页。

到纪昀在《四库全书总目提要》中说"诬谩失真、妖妄荧听者固为不少,然寓劝戒、广见闻、资考证者,亦错出其中"等,概而言之,笔记的特征就是文体的自由,或者说是一种无文体限制、无表达意图限制的自由写作活动①。这类文体实际上逐渐发展成了文人的一种自由写作的自娱活动。

---

① 高小康：《中国古代叙事观念与意识形态》,北京：北京大学出版社,2005年,第4—5页。

第六章 澄净与忧伤:宋代笔记个案中的心境呈现

大家名作极具典型性与代表性,宋代笔记的特点和价值,在经典作家作品中得到了淋漓尽致的体现。通过个案研究,可以更为鲜明地展现宋代笔记的文学成就,揭示宋代笔记的书写本心,反映出士人面貌与志趣在社会流动中的改变,更为系统真实具体地感受时代思想及文风对笔记创作的影响。

第一节 《归田录》的日常书写与意义

欧阳修的《归田录》在承有纪实的史学传统时记录日常,在平凡俗事之中,见出新奇,传达意味,具有了资闲谈与"自怡"的性质,显示出对传统笔记纪实性的新发展,拓展了笔记在表现内容上的宽度和广度。其关注个体日常生活,表现内在情韵的文本因素为后世笔记创作提供了新的审美视角。

一、资闲谈与"自怡"的特性

笔记一体,因与产生于道听途说的古小说的复杂渊源关系,创作中写作与娱乐并行不悖的倾向比较明显。这在中唐笔记中便已露端倪[1],其时诸多笔记都是在闲谈之中产生的,"当时士大夫们在宴会聚首时,或在旅次相遇时,常常讲说新闻故事以作娱乐消遣"[2]。他们或据听闻而径录朝堂故事,或记名流逸事,或载各地风俗,赋予了笔记世俗化、平民化的特质。孙棨《北里志》写成于中和四年(884),其时作者"频随计吏,久寓京华"[3],是尚未及第的举子,其书主要记载中和以前长安城北平康里的歌妓生活。高彦休写作《唐阙史》主要因"或有可以为夸尚者、资谈笑者、垂训戒者,惜

① 关于唐人笔记的娱乐性,可参严杰:《唐五代笔记考论》,北京:中华书局,2009年,第28—43页。
② 石昌渝:《中国小说源流论(修订版)》,北京:生活·读书·新知三联书店,2015年,第18页。
③ 〔唐〕孙棨:《北里志》,上海:古典文学出版社,1957年,第1页。

乎不书于方册"，于是"从而记之"①，内容取舍上呈现出世俗化、娱乐化趋向。

宋代笔记承接了唐代笔记资闲谈的性质。如王辟之《渑水燕谈录》自序云："仕不出乎州县，身不脱乎饥寒，不得与闻朝廷之论、史官所书。闲接贤士大夫谭议，有可取者，辄记之。"②明确表明是从闲谈中获取写作笔记的资料。吴处厚对此言："前世小说有《北梦琐言》、《酉阳杂俎》、《玉堂闲话》、《戎幕闲谈》，其类甚多，近代复有《闲花》、《闲录》、《归田录》，皆采撷一时之事，要以广记资讲话而已。"③"广记资讲话"正说明了宋代的笔记创作承接唐人娱乐动因的事实。

这种创作动因在宋型文化中，又有了一些新变。其新变体现在从唐代笔记更多用以娱人（为好事者作谈资）而转向自娱。《归田录》是为这种转折的代表作。美国汉学家艾朗诺即指出："笔记的身份有点模棱两可，不能算是纯粹的文学作品，但我们不妨将之视为是一种由文人记录的文化现象，而且它关注日常，关注下层人民。欧阳修的《归田录》是一个转折，在他之前，宋代笔记记载的多数是宫廷、官员的稗史、轶事，还有部分志怪的内容。但在他之后，笔记的题材、范围大大扩展了，叙事的格调也变得轻松诙谐。"④《归田录》的创作改变了以往笔记所注重的志怪传奇倾向，转而反映现实，转向日常、当下。其序中明言："与士大夫笑谈之余而可录者，录之以备闲览也。"⑤其书是为闲暇时记录笑谈之语，开启了笔记"日常"的书写模式。

欧阳修性好戏谑，常以笔墨自娱，"官不坐曹，居多暇日，每自娱于文字笔墨之间"⑥，游戏文字是其一贯的写作方式。《归田录》序中申明的记"史官之所不记"、"备闲居之览"的写作目的⑦，反映出作者在写作伊始就已设

---

① 周勋初：《唐代笔记小说叙录》，南京：凤凰出版社，2008年，第121页。

② 〔宋〕王辟之：《渑水燕谈录》，朱易安、傅璇琮等主编：《全宋笔记》第2编第4册，郑州：大象出版社，2006年，第5页。

③ 〔宋〕吴处厚撰，李裕民点校：《青箱杂记》，北京：中华书局，1985年，第7页。

④ 季进：《另一种声音——海外汉学访谈录》，上海：复旦大学出版社，2011年，第29页。

⑤ 〔宋〕欧阳修：《归田录》，朱易安、傅璇琮等主编：《全宋笔记》第1编第5册，郑州：大象出版社，2003年，236页。

⑥ 〔宋〕欧阳修著，李逸安点校：《欧阳修全集》，北京：中华书局，2001年，第843页。

⑦ 〔宋〕欧阳修：《归田录》，朱易安、傅璇琮等主编：《全宋笔记》第1编第5册，郑州：大象出版社，2003年，236页。

定记录"戏笑不急之事"的写作倾向,正是在这种闲适谐谑的创作思想与心理的导引下,以前笔记单纯记录怪异、史实的功能,已无法满足作者表达文化情怀和人生思考的需求。从内容来看,《归田录》重点记录的是文化历史与日常生活,以往笔记重点着墨的史实之阙与资政谏渐次退居次要位置。李伟国曾针对宋神宗得见《归田录》序文,而想传看其书,欧阳修由此更动砍削文稿之事,在《归田录佚文初探》中指出:"欧阳修把这个笔记定名为《归田录》,是因他的坎坷不平的仕宦道路有关。"①黄进德同样认为,《归田录》中不少关涉当代人物谏净正言的载录,展现了北宋净臣实事求是商榷是非的立言发声精神②。结合其书屡屡关于其时代人物言行的载录以及诸多作者对这些言行的评议取向,可窥见作者于书中所关涉的北宋政坛、士风等宋初社会的诸多文化现象。其书从个人视角出发,或记人,或记事,或品评人物,泛话古今,述怀抒感,借助人事来阐释撰述者的文化认同,使笔记具有了资闲谈与"自怡"的性质。

二、《归田录》内容的类别划分

《归田录》所记事件宽泛芜杂,内容极其丰富,所载大多是北宋前期太祖至仁宗朝的逸闻轶事、典章制度、民俗物候等。

(一)士林逸事是《归田录》中记载最多的内容,再现了北宋初的士林众生相。《归田录》中,或记谐谑之言。如卷一第七条"石资政好谐谑":

> 石资政好谐谑,士大夫能道其语者甚多。尝因入朝,遇荆王迎授,东华门不得入,遂自左掖门入。有一朝士好事语言,问石云:"何为自左掖门入?"石方趁班,且走且答曰:"只为大王迎授。"闻者无不大笑。杨大年方与客棋,石自外至,坐于一隅。大年因诵贾谊《鹏赋》以戏之,云:"止于坐隅,貌甚闲暇。"石遽答曰:"口不能言,请对以臆。"③

---

① 李伟国:《归田录佚文初探》,〔宋〕王辟之、〔宋〕欧阳修撰,吕友仁、李伟国点校:《渑水燕谈录·归田录》,北京:中华书局,1981年,第60—66页。

② 参见黄进德:《欧阳修评传》,南京:南京大学出版社,1998年,第358—362页

③〔宋〕欧阳修:《归田录》,朱易安、傅璇琮等主编:《全宋笔记》第1编第5册,郑州:大象出版社,2003年,第238—239页。

事例中，活脱地刻画了石资政反应敏捷、性格幽默的个性特征。本因荆王迎授而不能从东华门入宫，只得从边角门入，对于别人的嘲笑问询，坦言"只为大王迎授"，且动作是"且走且答"，无疑凸显了其机敏的风姿。杨亿调侃石中立坐在角落安静的样子，而石中立则回敬以杨亿下棋不语的样子，问答之间显露着各自的知识储备与文学才华，令人赞赏不已。还如：

> 吕文穆公未第时，薄游一县。胡大监（旦）方随其父宰是邑，遇吕甚薄。客有誉吕曰："吕君工于诗，宜少加礼。"胡问诗之警句，客举一篇，其卒章云"挑尽寒灯梦不成。"胡笑曰："乃是一渴睡汉耳。"吕闻之甚恨而去。明年首中甲科，使人寄声语胡曰："渴睡汉状元及第矣。"胡答曰："待我明年第二人及第，输君一筹。"既而次榜亦中首选。[①]

胡旦断章取义羞辱吕蒙正，取笑他贪睡而不得睡。

或记某人的特殊习性。如卷一第四十一条记张齐贤与晏殊的逸事，颇为有趣：

> 张仆射（齐贤）体质丰大，饮食过人，尤嗜肥猪肉，每食数斤。天寿院风药黑神丸，常人所服不过一弹丸，公常以五七两为一大剂，夹以胡饼而顿食之。淳化中，罢相知安州，安陆山郡，未尝识达官，见公饮啖不类常人，举郡惊骇。尝与宾客会食，厨吏置一金漆大桶于厅侧，窥视公所食，如其物投桶中，至暮，酒浆浸渍，涨溢满桶，郡人嗟愕，以为享富贵者必有异于人也。然而晏元献公清瘦如削，其饮食甚微，每析半饼，以箸卷之，抽去其箸，内捻头一茎而食。此亦异于常人也。[②]

还如卷二第三十七条所记，华原郡王喜好白天睡觉："华原郡王，燕王子也，性好昼睡，每自旦酣寝，至暮始兴，盥濯栉漱，衣冠而出，燃灯烛治家事，饮

---

① 〔宋〕欧阳修：《归田录》，朱易安、傅璇琮等主编：《全宋笔记》第1编第5册，郑州：大象出版社，2003年，第280页。

② 〔宋〕欧阳修：《归田录》，朱易安、傅璇琮等主编：《全宋笔记》第1编第5册，郑州：大象出版社，2003年，第247—248页。

食宴乐,达旦而罢,则复寝以终日。无日不如此。"①燕王好骑木马:"坐则不下,或饥则便就其上饮食,往往乘兴奏乐于前,酣饮终日。"②这些饮食习惯一类逸事,再现了庙堂儒士极具生活化的一面。

或记高洁品质。如卷一第二十条载王曾事:"王文正公为人方正持重,在中书最为贤相。尝谓:'大臣执政,不当收恩避怨。'公尝语尹师鲁曰:'恩欲归己,怨使谁当。'闻者叹服,以为名言。"③展现了王曾刚正磊落的形象。卷二第三十三条写吕蒙正宽厚无私,不贪图珍宝:"吕文穆公以宽厚为宰相,太宗尤所眷遇。有一朝士,家藏古鉴,自言能照二百里,欲因公弟献以求知。其弟伺间从容言之,公笑曰:'吾面不过楪子大,安用照二百里?'其弟遂不复敢言。闻者叹服,以为贤于李卫公(李靖,唐代贤臣)远矣。盖寡好而不为物累者,昔贤之所难也。"④用诙谐的回答,婉拒送来的宝鉴。

(二)朝廷典制。如卷一载钱币铸造流通情况:"国家开宝中所铸钱,文曰'宋通元宝',至宝元中,则曰'皇宋通宝',近世钱文皆著年号,惟此二钱不然者,以年号有'宝'字,文不可重故也。"⑤卷二第十一条指出某些官名谬误的现象:"官制废久矣,今其名称讹谬者甚多,虽士大夫皆从俗,不以为怪。皇女为公主,其夫必拜驸马都尉,故谓之驸马。宗室女封郡主者,谓其夫为郡马,县主者为县马,不知何义也。"⑥此条指出驸马来自驸马都尉这一官名,后来此官名已经不用,却衍生出郡马、县马等官名,后人习以为常,却不究其意。欧阳修不仅记录很多前代制度的产生及变化,还对宋代一些制度的弊端予以嘲讽,如:"国朝自下湖南,始置诸州通判。既非副贰,又非属官,故尝与知州争权,每云:'我是监郡,朝廷使我监汝。'举动为其所制。

①〔宋〕欧阳修:《归田录》,朱易安、傅璇琮等主编:《全宋笔记》第1编第5册,郑州:大象出版社,2003年,第262页。
②〔宋〕欧阳修:《归田录》,朱易安、傅璇琮等主编:《全宋笔记》第1编第5册,郑州:大象出版社,2003年,第262—263页。
③〔宋〕欧阳修:《归田录》,朱易安、傅璇琮等主编:《全宋笔记》第1编第5册,郑州:大象出版社,2003年,第243页。
④〔宋〕欧阳修:《归田录》,朱易安、傅璇琮等主编:《全宋笔记》第1编第5册,郑州:大象出版社,2003年,第261—262页。
⑤〔宋〕欧阳修:《归田录》,朱易安、傅璇琮等主编:《全宋笔记》第1编第5册,郑州:大象出版社,2003年,第241页。
⑥〔宋〕欧阳修:《归田录》,朱易安、傅璇琮等主编:《全宋笔记》第1编第5册,郑州:大象出版社,2003年,第256页。

太祖闻而患之,下诏书戒励,使与长吏协和,凡文书,非与长吏同签书者,所在不得承受施行。至此,遂稍稍戢。然至今州郡往往与通判不和。往时有钱昆少卿者,家世余杭人也,杭人嗜蟹,昆尝求补外郡,人问其所欲何州,昆曰:'但得有螃蟹无通判处,则可矣。'至今世人以为口实。"①此条即是对北宋初为限制地方官权力而设置通判这一政策的嘲弄。还有关于北宋宴会座次的记载:

> 国朝之制:大宴,枢密使、副不坐,侍立殿上,既而退就御厨赐食,与阁门、引进、四方馆使列坐庑下,亲王一人伴食……盖枢密使,唐制以内臣为之,故常与内诸司使、副为伍。自后唐庄宗用郭崇韬,与宰相分秉朝政,文事出中书,武事出枢密。自此之后,其权渐盛,至今朝遂号为两府。事权进用,禄赐礼遇,与宰相均,惟日趋内朝、侍宴、赐衣等事尚循唐旧。其任隆辅弼之崇,而杂用内诸司故事,使朝廷制度轻重失序。盖沿革异时,因循不能厘正也。②

从宴会制度分析五代之际制度的沿革变迁,北宋两府制度的由来,藩镇武人专权,军事统治问题百出。欧阳修《新五代史》认为五代典章制度不可采,这里所言的轻重失序、因循不正等即是对五代制度不可采原因的补充。

(三)风俗物产。卷一中记录了腊茶与草茶的情况:"腊茶出于剑、建,草茶盛于两浙,两浙之品,日注为第一。自景祐已后,洪州陆井白芽渐盛,近岁制作尤精,囊以红纱,不过一二两,以常茶十数斤养之,用辟暑湿之气,其品远出日注上,遂为草茶第一。"③福建当时在腊茶、饼茶制作中占据了重要地位。

《归田录》描绘了一幅北宋初社会生活的画卷,通过《归田录》我们能更真切地感受到北宋初的政治生态和百姓生活的具体细节。

---

① 〔宋〕欧阳修:《归田录》,朱易安、傅璇琮等主编:《全宋笔记》第1编第5册,郑州:大象出版社,2003年,第264页。
② 〔宋〕欧阳修:《归田录》,朱易安、傅璇琮等主编:《全宋笔记》第1编第5册,郑州:大象出版社,2003年,第260页。
③ 〔宋〕欧阳修:《归田录》,朱易安、傅璇琮等主编:《全宋笔记》第1编第5册,郑州:大象出版社,2003年,第243页。

三、《归田录》行文的笔法特色

（一）简洁生动。《归田录》条目繁多，内容庞杂，笔墨简约，且记述极为生动。如卷一载："故老能言五代时事者，云：冯相（道）、和相（凝）同在中书，一日，和问冯曰：'公靴新买，其直几何？'冯举左足示和曰：'九百。'和性褊急，遽回顾小吏云：'吾靴何得用一千八百？'因诉责久之。冯徐举其右足曰：'此亦九百。'于是哄堂大笑。时谓宰相如此，何以镇服百僚。"①此条记录一件日常生活小事，通过人物的一问一答，一举一动，寥寥几笔，即刻画了冯道诙谐幽默，和凝量小急躁的人物形象，气韵生动活现。还如：

> 陈康肃公善射，当世无双，公亦以此自矜。尝射于家圃，有卖油翁释担而立，睨之久而不去，见其发矢十中八、九，但微颔之。康肃问曰："汝亦知射乎？吾射不亦精乎？"翁曰："无他，但手熟尔。"康肃忿然曰："尔安敢轻吾射！"翁曰："以我酌油知之。"乃取一葫芦置于地，以钱覆其口，徐以杓酌油沥之，自钱孔入而钱不湿，因曰："我亦无他，惟手熟尔。"康肃笑而遣之。此与庄生所谓"解牛"、"斫轮"者何异。②

将熟能生巧这个大道理用一个生动的小故事加以阐释，达到发人深省、心领神会的目的。卖油翁的神态"睨之""微颔"，简略写意的手法，再现了其若有所思、略有不服的心理，"自钱孔入而钱不湿"更显卖油翁的纯熟技艺，"笑而遣之"之"笑"，既是有所领悟，也是自我解嘲，自是传神之笔。这种点睛式简练生动的语言，书中比比皆是，如卷二第三十一条，写梅询爱焚香："其在官所，每晨起将视事，必焚香两炉，以公服罩之，撮其袖以出，坐定撒开两袖，郁然满室浓香"③；卷二第五十条写石曼卿、刘潜饮酒，酒量之大：

---

① 〔宋〕欧阳修：《归田录》，朱易安、傅璇琮等主编：《全宋笔记》第1编第5册，郑州：大象出版社，2003年，第239页。

② 〔宋〕欧阳修：《归田录》，朱易安、傅璇琮等主编：《全宋笔记》第1编第5册，郑州：大象出版社，2003年，第245页。

③ 〔宋〕欧阳修：《归田录》，朱易安、傅璇琮等主编：《全宋笔记》第1编第5册，郑州：大象出版社，2003年，第261页。

"二人饮滔自若，傲然不顾，至夕殊无酒色，相揖而去。"①

（二）暗藏劝诫。欧阳修在卷二末小序中声明"不书人之过恶"，以"掩恶扬善"为宗旨，综观《归田录》全书，欧阳修极少用直接的语言表达其褒贬之意，记述人物或事件时多是客观地记录人物行为或事件发展，其是非评判寓于记述之中。如卷二记庆历八年宫中叛乱事：

> 庆历八年正月十八日夜，崇政殿宿卫士作乱于殿前，杀伤四人，取准备救火长梯登屋入禁中，逢一宫人，问："寝阁在何处？"宫人不对，杀之。既而宿直都知闻变，领宿卫士入搜索，已复逃窜。后三日，于内城西北角楼中获一人，杀之。时内臣杨怀敏受旨"获贼勿杀"，而仓卒杀之，由是竟莫究其事。②

内臣杨怀敏明明受旨"获贼勿杀"，却匆匆杀掉案犯。一场看似莫名其妙的叛乱以失败告终，杨怀敏的行为极为可疑，欧阳修虽未言明，但要表达的意思已经十分清楚。《归田录》虽是笔记，不像明显具有强烈政治倾向的奏表文章，但于随意处，行文语气中已渗透着作者的价值判断。有些条目在讲述了一件事情后，篇尾便有明显的劝诫言语。如：

> 太祖时，郭进为西山巡检，有告其阴通河东刘继元，将有异志者。太祖大怒，以其诬害忠臣，命缚其人予进，使自处置。进得而不杀，谓曰："尔能为我取继元一城一寨，不止赎尔死，当请赏尔一官。"岁余，其人诱其一城来降。进具其事，送之于朝，请赏以官。太祖曰："尔诬害我忠良，此才可赎死尔，赏不可得也！"命以其人还进，进复请曰："使臣失信，则不能用人矣。"太祖于是赏以一官。君臣之间盖如此。③
>
> 京师诸司库务，皆由三司举官监当，而权贵之家子弟亲戚因缘请托，不可胜数，为三司使者常以为患。田元均为人宽厚长者，其在三司

① 〔宋〕欧阳修：《归田录》，朱易安、傅璇琮等主编：《全宋笔记》第 1 编第 5 册，郑州：大象出版社，2003 年，第 267 页。

② 〔宋〕欧阳修：《归田录》，朱易安、傅璇琮等主编：《全宋笔记》第 1 编第 5 册，郑州：大象出版社，2003 年，第 263 页。

③ 〔宋〕欧阳修：《归田录》，朱易安、傅璇琮等主编：《全宋笔记》第 1 编第 5 册，郑州：大象出版社，2003 年，第 239—240 页。

深厌干请者，虽不能从，然不欲峻拒之，每温颜强笑以遣之。尝谓人
曰："作三司使数年，强笑多矣，直笑得面似靴皮。"士大夫闻者传以为
笑，然皆服其德量也。①

第一条在讲述太祖与大将郭进互相信任，不被小人离间一事后发表意见
"君臣之间盖如此"；第二条讲田元均不受干谒者利益的诱使，欧阳修在最
后一句说"闻者传以为笑，然皆服其德量也"。

四、日常书写的笔记史意义

《归田录》以散文的手法，更为细致地描写个人生活。笔记在日常化书
写中注重突出自我的存在，但并不是刻意美化自己，而是展现出日常生活
中真实的、有着常人般喜怒哀乐的自己，将日常平凡之物与自己的情感融
合在一起，体现出对文人自我生活状态和情感体验的关怀。笔记着重书写
私人日常中的文人雅趣，以极高的艺术手法提升了平凡琐屑之物的意境，
这种日常转向的书写扩宽了笔记的表现领域，一定程度上开启了后世笔记
的撰述范式。

一方面，大量文人笔记中充满了对于世俗日常生活琐事的记述，钟情
于"无关宏旨"的生活琐事，偏于"里巷闲谈词章细故"。很多记载都只是片
段的随想，或为"史官之所不记"的朝廷逸事，或多载"嘉言韵事"②，或详于
各地风俗及民间杂事。生活中的方方面面，事无巨细，作者都随即录之于
笔端。如《麈史》："凡朝廷掌故、耆旧遗闻，耳目所及，咸登编录"③；《高斋
漫录》："上自朝廷典章，下及士大夫事迹，以至文评诗话诙谐嘲笑之属，随
所见闻，咸登记录"④。这些笔记多是作者耳目所接，意兴所至，笔亦随之，
往往无复卷帙，其胸襟气质，才学见识，生活风貌和创作特色，往往也袒露
得直接而鲜明。

另一方面，笔记创作有着对内在心理平衡的自觉追求，写作常常只是

① 〔宋〕欧阳修：《归田录》，朱易安、傅璇琮等主编：《全宋笔记》第1编第5册，郑州：大象出版社，
　　2003年，第256页。
② 参见陈文新：《文言小说审美发展史》，武汉：武汉大学出版社，2002年，第179—180页。
③ 〔清〕永瑢等：《四库全书总目提要》，《万有文库》第23册，上海：商务印书馆，1931年，第70页。
④ 〔清〕永瑢等：《四库全书总目提要》，《万有文库》第27册，上海：商务印书馆，1931年，第50页。

为了聊以自娱。诸如"予以生平父兄师友，相与谈说履历见闻，疑误考证，积而渐富，有足采者。因缀缉成篇，目为《丛语》，不敢夸于多闻，聊以自怡而已"①；"时时捉笔据几，随所趣而志之，虽无甚奇论，然意到即就，亦殊自喜"②；"于屏居山中，无与晤语，有所记忆，辄寓诸简牍，纷纶丛脞，虽诙谐俚语无所不有，而至言妙道间有存焉。已而诵言之，则欣然如见平生故人抵掌剧谈，一笑相乐也。因名之曰'寓简'，聊以自娱"③。正是在这种自娱随性的写作意识指引下，宋代笔记创作往往是"或欣然会心，或慨然兴怀，辄令童子笔之"④；甚或是以文为戏："士大夫作小说，杂记所闻见，本以为游戏"⑤，"至于酒席之间，亦专以文字为戏。"⑥诸多言说表明，作者创作笔记常常只为聊以自娱，意在消闲，不再是下笔伊始就背负起"补史之阙"的重任。

综上所述，宋代笔记叙写最为熟悉的社会生活，表现最真实的情感，多集中于日常、个人的问题，其视界，上自宫廷，下至街头小贩，在平凡俗事之中见出新奇，传达意味，笔记文体因此而具有了资闲谈与"自怡"的性质，显示出对传统笔记纪实性的新发展，既是记录日常资闲谈的自怡之作，亦是自我表达与历史建构的载体，大大拓展了笔记在表现内容上的宽度和广度。其关注个体日常生活，表现内在情韵的文本因素，为后世笔记创作提供了新的审美视角。

第二节　《东坡志林》的审美趣味与书写方式

《东坡志林》今传本卷数不一，主要有三种版本：一是南宋左圭所辑《百川学海》（咸淳本）丙集所录的《东坡先生志林集》一卷，收十三篇史论文；二

---

① 〔宋〕姚宽：《西溪丛语自叙》，〔宋〕姚宽、〔宋〕陆游撰，孔凡礼点校：《西溪丛语·家世旧闻》，北京：中华书局，1993 年，第 21 页。

② 〔宋〕洪迈：《容斋三笔》，朱易安、傅璇琮等主编：《全宋笔记》第 5 编第 6 册，郑州：大象出版社，2012 年，第 8 页。

③ 〔宋〕沈作喆：《寓简》，〔清〕纪昀、永瑢等：《景印文渊阁四库全书》第 864 册，台北：台湾商务印书馆，1986 年，第 105 页。

④ 〔宋〕罗大经：《鹤林玉露》，朱易安、傅璇琮等主编：《全宋笔记》第 8 编第 3 册，郑州：大象出版社，2017 年，第 135 页。

⑤ 〔宋〕叶梦得：《避暑录话》，朱易安、傅璇琮等主编：《全宋笔记》第 2 编第 10 册，郑州：大象出版社，2006 年，第 264 页。

⑥ 〔宋〕庄绰：《鸡肋编》，朱易安、傅璇琮等主编：《全宋笔记》第 4 编第 7 册，郑州：大象出版社，2008 年，第 6 页。

是明万历赵开美刊刻的《东坡志林》五卷，前四卷为杂记、杂说，第五卷为十三篇史论，内容与一卷本相同；三是明万历商濬《稗海》收录的《东坡先生志林》十二卷，所收皆为笔记杂说，无史论，内容与五卷本的前四卷有无互现，多出近一倍的篇目。余嘉锡在《四库提要辨证》"东坡志林五卷"考论中，对其版本源流、笔记辑录情形进行了详细考证，认为通行的五卷本是值得征信，出于苏轼手笔的一本笔记文集①。《东坡志林》五卷本内容丰富博杂，"其间或名臣勋业，或治朝政教，或地里方域，或梦幻幽怪，或神仙技术，片语单词，谐谑纵浪，无不毕具"，作者"生平迁谪流离之苦，颠危困厄之状"也亦具备②，真切地坦露了作者的胸次、品格。

一、苏轼贬谪后的人生方向

苏轼的一生，波澜坎坷。其早年，春风得意③，极具入世情怀，"奋厉有当世志"④，是典型的儒生士君子。然"乌台诗案"后，身陷党争旋涡，备受倾轧，踏上贬谪之路，"恐年载间，遂有饥寒之忧"⑤。且苏轼"平生亲友，言语往还之间，动成坑阱，极纷纷也"⑥，于是"自窜逐以来，不复作诗与文字⑦，"扁舟草履，放浪山水间，与樵渔杂处，往往为醉"⑧，开始了"闭门却扫"，"归诚佛僧"的新的心路历程⑨。

苏轼被贬前后的人生遭际对其思想的影响至深。苏辙曾如此精当地描述苏轼一生的思想之变迁："公之于文，得之于天，少与辙皆师先君。初好贾谊、陆贽书，论古今治乱，不为空言。既而读《庄子》，喟然叹息曰：'吾昔有见于中，口未能言，今见《庄子》，得吾心矣'……既而谪居于黄，杜门深居，驰骋翰墨，其文一变，如川之方至，而辙瞠然不能及矣。后读释氏书，深悟实相，参

① 余嘉锡：《四库提要辨证》，昆明：云南人民出版社，2004 年，第 778—780 页。
② 〔明〕赵开美：《刻东坡先生志林小序》，朱易安、傅璇琮等主编：《全宋笔记》第 1 编第 9 册，郑州：大象出版社，2003 年，第 11 页。
③ 嘉祐二年(1057)，苏轼试礼部，主考官欧阳修阅其文，大为赞赏。赞赏之余，因怀疑是其门生曾巩的试卷，故有意压低成绩，将其取为第二。稍后，苏轼以《春秋》对义score第一，殿试中乙科。参苏辙著、陈宏天、高秀芳点校：《苏辙集》，北京：中华书局，1990 年，第 1117—1118 页。
④ 〔宋〕苏辙著、陈宏天、高秀芳点校：《苏辙集》，北京：中华书局，1990 年，第 1117 页。
⑤ 〔宋〕苏轼撰，孔凡礼点校：《苏轼文集》，北京：中华书局，1986 年，第 1412 页。
⑥ 〔宋〕苏轼撰，孔凡礼点校：《苏轼文集》，北京：中华书局，1986 年，第 1526 页。
⑦ 〔宋〕苏轼撰，孔凡礼点校：《苏轼文集》，北京：中华书局，1986 年，第 1709 页。
⑧ 〔宋〕苏轼撰，孔凡礼点校：《苏轼文集》，北京：中华书局，1986 年，第 1432 页。
⑨ 〔宋〕苏轼撰，孔凡礼点校：《苏轼文集》，北京：中华书局，1986 年，第 391 页。

之孔、老，博辩无碍，浩然不见其涯也。"①苏辙在这里大致为我们勾勒了苏轼思想演变的轨迹，由儒而道，由道而释，还于其中说明了贬于黄州是苏轼思想人格转变的关键时期，他开始重新思索新的人生去向，退避社会②，与老书生数人"步城西，入僧舍，历小巷"，兴趣盎然地欣赏着"民夷杂揉，屠酤纷然"的凡俗平常的生活景象③，以审美的眼光对待身边的周遭事物，在审美领域中重新找到了生命的意义。具体而言，他为自己，也为后人找到了两个人生方向。

其一，追求自然与超逸，倘徉在远离市嚣、远离争斗的山水林泉之中。他或"扁舟草履，放浪山水间，与樵渔杂处，往往为醉"④，或"逍遥泉石之上，撷林卉，拾涧实，酌水而饮之"⑤，或"纵一苇之所如，凌万顷之茫然。浩浩乎如凭虚御风，而不知其所止；飘飘乎如遗世独立，羽化而登仙"⑥。苏轼一心向往在山水间寄托余生："长恨此身非我有，何时忘却营营。夜阑风静縠纹平。小舟从此逝，江海寄余生。"⑦

作者回归自然之中，既寄情山水，而又不沉溺于其中，寓意于物，而不留意于物，万物于他"譬之烟云之过眼，百鸟之感耳，岂不欣然接之，然去而不复念也"⑧。以超然之态对待自然万物，他自言："一切法以爱故坏，以舍故常在，岂不然哉！"又言："且夫天地之间，物各有主。苟非吾之所有，虽一毫而莫取。惟江上之清风，与山间之明月。耳得之而为声，目遇之而成色。取之无禁，用之不竭。是造物者之无尽藏也，而吾与子之所共食。"⑨谨"寓"之，适时"舍"之，极具一种物我两忘，人与自然同在，精神与宇宙共存的哲理之思。

---

① 〔宋〕苏辙著，陈宏天、高秀芳点校：《苏辙集》，北京：中华书局，1990年，第1126—1127页。
② 李泽厚认为："苏一生并未退隐，也从未真正'归田'，但他通过诗文所表达出来的那种人生空漠之感，却比前人任何口头上或事实上的'退隐'、'归田'、'遁世'要来得更深刻更沉重。因为，苏轼诗文中所表达出来的这种'退隐'心绪，已不只是对政治的退避，而是一种对社会的退避。"参李泽厚：《美的历程》，北京：生活·读书·新知三联书店，2014年，第164—165页。
③ 〔宋〕苏轼：《东坡志林》，朱易安、傅璇琮等主编：《全宋笔记》第1编第1册，郑州：大象出版社，2003年，第16页。
④ 〔宋〕苏轼撰，孔凡礼点校：《苏轼文集》，北京：中华书局，1986年，第1432页。
⑤ 〔宋〕苏辙著，陈宏天、高秀芳点校：《苏辙集》，北京：中华书局，1990年，第407页。
⑥ 〔宋〕苏轼撰，孔凡礼点校：《苏轼文集》，北京：中华书局，1986年，第5页。
⑦ 唐圭璋编：《全宋词》，北京：中华书局，1999年，第369页。
⑧ 〔宋〕苏轼撰，孔凡礼点校：《苏轼文集》，北京：中华书局，1986年，第357页。
⑨ 〔宋〕苏轼撰，孔凡礼点校：《苏轼文集》，北京：中华书局，1986年，第6页。

苏轼贴近生活,以超然的心态"及物","交于物",而又不倚仗那些抽象的、脱离世间常识或常态的"更高的真理"①。他寓心于山水林泉之中,享受着日常生活的闲适,感受着诗意般的生存方式。

其二,追求人间真情。他视真情为生命的一部分,珍爱着身边所有的人,士无贤不肖都能与之甚欢。在他的生活中,有"已约年年为此会,故人不用赋招魂"的难以忘怀的朋友之情②;有"与君世世为兄弟,再结来生未了因"的生死相依的兄弟之情③;有"枝上柳绵吹又少,天涯何处无芳草!墙里秋千墙外道。墙外行人,墙里佳人笑"的真诚纯洁的男女之情④;更有"十年生死两茫茫。不思量,自难忘。千里孤坟,无处话凄凉"令他魂牵梦绕的夫妻之情⑤。他热爱生活,在真诚的情感中真切地体验和感悟人生,至死不渝,并且急切地呼喊:"起舞弄清影,何似在人间。"其中,"但愿人长久,千里共婵娟"更是召唤出千百年来人们向往幸福的共同心声⑥。

作者怡情于物,寓心于人间,在自由自适的状态中感受着生活的美好。可以说,山水林泉之乐,人间挚诚真情,是苏轼贬谪期间的主要生命寄托,这种寓情于物、随缘自适的生活态度也是其贬谪期间所创作的笔记体作品《东坡志林》审美趣味的发生基础。

二、《东坡志林》审美趣味的内涵意蕴

《东坡志林》中,作者把自己对人生境界的追求、哲理之思以及情感体验融为一体,或记人,或记事,或记游,或品评人物,泛话古今,述怀抒感,脱去了传统古文庄严肃穆、文以载道的传统,专以"达心""适意"而已⑦,相比那些"高文大册"更能见出"坡公之可爱"⑧,呈现出别致的审美趣味。

---

① 〔美〕Ronald C. Egan, *Word*, *Image*, *and Deed in the Life of Su Shi*, Harvard University Press, 1995, pp. 56—85, 162—168.
② 〔清〕王文诰辑注,孔凡礼点校:《苏轼诗集》,北京:中华书局,1982 年,第 2105 页。
③ 〔清〕王文诰辑注,孔凡礼点校:《苏轼诗集》,北京:中华书局,1982 年,第 999 页。
④ 唐圭璋编:《全宋词》,北京:中华书局,1999 年,第 387 页。
⑤ 唐圭璋编:《全宋词》,北京:中华书局,1999 年,第 387 页。
⑥ 唐圭璋编:《全宋词》,北京:中华书局,1999 年,第 360—369 页。
⑦ 《书朱象先画后》:"文以达吾心,画以适吾意而已。"参〔宋〕苏轼撰,孔凡礼点校:《苏轼文集》,北京:中华书局,1986 年,第 2211 页。
⑧ 袁中道《答蔡观察元履》:"今坡公之可爱者,多其小文小说……使尽去之,而独存其高文大册,岂复有坡公哉!"参〔明〕袁中道著,钱伯城点校:《珂雪斋集》,上海:上海古籍出版社,1989 年,第 1045 页。

一是内容上，抒写真挚的情感。在思念、回忆之中，作者对朋友，对亲人，对师长，对故乡，总怀着富于哲理而又深挚的情感。他萦怀独念吴越名僧，晚年贬居惠州时还托人代书——致意，并往往"信笔书纸，语无伦次"，"方醉不能详"①。他留恋于昔日与友人"夜半月出，置酒垂虹亭上"②、"吹洞箫，饮酒杏花下"③的欢愉宴饮的交流情景，沉寂于友人"皆为异物"④、"复为古人"⑤的凄然、落寞之中，悲叹"故友之风味，岂复可见！"⑥，"何时复见此俊杰人乎？"⑦在直接抒发对友人的真挚怀念之情时，既展现了作者的艰难困厄之状，又体现着对友人人格的赞叹和对俊杰人物逝去的深深惋惜之感，更流露出物非人更无的光阴易逝之感，以及人到晚境看破一切又无可奈何的精神状态。

二是表现手法上，多种表现手法并用，或记叙中穿插议论，或议论中抒情，表现出长于议论、精于思辨、富有哲理的书写特色。如《记承天夜游》云：

> 元丰六年十月十二日夜，解衣欲睡，月色入户，欣然起行。念无与乐者，遂至承天寺寻张怀民，怀民亦未寝，相与步于中庭。庭下如积水空明，水中藻荇交横，盖竹柏影也。何夜无月，何处无竹柏，但少闲人如吾两人者耳。⑧

全文先叙述，再写景，后议论，一个"乐"字与一个"闲"字连贯全篇，层次分

---

① 〔宋〕苏轼：《东坡志林》，朱易安、傅璇琮等主编：《全宋笔记》第1编第9册，郑州：大象出版社，2003年，第50页。

② 〔宋〕苏轼：《东坡志林》，朱易安、傅璇琮等主编：《全宋笔记》第1编第9册，郑州：大象出版社，2003年，第14页。

③ 〔宋〕苏轼：《东坡志林》，朱易安、傅璇琮等主编：《全宋笔记》第1编第9册，郑州：大象出版社，2003年，第16页。

④ 〔宋〕苏轼：《东坡志林》，朱易安、傅璇琮等主编：《全宋笔记》第1编第9册，郑州：大象出版社，2003年，第14页。

⑤ 〔宋〕苏轼：《东坡志林》，朱易安、傅璇琮等主编：《全宋笔记》第1编第9册，郑州：大象出版社，2003年，第16页。

⑥ 〔宋〕苏轼：《东坡志林》，朱易安、傅璇琮等主编：《全宋笔记》第1编第9册，郑州：大象出版社，2003年，第17页。

⑦ 〔宋〕苏轼：《东坡志林》，朱易安、傅璇琮等主编：《全宋笔记》第1编第9册，郑州：大象出版社，2003年，第17页。

⑧ 〔宋〕苏轼：《东坡志林》，朱易安、傅璇琮等主编：《全宋笔记》第1编第9册，郑州：大象出版社，2003年，第13页。

明而不割裂。再如《记游松风亭》，开篇记叙散步经历，"余尝寓居惠州嘉祐寺，纵步松风亭下"，后悟出令自己精神解脱的人生哲理："进则死敌，退则死法，当甚么时也不妨熟歇。"①由记叙而议论，从游历之中即兴产生顿悟，"极有布置而了无布置痕迹"②。《合江楼下戏》中，表面上描写"茅店庐屋七八间，横斜砌下。今岁大水再至，居人散避不暇"的洪水劫后景象，而在"岂无寸土可迁，而乃眷眷不去，常为人眼中沙乎"的反问语气中③，又透露出作者遭遇诬陷，满怀忧愤的苦闷，看似着笔无意，实则旨趣不凡，在环境描写中透露着作者的苦闷之情。

三是风格上，平淡素雅，意境浑成。文中大多是从生活中随手拾取素材，因事融情，情景交融，创造出诗一般的意境。如《合江楼下戏》云："合江楼下，秋碧浮空，光摇几席之上，而有茅店庐屋七八间，横斜砌下。"④作者聚焦于合江楼的秋景，仅用"碧"、"浮"、"摇"三个词语，便让我们捕捉到秋天的状态。作者对秋色的深切感受和闲适情趣的描写，用笔简练之致，却营造了陶渊明笔下"方宅十余亩，草屋八九间"般的田园诗境。《记过合浦》中，作者同样以极为简练的笔触勾勒出"桥梁大坏，水无津涯"的处境，"无月，碇宿大海"的环境，以及"水天相接，星河满天"的风景，在此情境中，作者环顾水天相接，迎风逐浪，横无际涯的江面，禁不住"起坐四顾太息：'吾何数乘此险也！已济徐闻，复厄于此乎？'"⑤将自己的心境融入周边旷远寒凉的景物之中，发出何以数困的哀伤的内心呼唤。但想到"所撰《书》《易》《论语》皆以自随"，内心又升腾出一簇火花，重新获得生活的信心与勇气。在这简单的白描和精练的记叙中，令我们感到的不只是景物，还有审视景物的一双眼睛，和这双眼睛下微露的一丝忧虑，这里没有什么高远的寄托，有的只是情感的抒写和空灵般的意境。

当然，以上三方面是一个整体的三个部分，彼此水乳交融，互为表里而

---

① 〔宋〕苏轼：《东坡志林》，朱易安、傅璇琮等主编：《全宋笔记》第 1 编第 9 册，郑州：大象出版社，2003 年，第 15 页。

② 〔明〕徐渭撰：《徐渭集》，北京：中华书局，1983 年，第 531 页。

③ 〔宋〕苏轼：《东坡志林》，朱易安、傅璇琮等主编：《全宋笔记》第 1 编第 9 册，郑州：大象出版社，2003 年，第 83 页。

④ 〔宋〕苏轼：《东坡志林》，朱易安、傅璇琮等主编：《全宋笔记》第 1 编第 9 册，郑州：大象出版社，2003 年，第 83 页。

⑤ 〔宋〕苏轼：《东坡志林》，朱易安、傅璇琮等主编：《全宋笔记》第 1 编第 9 册，郑州：大象出版社，2003 年，第 12 页。

不可分割。真实的情感、清新的意境和多样的手法，共同充分地展现了作者的独立人格，也构成了《东坡志林》独特的审美意蕴。

三、《东坡志林》审美趣味的书写方式

朱熹曾说："东坡虽是洪阔澜翻，成大片滚将去，他里面自有法。"[1]为此，下文为寻其法，立足于文体特征并着眼于形式与内容一体化的立场[2]，探讨《东坡志林》的审美趣味究竟是依照怎样的组织原则被最终表现出来的。具体来说，尝试以贴近本体的方式从语言（主要指基本的遣词造句）、意象、结构（主要指篇章的整体结构）三个层面考察其具体的书写策略。

（一）不拘格套的用词方式。语言作为文体构成中最为基本的部分，是内容构成的关键因素，而词语则是承担意义、实现内容的基本元素。与传统古文端庄谨重、浓缩简约的用词方式相比，《东坡志林》在词语使用方面不避俚俗，且有着大胆灵活的词义建构，作者真正实现了将"词从形而上学的使用带回到日常的使用上来"[3]，最为直接地传达心神意念，显示出一派自由天真的性灵本色。

其一，作者常使用一些具有鲜明口语色彩的词语，极具通晓活泼而又不显浅薄的艺术效果。如《诵经帖》："东坡食肉诵经，或云：'不可诵。'坡取水漱口，或云：'一碗水如何漱得！'坡云：'惭愧阇黎会得！'"[4]完全以直白的口语叙写他在食肉之后诵经，受人警告后取水漱口来敷衍了事，再次受到指责后，又以玩笑之语佯装自责，大有滑稽可笑的意味。作者对俗语、格言、诗句的化用也不拘一格。有的直接引用，以其更直接地说明事理。如《唐村老人言》中，借儋耳一普通老者之口，道出"贫富之不齐，自古已然，虽天公不能齐也，子欲齐之乎？民之有贫富，由器用之有厚薄也。子欲磨其厚，等其薄，厚者未动，

---

① 〔宋〕黎靖德编，王星贤点校：《朱子语类》卷一百三十九，北京：中华书局，1986年，第3322页。

② 此处所指的"文体"，是指作品语言组织所包含的特定体式、规范，是作品特质的表征，而不同于一般意义上所指的体裁（如诗歌、散文、小说等）。

③ 〔奥〕维特根斯坦著，李步楼译：《哲学研究》，北京：商务印书馆，1996年，第73页。

④ 〔宋〕苏轼：《东坡志林》，朱易安、傅璇琮等主编：《全宋笔记》第1编第9册，郑州：大象出版社，2003年，第43页。

而薄者先穴矣"的一番大道理①。有的则在加工改造的同时,融入自己的主观感受。如《记三养》中言及养生之方时,言"一曰安分以养福,二曰宽胃以养气,三曰省费以养财"②,化用战国时期的俗语"无事以当贵,早寝以当富,安步以当车,晚食以当肉",生动鲜明地说明了养生的重要性。正是在这些直白俚俗的日常语词中,作者浅近地描述出贴近自然人生形态的生活画面,给人以一种强烈的真情实感。

其二,在具体的语境中,作者又时常使用一些复杂的比喻,通过喻体中喻旨本不包含的特性作进一步联想,以说明喻旨的特性,来开拓并丰富词语的意义。如《记承天寺夜游》描写月夜:"庭下如积水空明,水中藻荇交横,盖竹柏影也。"③作者独具匠心、别出心裁,月光如水,树影婆娑,呈现着一种参差朦胧的美感,在"水中藻荇交横"的艺术错觉中,于静中展现出景物的质感与摇曳多姿的动态之美,以此丰富喻旨的内涵,有助于读者摆脱对月色的一般认知,体验一种身临空明积水的感觉。《别石塔》中,还将石塔人格化,让其起立给东坡送行并对话,由此鲜明地阐释"若无缝,何以容世间蝼蚁"的哲理④,将拟人对象扩大到非生命之物,在艺术上打破动物拟人化的寓言常格,显得灵动而潇洒。通过修辞拓展词义,一方面丰富了表现内容的意蕴,另一方面又使情感的表达显得明快而生动,文中因此而呈现一种清新而灵动的审美效果。

(二)随物赋形的意象塑造。所谓意象,是指通过富有想象力的语言组织,对客观事物进行分解、提取、变形、重组,以创造出具有情感喻示力的"象",以"象"表"意",由此达到对于审美情感的表现,从这个意义上说,它是文体审美趣味实现最为核心的层次。《东坡志林》在意象的塑造过程中,体现出"与山石曲折,随物赋形而不可知"的幽情逸趣的特征。

其一,在个性化的意象选取中,作者往往根据主观心境选择特定的景

---

① 〔宋〕苏轼:《东坡志林》,朱易安、傅璇琮等主编:《全宋笔记》第1编第9册,郑州:大象出版社,2003年,第37页。
② 〔宋〕苏轼:《东坡志林》,朱易安、傅璇琮等主编:《全宋笔记》第1编第9册,郑州:大象出版社,2003年,第23页。
③ 〔宋〕苏轼:《东坡志林》,朱易安、傅璇琮等主编:《全宋笔记》第1编第9册,郑州:大象出版社,2003年,第13页。
④ 〔宋〕苏轼:《东坡志林》,朱易安、傅璇琮等主编:《全宋笔记》第1编第9册,郑州:大象出版社,2003年,第33页。

物，以达到突出强调情感的目的。如《别文甫子辩》中，未识子辩时，周围景象是"云涛渺然"；与子辩分别时，周围景象是"微风细雨"①。在未识与分别两种不同的时期，人物心境、主观感受前后有别，周围景物纳入人物心理活动范畴之后，就因主观感受不同而有了大幅度变化，景象由此而获得强烈的情感性。再如前文提到的《记承天寺夜游》，当时月下物影杂沓，作者仅仅在其中筛选出"月色""庭院""竹柏影"等幽静柔美的物象，并将主观闲适之情倾注其中，经想象点染后，营造了一种空灵闲逸般的意境，以此与胸无点尘、澄澈透明的"闲人"之间展现一种高度近似的对应关系，物境营造的过程，更是心境呈现的一种境界，是"闲人"的一种特殊心境。

其二，在多个物象组合成场景式意象时，在场景的整体中，单个物象（或个别人事）便不再是自足的客观存在，而是在与其他物象（或人事）的对照映衬中共同表现主观的情感。如"逸人游浙东"条云：

> 到杭州一游龙井，谒辨才遗像，仍持密云团为献龙井。孤山下有石室，室前有六一泉，白而甘，当往一酌。湖上寿星院竹极伟，其傍智果院有参寥泉及新泉，皆甘冷异常，当时往一酌，仍寻参寥子、妙总师之遗迹，见颖沙弥亦当致意。灵隐寺后高峰塔一上五里，上有僧不下三十余年矣，不知今在否？亦可一往。元符二年五月十六日，东坡居士书。②

场景意象由孤山、石室、六一泉、竹、参寥泉、新泉、灵隐寺等物象组合而成。作者对这些物象的描述都具有一种情感意蕴的扩张感：山之孤寂、泉水之甘冷，蕴含着凄冷的感受，六一泉"白而甘"还有视觉色泽上的感受，"灵隐寺后高峰塔一上五里"的幽远深静构成了空间感受的扩张，竹之极伟更是一种伟岸人格的象征，且这些物象的连续呈现进一步增强了曲径幽深之感。正是这种统一的扩张感受将诸物象紧紧连接在一起，物象的不同特征汇聚为场景的整体特征，由此强化场景给人的清幽孤寂之感。

① 〔宋〕苏轼：《东坡志林》，朱易安、傅璇琮等主编：《全宋笔记》第1编第9册，郑州：大象出版社，2003年，第34页。
② 〔宋〕苏轼：《东坡志林》，朱易安、傅璇琮等主编：《全宋笔记》第1编第9册，郑州：大象出版社，2003年，第12—13页。

在这些极富情韵的意象中,我们可以看到作者笔下的意象选择不再局限于经典庙堂的庄严整肃,而是更多日常视角中的真切自然,显现出淡化景物描写,注重自我感受书写的倾向。景物往往只是作为作者触发情志的媒介,或是抒情、议论、说理的工具,主要以反映丰富的主观情志为着力点,作者崇尚的是心与物、意与境、主体与客体间的交相融合,由此,景物在展现客观的景致的同时,更是成为了人生的映照,体现出哲理的意涵。自然景象经由苏轼的刻写,往往兼具写实性与象征性双重品格,由此汇成情、景、理水乳交融的幽美意境,而臻至物我同一的艺术高境。在意象的塑造过程中,语言组织变得非常诗化,但又以自然流畅的散体化语言来表达,从而表现出比诗歌内容更具弹性的轻灵流动的情感内涵,不受拘缚的心灵之"韵"、之"趣"即寓于此。

(三)姿态横生的篇章结构。所谓篇章结构,是指文体最高层面的整体架构,是选词造句、意象创造在文体层面之上形成文章整体的各部分之间的组织关系。《东坡志林》结构自由灵活,行于其所当行,止于其所不可不止,充满了特有的诗意诗味。

文集中最突出的章法特色是突转,即行文思路向相反方向突然变化[①]。如《记游松风亭》因"纵步"而"足力疲乏",因"足力疲乏"而"思欲就林止息",由望亭之高远,而产生能否到达之疑问。行文如流水,无波无痕。然而却以"良久忽曰"出人意外地使文气为之一转,跌出"此间有什么歇不得"一语,进而悟出"甚么时候也不妨熟歇"的道理[②],笔力曲折,却又意之所到,无不尽意。类似的突转章法还出现在"梦南轩""请广陵""买田求归""贺下不贺上"四条之中:

> 元祐八年八月十一日将朝,尚早,假寐,梦归毂行宅,遍历蔬圃中。已而坐于南轩,见庄客数人方运土塞小池,土中得两芦菔根,客喜食之。予取笔作一篇文,有数句云:"坐于南轩,对修竹数百,野鸟数千。"

① 此处使用"突转""发现"等概念,借鉴了戏剧术语。参〔古希腊〕亚里士多德著,陈中梅译:《诗学》,北京:商务印书馆,1996年,第82、89页。

② 〔宋〕苏轼:《东坡志林》,朱易安、傅璇琮等主编:《全宋笔记》第1编第9册,郑州:大象出版社,2003年,第15页。

既觉，悯然思之。南轩，先君名之曰"来风"者也。①

今年吾当请广陵，暂与子由相别。至广陵逾月，遂往南郡，自南郡诣梓州，溯流归乡，尽载家书而行，迤逦致仕，筑室种果于眉，以须子由之归而老焉。不知此愿遂否？言之怅然也。②

浮玉老师元公欲为吾买田京口，要与浮玉之田相近者，此意殆不可忘。吾昔有诗云："江山如此不归山，山神见怪惊我顽。我谢山神岂得已，有田不归如江水！"今有田矣不归，无乃食言于神也耶？③

贺下不贺上，此天下通语。士人历官一任，得外无官谤，中无所愧于心，释肩而去，如大热远行，虽未到家，得清凉馆舍，一解衣漱濯，已足乐矣。况于致仕而归，脱冠佩，访林泉，顾平生一无可恨者，其乐岂可胜言哉！余出入文忠门最久，故见其欲释位归田，可谓切矣。他人或苟以藉口，公发于至情，如饥者之念食也，顾势有未可者耳。观与仲仪书，论可退之节三，至欲以得罪、病而去。君子之欲退，其难如此，可以为欲进者之戒。④

或是对家乡园圃生活梦寐系之，或殷切计划辞官归乡"筑室种果"，或指江而誓"有田不归如江水"，或满怀钦慕地书写恩师欧阳修退隐之志，满满地都是殷殷欲归之心。然第一条曰"既觉，悯然思之"，第二条云"不知此愿遂否？言之怅然也"，第三条言"今有田矣不归，无乃食言于神也耶"？第四条道"君子之欲退，其难如此"，又均突转至欲归而不得的无限怅惘之中。作者在苦乐之间、动静之间、虚实之间甚至文本内外之间频繁地转折着，使得这些最简单的白描、最自然的对照亦摇曳生姿，光彩照人。

文集中另一突出的章法特征是运用"发现"的结构方式构建全篇，即文章思路展现出从不知到知的观察过程或认知过程，以此丰富文章内涵。如

---

① 〔宋〕苏轼：《东坡志林》，朱易安、傅璇琮等主编：《全宋笔记》第 1 编第 9 册，郑州：大象出版社，2003 年，第 30 页。

② 〔宋〕苏轼：《东坡志林》，朱易安、傅璇琮等主编：《全宋笔记》第 1 编第 9 册，郑州：大象出版社，2003 年，第 40 页。

③ 〔宋〕苏轼：《东坡志林》，朱易安、傅璇琮等主编：《全宋笔记》第 1 编第 9 册，郑州：大象出版社，2003 年，第 40 页。

④ 〔宋〕苏轼：《东坡志林》，朱易安、傅璇琮等主编：《全宋笔记》第 1 编第 9 册，郑州：大象出版社，2003 年，第 41 页。

"治眼齿"条中述及他患眼疾"数以热水洗之",对此张文潜提醒道:"目忌点洗。目有病,当存之,齿有病,当劳之,不可同也。治目当如治民,治齿当如治军,治民当如曹参之治齐,治军当如商鞅之治秦。"①名为文潜之语,实是东坡之意,以治齿、治眼的办法而论及治军、治民的道理,由此及彼,以小见大。又如"记与欧公语"条由庸医治乘船惊风之症而用"多年柂牙为柂工手汗所渍处,刮末,杂丹砂、茯神之流,饮之而愈"之方,发出奇谈怪论:"以笔墨烧灰饮学者,当治昏惰耶? 推此而广之,则饮伯夷之盥水,可以疗贪;食比干之馂馀,可以已佞;舐樊哙之盾,可以治怯;嗅西子之珥,可以疗恶疾矣。"②在这看似轻松的戏谑中,尖锐地讽刺了庸医的主观主义。"游沙湖"条中从奔腾西去的兰溪水联想到人生,发出"谁道人生无再少? 君看流水尚能西"的感慨③。"记游庐山"条从游庐山而道出了只有入内出外才能了解一个复杂事物全貌的哲理。这些均是从琐细的小事中生发出大道理,变化万千,令人目不暇接。

此外,文中还常运用"回环"的方法,即在行文的过程中,使行文思路返回到之前某一处,以此出现相似的境界、事件、物象,甚或某种观念等。如"赤壁洞穴"条先是通过"黄州守居之数百步为赤壁,或言即周瑜破曹公处,不知果是否? 断崖壁立,江水深碧,二鹘巢其上,上有二蛇,或见之。遇见浪静,辄乘小舟至其下,舍舟登岸,入徐公洞。非有洞穴也,但山崦深邃耳。《图经》云是徐邈,不知何时人,非魏之徐邈也",简单记述黄州赤壁的方位、传说、山形、水势、洞幽,联想徐邈,一气推进,但作者紧接着用"岸多细石,往往有温莹如玉者,深浅红黄之色,或细纹如人手指螺纹也。既数游,得二百七十枚,大者如枣栗,小者如芡实,又得一古铜盆盛之,注水粲然。有一枚如虎豹首,有口鼻眼处,以为群石之长"之句④,扣紧前文,形成小回环,没有因联想而继续"倾倒"下去,而是回向前文的赤壁之地,在此捡拾奇石,

---

① 〔宋〕苏轼:《东坡志林》,朱易安、傅璇琮等主编:《全宋笔记》第1编第9册,郑州:大象出版社,2003年,第25页。
② 〔宋〕苏轼:《东坡志林》,朱易安、傅璇琮等主编:《全宋笔记》第1编第9册,郑州:大象出版社,2003年,第67页。
③ 〔宋〕苏轼:《东坡志林》,朱易安、傅璇琮等主编:《全宋笔记》第1编第9册,郑州:大象出版社,2003年,第13页。
④ 〔宋〕苏轼:《东坡志林》,朱易安、傅璇琮等主编:《全宋笔记》第1编第9册,郑州:大象出版社,2003年,第80—81页。

并会心琢磨其形状、色泽、光润，更多地展现赏玩细石的乐趣和闲逸之情。另外在一些怀友篇中，也多运用这种结构方式，通过回向昔日欢聚场景表达情思，将溢出去的情绪收回到现实生活情境，物非人更无的光阴易逝之感便深蕴其中。

作者以"发现"增加"场景"的深度，延长"片段"的生命，以此呈现多种情味。用"突转"去强调飞动奇纵、俊逸峭拔的艺术风格，用转折、回归、递进强调语言的历时属性，营造"一唱三叹"的节奏和韵味，表达一种可远观而不可亵玩焉的幽远意趣。

要之，《东坡志林》作为苏轼晚年谪居期间无意为之而为的闲散之作，或记人，或记事，或记游，或品评人物，泛话古今，述怀抒感，整体上的笔触是轻松的，但缈缈禅意中，呈现了作者进取与退隐的矛盾心境以及无可奈何、日暮黄昏的沉重伤感，其对整体人生的空幻、悔悟、淡漠之感，往往使他欲求超脱而未能，欲排遣而反戏谑，谈世事而颇作玄思，如细水潺潺而流，信笔书写中呈现一种朴实无华、平淡自然的情趣韵味。文集充分展现了作者的妙理奇趣与精彩深湛的审美思想，将以往笔记重在客观描绘山水景物，不重主观感怀，转变为以表达内在心绪、情感和义理为主的文体，于作品中呈现一种质朴无华、平淡自然的审美趣味，展现一种超然物外与随缘自适的审美人生态度。

第三节　"石湖纪行三录"的
人文化书写与地方观念

南宋诗人范成大从州守至制置使，数次出任地方官员。在其历宦州郡、任职地方的生涯中，留心各地的自然人文风貌，创作了十余部与地理相关的著述，其中以其所走过的地理单元为单位撰述的《揽辔录》《骖鸾录》《吴船录》（又名"石湖纪行三录"），在一定程度上彰显着特定时代的文化精神与审美取向，折射了作者的思维方式、情感表现特点及其审美创造力，形成了新的结构性力量。

一、"石湖纪行三录"书写的人文性取向

乾道六年(1170)夏，范成大因虞允文之荐被任命为起居郎假资政殿大

学士，为祈请国信使出使金国，写下《揽辔录》；乾道八年（1172）十二月初，被命赴广西出知静江府，自姑苏出发，于次年三月十日抵达桂林，途中写下《骖鸾录》；淳熙四年（1177）五月二十九日，从四川制置使兼知成都府任上召还，出任吏部尚书，拜参知政事，自五月二十九日到十月三日，取水程数千里，回到家乡吴郡，途中写下《吴船录》。"石湖纪行三录"的创作，作者既书写了自身的宦游经历，同时又将其对历史、文学的考据、议论与个人旅途感怀融入其中，书写重点显现出由自然向人文的转向。

其一是以第一人称的叙述方式记事，由此凸显行程中"人"的游览过程。《吴船录》在记行程之外，又主要集中笔墨描写旅途中的名胜古迹，如写峨眉山，作者有意突出峨眉山险峻的特点："大略去县中平地不下百里，又无复蹊磴。斫木作长梯，钉岩壁，缘之而上。意天下登山险峻无此比者。余以健卒挟山轿强登，以山丁三十夫，曳大绳行前挽之。同行则用山中梯轿。出白水寺侧门，便登点心山。言峻甚，足膝点于心胸云。"①"又过峰门、罗汉店、大小扶舁、错喜欢、木皮里、胡孙梯、雷洞平。凡言平者，差可以托足之处也；雷洞者，路在深崖万仞，磴道缺处，则下瞰沉黑若洞然。"②写三峡时，同样是在行进中透过自己的眼光和感受来记述，并不是静止地描述其雄奇壮丽，如写三峡绝险处瞿塘峡的滟滪堆，作者先以"涡纹瀺灂"写滟滪堆的水势，接着以船夫的惊恐，衬托滟滪堆之险："舟拂其上以过，摇橹者汗手死心，皆面无人色。"③如此通过主体的体验衬托外在山水环境的险恶，较之单纯的第三人称客观描写，无疑能有效地显示行进过程中主体的参与程度，令读者顿生身临其境之感。

其二是在纪实之中，综合运用描写、说明、抒情等多种表现手法，以此丰富行记的文体功能。乾道六年使金之行，令范成大倍感压抑、悲怆，而又满怀忠义豪情，《揽辔录》中的许多文字由此烙上了浓厚的抒情色彩。如写北宋旧都东京汴梁的残破：新宋门内"弥望悉荒墟"，"大相国寺，倾檐缺吻，

---

① 〔宋〕范成大：《吴船录》，朱易安、傅璇琮等主编：《全宋笔记》第 5 编第 7 册，郑州：大象出版社，2012 年，第 63 页。

② 〔宋〕范成大：《吴船录》，朱易安、傅璇琮等主编：《全宋笔记》第 5 编第 7 册，郑州：大象出版社，2012 年，第 63—64 页。

③ 〔宋〕范成大：《吴船录》，朱易安、傅璇琮等主编：《全宋笔记》第 5 编第 7 册，郑州：大象出版社，2012 年，第 75 页。

无复旧观"①，"撷芳中壶春堂犹岿然，所谓八滴水阁者。使属官吏望者，皆陨涕不自禁。虏今则以为上林所。过清辉桥，出新封丘门，旧景阳门也。虏改为柔远馆"②，——罗列东京城门楼的旧名与虏改后的新名，看似简单的记录，作者的板荡之痛与黍离之思已尽在其中。乾道七年受命出帅静江府，乾道八年(1172)腊月七日，范成大从老家吴郡出发，在余杭与远送而来的亲友道别，随即他便要远征蛮荒瘴疠之地，分别的场面伤感至极："'君纵归，恐染瘴，必老且病矣。亦有御瘴药否？'其言悲焉。呜泣且遮道，不肯令肩舆遂行。"③在此之前，范成大还得将重病的乳母留在余杭，"分路时，心目刲断。世谓生离不如死别，信然"④。真挚情感的流露，催人泪下。在与众人别后二日的腊月三十除夕之夜，范成大"发富阳。雪满千山，江色沈碧。夜，小霁。风急，寒甚。披虏时所作棉袍，戴毡帽，作船头纵观，不胜清绝"⑤。试想，胸怀着二日之前与亲友诀别的凄怆，于此除夜之际，置身于寒江的扁舟上，实是无以言之而强为之言了。在笔记主记事的行文格调中，诸如此类的感慨，将作者的见闻感知转换为独特的内在体验和心性表达的文字，为平铺直叙的笔记注入了新的生命力。

其三是考证历史遗迹，关注景观、地名与历史人物、逸闻掌故、人文活动的联系，由此扩展了笔记所蕴含的文化深度与广度。考证之中，作者或是通过自身所见印证书本中关于历史遗迹的记载。如范成大在庚寅辰时过赤壁，将其眼前的景物与苏轼诗文作对比分析，认为："赤壁，小赤土山也。未见所谓'乱石穿空'及'蒙茸'、'巉岩'之境，东坡词赋微夸焉。"⑥或是于其中探讨对诗句写物之功的深切体会，如《骖鸾录》有对元结《浯溪中

---

① 〔宋〕范成大：《揽辔录》，朱易安、傅璇琮等主编：《全宋笔记》第 5 编第 7 册，郑州：大象出版社，2012 年，第 6 页。
② 〔宋〕范成大：《揽辔录》，朱易安、傅璇琮等主编：《全宋笔记》第 5 编第 7 册，郑州：大象出版社，2012 年，第 7 页。
③ 〔宋〕范成大：《骖鸾录》，朱易安、傅璇琮等主编：《全宋笔记》第 5 编第 7 册，郑州：大象出版社，2012 年，第 33 页。
④ 〔宋〕范成大：《骖鸾录》，朱易安、傅璇琮等主编：《全宋笔记》第 5 编第 7 册，郑州：大象出版社，2012 年，第 32 页。
⑤ 〔宋〕范成大：《骖鸾录》，朱易安、傅璇琮等主编：《全宋笔记》第 5 编第 7 册，郑州：大象出版社，2012 年，第 33 页。
⑥ 〔宋〕范成大：《吴船录》，朱易安、傅璇琮等主编：《全宋笔记》第 5 编第 7 册，郑州：大象出版社，2012 年，第 84 页。

兴颂》的考证,一方面考证其文体特征,"余以为:非是善恶,自有史册;歌颂之体,不当含讥",另一方面又辨证元结作颂时的心态,认为颂诗才合乎"事体之正",以致招来当地人的反对,"诗既出,零陵人大以为妄,谓余不合点破渠乡曲古迹"①。还有的于其中纠正因见闻贫乏而造成的对知识的误解,如《吴船录》以碑文考订舆地、诗文之误:"两岸多荔子林。郡酝旧名'重碧',取杜子美《戎州》诗'重碧拈春酒,轻红擘荔枝'之句。余谓'重'字不宜名酒,为更名'春碧'。印本'拈'或作'酤',郡有碑本,乃作'粘'字。"②这里根据叙州古碑考订印本杜甫《戎州》诗句之误。再如《骖鸾录》详载了作者拜谒祠庙并回忆自己三次经过钓台,三次赋诗留题的情况:"癸巳岁正月一日,巳午间至钓台。率家人子登台,讲元正礼。谒三先生祠。……始予自绍兴己卯岁以新安户曹沿檄来识钓台,题诗壁间;后十年,以括苍假守被召复至,自和二篇;及今又四年,盖三过焉,复自和三篇。"③严州钓台初以严子陵成名,唐末有方干隐于此,北宋范仲淹知州事时作祠堂记,遂成为历代吟咏之地,作者对此进行记录,实际上是对各地人文积淀的一种认同。行记书写由此变为追忆文化名人,表达文化认同的手段。

"石湖纪行三录"记录旅途中引发作者个人兴趣的景物与事情,表现出作者的历史意识、文学趣味与偏爱。书写中,作者往往将一己之感受与千古之文物结合起来,努力阐发景物背后的人文内涵与自己的兴怀感慨,客观景物由此具有了符号化的功能,呈现出全新的价值。

二、"石湖纪行三录"地方书写观念的内向转型

范成大有着敏锐的文化记录意识,清人黄震评价他:"踪迹遍天下,审知四方风俗。"④在"石湖纪行三录"中,作者在描写各类风俗风光的同时,也保存了对经行之地有关地理事物的所见所闻所感,体现出自觉的地方书

① 〔宋〕范成大:《骖鸾录》,朱易安、傅璇琮等主编:《全宋笔记》第 5 编第 7 册,郑州:大象出版社,2012 年,第 45—46 页。
② 〔宋〕范成大:《骖鸾录》,朱易安、傅璇琮等主编:《全宋笔记》第 5 编第 7 册,郑州:大象出版社,2012 年,第 71 页。
③ 〔宋〕范成大:《骖鸾录》,朱易安、傅璇琮等主编:《全宋笔记》第 5 编第 7 册,郑州:大象出版社,2012 年,第 33 页。
④ 〔宋〕黄震:《黄氏日抄》,〔清〕纪昀、永瑢等:《景印文渊阁四库全书》第 708 册,台北:台湾商务印书馆,1986 年,第 602 页。

写倾向。当然,范成大的地理文字,有他独特新奇的观感体验在内,但不能忽视的是,作为士大夫,他还有着强烈的责任担当意识。朝廷尊严的维护,已失故土的追怀,边疆社会的治理等,这些都需要士人付诸书写实践。其作《揽辔录》时,身份为使臣;作《骖鸾录》《吴船录》时,身份为在职或刚离任的边臣。由此,从《揽辔录》到《骖鸾录》,地方书写对象从故土转向边疆,地方书写重心也就从对历史、文化的书写,逐渐转向对自然、风土的书写。

《揽辔录》记载了范成大作为祈请国信使出使金国的始末。因此行是故国之游,故对中原故土的眷恋、对民族文化的尊崇构成了其基本的审美心境。范成大笔下详加记载的首先是体现着民族文化的历史遗迹,如虞姬墓,雷万春墓,宋玉台,张巡、许远墓,伊尹墓,留侯庙,孟姜女庙,扁鹊墓,廉颇、蔺相如墓,放勋庙等。其次是对金国的南京和中都做了极为细致的铺写。记金之南京重在呈现其破败荒凉之象,女真族对沦陷区人民的经济掠夺,百姓对胡化的麻木,以及由此给作者带来的深悲巨痛。如"丁卯,过东御园,即宜春苑也。颓垣荒草而已。二里至东京,虏改为南京。入旧宋门,即朝阳门也。虏改曰弘仁门。弥望悉荒墟。入新宋门,即丽景门也。虏改为宾曜门。过大相国寺,倾檐缺吻,无复旧观"①。还有中原的遗民,沦陷已久,"民亦久习胡俗","男子髡顶","村落间多不复巾,蓬辫如鬼"②。写金之中都则重在表现其城池之规模与皇宫的豪奢。如详细介绍金宫殿的布局,叙述金主营造宫殿无所不用其极的情况:"炀王亮始营此都,规模多出于孔彦舟。役民夫八十万,兵夫四十万,作治数年,死者不可胜计。地皆古坟冢,悉掘弃之。"③纪实之中,暗含了作者对故国沦陷、故土丢失的愤怒。

可以说,中原对范成大而言,是一个情感上的异域,作者不仅站在使者的角度看待这一事实,同时,还不由自主地站在了历史的高度俯视这一历史,一面是对金的掠而不治的严厉指责,一面是对遗民的体恤之情。诚如

---

① 〔宋〕范成大:《揽辔录》,朱易安、傅璇琮等主编:《全宋笔记》第 5 编第 7 册,郑州:大象出版社,2012 年,第 5—6 页。

② 〔宋〕范成大:《揽辔录》,朱易安、傅璇琮等主编:《全宋笔记》第 5 编第 7 册,郑州:大象出版社,2012 年,第 6 页。

③ 〔宋〕范成大:《揽辔录》,朱易安、傅璇琮等主编:《全宋笔记》第 5 编第 7 册,郑州:大象出版社,2012 年,第 9—10 页。

周汝昌在《范石湖集》的前言中所说："像'茹痛含辛说乱华'的老车夫,叹息'曾见太平'的种梨老人,天街上'年年等驾回'的父老,迎迓扶拜、争看'汉官'的白头翁媪,这些被宋高宗、秦桧等出卖、遗弃,甚至遗忘了的苦难忠贞的人们,却在诗人的作品里受到了真挚的同情和关切。"①个体化的叙述不可避免地带有社会文本的痕迹,集体记忆正是通过个体化的充满张力的叙事而展开其逻辑的,使金经历之于范成大地方书写的最大影响,或在于通过他行记中充满张力的叙事,展开集体记忆,使遗民的自我意义与群体意义得以生成,笔记中的诸多文字,寄寓了作者的政治态度和现实关怀,以及对历史兴衰变迁的感慨与反思。

　　范成大的地方书写行为,在使金期间出现了第一个高峰,然后在任职桂、蜀的五年中达到了第二个高峰,他的眼界更为开阔,心境中的异域为之发生变化,由之前中原的情感异域转变为西南地区文化上的异域,其地方书写的内容相应地由对地方历史文化的关注转变为对自然风光与乡民生活的关注。《吴船录》"于古迹形胜,言之最悉"②。陈宏绪评其记大峨八十四盘之奇是:"与银色世界兜罗锦云,摄身清光,现诸异幻,笔端雷轰电掣,如观战于昆阳,呼声动地,屋瓦振飞也。"对此他认为蜀地山川奇险,嵯峨相峙之景,是有幸遇到范成大:"蜀中名胜,不遇石湖,鬼斧神工,亦但施其技巧耳。岂徒石湖之缘,抑亦山水之遭逢焉。"③《骖鸾录》对郡衙周边的地貌环境也都有所描写,如其记桂林之色云:"甫入桂林界,平野豁开,两傍各数里,石峰森峭,罗列左右,如排衙引而南。同行皆动心骇目,相与指示夸叹,又谓来游之晚。夹道高枫古柳,道途大达,如安肃故疆及燕山外城,都会所有,自不凡也。"④李慈铭《越缦堂读书记》尝云:"阅范石湖《骖鸾录》及《桂海虞衡志》,殊神往荔浦桂岭间。"⑤

　　作者在写自然山水之余,对经行地的田园风光也多有留意。如六月己

---

① 〔宋〕范成大著,富寿荪标校:《范石湖集》,上海:上海古籍出版社,2006年,第3页。

② 〔清〕永瑢:《四库全书总目提要》,《万有文库》第12册,上海:商务印书馆,1931年,第107页。

③ 〔明〕陈宏绪:《吴船录》卷首,湛之编:《杨万里范成大资料汇编》,北京:中华书局,1985年,第173页。

④ 〔宋〕范成大:《骖鸾录》,朱易安、傅璇琮等主编:《全宋笔记》第5编第7册,郑州:大象出版社,2012年,第47页。

⑤ 〔清〕李慈铭著,由云龙辑,本社重编:《越缦堂读书记》,上海:上海书店出版社,2000年,第463页。

巳朔，作者西行秦岷山道中，见到的是一派生机勃勃的田园景象："流渠汤汤，声震四野，新秧勃然郁茂。前两旬大旱，种几不入土。临行，连日得雨，道见田翁，欣然曰：'今年又熟矣！'"[1]虽是连日得雨，作者却见其"新秧勃然郁茂"，字里行间流露出老农般的欣然之情。行至郫县时，"观者塞涂，皆严妆盛饰，帘幕相望"[2]。壬辰过嘉州符文镇时，所见为："符文出布，村妇聚观于道，皆行而绩麻，无索手者。民皆束艾蒿于门，燃之发烟，意者熏被秽气，以为候迎之礼。"[3]写出了乡民的勤劳与淳朴的民风。《骖鸾录》癸巳岁正月初三日记道："浮桥之禁甚严，歙浦杉排毕集桥下，要而重征之。商旅大困，有濡滞数月不得过者。余掾歙时，颇知其事。休宁山中宜杉，土人稀作田，多以种杉为业。杉又易生之物，故取之难穷。出山时价极贱，抵郡城已抽解不赀。比及严，则所征数百倍。严之官吏方曰：'吾州无利孔，微歙杉不为州矣。'观此言，则商旅之病何时而瘳！盖一木出山，或不直百钱，至浙江乃卖两千，皆重征与久客费使之。"[4]在这里作者不仅写了经行途中的商旅之病，更由此联想到家乡的商人被重税所累的情况。诸如此类对田园风光的描写，为单调的行程增添了生活气息，为以往笔记所无。

我们将范成大的地理书写放在"地方"的话语体系中，会发现，虽然南宋文人的地方书写已相当活跃，但都不及范成大这样有足够宽阔的地域空间。范成大后来经过中原、广西、四川的"四方"游历，结合自身的游历体验，将前代文人的地理书写观念，从"广域"之见闻转向"乡域"之见闻，而在同一区域的诸多见闻中，又主要着眼于"风""物"，并且其笔下的风物很少是通用的、一般的，而是富于一时一地的感觉特殊性，是用他的情怀和风格提升着外在的世相，并于事件、地点的记载，现象的描述中思考、推求其中蕴含的道理，因而其书写中对如此广域下的自然、田园风光的描写，便不再

---

① 〔宋〕范成大：《吴船录》，朱易安、傅璇琮等主编：《全宋笔记》第 5 编第 7 册，郑州：大象出版社，2012 年，第 53 页。

② 〔宋〕范成大：《吴船录》，朱易安、傅璇琮等主编：《全宋笔记》第 5 编第 7 册，郑州：大象出版社，2012 年，第 53 页。

③ 〔宋〕范成大：《吴船录》，朱易安、傅璇琮等主编：《全宋笔记》第 5 编第 7 册，郑州：大象出版社，2012 年，第 62 页。

④ 〔宋〕范成大：《骖鸾录》，朱易安、傅璇琮等主编：《全宋笔记》第 5 编第 7 册，郑州：大象出版社，2012 年，第 33—34 页。

仅仅是模式化的客观记录,而是有了更为细腻和深刻的观照。

　　"石湖纪行三录"的内容明显地表现出作者的历史意识、文学趣味与自身的偏爱,从其记载我们可以熟悉和了解一个宋代文人最基本的思想与感情。后世文人开始模仿其撰述方法,将一己之感受与千古之文物结合起来,努力阐发景物背后的人文内涵与自己的兴怀感慨。明岳和声万历三十九年(1611)出任广西庆远府(治所在宜山)知府,他仿范成大逐日记所见闻,归后编纂《后骖鸾录》,主要记录了自己自万历四十年夏历正月二十日从嘉兴出发,至三月二十日到达宜山的沿途见闻,再记其在府署视事所接触到的各种趣事,直至七月初十东归为止,共计二百余天的情况[1]。清张祥河仿石湖行记,撰《续骖鸾录》,记他道光二十四年(1844)自中州(此即开封)至粤西(此即桂林)之见闻。还有的作品命名上虽不曾明显效仿"石湖纪行三录",但其体例风格确是深受其影响。检索《四库全书总目提要》,提要里记录的许多书使用了这种文体。如提要评价明李日华《玺召录》"略仿《吴船录》、《入蜀记》之例";清朱濂《时令汇记》"多以古人行记如范成大《吴船录》之类所载每日至某处者,取为其日之故实,尤为假借也";王士祯《南来志》"是编乃康熙甲子士祯官少詹事时奉使祭告南海,记其驿程所经。全仿范成大《吴船录》体",从中可见出"石湖纪行三录"对后世的典型示范作用。

第四节　周密笔记中的生命体验与审美超越

　　周密在宋亡之后,隐而不仕,将自己的抱负与隐衷抒发于诗文,寄寓于著作,以遗民气节和笔记"巨擘"名垂于世[2]。一方面,他与所有宋季遗民一样,度过了国事蹙迫的晚宋时节,经历了兵祸相接的两世之交;另一方面,他又有别于其他遗民:有着五世积淀的官宦门庭、富赡广博的学识思想以及复杂独特的生活方式与体验,这使得他在遗民作家群体中卓然自立,独成一家。

---

① 〔清〕汪森编辑:《粤西丛载校注》第4卷,南宁:广西民族出版社,2007年,第131页。
② 夏承焘:《唐宋词人年谱》,北京:商务印书馆,2013年,第293页。

　　据清江昱《苹洲渔笛谱考证》《苹洲渔笛谱集外词》①、夏承焘《周草窗年谱》《草窗著述考》《乐府补题考》相关内容②，可得知，周密今存十三种著述，其中笔记九部，所记宋季遗事甚多，极具史料价值。事实上，作为一名书写者，周密在进行客观、理性的历史叙述时，同样叙写着自己深邃、致密的生命体验。美国当代著名历史哲学家海登·怀特（Hayden White）在《元史学：十九世纪欧洲的历史想象》中指出：历史编撰过程中，叙述风格会潜在地影响并决定意义的产生。人们用它表现世界，也用它赋予世界意义。而文艺学研究表明，风格的形成绝不是作者刻意为之的修辞方式，而是与作者的生命体验有着极为密切的内在关联③。鉴于此，笔者希冀通过对周密笔记文本中关于时间、离散、历史、耽物等议题的探析，更为深入、全面地理解与诠释文本中所蕴含的个体在动荡时局中所承受的苦难与惶迫的种种生命体验，以此揭示一个更为真切的周密及其笔记文本世界。

一、时光省思

　　对时光的感知是中国传统文化展现对生命意义探讨时的突出表现。面对时间的无尽流逝，自古文人多是一面切己地体认生命的有限性，而不免生发惶惑与惆怅之感，与此同时，又总是锲而不舍地追寻精神上的超越，

---

① 参见江昱：《苹洲渔笛谱考证》《苹洲渔笛谱集外词》，《续修四库全书》编委会编：《续修四库全书》第1723册，上海：上海古籍出版社，1996年，第157—161，190—202页。

② 周密所存著作与结集的年代情况如下：《草窗韵语》六卷，"此四十三岁以前诗集，结集于咸淳十年（1274）甲戌"；《苹洲渔笛谱》二卷，"无入元以后各词"；《草窗词》二卷，"阮氏《四库未收书目提要》一，疑其出后人掇拾。……其非草窗自定无疑"；《绝妙好词》七卷，自录二十二阕，"此书自选其送陈允平被召词及《乐府补题·白莲词》，结集必在宋亡之后"，"其入元以后所作，多国族之痛，遗黎之悲"；《武林旧事》十卷，"作于宋亡之后，成书则在《齐东野语》之前。……寓黍离之意"；《齐东野语》二十卷，成于至元二十八年（1291），"草窗著述以此书为最经意，记宋季遗事多足补史阙，其考正古义者，亦极典核"；《癸辛杂识前集》一卷、《后集》一卷、《续集》二卷、《别集》二卷，"继《野语》而作，亦网络宋元间遗事……全书四集，皆作于五十以后"；《浩然斋雅谈》三卷，"作于《野语》及《绝妙好词》之后。……以其考证经史评论文章者为上卷，诗话为中卷，词话为下卷"；《云烟过眼录》四卷，"此书鉴赏书画古器，略品甲乙……作于六十岁之后"；《志雅堂杂钞》一卷，"其文与《云烟过眼录》、《癸辛杂识》诸书相出入……始于至元廿六年（1289）己丑，终于元贞元年（1295）乙未"；《澄怀录》二卷，"录唐宋人所记登涉之胜与旷达之语……辑录年代未详"；《浩然斋意钞》《浩然斋视听钞》"皆止一卷……所记间有与《癸辛杂识》重复者"。参夏承焘：《草窗著述考》，夏承焘：《唐宋词人年谱》，北京：商务印书馆，2013年，第337—341页。

③ 〔美〕海登·怀特著，陈新译：《元史学：十九世纪欧洲的历史想象》，南京：译林出版社，2004年，第28页。

力求立言与传远。周密笔记中对时间的书写,亦诠释了对时间无尽流逝的叹惋以及在此基础上对人生有限性的认识,他由此在看似退让的归隐中,试图在岁月奄忽中营构内在的心理时间,竭力在"逝者如斯夫"的时间长流中,写尽世事变迁、人生无常,以此使介入的个体话语具有存在的价值,拷问生命的真谛。

(一)逝者已矣

周密笔记中的诸多书写,往往瞩目于静谧中归于虚无的意象,借由寓意虚无的物象作为情感的客观对应物,以此刻画心中的茫然,表达对往昔的痛悼与追怀。一则以往日的地点临安为意象,书写昔日的繁华盛景。《武林旧事》中,作者饱含深情地记下南宋临安市民的礼乐文化、节日风俗、诸色杂艺、美食、酒楼酒名等。一则借由岁月奄忽中已逝的故人,将心碾碎在无望的天涯:"翁往矣! 回思著唐衣,坐紫霞楼,调手制闲素琴,第制《琼林》《玉树》二曲,供客以玻璃瓶洛花,饮客以玉缸春酒,笑语竟夕不休,犹昨日事。而人琴俱亡,冢上之木已拱矣,悲哉!"[①]时光荏苒,只叫倾诉终难了,词语中传达着人天永隔、不胜今昔的伤感。"青灯永夜,时一展卷,恍然类昨日事。而一旦朋游沦落,如晨星霜叶,而余亦老矣。噫,盛衰无常,年运既往,后之览者,能不兴'忾我寤叹'之悲乎!"[②]无限低徊与感叹之意,衰飒与惆怅之情,尽在其中,含蓄地呈现了抒情主体对时间的深刻体认。

死,是世间最难忍情的,可又总是在无法预料之时,仿若势不可当般地攫走世人所珍视的一切,仅仅留下再也无力寻回的破碎世界。于是,作者在伤逝中,努力搜寻心灵的栖息之地,在属己的心灵家园中,追忆并再现从前的景况,惘然之中寻找安放心灵的归宿,期冀心灵与之重新交叠与会合,以此在死生流转中度越时间的剥蚀与痛苦的渊潭。他由此追怀东坡的禅意之境:"东坡诗云:'卧闻禅老入南山,净扫清风五百间。'其宏壮自昔已

---

① 〔宋〕周密:《齐东野语》,朱易安、傅璇琮等主编:《全宋笔记》第 7 编第 10 册,郑州:大象出版社,2016 年,第 309 页。
② 〔宋〕周密:《武林旧事》,朱易安、傅璇琮等主编:《全宋笔记》第 8 编第 2 册,郑州:大象出版社,2017 年,第 5 页。

然，今益侈大矣。"①其间可见作者对佛家"空观"的体认。从《齐东野语》
"形影身心诗"条之中，我们还可见出佛家中道思想对周密的影响，他借此
阐发陶渊明《形影神》诗中泰然委顺的思想，其坦然超脱的心迹可见一斑：
"'纵浪大化中，不喜亦不惧。应尽便须尽，无事勿多虑。'此乃不以死生祸
福动其心，泰然委顺，乃得神之自然，释氏所谓断常见者也……盖言影因形
而有无，是生灭相。故佛云：'一切有为法，如梦幻泡影。'正言其非实有也，
何谓不灭？此则又堕虚无之论矣。"②在他迟暮的哀愁里，我们可以体认到
其深受佛家思想的浸染，只是，禅的至境是不争人生，否定执滞，通过忘己
的方式来达到无情无心而至无物，而周密却在洞彻自身有限性与世事无常
的永恒悲剧和痛苦之后，仍然以坚毅的精神，执着于对生命本身的探求。
于是，在死的阴影下，在多忧而寡欢的艰难生活中，他通过对往昔的追忆与
感怀，在物象与意象的转换中，试图镕铸内在的属己的心灵时间，抗拒沧桑
洗礼，在光阴的河流里执念于对意义的追寻。

（二）文化乡愁

世变之后，天地不复存在，人何以存乎？这成了作者反复叩问自己的
命题。《癸辛杂识》中，他通过引用陈过的言论，对此阐发道："夫徒以其统
之幸得而遂界以正，则自今以往气数运会之参差，凡天下之暴者、巧者、侥
幸者，皆可以窃取而安受之，而枭獍、蛇豕、豺狼，且将接迹于后世。为人类
者，亦皆俛首稽首厥角以为事理之当然，而人道或几乎灭矣，天地将何赖以
为天地乎？"③面对残酷的浩劫，他以书写抗拒遗忘，以俟"后之览者"借此
重回往昔、重温旧梦，于是竭力在岁月的废墟中找寻昔日的残片，"嘉与好
事者共之，庶亦可想象承平文物之盛焉"④。周密极力书写前朝文化昌明
昌盛之物，以引起来者对故国的思念。

---

① 〔宋〕周密：《武林旧事》，朱易安、傅璇琮等主编《全宋笔记》第 8 编第 2 册，郑州：大象出版社，
　　2017 年，第 64 页。
② 〔宋〕周密：《齐东野语》，朱易安、傅璇琮等主编《全宋笔记》第 7 编第 10 册，郑州：大象出版社，
　　2016 年，第 144—145 页。
③ 〔宋〕周密：《癸辛杂识》，朱易安、傅璇琮等主编《全宋笔记》第 8 编第 2 册，郑州：大象出版社，
　　2017 年，第 235 页。
④ 〔宋〕周密：《齐东野语》，朱易安、傅璇琮等主编《全宋笔记》第 7 编第 10 册，郑州：大象出版社，
　　2016 年，第 92 页。

处在王朝更迭、地域失序之际,作者的生存际遇更为艰难,其不以形迹累心,更为注重自我心灵体验的心境凸显,冲破为尊者讳的藩篱,对把持朝政、祸国殃民的权臣进行了无情的揭露与批判。他指出:"凡自三月二十日至七月度宗升遐,贾相持丧、起复、辞免,虚文汩汩,殆无虚日。如此三阅月,内外不安,而国事边事皆置不问。"①其"著《癸辛杂识》诸书,每述宋亡之由,多追咎韩、贾,有《黍离》诗人'彼何人哉'之感"②。他进而将国运衰竭不振与士大夫不顾廉耻、君臣之义薄弱并举,《齐东野语》中他就对诸多士人的品行不正、腐败无能、挥霍无度等进行了着力书写,充溢着对时局的反省与责难。盛杲在《齐东野语》后序中所感叹的可谓一语中的,道出了个中缘由:"大抵宋季士大夫议论多而成效少,小有得失,彼此相轧若聚讼然。是知国势之不竞,不当专责之秦、史、贾、韩辈也。"③

可以说,在审美视域中,周密看到的更多是历史的美学而非历史的全体。追忆中,尽管有着省思与反讽,却并不足以抵消作者对往昔的眷念与惜逝,他瞩目于往昔雅致的生活,如《武林旧事》卷十"张约斋赏心乐事"条详尽描述了张约斋与文人之间的雅事,《齐东野语》卷二十"张功甫豪侈"条中,极尽书写之能事,如此叙述了其豪奢的生活:"园池声妓服玩之丽甲天下";"酒竟,歌者、乐者,无虑数百十人,列行送客。烛光香雾,歌吹杂作,客皆恍然如仙游也。"④张约斋雅致的生活、精致的品味令置身于陌生的历史、文化时空中的周密神驰意往。于是,在这不无梦幻色彩的追忆书写中,书写者(周密)借助美好的幻象,在追寻中,重温那些已逝的过往。追忆因此使作者在无法逃脱时间的维度中,获得了心灵的、情感的维度,追忆的书写被更替为对内心需求的情感化表达,不无理想化的往昔遂成为抵御历史洪流的心灵家园,开启对存在的思索,安顿了他的文化乡愁。

---

① 〔宋〕周密:《癸辛杂识》,朱易安、傅璇琮等主编:《全宋笔记》第 8 编第 2 册,郑州:大象出版社,2017 年,第 194 页。
② 〔清〕永瑢等:《四库全书总目提要》,《万有文库》第 31 册,上海:商务印书馆,1931 年,第 102 页。
③ 〔宋〕周密:《齐东野语》,朱易安、傅璇琮等主编:《全宋笔记》第 7 编第 10 册,郑州:大象出版社,2016 年,第 348 页
④ 〔宋〕周密:《齐东野语》,朱易安、傅璇琮等主编:《全宋笔记》第 7 编第 10 册,郑州:大象出版社,2016 年,第 338 页。

(三)敢期他年扬子云

宋元之际,周密政治理念中体现着强烈的行道理想,他在《齐东野语》卷十六"贾岛佛"条中,对士人如何保持内在逍遥的精神境界,又同时兼顾个人的社会责任,找到了一个平衡范式:"盖酸咸之嗜,固有异世而同者,长江簿何以得此于人哉? 凡人著书立言,正不必求合于一时,后世有扬子云将自知之。"①他坚信,书写能够跨越岁月铸就的隔阂,立言传远,不必求合于一时。正因为有着这样的信念,周密于文字推求备至,一方面,总是表露出"务求事之实,不计言之野"的撰述追求②;另一方面,又极力追求语词的"近雅"风格③。这种语词风尚的推崇在他对理学家崇尚性理、卑视艺文的指责中可得到印证:"宋之文治虽盛,然诸老率崇性理、卑艺文,朱氏主程而抑苏,吕氏《文鉴》去取多朱意,故文字多遗落者,极可惜。水心叶氏云:'洛学兴而文字坏。'至哉言乎。"④士人汲汲于功力,皆以斯文为己任,文的意蕴内涵受到剥蚀,周密对此深表痛心:

> 南渡以来,太学文体之变。乾、淳之文,师淳厚,时人谓"乾淳体",人才淳古,亦如其文。至端平,江万里习《易》,自成一家,文体几于中复。淳祐甲辰,徐霖以书学魁南省,全尚性理,时竞趋之,即可以钓致科第功名。自此非《四书》、《东西铭》、《太极图》、《通书》、《语录》不复道矣。至咸淳之末,江东李谨思、熊瑞诸人倡为变体,奇诡浮艳,精神焕发,多用庄、列之语,时人谓之"换字文章",对策中有"光景不露"、"大雅不浇"等语,以至于亡,可谓妖矣。⑤

---

① 〔宋〕周密:《齐东野语》,朱易安、傅璇琮等主编:《全宋笔记》第 7 编第 10 册,郑州:大象出版社,2016 年,第 268—269 页。

② 〔宋〕周密:《齐东野语》,朱易安、傅璇琮等主编:《全宋笔记》第 7 编第 10 册,郑州:大象出版社,2016 年,第 13 页。

③ 〔宋〕周密:《武林旧事》,朱易安、傅璇琮等主编:《全宋笔记》第 8 编第 2 册,郑州:大象出版社,2017 年,第 5 页。

④ 〔宋〕周密:《浩然斋雅谈》,朱易安、傅璇琮等主编:《全宋笔记》第 8 编第 1 册,郑州:大象出版社,2017 年,第 146 页。

⑤ 〔宋〕周密:《癸辛杂识》,朱易安、傅璇琮等主编:《全宋笔记》第 8 编第 2 册,郑州:大象出版社,2017 年,第 206 页。

就字面文字而言,周密应是在梳理宋室南渡之后太学文体的流变情形,那些不复道的文章除求科第官禄于时以外,终将是蓦然回首,时移事往,为世人所遗忘。似乎是那么的漫不经心,然而什么能够不被遗忘? 又怎样方能传远? 这恐怕是作者始终隐含于其中的终归目的。外在的事功已无可为,唯有将心中对理想生活世界的思考与憧憬,公诸同好、留予后世,方能突破一己的时空而进入宇宙周流的大化之中。于是,借书写的强力介入,回返心灵的家园,对时间的超越,由此成为可能;对不朽的冀望,由此得以实现。

二、离散书写

宁知无望,周密依然渴望回到原乡,其家乡吴兴先祖墓侧的冢室,他即命名为"复庵",还曾如此与袁桷谈及此庵的命意:"复,反也,反诸其本也。圣人作《易》之义,深矣! 余取斯名也,厥有旨。昔太公表东诸侯归葬于营丘礼,以谓不忘其本。余家故齐人,虽南徙吴兴,而其遗礼,三世犹守之。自余失仕,居钱塘,非有醽醁之乐而忘其归,不幸而不得归者,势也。今老矣! 苟终无所归,则与复之道奚取? 抑尝推死生昼夜之理,其变无穷。反身而观,虚一而明者,物莫能御。则兹丘之乐,殆与造物者去来,而莫穷其所止也。"①文字中充溢着强烈的离散情结,实是作者极为矛盾复杂与困惑的内心世界的告白,在时光与地域的交错中,痛苦与彷徨的撕裂中,浸透的是期冀与现实的裂变、原乡与家乡的纠葛。他当如何纾解寻根的焦虑,如何在离散情结的撕扯中重构自我认同?

(一)"齐":想象的乡愁,身份的建构

"齐"频频出现在周密的笔记文本中,引起了众多学者的关注。学者萧鹏、张薰、刘静等认为,周密文本中的"齐"为一种静态的存在,指向中州正统的齐鲁文化;韩国学者安芮璿则根据"齐"往往被目为"俳谐""怪异"的代名词,认为其对周密滑稽、简易混俗的性格特点有深远影响②。这里,研究者均从静止的视角对"齐"进行了各自的解析,这种解析视角未免有将其文化属性固化、简单化的嫌疑。其实,物之文化属性又并非只有其固化的一

---

① 〔元〕袁桷:《复庵铭》,李修生主编:《全元文》第 23 册,南京:江苏古籍出版社,2001 年,第486 页。

② 〔韩〕安芮璿:《宋人笔记研究——以随笔杂记为中心》,复旦大学 2005 年博士学位论文。

面，对此，社会学研究就曾指出，它"绝非永远固着于某些本质化的过去，而是受制于历史、文化与权力的不断运作或操纵"，因此还以弱势族群的视角，对其进行了更为细致的说明："建构历史的第一步就是取得发言位置，取得历史诠释权"，这里，"过去不仅是发言的位置，也是赖以发言的不可或缺的凭借"①。这就指出了文化属性不仅是存在的，也是生成的。有鉴于此，笔者认为，周密于文本中流连低回的"齐"，既非仅仅指空间内实存之齐地，同时，也不完全仅仅指向齐所代表的历史文化传统，他对原乡反复言说的用心，是在"取得发言位置，取得历史诠释权"。

易代之际，周密旨在借由对原乡的认同，并于此认同中达致自我认同，他在《齐东野语》序中即言："异时展余卷者，噱曰：'野哉言乎，子真齐人也。'余对曰：'客知言哉！余故齐，欲不齐不可。虽然，余何言哉？何言，亦言也，无所言也，无所不言，乌乎言'。"②以此取得以野自处、自我放逐于主流之外的发言位置。并且，周密的笔记文本中，"齐"意蕴丰富，富有多层象征性，它不仅联通着国族的播迁、家族的离散，还有个体信奉的价值的支离破碎、面临的虚无和失根的焦虑，以及记忆迷茫无际的恐惧。诸如："余世为齐人，居历山下，或居华不注之阳"③，"弁阳老人周密，字公谨父，其先齐人"④，"我家中丞公，实自齐迁吴，及今四世，于吴为家。先君尝言：'我虽居吴，心未尝一饭不在齐也。岂其子孙而遂忘齐哉'"⑤。透过作者在此对"齐"所作的这些无穷的思索与追问，我们可以看到，作为话语或言说的"齐"，是一种关于权力话语的言说，它体现着多重文本的属性，周密于此，一方面书写自己的人生历程、无法释怀的乡愁，另一方面，则试图以野人畸士的立场，不囿于传统的载道言说，"放言善谑、醉谈笑语"，挑战甚或是抗拒立足于胜利者立场书写的正史。其对原乡、对"齐"的关注，事实上是对"失去"的一种执迷，一种眷恋，潜流着周密历经世变，彷徨于吴地的困惑与焦虑，以及在这样的动

---

① Stuart Hall, "Cultural Identity and Cinematic Representation", *Framework* 36, 1989, p. 70.

② 〔宋〕周密：《齐东野语》，朱易安、傅璇琮等主编：《全宋笔记》第 7 编第 10 册，郑州：大象出版社，2016 年，第 13—14 页。

③ 〔宋〕周密：《齐东野语》，朱易安、傅璇琮等主编：《全宋笔记》第 7 编第 10 册，郑州：大象出版社，2016 年，第 13 页。

④ 〔明〕朱存理：《珊瑚木难》，〔清〕纪昀、永瑢等：《景印文渊阁四库全书》第 815 册，台北：台湾商务印书馆，1986 年，第 142 页。

⑤ 〔宋〕周密：《齐东野语》，朱易安、傅璇琮等主编：《全宋笔记》第 7 编第 10 册，郑州：大象出版社，2016 年，第 11 页。

荡中对重构自我认同的渴求。

(二)耽美于物

历史已成惘然,何不回归自我的空间,著述立言,寄托对逝去时空的记惦,以此完成生命的蜕变? 诚然,立言传远的理想甚为宏大,生命似乎又必须借由某种媒介,方能有所附托,以垂之不朽,于是,作者耽美于物,每于书籍、法帖、鼎彝间,寄予无限的深情,探寻生命的意义。作者常常详细地描绘其赏玩之物的圣洁精美、动人之处,在"水落石出笔格"条中,就灵璧石小峰,作者作了如此情文并茂的描绘:"长仅六寸,高半之,玲珑秀润,卧沙水道、裙摺胡桃文皆具。于山峰之顶有白石正圆,莹如玉。徽宗御题八小字于石背曰:'山高月小,水落石出。'略无雕琢之迹,真奇物也。"[①]峰之灵秀与清幽无不令人神往。在"向氏书画"条中,就其雪白灵璧石,又别有情致地称谓为:"高数尺,卧沙水道悉具,而声尤清越,希世之宝也。"[②]灿若珍宝的碧石总是令作者无限眷恋。在"华夷图石"条中,他甚是夸赞奇石为异物:"汴京天津桥上有奇石大片,有自然'华夷图',山青水绿,河黄路白,灿然如画,真异物也。"[③]往昔熟悉地点中的大片奇石也成为作者神驰意念之物。

诚然,耽物中隐含着作者对人生悲欢的叹惋与哀伤。《癸辛杂识》"白玉笙箫"条中写道:"理宗朝,张循王府有献白玉箫管长二尺者,中空而莹薄,奇宝也,内府所无。即时有旨补官。未几,韩蕲王府有献白玉笙一攒,其薄如鹅管,其声清越,真希世之珍也。此二物,皆在军中日得之北方,即宣和故物也。"[④]"画本草三辅黄图"条中亦载:"先子向寓杭,收拾奇书。大庙前尹氏书肆中有彩画《三辅黄图》一部,每一宫殿绘画成图,极精妙可喜。酬价不登,竟为衢人柴望号秋堂者得之。至元斥卖内府故书于广济库,有

---

① 〔宋〕周密:《癸辛杂识》,朱易安、傅璇琮等主编:《全宋笔记》第8编第2册,郑州:大象出版社,2017年,第288页。

② 〔宋〕周密:《癸辛杂识》,朱易安、傅璇琮等主编:《全宋笔记》第8编第2册,郑州:大象出版社,2017年,第218页。

③ 〔宋〕周密:《癸辛杂识》,朱易安、傅璇琮等主编:《全宋笔记》第8编第2册,郑州:大象出版社,2017年,第248页。

④ 〔宋〕周密:《癸辛杂识》,朱易安、傅璇琮等主编:《全宋笔记》第8编第2册,郑州:大象出版社,2017年,第287页。

出相彩画《本草》一部，极奇，不知归之何人。此皆书中之奇品也。"①昔日皇宫中的白玉箫管、白玉笙竟同样也未逃劫运，不翼而飞，"皆在军中日得之北方"。还有宋朝内府笔墨酣畅、精妙绝伦的书画，也在"至元间被斥卖于广济库"。话语中浸透着作者因往日精美饰物失去的痛惜之情，蕴藏着作者对人生的留恋和对存在的思索，对心灵家园的执着追寻，对华夏正声的依归。故国、故园、故旧，固然都已只是意念之中的记忆了，离开物质碎片的符码，感知甚难，作者借此以局部、片段来关涉所有的逝去，其用心在于为后人提供一份可供追忆的情景，不致随着故国的覆灭而烟消云散。由此，我们可以更深入地理解周密耽溺唯美的内在动因，是特定之"物"与他个人情感与记忆的内在关联。面对世变的纷乱，作者试图通过特定之物找回自己的影子，在并不完美的生活中捕捉、创造美，以此在赏玩过程中产生亲切感，重温过往，诠释美好，感悟人生，以凛然的浩气叩响灵魂的正声。

三、写在历史的罅隙与劫灰中

历史的时间序列中，记载着一系列人类活动进程的历史事件，正史撰者着眼于历史的兴亡贤愚，这种追溯是单向的，只是简单地向读者陈述历史事实。书写历史的真正用意在于通过追索往事来"镜"、"鉴"当下。周密对这种儒家史书的书写理论有着深刻的认识，其笔记既将原本隐匿的生命痕迹和历史真相从历史尘烟中发掘出来，同时，亦以其抒情、怪诞、悖谬的独特方式，寓悲于喜，外谐内庄，书写身世零落之感、失家亡国之痛，讲述今生恍若隔世的故事，以期透过对历史人物和历史物象的细腻书写，折射出历史的年轮与时代的面影。

（一）道学反思，解构神话

笔记中，周密以世变以来的历史作为参照系，就道学与晚宋政事的关联作了深刻的现实评判。《癸辛杂识》"道学"条斥责道学之士是："惯惯冬烘，弊衣菲食，高巾破履，人望之知为道学君子也。"其反求诸己，内向闭塞的滑稽现象由此可见，整日清谈不休，以不论国事为冲淡、为高士、为旷达

---

① 〔宋〕周密：《癸辛杂识》，朱易安、傅璇琮等主编：《全宋笔记》第 8 编第 2 册，郑州：大象出版社，2017 年，第 287 页。

悠远,"以致万事不理,丧身亡国"①。他还以正史不载的逸闻闲话,在谐谑说笑中慨叹以至斥责伪道学种种以"雅流自居"的怪异、迂腐、自大的一面。如饶双峰"番阳人,自诡为黄勉斋门人,于晦庵为嫡孙行"②;罗椅"平生素诡诈,久而不迁",是"为巨富家子"而"青鞋破褐、蓬头垢面,俨然一贫儒"③;方回"其处乡专以骗胁为事,乡曲无不被其害者,怨之切齿。……老而益贪淫,凡遇妓则跪之,略无羞耻之心"④。在貌似诙谐的背后蕴含着他对当代士风士行的深刻反省。

(二)关注边缘者,打破权力的独白

周密强烈质疑着当时的主流思想文化,拷问着时局政治的缺失,揭露着丑恶的宫闱秘闻⑤;同时,他也对边缘者有深切关注,诸如市井卖艺算命者、盗贼、仆役,以及被边缘化的女性等都被记录在案。如对风趣而有义理的王小官人,周密赞许其是"盗亦有道,其是之谓乎"⑥。还如对知恩图报的张约斋的佣工,尚义介靖、不忘旧主的张防御、沈垚,不以文天祥题诗换钱的烧饼主人等有仁有识的市井小人物,周密叹其"斯人朴直可敬如此,所谓公论在野人也"⑦。即使是关于士人的记载,周密亦是侧重于关注那些国史中隐没不闻的中下层士人,常为其"志亦可哀","国史乃失其本传焉"而哀叹⑧。周密深深感叹在这些或卑微或边缘的人身上所闪耀的人性光

---

① 〔宋〕周密:《癸辛杂识》,朱易安、傅璇琮等主编:《全宋笔记》第 8 编第 2 册,郑州:大象出版社,2017 年,第 290 页。

② 〔宋〕周密:《癸辛杂识》,朱易安、傅璇琮等主编:《全宋笔记》第 8 编第 2 册,郑州:大象出版社,2017 年,第 246 页。

③ 〔宋〕周密:《癸辛杂识》,朱易安、傅璇琮等主编:《全宋笔记》第 8 编第 2 册,郑州:大象出版社,2017 年,第 245 页。

④ 〔宋〕周密:《癸辛杂识》,朱易安、傅璇琮等主编:《全宋笔记》第 8 编第 2 册,郑州:大象出版社,2017 年,第 359 页。

⑤ 参《齐东野语》卷十一"慈懿李后"条,朱易安、傅璇琮等主编:《全宋笔记》第 7 编第 10 册,郑州:大象出版社,2016 年,第 188 页;《癸辛杂识》续集下"宁宗不慧"条,朱易安、傅璇琮等主编:《全宋笔记》第 8 编第 2 册,郑州:大象出版社,2017 年,第 308 页。

⑥ 〔宋〕周密:《癸辛杂识》,朱易安、傅璇琮等主编:《全宋笔记》第 8 编第 2 册,郑州:大象出版社,2017 年,第 174 页。

⑦ 〔宋〕周密:《癸辛杂识》,朱易安、傅璇琮等主编:《全宋笔记》第 8 编第 2 册,郑州:大象出版社,2017 年,第 305 页。

⑧ 〔宋〕周密:《齐东野语》,朱易安、傅璇琮等主编:《全宋笔记》第 7 编第 10 册,郑州:大象出版社,2016 年,第 181 页。

辉,试图在他们身上找寻社会精英阶层业已失去的豪侠、节义与风华,写下自己严峻犀利的评断,示其本相。

(三)写在历史边上,拷问复杂人性

在探辨历史真相的过程中,周密不惮于拷问、书写人性的复杂。如对享誉后世的道学家朱熹,作者也不惮刻写他人性中的弱点。《齐东野语》卷十七"朱唐交奏本末"条,记录唐仲友自恃才华轻视朱熹,在陈同父挑唆下,两人难再相处,结下恩怨,由此,朱、唐两人极力搜集对方的罪证,一度还上奏皇帝,直至皇帝依据王淮"此秀才争闲气耳"的解释①,方平息朱、唐二人的恩怨。这些士人在国运蹇促之际,不思为国效力,却是逞一时之气而相互攻讦,让正史中单质化的朱熹由此变得立体、多元。再如《齐东野语》卷三"诛韩本末"条中,记载韩侂胄因得罪皇后与其兄杨次山,招致飞来横祸,中史弥远等人之计而被诛杀,从中可见南宋朝廷血迹斑斑的内部政治斗争。作者不惮通过这些复杂的斗争,不寓回护之意,写下人性的残暴。

周密在历史书写中,融入学者特有的深邃历史知识与敏感的审美判断,不但关注大历史叙述,同时还试图填补历史边缘的缝隙,让沉默的历史与历史中"沉默的大多数"发声。这种对于历史的微观片段的叙述,在不断填补历史缝隙的同时,客观上也起到了对历史宏大叙事的解构作用。这种悲悯的人文情怀和对普通民众的关注,催生了作者自觉反思的沉痛与愤懑,他以僭越正史自成一格的勇毅,开始了对群体命运的探辨、反思,以此示范了历史传统官方形态的另类书写模式。

四、笔记生命体验中的审美超越

置身易代文化冲突的生存困境中,周密在对社会人生、历史往昔深情追寻的过程中,表现出来的不仅是情感上的体认与把握,更多的是对人生意义所进行的彻底的思考与追寻,他着眼于心灵的自我完善,透过书写倾听且回应历史,在文本与记忆的召唤中获得心灵的净化、情感的升华,展现了由依靠外在因素的消解到主体内心境界的提升的转变。

①　〔宋〕周密:《齐东野语》,朱易安、傅璇琮等主编:《全宋笔记》第7编第10册,郑州:大象出版社,2016年,第295页。

（一）自我书写与自我涤荡的美学典范

在生命的迟暮时分，周密似乎愈发避隐、退居于与人无竞、与世相忘的自我时空中，进而在笔记中，以易代之际的独特视角感事抒怀，这似乎有些落寞，有些悲凉，但面对厄运，他始终葆有一份率真放达、自娱调侃的尊严与优雅，往往于文本中展现、描摹种种无可诉说的悲苦、惆怅、忆念。按著名文学理论家与批评家爱德华·沃第尔·萨义德的观点，离散赋予离散者双重的对位的视域，于是，一些看似悖立的、矛盾的思想情感会奇妙地汇流在他们身上。周密亦然。如，坚毅刚正的节行与宽和豁达的胸襟，闲适淡泊与耽美于物，对道统的重视与对个体独立自主意识的关注。正是这种悖立与整合，使周密虽一生历经诸多坎坷、挫败，却始终执着于自己的理念，执着于对理想抱负的追求，即使是在亡国后的归隐闲居之中，亦不忘追忆故国、省思历史；即使是在玩乐戏游之中，亦自觉地思索人生、壮心明志，始终存有对永恒事物的思辨。

事实上，身为南渡士人，年迈之时又置身于王朝鼎革、地域失序、蒙元新政、思想价值观念多元共存的时局中，周密的生命体验中始终伴有一种边缘性，似乎陷入一种不知所措、孤立无援的境地。但他似乎又总是以老者遍阅风雨、洞观世事的悲哀与超脱，以智者的明智豁达与独立卓见，借由智性的微笑与谐趣的方式表达对苦难的体悟与包容，坚持以自娱娱人的方式在不完美的生命中淡忘逝去、追求美好。他由此打破文本的封闭与自足，跳出历史的传统官方形态的书写模式，以自身独特的视角书写人情世故、世事沧桑。由此，文本中的大量史学记载便不再仅仅只是一种事实的记录，而是传达了作者在历史更替、文化转型时期紧迫煎熬的内心世界，是一种着眼于自我心灵发展的人格境界的重构，诠释了作者对生命体验和现实关怀的全新阐释与融合。通过这种自我书写，作者不仅达到了自我的净涤，还不间断地引导我们回归到审美活动中个性化、多样化的感性生命形式本身，唤醒我们内心中的生命意识，由此让我们体味历史、享有世界，进而深入探索其内在的深层精神本质与情感本体。

（二）审美与抒情观照的生命范式

在宋元鼎革之际，面对病痛、死亡、乱离，周密在离散中深悟生命之真谛，挥却羁绊，回向自我，返璞归真，坚持以独立批判的精神识见与道德勇气，记述历史、品评人世；以优雅的品味、深厚的涵养、豁达的胸襟，在国破家亡的灰烬中，还之以学术的开创、审美的超越、人格的升华；在至为艰难的境遇中闭门著述、努力不懈，顽强地记录晚宋繁盛的历史文化、辉煌的文学艺术。

据此，我们正可理解晚宋在文化上达到的新高度，乃是基于大量类似周密这样的士大夫群体的优雅情怀与潜心著述，在文学作品中自由而全面地反映自我的内心世界与情感，将笔端指向心灵与个人自由的人性抒发，以追求学术、文学的全面发展为理想。他们是晚宋社会的中坚力量、精英阶层，以其真实丰富的生命体验记录了时代的优雅闲适的日常生活，展示了时代典雅精致的文化精神。从这个意义上而言，作为易代之际的一种人格范式，周密给后来者开启了一个新的窗口。他不仅以浩瀚的著述突破了人的生存困境，更以丰富、深邃的内在生命体验，彻底追问与思考人生的价值和意义，折射出作者在易代之际直面地域失序、思想价值观念多元共存时的理性自觉，以及立功不成、反诸立言以超越现实困境的主体意志。

王朝鼎革之际，面对地域失序、思想价值观念多元共存，周密不以形迹累心，寓隐于物，注重自我心灵体验与感受，在提升自我人格境界的过程中，以自身痛彻的生命体验展现了最为普遍、最为深刻的人生哲理意蕴，于著述中臻至不忧得失兴废，不念沉浮毁誉，泰然处之，耽美于物，实现了于喧嚣嘈杂的世俗社会中人格的独立与心灵的超越，这种圆融冲和、随性自适的审美人格境界，是对长久以来学而优则仕的人格的消解，是士人主体意识觉醒与重建理想人格的一次努力。他不再如以往的遗民一般颓废自怜、披发入山野，也不是如同时代诸多士人所表现出的闭门遁迹、独立岁寒之操，周密于现实困境中将人生导向审美化，构建孔颜新境，其表现无疑是更具主动性与自我个性。中国文化中的遗民心境，于周密这里发展到一个新的高度。

欧洲文艺复兴时期的法国著名人文主义思想家蒙田（Montaigne，1533—1592）曾说过："世界上最重要的事情就是认识自我。"可以说，人类思想史上，一切对于外部世界的实在的考察或缥缈的幻想，其最终归宿都是人自身。人总是在不断地探究他自身的存在，反复探询拷问他自身的生存状况，时刻关注和审视他周边的生存境遇。而其中对往日的留恋，对人的梦想和人的现实处境的关心，以及对个体、宇宙的注视，往往带来的是不可排解的忧伤，这在动乱的社会表现得尤为明显。我们从宋代笔记所展现的多维心灵世界中便可看到，即使笔记作者回归了自然的宁静生活，但心中那份痛楚与执着却永远也挥之不去。这些心灵之作，集中书写与回忆了宋代这个优雅而伤痛的王朝，情感深婉，文笔优美，呈现出澄净、空幻、感伤的朦胧迷离之美。

第七章　宋代笔记的影响与地位

宋代笔记是笔记体制演变史上的一个关键转折点,较之以往,笔记独立的文学品性更为明显,文体自觉得到增强,规范着后世笔记作品创作的范式,塑造了后人对此体的基本认知。本章首先从宋代笔记的命名方式,宋代传记、别集著录笔记的情况,目录书归类变化,笔记的文体形式等方面分析宋代笔记创作理论的发展,以及较为系统的笔记观念雏形的形成,从而揭示宋代笔记是对六朝虚妄志怪笔记的一种反拨,是在追摹唐人史味笔记基础上完成的一次笔记体新变。其次,考察宋代笔记对明清小品文创作观念、书写性灵、创作风格等方面的影响,揭橥宋代笔记在笔记史上的独特影响与意义。

第一节　宋代笔记的文体自觉与定型

笔记虽在宋代之前即已有与其类似的形式,然在宋代才成为一种引人注目的文学现象,故嘉庆元年(1796)钱大昕《娱亲雅言序》云:“唐以前说部,或托齐谐、诸皋之妄语,或扇高唐、洛浦之颓波,名目猥多,大方所不屑道。自宋沈存中、吴虎臣、洪景庐、程泰之、孙季昭、王伯厚诸公,穿穴经史,实事求是,虽议论不必尽同,要皆从读书中出,异于游谈无根之士,故能卓然成一家言,而不得以稗官小说目之也。”①张遂辰亦以为宋元说部“淹通古隽”,其《因树屋书影跋》云:“夫考古证今,莫如说部,然稗官家不可胜举,往往野语琐录,谬舛尤甚。至流滥于《齐谐》《虞初》《搜神》《志怪》,君子不由也。王仲任有言:造论著说,发胸中之思,剖世俗之事,斯为善耳。所撰《论衡》,识者且鄙劣之。追宋元来,淹通古隽,唯《容斋随笔》、《梦溪笔谈》、《研北杂志》数书称焉。”在笔记体制演变史上,两宋实是其丕变的一个关键转折点,笔记创作出现了空前繁盛的局面,文体体制与观念也随之产生若

---

① 〔清〕钱大昕:《潜研堂集·文集》卷二十五,清嘉庆十一年刻本。

干新变,对后世影响极深。

一、文体自觉与琐杂特征

笔记发展至宋代,文体自觉较之前代大为增强。这主要体现在以下四个方面:

其一,命名方式的个人化。从命名来看,宋代笔记已经逐渐脱离魏晋隋唐时的习气,如"博物志""古今注""世说新语"这样廓落而泛泛的命名,在宋代笔记中已经不占主流了。宋代笔记的命名方式已然非常接近个人诗文集的命名方式,如:《涑水记闻》《燕魏杂记》《仇池笔记》《梦溪笔谈》等,以"地名+谈/记"命名;《吕氏杂记》《杨公笔录》《晁氏客语》《曾公遗录》《后山谈丛》《石林燕语》《王文正公笔录》等,以姓氏、名号甚至谥号来命名。不管是地名还是姓氏名号,都是作者最具个人化的标志。笔记至宋,数量大增,这一方面意味着笔记写作已经成为一种潮流,一种被普遍接受的日常行为;另一方面,也体现出笔记写作的需求性增强,它与作者关系之密切,远超之前的任何朝代。

其二,传记著录传主著作时,普遍语及笔记。如范镇撰宋敏求(1019—1079)墓志时,称传主著有《春明退朝录》二卷①;韩维撰范镇(1007—1088)神道碑时,称传主有《东斋记事》十卷②;朱熹撰朱弁(1085—1144)行状时,列举《曲洧旧闻》三卷③;周必大撰范成大(1126—1193)神道碑时,称传主"使北有《揽辔录》,入粤有《骖鸾录》、《桂海虞衡志》,出蜀有《吴船录》,各一卷"④;李壁撰周必大(1126—1204)行状时,也详载《庚寅奏事录》一卷、《玉堂杂记》三卷、《二老堂杂志》五卷⑤。宋代传记普遍列举传主的笔记作品,显示出笔记文体地位的固定化,说明其时笔记的文体身份已牢固树立

① 〔宋〕范镇:《宋谏议敏求墓志铭》,曾枣庄、刘琳主编:《全宋文》第 40 册,上海、合肥:上海辞书出版社、安徽教育出版社,2006 年,第 313 页。

② 〔宋〕韩维:《禄大夫谥忠文范公神道碑》,曾枣庄、刘琳主编:《全宋文》第 49 册,上海、合肥:上海辞书出版社、安徽教育出版社,2006 年,第 253 页。

③ 〔宋〕朱熹:《晦庵先生朱文公文集》,〔宋〕朱熹撰,朱杰人等主编:《朱子全书》第 25 册,上海、合肥:上海古籍出版社、安徽教育出版社,2002 年,第 4556 页。

④ 〔宋〕周必大:《范公成大神道碑》,曾枣庄、刘琳主编:《全宋文》第 232 册,上海、合肥:上海辞书出版社、安徽教育出版社,2006 年,第 240 页。

⑤ 〔宋〕李壁:《周文忠公行状》,曾枣庄、刘琳主编:《全宋文》第 293 册,上海、合肥:上海辞书出版社、安徽教育出版社,2006 年,第 410 页。

起来。

其三,笔记开始编入别集。如赵鼎《忠正德文集》,收有笔记《建炎笔录》(卷七)、《辩诬笔录》(卷九)、《家训笔录》(卷十)①;李纲《梁溪先生文集》收有《靖康传信录》(卷一百七十一至一百七十三)、《建炎进退志》(卷一百七十四至一百七十七)、《建炎时政记》(卷一百七十八至一百八十)②。这些别集,都由家人门生编刻,颇可代表当时风气,或许也代表着作者本人的意思。陆游自编《渭南文集》,收有《入蜀记》六卷(卷四十三至卷四十八)。在嘉定十三年(1220)陆子遹刊行该书时,其跋中云:"如《入蜀记》、《牡丹谱》、乐府词,本当别行,而异时或至散失,宜用庐陵所刊欧阳公集例,附于集后。"③可见,他所依仿的先例,是周必大稍前在庐陵主持编刊的《欧阳文忠公集》中收有笔记《归田录》(卷一百二十六至一百二十七)。笔记依前人之例编入别集由此盛行起来。周必大《周益国文忠公集》也将其笔记《玉堂杂记》《二老堂杂志》《庚寅奏事录》悉数收入。陈振孙《直斋书录解题》卷十八著录称:"其家既刊《六一集》,故此集编次,一切视其凡目。"④楼钥《攻媿先生文集》承其风而收《北行日录》(卷一百十一至一百十二)。

而早在北宋初,笔记作者是不曾普遍将其笔记作品入集的。徐铉《徐公文集》(三十卷)则未载入其笔记作品。陈彭年在《故散骑常侍东海徐公集序》中曰:"公江南文稿,撰集未终,一经乱离,所存无几,公自勒成二十卷。及归中国,入禁林,制诏表章,多不留草。其余存者,子婿尚书水部员外郎吴君淑编为十卷,通成三十卷。所撰《质论》、《稽神录》,奉诏撰《江南录》、修许慎《说文》,并别为一家,不列于此。"⑤而按胡克顺在《进徐骑省文集表》中叙述文集的成书过程是"成臣夙志,假以全本,并兹冠篇。乃募工人,肇形镂板。竹简更写,无愧于前修"⑥,指出文集是"成臣夙志",

① 祝尚书:《宋人别集叙录》,北京:中华书局,1999年,第791页。
② 祝尚书:《宋人别集叙录》,北京:中华书局,1999年,第768—769页。
③ 〔宋〕陆子遹:《渭南文集跋》,〔宋〕陆游:《陆放翁全集》,北京:中国书店,1986年,第319页。
④ 〔宋〕陈振孙撰:《直斋书录解题》,上海:上海古籍出版社,1987年,第541页。
⑤ 〔宋〕陈彭年:《故散骑常侍东海徐公集序》,〔宋〕徐铉:《徐公文集》,《宋集珍本丛刊》第1册,北京:线装书局,2004年,第4页。
⑥ 〔宋〕胡克顺:《进徐骑省文集表》,曾枣庄、刘琳主编:《全宋文》第9册,上海、合肥:上海辞书出版社、安徽教育出版社,2006年,第293页。

即秉承作者本人之愿,可证作者自定别集时确是不曾收入笔记作品《稽神录》的。

其实,笔记入集,据笔者查阅,要早于绍熙(1190—1194)、庆元(1195—1200)年间周必大在庐陵主持编刻《欧阳文忠公集》。司马光(1019—1086)《温国文正司马公文集》便收有《涑水记闻》,祝尚书《宋人别集叙录》称"集当为著者生前手定"①,可见笔记入集乃作者本意。郑刚中(1088—1154)《北山文集》收有《西征道里记》(卷十三,中集卷一),其子郑良嗣《北山集序》说:"《北山》初、中二集,先君所自名,且手所分类也。"②同样可见笔记入集,实系作者本人所定。绍兴十四年(1144)郑刚中在其《北山集叙》中,述及了初、中集各自的收文时限③,也足见两集此年已编成。再如张舜民《画墁集》,绍兴二十一年(1151)周紫芝在《书浮休生画墁集后》中提到,他曾在"今临川雕浮休《全集》"中,得见张氏《南迁录》④,知此绍兴刻本也收有笔记。可见,笔记入集最迟在南宋初年就已较为常见了。

其四,文士名臣热衷创作、阅读和评论笔记作品。在魏晋时期,笔记作者中很少有著名诗人、文学家。即使至北宋初期,著名官员与文人也通常不创作笔记,他们只不过是笔记的中心人物而已,如《杨文公谈苑》是以高官杨亿为中心,记载他对各种问题机智、敏锐的观察;《丁晋公谈录》亦是一部关于宋真宗时丞相丁谓的类似记录。这些笔记,通常在主人公死后由其门生或崇拜者编纂而成,他们本身并不参与笔记的创作。王安石改革期间,这种情况发生了根本性的改观,文士名臣普遍作有笔记作品。据张晖统计,北宋笔记作者中官员占总数的75%,且中央六部尚书以上的官员就有九人,南宋笔记作者中官员所占比例低于北宋,但也占到了总数的59.7%⑤。

另外,他们还热衷阅读和评论笔记。笔记在宋人知识结构中的意义大

① 祝尚书:《宋人别集叙录》,北京:中华书局,1999 年,第 299 页。
② 〔宋〕郑良嗣:《北山集序》,曾枣庄、刘琳主编:《全宋文》第 254 册,上海、合肥:上海辞书出版社、安徽教育出版社,2006 年,第 344 页
③ 〔宋〕郑刚中:《北山集叙》,曾枣庄、刘琳主编:《全宋文》第 178 册,上海、合肥:上海辞书出版社、安徽教育出版社,2006 年,第 271 页。
④ 〔宋〕周紫芝:《书浮休生画墁集后》,曾枣庄、刘琳主编:《全宋文》第 162 册,上海、合肥:上海辞书出版社、安徽教育出版社,2006 年,第 192 页。
⑤ 张晖:《宋代笔记研究》,武汉:华中师范大学出版社,1993 年,第 47 页。

大提高，成为宋代文人士大夫的消遣读物，文人士大夫几乎都有爱读笔记的倾向，也从不讳言读笔记，甚至以能读笔记相标榜。这也可谓开前所未有之新局。余靖"自少博学强记，至于历代史记、杂家小说、阴阳律历，外暨浮屠老子之书，无所不通"①。王安石"自百家诸子之书至于《难经》、《素问》、《本草》、诸小说无所不读"②。张淏"虽阴阳方伎、种植医卜之法，輶轩稗官、黄老浮图之书，可以娱闲暇而资见闻者，悉读而不厌"③。王明清"齐谐志怪，由古至今无虑千帙。仆少年时惟所嗜读"④。朱弁《曲洧旧闻》就曾载有宋神宗仅看到欧阳修《归田录》序言，就急忙索要观看的逸闻。时人阅读笔记不仅成了一种较普遍的现象，他们还常在笔记中对一些权威笔记中的条目进行解读、评价或转引，如《杨文公谈苑》中的多条笔记就曾在《梦溪笔谈》《青箱杂记》中被提到，欧阳修的《归田录》、苏轼的《东坡志林》等都是时人热衷阅读和评论的笔记。

宋代许多文人士大夫存在着以笔记为学问、以撰述笔记为乐的倾向。他们的视野和趣味似乎远远地突破了传统的经史子集的范围，而伸向笔记这块芜杂而取之不竭的领域。洪迈"稗官虞初，释老傍行，靡不涉猎"⑤，独著《夷坚志》四百二十卷，以笔记为乐，至于此极。而著有数篇、数卷或数十卷笔记者，在宋代文人中更是不计其数。陆游甚至说"不识狐书那是博？"⑥著名文人参与笔记的创作，不讳直言自己的笔记作品，标志着笔记文体其时已得到普遍认可。

笔记发展至宋代，不仅文体自觉大为增强，且又有所变化。这从笔记的目录学归类上，可以窥知一二。

最初，笔记被认为是与"街谈巷语，道听途说者之所造"的小说同属不

①〔宋〕欧阳修：《余襄公神道碑》，〔宋〕欧阳修著，李逸安点校：《欧阳修全集》，北京：中华书局，2001年，第366页。

②〔宋〕欧阳修：《答曾子固书》，〔宋〕王安石撰：《宋本临川先生文集》第8册，北京：国家图书馆出版社，2018年，第74页。

③〔宋〕张淏：《云谷杂记跋》，朱易安、傅璇琮等主编：《全宋笔记》第7编第1册，郑州：大象出版社，2015年，第80页。

④〔宋〕王明清：《投辖录自序》，朱易安、傅璇琮等主编：《全宋笔记》第6编第2册，郑州：大象出版社，2013年，第78页。

⑤〔元〕脱脱等撰：《宋史·洪迈传》，北京：中华书局，1977年，第11570页。

⑥〔宋〕陆游：《剑南诗稿》，长沙：岳麓书社，1998年，第1469页。

具有经典性质的"小道",与小说一道同列入小说(家)类中①。魏晋南北朝时,小说第一次分化,笔记出现。唐代《隋书·经籍志》确立了图书的四部分类法,诸子略中的小说一家遂尔分流,该书将魏晋南北朝时的笔记分别列入子部小说类、史部杂史类,如专事记人的《世说新语》列入子部的小说类中,专事志怪的《搜神记》则入史部的杂传之内。宋代目录学家基于唐代叙事类笔记充分发育并从笔记中基本独立出来,发展出传奇叙事文体,遂将子部的小说家类与杂家类分开;并依据一批考证辨订类笔记的出现,遂将归入史部的笔记细分为传记类、地理类、伪史类和杂史类等,笔记的归类得以进一步细化,可见,笔记记录内容日趋丰富多样。

　　而在将宋代笔记是划归为子部小说家类还是杂家类中,各代书目的处理不尽相同。《群斋读书志》《直斋书录解题》《遂初堂书目》《宋史·艺文志》《文献通考》诸家目录主要将其划在子部小说家类中,划为杂家类的很少。明代的《文渊阁书目》,将约占总数65.8%的笔记划归在子部杂家类。清代的《四库全书总目》,将约占总数49.6%的笔记划入子部杂家类,而划归为子部小说家类的仅约占总数的38.1%②。由此可证,明清目录学家有将宋代笔记从子部小说家类中分出单独划为一类的趋向,笔记杂家类的性质也更为明显。事实上,《四库全书总目》也开始明确将笔记作为指称议论杂说、考据辨证类杂著的文类概念,其书卷一百二十二杂家类杂说之属的按语中曰:"杂说之源,出于《论衡》。其说或抒己意,或订俗讹,或述近闻,或综古义,后人沿波,笔记作焉。大抵随意录载,不限卷帙之多寡,不分次第之先后。兴之所至,即可成编。故自宋以来作者至夥,今总汇之为一类。"③这道出了宋代笔记贴近现实生活、内容琐杂的特征。史学家陈垣在《中国史料的整理》一文中也指出,"唐宋以来,笔记的著作日多一日,因为笔记是杂志性质,内容非常复杂,篇章不拘短长,所以较易写作。这种笔记

---

① 只是此时的"小说",并非现代意义上的虚构故事的文体小说,它指非庄重、正式的言谈,是执笔记录的近于史的短篇小语,鲁迅曾推论今都已亡佚的《汉书·艺文志》所收小说十五家曰:"诸书大抵或托古人,或记古事,托人者似子而浅薄,记事者近史而悠缪者也。"鲁迅:《中国小说史略》,北京:人民文学出版社,2006年,第6页。今人程毅中也判定"当时人所谓小说,大体上还可以说是介于子史之间的作品,而更近于史"。程毅中:《唐代小说史话》,北京:文化艺术出版社,1990年,第1页。
② 张晖:《宋代笔记研究》,武汉:华中师范大学出版社,1993年,第22页。
③ 〔清〕永瑢等:《四库全书总目提要》,《万有文库》第24册,上海:商务印书馆,1931年,第43页。

看来好似无关重要,其实是绝好的社会史风俗史的资料,有许多的东西在正史里寻不到,在笔记里却可以寻到"①。可以说,宋代笔记涉及政治、历史、经济、文化、科学、宗教等社会生活的多个领域,内容极为驳杂。

笔记的文体自觉意识,自北宋开始逐步提升,在写作实践中又拓展出更为细密、琐杂的内容特征。逮到南宋,透过目录学归类之变化,知其驳杂的内容进一步获得自觉关注。凡此种种,均为前代所罕见,又为后代所承继。两宋在笔记发展演变史上的重要位置,从此已不难察知。

二、创作基调与内容的无关宏旨

宋代笔记不仅文体自觉得到了增强,创作基调也有了新的变化。这主要表现在撰写笔记的目的上。宋代笔记经由"补史之阙"向"备闲居之览"的转换,实现了从外向功能向内向功能的转变,笔记从为历史服务变成了为自己服务。具体经历了以下几个阶段:

(一)从"鬼董狐"到"补国史"

魏晋六朝时,时人往往抱着"发明神道之不诬"的态度,把记录对象视为史的一支而记载,有志于为鬼做史官。其志怪远离现实,"张皇鬼神,称道灵异"②,其逸事超凡脱俗,专门记录当时士流任诞放旷的骇世行为与清言隽语的清谈,笔墨简约,风格新奇,都是在非现实的圈子里打转。唐代文人写作笔记则多有一种补史实的意识,但段成式的《酉阳杂俎》却不尽相同,其序中云:"成式学落词曼,未尝覃思,无崔骃真龙之叹,有孔璋画虎之讥。饱食之暇,偶录记忆,号《酉阳杂俎》,凡三十篇,为二十卷,不以此间录味也。"③晚唐温庭筠在《乾馔子》的序中亦云:"不爵不觥,非炰非炙,能悦诸心,聊甘众口,庶乎乾馔之义。"④作者已不再以补史自任,而是以一种闲

---

① 陈垣:《陈垣学术论文集》第2集,北京:中华书局,1982年,第334页。

② 鲁迅在《六朝之鬼神志怪书》中说:"中国本信巫,秦汉以来,神仙之说盛行,汉末又大畅巫风,而鬼道愈炽;会小乘佛教亦入中土,渐见流传。凡此,皆张皇鬼神,称道灵异,故自晋讫隋,特多鬼神志怪之书。其书有出于文人者,有出于教徒者。文人之作,虽非如释道二家,意在自神其教,然亦非有意为小说,盖当时以为幽明虽殊途,而人鬼乃皆实有,故其叙述异事,与记载人间常事,自视固无诚妄之别矣。"鲁迅:《中国小说史略》,北京:人民文学出版社,2006年,第43页。

③ 〔唐〕段成式:《酉阳杂俎》,济南:齐鲁书社,2007年,第1页。

④ 〔宋〕陈振孙撰:《直斋书录解题》,上海:上海古籍出版社,1987年,第320页。

散、随意的姿态书写笔记。五代王仁裕在《开元天宝遗事》的序中写道："询求事实，采摭民言……虽不助于风教，亦可资于谈柄，通识之士，谅无诮焉。"①同样，作者以"资于谈柄"自任，不再有补史之宏大志向了。

（二）追抚往昔的自怡之作

五代入宋的钱易曾作《南部新书》，其子钱明在序中谈到此书编撰之由云："民事多闲，潜心国史。博闻强记，研深覃精。至于前言往行，孜孜念率，尝如不及。得一善事，疏于方册，旷日持久，乃成编轴，命曰《南部新书》。"由此可知，作者在闲暇时仍钻研国史，记录的虽是传闻逸事，但补史之阙的余兴犹存。郑文宝的《南唐旧事》，专为记录南唐李氏三主四十年之事迹，虽也叹惋"兵火之余，史籍荡尽"的局面，但在自序中作者仍以轻松的心态表达了自己的著述目的："余匪鸿儒，颇常嗜学，耳目所及，志于缣缃，聊资抵掌之谈，敢望获麟之誉，好事君子无或陋焉。"②欧阳修在《归田录》自序中亦云："朝廷之遗事，史官之所不记，与士大夫笑谈之余而可录者录之，以备闲居之览也。"③以一种更为散淡从容的态度记录当朝之事，目的只是闲居的一种消遣。继而出现了一批只为了聊以自娱的笔记著作，"余以生平父兄师友相与谈说履历见闻疑误考证，积而渐富有足采者，因缀缉成编，目为《丛语》，不敢夸于多闻，聊以自怡而已"④，"时时捉笔据几，随所趣而志之，虽无甚奇论，然意到即就，亦殊自喜"⑤，写作是为了"用消阻志，遣余年耳"⑥。笔记创作大多是聊资谈助，意在消闲，不再是下笔伊始就背负起补史之阙的重任了。

关注重心由注重志怪传奇转向日常、当下，由整体的社会生活转向个人世界，由历史转入见闻，其写作视界，上自宫廷，下至街头小贩，包括当时

---

① 陈尚君：《玉堂闲话评注序二》，蒲向明：《玉堂闲话评注》，北京：中国社会出版社，2007年，第5页。

② 〔宋〕郑文宝：《南唐近事》，朱易安、傅璇琮等主编：《全宋笔记》第1编第2册，郑州：大象出版社，2003年，第208页。

③ 〔宋〕欧阳修：《归田录》，朱易安、傅璇琮等主编：《全宋笔记》第1编第5册，郑州：大象出版社，2003年，第236页。

④ 〔宋〕姚宽：《西溪丛语自叙》，〔宋〕姚宽、〔宋〕陆游撰，孔凡礼点校：《西溪丛语·家世旧闻》，北京：中华书局，1993年，第1页。

⑤ 〔宋〕洪迈：《容斋三笔》，朱易安、傅璇琮等主编：《全宋笔记》第5编第6册，郑州：大象出版社，2012年，第8页。

⑥ 〔宋〕王辟之：《渑水燕谈录》，朱易安、傅璇琮等主编：《全宋笔记》第2编第4册，郑州：大象出版社，2006年，第5页。

的各种事件、自己的经历，诗词曲赋、馆阁典章的奇闻杂谈，其题材广泛而没有教化意图。这意味着，比起从前，士大夫的观察视域有所扩展，其视界甚至还有所"放低"①。

事实上，北宋前期的笔记还主要是承袭六朝、唐代之后的志怪小说传统②，以记叙怪异、离奇事件为中心，如孙光宪的《北梦琐言》。也有的效仿九世纪初李肇《国史补》之类的作品，以唐、五代朝廷及其高官为中心，讲述他们生活中私人的、不甚为人所知的故事，或是他们与朋友间的妙言妙语，如郑文宝的《南唐旧事》、佚名的《五国故事》等。

自欧阳修《归田录》起，尽管关乎社稷国政的大事仍出入作者的笔端，但与此前笔记强调对社会、对后世起教化的作用不同，笔记作者更多地把目光投注到周围人的身上，"皆采摭一时之事，要以广记资讲话而已"③，常记录些"无关宏旨"的内容，讲说些新鲜故事或逸事琐闻。如《梦溪笔谈》沈括的自序云："圣谟国政，及事近宫省，皆不敢私纪。至于系当日士大夫毁誉者，虽善亦不欲书，非止不言人恶而已。"所记与国家政事以及士人毁誉无关，其目的是"率意谈噱，不系人之利害"，因此"其简不能无缺谬"，甚至有"以之为言则甚卑"之叹④。有的记述历史琐闻、人物言行，如郑文宝的《南唐近事》、张齐贤的《洛阳搢绅旧闻记》、钱易的《南部新书》、龙衮的《江南野史》；有的明物理、谈技艺，如沈括的《梦溪笔谈》；有的记山川风物、岁时民俗，如周去非的《岭外代答》、孟元老的《东京梦华录》；有的记游观览胜，如周密的《癸辛杂识》《武林旧事》，灌圃的《都城纪胜》。还有的笔记追怀过往，如《东洲几上语》序云："仆癖嗜书，昔贪今懒。中年幽忧之疾，沉沉兀兀，殊欠排遣。胸中追忆，旧多碎语在稿册间，收拾删改，恰若干则合老释，以非三融精粗而为一，聊自警也。"⑤有的笔记书写个人情绪，如李之彦

---

① 〔美〕孙康宜、宇文所安主编，刘倩等译：《剑桥中国文学史》上卷，北京：生活·读书·新知三联书店，2013 年，第 512 页。

② 此期"小说"实则具有笔记的特征。披发生在《红泪影》的序中，认为汉魏六朝时期"所谓小说，大抵笔记，札记之类耳"。参阿英编：《晚清文学丛钞：小说戏曲研究卷》，北京：中华书局，1960 年，第 302 页。

③ 〔宋〕吴处厚撰，李裕民点校：《青箱杂记》，北京：中华书局，1985 年，第 7 页。

④ 〔宋〕沈括：《梦溪笔谈》，朱易安、傅璇琮等主编：《全宋笔记》第 2 编第 3 册，郑州：大象出版社，2006 年，第 7 页。

⑤ 〔宋〕施清臣：《东洲几上语》，《续修四库全书》编委会编：《续修四库全书》第 1122 册，上海：上海古籍出版社，1996 年，第 253 页。

《东谷所见》"皆愤世嫉俗,词怨以怒。末载太行山戏语一条,谓是非不必与世人辨,盖其篇中之寓意。前有自序,题咸淳戊辰小春,正宋政弊极之时也"①。有的笔记悲叹物是人非,如周密《武林旧事》云,"青灯永夜,时一展卷,恍然类昨日事。而一时朋游沦落,如晨星霜叶,而余亦老矣"②;孟元老《东京梦华录》云,"一旦兵火,靖康丙午之明年,出京南来,避地江左,情绪牢落,渐入桑榆。暗想当年,节物风流,人情和美,但成怅恨"③。

笔记作者以亲闻亲见的资料来源,记录日常生活、发现生活情趣、抒发心中感慨、品藻身边人物。宋代笔记在反映社会生活和人生境遇的广阔性和丰富性上,超越了以往任何一个时代的笔记作品。诚如明人在《五朝小说》序言中所言:"唯宋则出士大夫手,非公余纂录,即林下闲谈,所述皆平生父兄师友相与谈说,或履历见闻,疑误考证,故一语一笑,想见先辈风流。其事可补正史之亡,裨掌故之阙。"④道出了宋人笔记多由士大夫创作,情文相生,先辈情趣深蕴其中的独特之处,其记事、议论与考据,纵意而谈,涉笔成趣,笔记文之体制至此大备。

三、自我表达与历史建构的载体

笔记在宋代,不仅是随事记录的工具,更是自我表达和历史构建的载体。它和诗、词、文一样,可以承载言志,有抒情甚至载道的功能。苏轼、欧阳修这样著作颇丰的文人,通过随意记录来发牢骚、助谈笑,真实地展现出其人格特征和生活趣味的方方面面。后人读其笔记,既可以拿出来单看,也可以参照其诗词文对看,笔记已然成为其纸上生命的重要组成部分,透过笔记,两宋时人的内在形象更清晰地展现在了我们的面前。正如袁中道所说:"今东坡之可爱者,多其小文小说。其高文大册,人固不深爱也,使尽去之,而独存其高文大册,岂复有坡公哉?"⑤的确,笔记这样的"率而无意

① 〔清〕永瑢等:《四库全书总目提要》,《万有文库》第 24 册,上海:商务印书馆,1931 年,第 43 页。
② 〔宋〕周密:《武林旧事》,朱易安、傅璇琮等主编:《全宋笔记》第 8 编第 2 册,郑州:大象出版社,2017 年,第 5 页。
③ 〔宋〕孟元老:《东京梦华录》,朱易安、傅璇琮等主编:《全宋笔记》第 5 编第 1 册,郑州:大象出版社,2012 年,第 114 页。
④ 《五朝小说大观》,上海:上海文艺出版社,1991 年,据扫叶山房石印本影印,第 271 页。
⑤ 〔明〕袁中道著,钱伯城点校:《珂雪斋集》,上海:上海古籍出版社,1989 年,第 1045 页。

之作，更是神情所寄"①，尤其是经过漫长历史的淘洗，许多当年的"高文大册"或官样文字已经淡出读者的视野，仅为研究者所珍视，而名家笔记却依然拥有较广的阅读群体，历久弥新，滋味绵长。

　　笔记沿着"可爱"小文的路子，发展出了一脉属于"以自我为中心、为格调"②的笔记写作方式。笔记和自我表达，二者至北宋擦出火花，有了前所未有的交集。除了反映生活、情感、趣味，北宋时人关心政治和参与历史的情怀，也在笔记中真实地展现了出来。据笔者统计，《全宋笔记》所收录北宋部分笔记的作者，有五十二位除了该笔记再无文集传世，这占北宋笔记作者总数的60%。他们多是中下层的士大夫、地方官员、未仕文人和僧道隐士，当然，也有身居高位的宰相名臣。后者不用心于文艺，尚有正史能勾勒其平生，而前面所说的几类人，因为处于边缘地位，在正史中没有相关的记载，在文学史上也难以留下单独的段落。然而，他们是北宋文人中最庞大的群体，是"沉默的大多数"。而笔记，就成为了他们绝佳的表达工具。这些笔记固然有"泥上偶然留指爪"的作品，但更多地却体现出北宋文人主动、积极地发出自己的声音的努力。这其中不仅有五代入宋的笔记作者，他们通过对历史不遗余力的书写来展现自己心中的真实，为正史纠偏；还有北宋中后期以"备览"为名写作笔记的作者——或许备览也只是一个名义，他们看似不经意的书写，却意在留下对当代真实事件的书写和判断。

　　两宋间人张邦基在《墨庄漫录》的跋语中，将唐以来"小说家流"分为两大类，其中有一类，"神怪茫昧，肆为诡诞，如《玄怪录》、《河东记》、《会昌解颐录》、《纂异》之类，盖才士寓言以逞辞，皆亡是公、乌有先生之比，无足取焉"，而小说家的主流是供"后史官采摭者"。他列举了"近世诸公所记，可观而传者"三十六种，都是北宋著名的历史笔记。这是明确地把小说家类中虚构性的志怪传奇和纪实性的历史笔记区分开来，从而使历史笔记成为一个较为独立的撰述门类。他还指出，这一类小说家的作品有一个值得注意的问题，就是"著述者于褒贬去取，或有未公，皆出于好恶之不同耳"③。

---

① 〔明〕袁中道著，钱伯城点校：《珂雪斋集》，上海：上海古籍出版社，1989年，第1045页。

② 林语堂：《〈人间世〉发刊词》，《人间世》1934年第1期。

③ 〔宋〕张邦基：《墨庄漫录》，朱易安、傅璇琮等主编：《全宋笔记》第3编第9册，郑州：大象出版社，2008年，第138页。

但对于我们来说,笔记作为当时人记当时事的产物,其中强烈的情绪性、偏向性、主观性同样也是重要的历史信息。

杨万里在给曾敏行《独醒杂志》所作的序中指出,历史的记忆和传承有两种形式和途径:一种是"言","未必垂之策书,口传焉而已矣";一种则是"策书"。书可焚禁,但却不能封住人们的口耳,但口传之言毕竟需要以书册的形式才能传之久远,所以说"书与言其交相存欤"! 笔记这一类撰述形式就是要将口传之言书写下来,以书存言,如曾敏行所记"皆近世贤士大夫之言,或州里故老之所传也"。这一类撰述,记载的内容广泛、丛杂甚至微不足道,但却可以寄托、寓含重要的思想:"盖人物之淑慝,议论之予夺,事功之成败,其载之无谀笔也。下至谑浪之语,细琐之汇,可喜可笑,可骇可悲,咸在焉。"①赵师侠为《东京梦华录》作跋,他把史册和传记小说对立并举,以为缺一不可:"礼乐刑政,史册俱在,不有传记小说,则一时风俗之华,人物之盛,讵可得而传焉。"②如果说,史册是政治史,那么,传记小说就有些社会史、文化史的意味了。

给周煇《清波杂志》作跋的徐似道认识到,笔记撰述提供了多种历史记录和证据,使得后世研史者有了更多的凭据,可以互相参照,以得其真:"大抵纪载事实之书,各随所见,收书者不厌其博也。他日讨论一事,适然针芥相投、车辙相合,方知此书之效。"③对于这一点,周密在《齐东野语》的自序中论述得更加详细。他"尝疑某事与世俗之言殊,某事与国史之论异",其父拿出其曾祖及祖父"手泽数十大帙",以及其外祖父"目录及诸老杂书",参照之后,给出解答,并告诉他:"其世俗之言殊,传讹也;国史之论异,私意也","定、哀多微词,有所避也。牛、李有异议,有所党也。爱憎一衰,议论乃公。国史凡几修,是非凡几易,而吾家乘不可删也"④。这就准确指出了国史和私记作为史料存在的缺陷,以及诸家笔记在史学上的重要价值。

---

① 〔宋〕曾敏行:《独醒杂志》,朱易安、傅璇琮等主编:《全宋笔记》第 4 编第 5 册,郑州:大象出版社,2008 年,第 117—118 页。

② 〔宋〕孟元老:《东京梦华录》,朱易安、傅璇琮等主编:《全宋笔记》第 5 编第 1 册,郑州:大象出版社,2012 年,第 190 页。

③ 〔宋〕周煇:《清波杂志》,朱易安、傅璇琮等主编:《全宋笔记》第 5 编第 9 册,郑州:大象出版社,2012 年,第 135 页。

④ 〔宋〕周密:《齐东野语》,朱易安、傅璇琮等主编:《全宋笔记》第 7 编第 10 册,郑州:大象出版社,2016 年,第 13 页。

　　总而言之,宋代笔记保留了被历史忽略的声音,给了我们判定历史的其他可能性。单从文学史上来说,它也为我们保留了一个文人群体的形象,填补了更多的空白。而宋代笔记对文学批评材料、文学文献的保存,以及其本身的观赏性和文学性,更是不言自明的。宋代笔记不仅成为时人重要的表达方式,也为后来笔记的发展开拓了巨大的书写空间,同时还开启了笔记文体朝向现代的自我革新。后世承续了宋代笔记饱含人文精神的写作传统,佳作迭出,明清以及近代文献中都保留了海量的私人笔记。包弼德以《明道杂志》作为突破口,认为"写作笔记就是一种发声的方式(a way of speaking up)"①,这种看法独具慧眼。笔记的精神,即在于其内在化的叛逆性和主动性,它以与生俱来的缺乏统一性之矛,攻宋代道学和正统权威之系统性、一致性之盾。从这点上看来,各笔记之体要与体貌虽有不同,但其对真实见闻的展现,对个人经验的张扬,却是共通的,这也使得笔记作为一个文体,有了凝固的精神内涵,它规范着后世笔记作品创作的范式,塑造了后人对此文体的基本认知。

第二节　宋代笔记对明清小品文的影响

　　小品本指佛经的节本②,是篇幅上的区分,而非题材或体裁的区分,明代以来,被广泛运用到文学作品中,并因此带上文体(体裁)的含义,特别是明后期,文人明确地将小品作为一种特定的体裁去把握和运用。

　　明清小品文创作的盛行与两宋笔记尤其是苏轼笔记密切相关。王纳谏是最早将"小品"作为文学概念运用的人,他于万历三十九年(1611)编成《苏长公小品》,陈继儒在其序中指出:"如欲选长公之集,宜拣其短而隽异者置前,其论、策、封事,多至数万言,为经生之所恒诵习者稍后之。如读佛藏者,先读《阿含小品》,而后徐及于五千四十八卷未晚也。此读长公集法也。"③他认为"短而隽异"是小品的特征,并将苏轼短而隽

---

① P. K. Bol,"A Literati Miscellany and Sung Intellectual History: The Case of Chang Lei's Ming-tao tsa-chih",*Journal of Sung Yuan Studies*, 1995 (25) ,p. 147.

② 牛鸿恩选注:《陈继儒小品文选注》,北京:首都师范大学出版社,2010 年,第 31 页。这里明确把稳重的小品与佛经的小品相提并论,说明小品文之名乃从佛典而来。

③ 〔明〕牛鸿恩选注:《陈继儒小品文选注》,北京:首都师范大学出版社,2010 年,第 31 页。

异的一类作品比之《阿含小品》，而将苏轼论、策、封事等多至数万言的作品排除于小品之外，可见其对苏文中小品与非小品有明确的区分意识，并认为苏文中的小品可作为小品文的典范。这种短而隽异的小品文体制，实际就是指以《东坡志林》《仇池笔记》为代表的苏轼笔记。明王起隆题辞李日华《紫桃轩杂缀》时同样指出："坡公之人品、之文章、之书法、之绘事、之谭谐、之禅悦，妙一时而擅千古。乃其风流蕴藉之最胜说、最胜事，玲珑生活，写照传神，为此老颊上三毫、秋波一转者，具现于外记、志林诸书。"①

　　苏轼笔记"文以达吾心"的艺术精神确实备受明人推崇，袁宏道主张"独抒性灵，不拘格套，非从自己胸臆流出，不肯下笔"理论②，认为诗文创作要抒写真情，力主创新求变，不应模拟剽窃。黄汝亨在《苏长公文选集注》的序中指出："子瞻胸中有万卷书，下笔无一点尘气。夫以万卷之贮而行无一点尘气之笔，故无者可有，多者能少，随性效灵，驱役千古。"③可见明人已见出苏文随性效灵的特点。陈平原论述晚明文人小品时，就曾指出："更重要的是改变了时人的文体等级观念。不再追求代圣贤立言因而'庄严整栗'的大典，宁愿欣赏并创作更能体现一己性情'短而隽异'的小品。这种对正统文学观念的反叛，既体现在将边缘性文类（如游记）推向中心，也体现在打破原有的文类划分（如尺牍之无所不能）。只有到了这种境地，所谓'独抒性灵，不拘格套'才可能真正实现。"④

　　宋人笔记不再将作者自我隐藏于文章的背后，而是积极地展现自我，呈现自我心境，这对明清小品的影响深远。明代有些文人有意识地模仿宋人笔记的创作，四库馆臣对此即有洞察，《四库全书总目提要》言清朱濂《时令汇纪》"多以古人行记如范成大《吴船录》之类所载每日至某处者，取为其日之故实，尤为假借也"⑤；王士禛《南来志》"是编乃康熙甲子士禛官少詹事时奉使祭告南海，记其驿程所经。全仿范成大《吴船录》

① 〔明〕李日华：《紫桃轩杂缀》，上海：中央书店，1935 年，第 3 页。
② 〔明〕袁宏道著，钱伯城笺校：《袁宏道集笺校》上册，上海：上海古籍出版社，1981 年，第 187 页。
③ 〔明〕黄汝亨：《寓林集》卷二，四库禁毁书丛刊编纂委员会：《四库禁毁书丛刊》第 42 册，北京：北京出版社，1997 年。
④ 陈平原：《晚明小品论略》，《中州学刊》1995 年第 4 期。
⑤ 〔清〕永瑢等：《四库全书总目提要》，《万有文库》第 14 册，上海：商务印书馆，1931 年，第 29 页。

体。所载自京师至广州而止，故曰'南来'"①。《四库全书总目提要》著录
王钺《粤游日记》时，亦认为："仿陆游《入蜀记》之体，案日记载，叙述颇简洁
而无所考证。"②著录李日华《玺召录》时，同样认为："略仿《吴船录》、《入蜀
记》之例，而寥寥无所记载。"③四库馆臣评施清臣的《东洲几上语》为"词多
丽偶，明人小品滥觞于斯"④；评《樵谈》为"核其词气，如出屠隆、陈继儒一
辈人口"⑤；评《经鉏堂杂志》云"明代陈继儒一派，发源于此"⑥。诚然，晚明
小品文作为一种文体，其源头虽可追溯到先秦两汉时的一些短小精悍的小
文，但其文体自觉认识和创作上的兴盛，实是与宋代笔记有着密切的联系。

我们从徐渭、汤显祖、袁宏道、张岱、宋懋澄等著名小品作家留存的大
量小品文中可以看出，他们秉承了两宋笔记的创作原则，从自我情趣出发，
立足凡人小事，通过对日常世俗生活的描写，透露出作者体察生活含义、领
悟人生趣味的精旨妙意，富含人生哲理和人生感悟。如袁宏道的《鉴湖》不
仅描摹山水，还借山水来寄托个性、情致与感慨：

> 鉴湖昔闻八百里，今无所谓湖者。土人云："旧时湖在田上，今作
> 海闸，湖尽为田矣。"贺监池去陶家堰二三里，阔可百十顷，荒草绵茫如
> 烟，蛙吹如哭。月夜泛舟于此，甚觉凄凉。醉中谓石篑："尔狂不如季
> 真，饮酒不如季真，独两眼差同耳。"石篑问故。余曰："季真识谪仙人，
> 尔识袁中郎，眼讵不高欤？"四座默然，心诽其颠。⑦

鉴湖八百里碧波如今无处可觅，只是"荒草茫茫如烟"。时移世变，沧海桑
田，袁宏道怎能不生感慨。此处自比李白，是醉语，也是醒语。这种癫狂在
世事沧桑、荒草如烟的悲凉背景下，并非浅薄的自大，而是人生的感喟、知
音难求的痛苦，是性灵的真实流露，是作者自我形象的凸显。张大复的小
品不拘一格，言所欲言，随笔掇录，如：

---

① 〔清〕永瑢等：《四库全书总目提要》，《万有文库》第13册，上海：商务印书馆，1931年，第110页。
② 〔清〕永瑢等：《四库全书总目提要》，《万有文库》第13册，上海：商务印书馆，1931年，第110页。
③ 〔清〕永瑢等：《四库全书总目提要》，《万有文库》第13册，上海：商务印书馆，1931年，第108页。
④ 〔清〕永瑢等：《四库全书总目提要》，《万有文库》第24册，上海：商务印书馆，1931年，第42页。
⑤ 〔清〕永瑢等：《四库全书总目提要》，《万有文库》第24册，上海：商务印书馆，1931年，第42页。
⑥ 〔清〕永瑢等：《四库全书总目提要》，《万有文库》第24册，上海：商务印书馆，1931年，第41页。
⑦ 〔明〕袁宏道著，钱伯城笺校：《袁宏道集笺校》，上海：上海古籍出版社，1981年，第445页。

> 辛丑正月十一日夜,冰雪当轩,残雪在地。予与李绍伯徘徊庭中,追往谈昔,竟至二鼓,阒无人声,孤雁嘹呖,此身如游皇古,如悟前世……①

> 明月驱人,步不可止,因访龚季弘,不相值。且归,遇诸途,小憩月桥。水月下上,风瑟瑟行之,作平远细皱,潾涟可念。二物适相遭,故未许相无也。人言"寻常一样窗前月",此三家村语,不知月之趣者。月无水,竹无风,酒无客,山无僧,毕竟缺陷。②

上述二则引文分别引自张大复所撰的小品文集《梅花草堂笔谈》卷一中"李绍伯夜话"条、卷十中"缺陷"条。此书记录了作者所亲历的见闻和感受及身边的各种琐事,包括友人行状、出游见闻、著名人物的言行录、文物鉴赏、园艺消遣、家乡风土人情等。小品文独抒性灵,具有任情适性的随意性,内容上逸笔草草而意味深长,实是继承和发展了宋代笔记"片言居要、辞达"的特点。郁达夫甚是见出了两者的继承关系,他在《清新的小品文字》一文中引宋人罗大经《鹤林玉露》丙编卷四中"山静日长"的一段文章说:"看了这一段小品,觉得气味也同袁中郎、张陶庵等的东西差不多。大约描写田园野景,和闲适的自然生活以及纯粹的情感之类,当以这一种文体为最美而最合。"③

    综上,宋代笔记的文体身份得到了进一步的独立化,地位得以提升,在书目著录时由小说(家)类大量改归入杂家类,杂散的文体风格受到自觉关注。在写作实践上,个人化叙事视角的确立,开拓了笔记在表现内容上的宽度和广度,极大地拓展了笔记体的表现空间,在承有纪实的史学传统时,又以展现生活的情趣为目标,悠然、洒脱地切入生活,行文自由,无复卷帙,呈现出鲜明的散文性特征,凸显了文体自身的叙事风格,深受明清文人的推崇与喜爱,其关注个体日常生活表现内在情韵的文本因素对小品文产生了深远影响。宋代笔记独特的文体特质及其对明清小品文的影响,正是其在中国笔记史上占有一席之地的意义与价值之所在。

---

① 江苏广陵古籍刻印社编:《笔记小说大观》,扬州:江苏广陵古籍刻印社,1983年,第210页。
② 江苏广陵古籍刻印社编:《笔记小说大观》,扬州:江苏广陵古籍刻印社,1983年,第227页。
③ 郁达夫:《郁达夫文集》,广州:花城出版社,1982年,第157页。

结　语

一、研究结论

在笔记史上，宋代笔记继魏晋之后，再创另一新的高峰。在时代学术思想、文人审美心理结构和笔记自身嬗变轨迹的综合影响下，宋代笔记不仅创作数量远远超过以往，而且大大提升了作品本身的文学性，呈现出助谈、博见、补史的时代特质。从审美旨趣而言，宋代笔记是对六朝虚妄志怪笔记的一种反拨，是在追摹唐人史味笔记基础上完成的一次笔记体新变。它在内涵上汲取唐人笔记以史为鉴的讽喻意味，把记录的笔致转向日常当下的琐事，以其深醇的主题意蕴和独特的心境展现，拓宽了笔记在表现内容上的宽度和广度，成为中国笔记史上的高标。经由前面各章有关宋代笔记的论述之后，分以下几点作一综合总结。

（一）宋代笔记的内涵发展。宋代笔记以助谈、博见、补史为目的，呈现记录性、非正统性、非系统性的散文文体性质。唐之前，笔记与"残丛小语"的小说长期处于杂糅共生的状态，因此子书无疑是笔记的重要源头，自唐宋时始，文人小说不再局限于简单地记述异闻琐记，而是融入了虚构的成分，开始走向纯文学领域，小说体由此逐渐形成，小说本身史化倾向中的述史、考史类部分日渐向笔记体演化。宋代，伴随着社会城市文化的发展，小说开始与说话合流，逐渐演绎成虚构人物、有完整故事情节的一种叙事文体；笔记则经由街谈巷议的异闻、琐记逐渐向杂记、见闻转化，并且主要以考史、专题、百科等题材和形式为主，因虚、实与小说而有了明确的区分，笔记内部结构发生分化。

（二）宋代笔记的创作演进。宋代笔记创作的新变，从根本上说是宋代文化近世化、世俗化、平民化的反映。北宋笔记的成就，体现在笔记史料意味的浓厚与内涵的丰富两方面。宋初笔记由对晚唐五代补史笔记发扬开来，笔记的纪实功能由此得以增强。仁宗之后，以欧阳修为代表的文人掀起古文运动高潮，文道并重的文艺观拓展了笔记内涵空间，笔记的性质在史的基础上多了文的一面,文体功能得以拓展。至北宋中后期,在苏轼、苏辙以及苏门弟子的笔记中,普遍呈现了一种新的趋向,即笔记的文学性与文化趣味得到了凸显,笔记的文体观念呈现多元化趋势。靖康之难,社稷倾覆,抗金成为了时代的主题,笔记的时代性特征得到了彰显。经过多番战与和的论战后,南渡政权渐趋平稳,逐渐形成偏安之势,笔记创作恢复多元化局面,闲适特征受到重视。南宋笔记的价值体现在:民族危机再次唤醒笔记的现实主义精神;游记体笔记的文化内涵更加丰富,其繁荣成为中国古代笔记的特色之一。

　　(三)宋代笔记的文体属性。我们认为目录学是了解宋人笔记观念的重要途径。宋代目录学视域中的笔记,奠定了笔记著录的基本格局。宋代笔记在与诗话、语录、日记、题跋、笺疏、游记、年谱、志乘、传记等各种文体相互借鉴、取长补短的过程中不断发展,体现出兼备众体的体性特征。相对于魏晋时期笔记主要以记录民俗、杂载人事与考证名物制度为主的特点,宋代笔记在此基础上,更多地注重对事件发生本末,以及事件中相关人物的记载,在对历史琐闻的记载中透露出强烈的补史劝诫的意图。并且为阐明撰述之必要,让所记录事迹更具有历史和现实的意义,恰当而充分的议论成为表达作者思想的重要途径,笔记不再局限于道听途说的记述层面,情感、议论、叙事系于一处,笔记便具备了散文的特质,文体性质因此发生改变。

　　(四)宋代笔记的文体特征。宋代笔记相对于传统晋唐笔记而言,在文体特征方面发生了一些新的变化,形成对传统笔记的超越和发展。在叙事方面,宋代笔记采用第一人称限知叙事,在概括性的历史性叙事中,客观记录笔记作者亲身所历之事,表现出淡化故事情节与背景,直指"理"的倾向。在语言方面,宋代笔记脱离了唐传奇"史才、诗笔、议论"的用语窠臼,亦不像载道的史传著作,受庄严整饬的语体风格的束缚,有着以情感为中心的语词呈现顺序,不避俚俗,且又有经典骈语的用词方式,形成了自身明快简约的语体风格。在审美特征方面,宋代笔记由魏晋时的虚幻走向日常,志怪内容逐渐减少而世俗人文因素日渐增加,呈现出书写对象日常化与书写方式人文化的特征,"情"与"志"的精神世界得到开拓,笔记的风格日益多样。

　　二、未来研究深具开发的领域

　　"笔记"在古代并非固定不变的概念,指称对象多变,在目录书中又无单独的部类，常与"残丛小语"的古小说杂糅在一起。为此，一些学者对其研究的前提，便是以现代小说观念及其理论为参照。这种研究势必会使对古代笔记的研究有削足适履、失去其本来面目之嫌。二十世纪四十年代，浦江清在《论小说》一文中，就很明确地提到这一点，他指出："现代中国文学正在欧化的过程中，新旧共同的名词，老的意义渐渐被人遗忘，而新的定义将成为定论。所谓新的定义实际上是从西洋文学里采取得来的，一般人既习惯这种观念，于是对于原有的文学反而有隔膜不明了的地方。"具体到"小说"一词，他还专门指出："'小说'是个古老的名称，差不多有二千年的历史，它在中国文学本身里也有蜕变和演化，而不尽符合于西洋的或现代的意义。所以小说史的作者到此不无惶惑，一边要想采用新的定义来甄别材料，建设一个新的看法，一边又不能不顾到中国原来的意义和范围，否则又不能观其会通，而建设中国自己的文学的历史。"[①]

笔记文体是中国传统小说中延续时间最久、作品最多的文体，它与现代小说观念、体制规范、审美标准、评价体系相距甚远，大为被忽视，被扭曲。笔记不但在小说研究格局中不被重视，因为观念和立场的不同，评价标准也完全不同，郑振铎先生1922年就曾指出："中国的书目，极为纷乱……最奇怪的是子部中的小说家。真正的小说，如《水浒》、《西游记》等倒没有列进去。他里边所列的却反是那些唯中国特有的'丛评'、'杂记'、'杂识'之类的笔记。"[②]就这两种所谓的小说，石昌渝作过如此的论述："一是附庸于史传的尺寸短书，它本质在于实录；二是供人阅读消遣的故事，它与前者有血亲关系，但它与前者的差别在于它离不开想象和虚构。"[③]笔记自有其一套艺术标准和评价体系。就笔记研究的范畴来看，目前对笔记理论进行研究的专著实属有限，而且很多研究被归于笔记小说之中，探讨时，往往需要借助其他文体的文学理论，如小说、笔记小说、散文等理论。这些理论虽有相通之处，却也并不完全兼容，若勉强套用，恐生扞格。对相关笔记理论的进一步研究，实值得研究者继续深入探讨。

研究宋代笔记还需注意的一个问题，是关于"融合与分化"的现象。笔记作为一个包容性极强的文体，能够融合各种内容和撰述形式，同后世多

---

① 浦江清：《浦江清文录》，北京：人民文学出版社，1989年，第180页。
② 郑振铎：《整理中国文学的提议》，《文学旬刊》1922年第51期。
③ 石昌渝：《中国小说源流论（修订版）》，北京：生活·读书·新知三联书店，2015年，第13页。

种文体之间均有渊源关系。陈平原在《中国小说叙事模式的转变》第六章《传统文体之渗入小说》中指出古代评点家将小说当作文章看的现象，进而提出并分析了传统文章体裁对小说的影响，他具体就笑话、逸闻、日记、游记、问答、书信六种文体，进行了详细论述，"考察其在促成小说叙事模式转变中所起的作用"①。当然，陈文在论述传统文体对小说的影响时，"小说"专指后世的白话小说，而非笔记。然而在笔记的发展过程中，其与上述诸文体之间的关系无疑更为繁密。除书信外，笑话、逸闻可直接视作笔记；答问同语录相类，既是笔记的源头之一，也是笔记中的重要类别。郑宪春《中国笔记文史》就曾指出笔记的源头之一是先秦语录体的诸子散文："言笔记源于语录体的诸子散文，是指笔记的自然朴实和短小精悍，与先秦语录体诸子散文的随笔记录实出一辙。"②游记和日记在笔记中占据相当地位，在两宋笔记中，不少作品即是以游记和日记形式写成，随着相关作品的数量逐渐增多，游记、日记二体与笔记从混合到分离，最终从笔记中分化而出，成为独立的文体。

　　笔记还可从文章学的角度来研究③。宋时笔记的作者同时也是文章大家，于笔记撰述时融入散文笔法或趣味，实属常见。探讨宋代笔记与当时的古文写作以及文风转移之间的关系，或许是将来值得探讨的问题。陈平原对此就曾指出："宋人对小说与古文关系的微妙态度，集中体现在其最为擅长的'笔记'上。'笔记'的文体界限相当模糊，可能是'文章'，也可能是'小说'，而且往往一书之中二者杂陈。"④历史上的小说散文化或者散文小说化之说，便是笔记与散文之间相互渗透、转化的体现。此外，如本书第四章中所探讨的，笔记还与传奇、话本、诗话也存有很深的渊源关系。由此可知，宋代笔记与多种文体之间具有疏密不一的分合关系，体现了一种特殊意义上的"兼备众体"的特性。对此进行探讨，有助于进一步认识笔记的文体特征，以及它在古代小说史上产生的影响。总之，宋代笔记的研究还有许多有价值的课题值得我们进一步去开掘。

---

① 陈平原：《中国小说叙事模式的转变》，北京：北京大学出版社，2010年，第151页。
② 郑宪春：《中国笔记文史》，长沙：湖南大学出版社，2003年，第5页。
③ 此处的"散文"是指与小说、诗歌、戏剧并列，即文体意义上的散文，而非泛指意义上的一般散文。
④ 陈平原：《中国散文小说史》，北京：北京大学出版社，2010年，第12页。

附录 宋代笔记在重要书目文献中著录部类一览表①

编册	著者	笔记作品	《直斋书录解题》著录部类	《文献通考·经籍考》著录部类	《宋史·艺文志》著录部类	《文渊阁书目》著录部类	《四库全书总目》著录部类
1.1	孙光宪	《北梦琐言》	子录小说家类	子部小说家类	子部小说家类	著录部类	子部小说家类 杂事之属
	陶毂	《清异录》	子录小说家类	子部小说家类			子部小说家类 琐语之属
	周羽翀	《三楚新录》	史录伪史类	史部伪史、霸史类			史部载记类
	张洎	《贾氏谭录》		子部小说家类			子部小说家类 杂事之属
1.2	张齐贤	《洛阳搢绅旧闻记》	子录小说家类	子部小说家类	史部传记类	子杂类	子部小说家类 杂事之属
	郑文宝	《南唐近事》	史录伪史类	史部伪史、霸史类	史部霸史类	史附类	子部小说家类 杂事之属
		《江表志》	史录伪史类	史部伪史、霸史类	史部霸史类		史部载记类
	佚名	《江南余载》	史录伪史类		史部霸史类	史附类	史部载记类

① 此表中的"编册"指笔记作品在《全宋笔记》(大象出版社 2003—2018 年版)中的第几编第几册，如第 1 编第 1 册表示为"1.1"；表中的空白处表示未著录此书情况。

续表

编册	著者	笔记作品	《直斋书录解题》著录部类	《文献通考·经籍考》著录部类	《宋史·艺文志》著录部类	《文渊阁书目》著录部类	《四库全书总目》著录部类
1.3	乐史	《广卓异记》	子录小说家类	子部小说家类		古今志类	史部传记类总录之属
	龙衮	《江南野史》		史部伪史、霸史类	史部霸史类		史部载记类
	佚名①	《五国故事》					史部载记类
	王曾	《王文正公笔录》				子杂类	子部小说家类杂事之属
1.4	钱易	《南部新书》	史录传记类	史部传记类	子部小说家类	子杂类	史部传记类杂事之属
	李上交	《近事会元》			史部史钞类		子部杂家类杂考之属
	陈彭年	《江南别录》		史部伪史、霸史类	史部霸史类		史部载记类
	史温	《钓矶立谈》					史部载记类
	丁谓	《丁晋公谈录》	史录传记类				子部小说家类杂事之属
	勾延庆	《锦里耆旧传》					史部载记类
1.5	宋祁	《宋景文公笔记》	子录杂家类	子部杂家类	史部传记类	子杂类	子部杂家类杂说之属

① 《四库全书总目提要》："钱塘厉鹗跋，以为吴越国人人未所作。"

续表

编册	著者	笔记作品	《直斋书录解题》著录部类	《文献通考·经籍考》著录部类	《宋史·艺文志》著录部类	《文渊阁书目》著录部类	《四库全书总目》著录部类
1.5	梅尧臣	《碧云騢》	子录小说家类	子部小说家类			子部小说家类 杂事之属
	田况	《儒林公议》					子部杂家类 杂说之属
	江休复	《江邻几杂志》	子录小说家类	子部小说家类		子杂类	子部小说家类 杂事之属
	王素	《王文正公遗事》					史部传记类 名人之属
	欧阳修	《笔说》					
	欧阳修	《欧阳文忠公试笔》					子部杂家类 杂说之属
	欧阳修	《归田录》	子录小说家类	子部小说家类	史部传记类		子部小说家类 杂事之属
1.6	释文莹	《湘山野录》《续湘山野录》	子录小说家类	子部小说家类	子部小说家类	子杂类	子部小说家类 杂事之属
	释文莹	《玉壶清话》	子录小说家类	子部小说家类	子部小说家类	子杂类	子部小说家类 杂事之属
	范镇	《东斋记事》	子录小说家类	子部小说家类	史部故事类	子杂类	子部小说家类 杂事之属
	赵抃	《御试备官日记》					

续表

编册	著者	笔记作品	《直斋书录解题》著录部类	《文献通考·经籍考》著录部类	《宋史·艺文志》著录部类	《文渊阁书目》著录类	《四库全书总目》著录部类
1.6	宋敏求	《春明退朝录》	史录典故类	史部故事类	史部传记类		子部小说家类 杂事之属
1.7	司马光	《涑水记闻》	史录杂史类	史部传记类	史部故事类		子部小说家类 杂事之属
		《温公琐语》					
1.8	滕元发	《孙威敏征南录》	史录传记类	史部传记类			史部传记类
	强至	《韩忠献公遗事》					史部传记类 名人之属
	张唐英	《蜀梼杌》	史录伪史类		史部霸史类		史部载记类 杂录之属
	曾布	《曾公遗录》					
1.9	苏轼	《东坡志林》《补录：商刻东坡志林》	子录小说家类	子部小说家类		子杂类	子部杂家类 杂说之属
		《仇池笔记》					子部杂家类 杂说之属
		《渔樵闲话录》					子部小说家类 琐语之属
	苏辙	《龙川略志》	子部小说家类	子部小说家类	子部小说家类	子杂类	子部小说家类 杂事之属

续表

编册	著者	笔记作品	《直斋书录解题》著录部类	《文献通考·经籍考》著录部类	《宋史·艺文志》著录部类	《文渊阁书目》著录部类	《四库全书总目》著录部类
1.9	苏辙	《龙川别志》	子录小说家类	子部小说家类	子部小说家类	子杂类	子部杂家类 杂说之属
	王得臣	《麈史》	子录小说家类	子部小说家类	子部小说家类		子部杂家类 杂说之属
	晁说之	《晁氏客语》	子录杂家类	子部杂家类	子部杂家类	子杂类	子部杂家类 杂说之属
	杨彦龄	《杨公笔录》				子杂类	子部杂家类 杂说之属
1.10	王钦臣	《王氏谈录》					子部杂家类 杂说之属
	吴处厚	《青箱杂记》	子录小说家类	子部小说家类			子部小说家类 杂事之属
	吕希哲	《吕氏杂记》					子部杂家类 杂说之属
	莫君陈	《月河所闻集》					子部小说家类 杂事之属
2.1	黄休复	《茅亭客话》	子录小说家类	子部小说家类	子部小说家类	子杂类	子部小说家类 异闻之属

续表

编　册	著　者①	笔记作品	《直斋书录解题》著录部类	《文献通考·经籍考》著录部类	《宋史·艺文志》著录部类	《文渊阁书目》著录部类	《四库全书总目》著录部类
2.1	佚名	《道山清话》		子部小说家类		子杂类	子部小说家类 杂事之属
	佚名	《寇莱公遗事》	史录传记类	史部传记类			
	程颐	《家世旧事》					
	孙升	《孙公谈圃》	子录小说家类	子部小说家类	子部小说家类	史杂类	子部小说家类 杂事之属
	夷门君玉	《国老谈苑》					子部小说家类 杂事之属
	张舜民	《画墁录》	子录小说家类	子部小说家类	子部小说家类		子部小说家类 杂事之属
2.2	刘斧	《青琐高议》			子部小说家类		子部小说家类 异闻之属
2.3	沈括	《梦溪笔谈》	子录小说家类	子部小说家类	子部小说家类	子杂类	子部杂家类 杂说之属
		《补笔谈》	子录小说家类	子部小说家类	子部小说家类	子杂类	子部杂家类 杂说之属
		《续笔谈》	子录小说家类	子部小说家类	子部小说家类	子杂类	子部杂家类 杂说之属

① 《四库全书总目》著录作者为王眰,并存疑。

续表

编　册	著　者	笔记作品	《直斋书录解题》著录部类	《文献通考·经籍考》著录部类	《宋史·艺文志》著录部类	《文渊阁书目》著录部类	《四库全书总目》著录部类
2.4	王辟之	《渑水燕谈录》	子录小说家类	子部小说家类	子部小说家类	子杂类	子部小说家类杂事之属
	庞元英	《文昌杂录》	史录传记类	史部传记类	史部故事类	史杂类	子部杂家类杂说之属
		《谈薮》	史录传记类	史部传记类	子部小说家类		子部小说家类杂事之属
		《海岳名言》					子部艺术类书画之属
	米芾	《书史》	子录杂艺类	子部杂艺术类			子部艺术类书画之属
		《画史》	子录杂艺类	子部杂艺术类			子部艺术类书画之属
2.5	孔平仲	《续世说》	子录小说家类	子部小说家类	子部小说家类	类书类	子部杂家类杂说之属
		《珩璜新论》					子部杂家类杂说之属
		《孔氏谈苑》					子部小说家类杂事之属

续表

编册	著者	笔记作品	《直斋书录解题》著录部类	《文献通考·经籍考》著录部类	《宋史·艺文志》著录部类	《文渊阁书目》著录部类	《四库全书总目》著录部类
2.6	王巩	《闻见近录》	史录传记类	史部传记类	子部小说家类		子部小说家类 杂事之属
		《甲申杂记》			子部小说家类		子部小说家类 杂事之属
		《随手杂录》	子录小说家类	子部小说家类			子部小说家类 杂事之属
	陈师道	《后山谈丛》		子部小说家		子杂类	子部小说家类 杂事之属
	朱彧	《萍洲可谈》	子录小说家类	子部小说家类	子部小说家类	子杂类	子部小说家类 杂事之属
	赵令畤	《侯鲭录》				子杂类	子部小说家类 杂事之属
2.7	张耒	《明道杂志》					
	李廌	《师友谈记》	子录小说家类	子部小说家类	子部小说家类		子部杂家类 杂说之属
	钱世昭	《钱氏私志》					子部小说家类 杂事之属
	范致明	《岳阳风土记》	史录地理类	史部地理类	史部地理类		史部地理类 杂记之属
	邵伯温	《邵氏闻见录》	史录杂史类	史部传记类	史部传记类	史杂类	子部小说家类 杂事之属

续表

编册	著者	笔记作品	《直斋书录解题》著录部类	《文献通考·经籍考》著录部类	《宋史·艺文志》著录部类	《文渊阁书目》著录部类	《四库全书总目》著录部类
2.8	魏泰	《东轩笔录》		子部小说家类	子部小说家类	史杂类	子部小说家类 杂事之属
	李朴	《丰清敏公遗事》					史部传记类 名人之属
	方勺	《泊宅编》	子录小说家类		子部小说家类	子杂类	子部小说家类 杂事之属
	吕颐浩	《青溪寇轨》					
	黄庭坚	《燕魏杂记》					
		《宜州家乘》					
	释惠洪	《冷斋夜话》	子录小说家类	子部小说家类	子部小说家类		子部杂家类 杂说之属
	罗从彦	《遵尧录》			史部故事类		
2.9	程俱	《麟台故事》（辑本）	史录职官类		史部故事类	政书类	史部职官类 官制之属
	程俱	《麟台故事》（残本）	史录职官类			政书类	史部职官类 官制之属
	叶梦得	《岩下放言》	子录小说家类	子部小说家类			
		《玉涧杂书》	子录小说家类	子部小说家类			子部杂家类 杂说之属

续表

编册	著者	笔记作品	《直斋书录解题》著录部类	《文献通考·经籍考》著录部类	《宋史·艺文志》著录部类	《文渊阁书目》著录部类	《四库全书总目》著录部类
2.10	叶梦得	《石林燕语》	子录小说家类	子部小说家类	子部小说家类	史杂类	子部杂家类杂说之属
		《避暑录话》	子录小说家类	子部小说家类	子部小说家类	子杂类	子部杂家类杂说之属
	汪应辰	《石林燕语辨》					子部杂家类杂说之属
	彭乘	《墨客挥犀》	子录小说家类	子部小说家类	子部小说家类	子杂类	子部小说家类杂事之属
		《续墨客挥犀》					子部小说家类杂事之属
3.1	李格非	《洛阳名园记》	史录地理类	史部地理类	史部传记类		史部地理类古迹之属
	高晦叟	《珍席放谈》				子杂类	子部小说家类杂事之属
	张礼	《游城南记》		史部地理类			史部地理类游记之属
3.2	王谠	《唐语林》	史录伪史类	史部伪史、霸史类	史部霸史类	史附类	子部小说家类杂事之属

续表

编册	著者	笔记作品	《直斋书录解题》著录部类	《文献通考·经籍考》著录部类	《宋史·艺文志》著录部类	《文渊阁书目》著录部类	《四库全书总目》著录部类
3.3	王钦臣	《王氏谈录》					子部杂家类 杂说之属
	苏象先	《丞相魏公谭训》					
	章炳文	《搜神秘览》					
	何薳	《春渚纪闻》	子录小说家类	子部小说家类	子部杂家类	子杂类	子部杂家类 杂说之属
	孙宗鉴	《西畲琐录》					
3.4	黄伯思	《东观余论》	集录别集类	集部别集类	经部小学类		子部杂家类 杂考之属
	黄朝英	《缃素杂记》	子录杂家史类	子部杂家类			子部杂家类 杂考之属
	夏少曾	《朝野佥言》	史录杂史类	史部传记类			
	李纲	《靖康传信录》	史录杂史类	史部传记类			
		《建炎进退志》					
3.5	陈东	《建炎时政记》					史部杂史类
		《靖炎两朝见闻录》				史附类	史部杂史类
	无名氏	《建炎复辟记》	史录杂史类	史部传记类		史杂类	史部杂史类

续表

编册	著者	笔记作品	《直斋书录解题》著录部类	《文献通考·经籍考》著录部类	《宋史·艺文志》著录部类	《文渊阁书目》著录部类	《四库全书总目》著录部类
3.6	吕本中	《师友杂志》	子录杂说类				
		《紫微杂说》	子录杂说类	子部儒家类			子部杂家类 杂说之属
	赵鼎	《家训笔录》					
		《辩诬笔录》					
		《建炎笔录》					
	赵叔问	《肯綮录》					子部杂家类 杂说之属
	马永卿	《懒真子》			子部小说家类		子部杂家类 杂说之属
	朱弁	《曲洧旧闻》	子录小说家类			子杂类	子部杂家类 杂说之属
3.7	郑刚中	《西征道里记》					史部传记类 杂记之属
	洪皓	《松漠纪闻》			子部小说家类	史杂类	史部杂史类
	苏籀	《栾城先生遗言》					子部杂家类 杂说之属
	龚明之	《中吴纪闻》					史部地理类 杂记之属

续表

编册	著者	笔记作品	《直斋书录解题》著录部类	《文献通考·经籍考》著录部类	《宋史·艺文志》著录部类	《文渊阁书目》著录部类	《四库全书总目》著录部类
3.8	徐兢	《宣和奉使高丽图经》	史录地理类	史部地理类			史部地理类 外纪之属
3.9	施德操	《北窗炙輠录》					子部小说家类 杂事之属
	张邦基	《墨庄漫录》					子部杂家类 杂说之属
	蔡絛	《铁围山丛谈》	子录小说家类	子部小说家类			子部小说家类 杂事之属
	朱翌	《猗觉寮杂记》				子杂类	子部杂家类 杂考之属
3.10	侯延庆	《退斋笔录》					
	徐度	《却扫编》	子录小说家类	子部小说家类	史部传记类	史杂类	子部杂家类 杂说之属
	曹勋	《北狩见闻录》					史部杂史类
	孔传	《东家杂记》	史录杂史类	史部传记类	史部传记类		史部传记类 圣贤之属
4.1	王观国	《学林》(上)		子部类书类	子部类事类	类书类	子部杂家类 杂考之属

续表

编册	著者	笔记作品	《直斋书录解题》著录部类	《文献通考·经籍考》著录部类	《宋史·艺文志》著录部类	《文渊阁书目》著录部类	《四库全书总目》著录部类
4.2	王观国	《学林》(下)			子部类事类	类书类	子部杂家类 杂考之属
	王灼	《碧鸡漫志》					集部词曲类 词话之属
	姚宽	《西溪丛语》				子杂类	子部杂家类 杂考之属
	康与之	《昨梦录》					子部小说家类 杂事之属
	胡铨	《经筵玉音问答》					
4.3	廉布	《清尊录》				子杂类	子部小说家类 杂事之属
	王铚	《默记》					子部小说家类 杂事之属
	张知甫	《可书》					
	释祖秀	《华阳宫记事》					史部地理类 宫殿疏之属
4.4	汪若海	《麟书》			史部传记类		子部杂家类 杂说之属
	陈长方	《步里客谈》			子部小说家类		子部小说家类 杂事之属

续表

编册	著者	笔记作品	《直斋书录解题》著录部类	《文献通考·经籍考》著录部类	《宋史·艺文志》著录部类	《文渊阁书目》著录部类	《四库全书总目》著录部类
4.4	旧题辛弃疾	《南烬纪闻录》				史杂类	
		《窃愤录》《窃愤续录》				史杂类	史部杂史类
	丁特起	《靖康纪闻》					史部杂史类
	李石	《续博物志》					子部小说家类琐语之属
4.5	沈作喆	《寓简》				子杂类	子部杂家类杂说之属
	曾慥	《高斋漫录》					子部小说家类杂事之属
	曾敏行	《独醒杂志》					子部小说家类杂事之属
	吴宏	《独醒杂志》					
	袁褧	《枫窗小牍》					子部小说家类杂事之属
4.6	邵博	《邵氏闻见后录》	子录小说家类	子部小说家类			子部小说家类杂事之属

续表

编册	著者	笔记作品	《直斋书录解题》著录部类	《文献通考·经籍考》著录部类	《宋史·艺文志》著录部类	《文渊阁书目》著录部类	《四库全书总目》著录部类
4.7	庄绰	《鸡肋编》	集录别集类	集部别集类		子杂类	子部小说家类杂事之属
	韩元吉	《桐阴旧话》	史录传记类	史部传记类			史部传记类总录之属
	袁文	《瓮牖闲评》				子杂类	子部杂家类杂考之属
4.8	佚名	《宣和乙巳奉使金国行程录》					
	佚名	《呻吟语》					
	韦承	《瓮中人语》					
	石茂良	《避戎夜话》		史部传记类			史部杂史类
	佚名	《建炎维扬遗录》					史部杂史类
	王若冲	《北狩行录》		史部传记类			史部杂史类
	洪遵	《翰苑遗事》					
	程大昌	《北边备对》	史录地理类	史部地理类	史部故事类		史部地理类边防之属
4.9	程大昌	《演繁露》(上)	子录杂家类	子部杂家类	子部类事类		子部杂家类杂考之属
	程大昌	《演繁露》(下)《演繁露续集》	子录杂家类	子部杂家类	子部类事类		子部杂家类杂考之属

续表

编册	著者	笔记作品	《直斋书录解题》著录部类	《文献通考·经籍考》著录部类	《宋史·艺文志》著录部类	《文渊阁书目》著录部类	《四库全书总目》著录部类
4.10	程大昌	《程氏考古编》	子录杂家类	子部杂家类	子部类事类	类书类	子部杂家类 杂考之属
		《程氏续考古编》					
5.1	吴坰	《五总志》					子部杂家类 杂说之属
	佚名	《中兴御侮录》	史录杂史类		史部传记类		史部杂史类
	刘忠恕	《裔夷谋夏录》	史录杂史类	史部传记类	史部传记类		
	孟元老	《东京梦华录》		史部地理类		古今志类	史部地理类 杂记之属
	佚名	《南窗纪谈》					子部小说家类 杂事之属
	释晓莹	《罗湖野录》				佛书类	子部释家类
	释晓莹	《云卧纪谈》					
5.2	龚颐正	《芥隐笔记》				子杂类	子部杂家类 杂考之属
	费衮	《梁溪漫志》			子部小说家类	子杂类	子部杂家类 杂说之属
	张棣	《正隆事迹记》					史部杂史类

续表

编	册	著者	笔记作品	《直斋书录解题》著录部类	《文献通考·经籍考》著录部类	《宋史·艺文志》著录部类	《文渊阁书目》著录部类	《四库全书总目》著录部类
	5.3	吴曾	《能改斋漫录》（上）	子录小说家类	子部小说家类	子部小说家类	子杂类	子部杂家类杂考之属
	5.4	吴曾	《能改斋漫录》（下）	子录小说家类	子部小说家类	子部小说家类	子杂类	子部杂家类杂考之属
	5.5	洪迈	《容斋随笔》	子录杂家类	子部杂家类	子部小说家类	子杂类	子部杂家类杂考之属
			《容斋续笔》	子录杂家类	子部杂家类	子部小说家类	子杂类	子部杂家类杂考之属
	5.6	洪迈	《容斋三笔》	子录杂家类	子部杂家类	子部小说家类	子杂类	子部杂家类杂考之属
			《容斋四笔》	子录杂家类	子部杂家类	子部小说家类	子杂类	子部杂家类杂考之属
			《容斋五笔》	子录杂家类	子部杂家类	子部小说家类	子杂类	子部杂家类杂考之属
	5.7	范成大	《揽辔录》		史部传记类	史部传记类	史杂类	史部传记类杂录之属
			《骖鸾录》			史部传记类		史部传记类杂录之属
			《吴船录》	子录小说家类	子部小说家类	史部传记类		史部传记类杂录之属
			《桂海虞衡志》	史录地理类	史部地理类	史部地理类		史部地理类杂记之属

续表

编册	著者	笔记作品	《直斋书录解题》著录部类	《文献通考·经籍考》著录部类	《宋史·艺文志》著录部类	《文渊阁书目》著录部类	《四库全书总目》著录部类
5.8	陆游	《老学庵笔记》	子录小说家类	子部小说家类	史部传记类	子杂类	子部杂家类 杂说子属
		《避暑漫抄》					
		《放翁家训》					
		《入蜀记》					史部传记类 杂录之属
		《家世旧闻》				子类	
		《斋居纪事》					
	周必大	《淳熙玉堂杂记》					史部职官类 官制之属
		《乾道庚寅奏事录》			史部故事类	史杂类	
		《二老堂杂志》					
5.9	周煇	《清波杂志》				子杂类	子部小说家类 杂事之属
		《清波别志》				子杂类	子部小说家类 杂事之属
		《北辕录》					

续表

编册	著者	笔记作品	《直斋书录解题》著录部类	《文献通考·经籍考》著录部类	《宋史·艺文志》著录部类	《文渊阁书目》著录部类	《四库全书总目》著录部类
5.10	陈著	《打马新话》					子部杂家类 杂说之属
	高文虎	《蓼花洲闲录》					
	马纯	《陶朱新录》				子杂类	子部小说家类 异闻之属
	田渭	《辰州风土记》			史部地理类		
	李如箎	《东园丛说》					子部杂家类 杂学之属
	崔敦礼	《刍言》			集部别集类		
6.1	王明清	《挥麈前录》	子录小说家类	子部小说家类			子部小说家类 杂事之属
		《挥麈后录》	子录小说家类	子部小说家类			子部小说家类 杂事之属
		《挥麈三录》	子录小说家类	子部小说家类			子部小说家类 杂事之属
		《挥麈录余话》	子录小说家类	子部小说家类			子部小说家类 杂事之属
6.2	王明清	《投辖录》	子录小说家类	子部小说家类			子部小说家类 杂事之属
		《玉照新志》				古今志类	子部小说家类 杂事之属

续表

编册	著者	笔记作品	《直斋书录解题》著录部类	《文献通考·经籍考》著录部类	《宋史·艺文志》著录部类	《文渊阁书目》著录部类	《四库全书总目》著录部类
6.2	佚名	《摭青杂说》					子部杂家类 杂学之属
	李元纲	《厚德录》	史录传记类	史部传记类	史部传记类	史杂类	
	李季可	《松窗百说》					
	李邦献	《省心杂言》			子部儒家类	子杂类	子部儒家类
	周去非	《岭外代答》	史录地理类	史部地理类		古今志类	史部地理类 杂记之属
6.3	吴箕	《常谈》				子杂类	子部杂家类 杂说之属
	员兴宗	《采石战胜录》					史部杂史类
	龚驹	《采石瓜洲毙亮记》					
	佚名	《采石毙亮记》					
	佚名	《杨王江上录》					
	吕祖谦	《卧游录》	史录传记类	史部传记类		子杂类	史部杂史类
6.4	楼钥	《北行日录》		史部传记类			子部杂家类 杂纂之属
	杨简	《石鱼偶记》					

续表

编册	著者	笔记作品	《直斋书录解题》著录部类	《文献通考·经籍考》著录部类	《宋史·艺文志》著录部类	《文渊阁书目》著录部类	《四库全书总目》著录部类
6.4	赵彦卫	《云麓漫钞》	子录小说家类	子部小说家类	子部杂家类	子杂类	子部杂家类杂说之属
	倪思	《重明节馆伴语录》					史部杂史类
		《经鉏堂杂志》	子录小说家类	子部小说家类		子杂类	子部杂家类杂学之属
6.5	范公偁	《过庭录》			子部杂家类		子部小说家类杂事之属
	陈鹄	《耆旧续闻》				子杂类	子部小说家类杂事之属
	程卓	《使金录》	史录传记类	史部传记类		史杂类	史部杂史类
	高似孙	《纬略》			子部类事类	子杂类	子部杂家类杂考之属
6.6	王楙	《野客丛书》				子杂类	子部杂家类杂考之属
6.7	李心传	《建炎以来朝野杂记》（甲集）	史录杂史类	史部传记类	史部故事类		史部政书类通制之属
6.8	李心传	《建炎以来朝野杂记》（乙集）	史录杂史类	史部传记类	史部故事类		史部政书类通制之属
		《旧闻证误》			史部史钞类	史附类	史部史评类

续表

编册	著者	笔记作品	《直斋书录解题》著录部类	《文献通考·经籍考》著录部类	《宋史·艺文志》著录部类	《文渊阁书目》著录部类	《四库全书总目》著录部类
6.9	何坦	《西畴老人常言》					子部杂家类杂学之属
	葛洪	《涉史随笔》					史部史评类
	李璧	《中兴战功录》					
	韩淲	《涧泉日记》					子部杂家类杂说之属
	吴如愚	《准斋杂说》	子录杂家类			子杂类	子部儒家类
	赵万年	《襄阳守城录》					史部杂史类
	叶绍翁	《四朝闻见录》				史附类	子部小说家类杂事之属
6.10	赵与时	《宾退录》					子部杂家类杂考之属
	魏了翁	《经外杂钞》					子部杂家类杂考之属
		《读书杂钞》					子部杂家类杂考之属
		《古今考》					子部杂家类杂考之属
	张端义	《贵耳集》					子部杂家类杂说之属

续表

编　册	著者	笔记作品	《直斋书录解题》著录部类	《文献通考·经籍考》著录部类	《宋史·艺文志》著录部类	《文渊阁书目》著录部类	《四库全书总目》著录部类
7.1	张淏	《云谷杂记》				子杂类	子部杂家类杂考之属
	释道融	《丛林盛事》					
	赵汝适	《诸蕃志》	史录谱牒类	史部伪史、霸史类		古今志类	史部地理类外纪之属
	王栐	《燕翼诒谋录》					史部杂史类
	赵希鹄	《洞天清录》					子部杂家类杂说之属
	陈参	《善诱文》					
	萧参	《希通录》					
7.2	吴枋	《宜斋野乘》				子杂类	子部杂家类杂考之属
	赵珙	《蒙鞑备录》					
	赵与裹	《辛巳泣蕲录》				史杂类	史部杂史类
	刘昌诗	《芦浦笔记》				子杂类	子部杂家类杂学之属
	彭大雅	《黑鞑事略》					
	佚名	《朝野遗记》					

续表

编　册	著　者	笔记作品	《直斋书录解题》著录部类	《文献通考·经籍考》著录部类	《宋史·艺文志》著录部类	《文渊阁书目》著录部类	《四库全书总目》著录部类
7.3	孙奕	《履斋示儿编》					
7.4	岳珂	《愧郯录》				史杂类	子部杂家类杂学之属
		《桯史》	子录小说家类	子部小说家类		史杂类	子部小说家类杂事之属
	陈郁	《藏一话腴》					子部杂家类杂说之属
		《吹剑录》				子杂类	子部杂家类杂说之属
		《吹剑续录》					
7.5	俞文豹	《吹剑三录》					
		《吹剑四录》					
		《清夜录》	子录小说家类	子部小说家类	子部小说家类		子部小说家类杂事之属
	俞成	《萤雪丛说》			子部小说家类		子部杂家类杂说之属
	陈襢	《负暄野录》					子部杂家类杂说之属
7.6	赵善璙	《自警编》				类书类	子部杂家类杂纂之属

续表

编 册	著 者	笔记作品	《直斋书录解题》著录部类	《文献通考·经籍考》著录部类	《宋史·艺文志》著录部类	《文渊阁书目》著录部类	《四库全书总目》著录部类
7.7	叶大庆	《考古质疑》					子部杂家类杂考之属
	王致远	《开禧德安守城录》					
	赵葵	《行营杂录》					
	刘克庄	《后村杂记》					子部杂家类杂学之属
	叶棐	《樵谈》					
	释圆悟	《枯崖漫录》					
7.8	江万里	《宣政杂录》				史附类	集部诗文评类
	方岳	《深雪偶谈》					
	张世南	《游宦纪闻》	子录小说家类	子部小说家类		子杂类	子部杂家类杂说之属
	谢采伯	《密斋笔记》					子部杂家类杂说之属
	廖莹中	《江行杂录》					
	邢凯	《坦斋通编》				子杂类	子部杂家类杂考之属
	车若水	《脚气集》					子部杂家类杂说之属

续表

编册	著者	笔记作品	《直斋书录解题》著录部类	《文献通考·经籍考》著录部类	《宋史·艺文志》著录部类	《文渊阁书目》著录部类	《四库全书总目》著录部类
7.9	王应麟	《困学纪闻》				类书类	子部杂家类 杂考之属
7.10	周密	《齐东野语》				子杂类	子部杂家类 杂说之属
		《云烟过眼录》					子部杂家类 杂品之属
8.1	周密	《澄怀录》				子杂类	子部杂家类 杂纂之属
		《浩然斋视听钞》					集部诗文评类
		《浩然斋雅谈》				子杂类	子部杂家类 杂说之属
		《志雅堂杂钞》					史部地理类 杂记之属
8.2	周密	《武林旧事》				史杂类	子部小说家类 杂事之属
		《癸辛杂识》					子部小说家类 杂事之属
8.3	沈俶	《谐史》					子部小说家类 琐语之属
	张仲文	《白獭髓》					

续表

编册	著者	笔记作品	《直斋书录解题》著录部类	《文献通考·经籍考》著录部类	《宋史·艺文志》著录部类	《文渊阁书目》著录部类	《四库全书总目》著录部类
8.3	赵崇绚	《鸡肋》	集录别集类			子杂类	子部类书类
	史绳祖	《学斋佔毕》					子部杂家类 杂考之属
	罗大经	《鹤林玉露》				子杂类	子部杂家类 杂说之属
	赵升	《朝野类要》				类书类	子部杂家类 杂考之属
	李之彦	《东谷所见》				子杂类	子部杂家类 杂学之属
	鲁应龙	《闲窗括异志》					
8.4	戴埴	《鼠璞》	子录小说家类	子部小说家类		子杂类	子部杂家类 杂考之属
	赵谱	《养疴漫笔》					子部小说家类 杂事之属
	施清臣	《东洲几上语》					子部杂家类 杂学之属
		《东洲枕上语》					子部杂家类 杂学之属

续表

编册	著者	笔记作品	《直斋书录解题》著录部类	《文献通考·经籍考》著录部类	《宋史·艺文志》著录部类	《文渊阁书目》著录部类	《四库全书总目》著录部类
8.4	陈昉	《颍川语小》					子部杂家类 杂考之属
	俞德邻	《佩韦斋辑闻》					子部杂家类 杂说之属
	方凤	《野服考》					子部类书类
		《金华游录》					子部小说家类 杂事之属
	陈世崇	《随隐漫录》					史部地理类 杂记之属
	耐得翁	《都城纪胜》				古今志类	
	赵□	《就日录》					
8.5	范晞文	《对床夜语》					集部诗文评类
	吴自牧	《梦粱录》				子杂类	史部地理类 杂记之属
	西湖老人	《繁胜录》				古今志类	史部地理类 杂记之属
	叶寘	《爱日斋丛抄》					子部杂家类 杂考之属

续表

编册	著者	笔记作品	《直斋书录解题》著录部类	《文献通考·经籍考》著录部类	《宋史·艺文志》著录部类	《文渊阁书目》著录部类	《四库全书总目》著录部类
8.6	罗璧	《识遗》					子部杂家类杂考之属
	刘一清	《钱塘遗事》					史部杂史类
	佚名	《东南纪闻》					子部小说家类杂事之属
	佚名	《咸淳遗事》				史杂类	史部杂史类
	佚名	《昭忠录》					史部传记类总录之属
8.7	徐铉	《稽神录》					子部小说家类异闻之属
	吴淑	《江淮异人录》					子部小说家类异闻之属
	晁迥	《法藏碎金录》					子部释家类
	晁迥	《昭德新编》					子部杂家类杂学之属
	路振	《乘轺录》					
8.8	陶岳	《五代史补》					史部杂史类
	佚名	《灯下闲谈》					

续表

编册	著者	笔记作品	《直斋书录解题》著录部类	《文献通考·经籍考》著录部类	《宋史·艺文志》著录部类	《文渊阁书目》著录部类	《四库全书总目》著录部类
8.8	苏易简	《续翰林志》					
	苏耆	《次续翰林志》					
	释延一	《广清凉传》					
	王逵	《蠡海录》					
	祖士衡	《西斋话记》					
	张君房	《丽情集》					
		《乘异记》					
8.9	上官融	《友会谈丛》					
	杨亿、黄鉴、宋庠	《杨文公谈苑》					
	欧阳修	《庐陵杂说》					
	龚鼎臣	《东原录》					子部杂家类 杂说之属
	张师正	《倦游杂录》					
		《括异志》					

续表

编册	著者	笔记作品	《直斋书录解题》著录部类	《文献通考·经籍考》著录部类	《宋史·艺文志》著录部类	《文渊阁书目》著录部类	《四库全书总目》著录部类
	陈襄	《使辽语录》					
	司马光	《温公日录》					
		《温公手录》					
	佚名	《文酒清话》					
	郭思	《林泉高致集》					子部艺术类书画之属
	释皇秀	《人天宝鉴》					
	林希	《林文节元祐日记》					
8.10		《林文节绍圣日记》					
	张舜民	《郴行录》					
	佚名	《真率记事》					
	陈贻范	《范文正公鄱阳遗事录》					
	佚名	《言行拾遗事录》					
	佚名	《五色线》					

续表

编册	著者	笔记作品	《直斋书录解题》著录部类	《文献通考·经籍考》著录部类	《宋史·艺文志》著录部类	《文渊阁书目》著录部类	《四库全书总目》著录部类
	佚名	《释常谈》					子部艺术类 书画之属
	韩拙	《山水纯全集》					
	张商英、朱弁	《续清凉传》					
	吴玠	《漫堂随笔》					
9.1	洪炎	《侍儿小名录》	子录小说家类	子部小说家	子部小说家类		子部类书类
	释惠洪	《林间录》				杂附类	子部释家类
	陈规	《守城录》					子部兵家类
	李献民	《云斋广录》					
	朱胜非	《秀水闲居录》	子录小说家类	子部小说家类			
	王铚	《补侍儿小名录》			史部故事类		
	温豫	《续补侍儿小名录》					
9.2	佚名	《宗忠简公遗事》					
	万俟卨	《皇太后回銮事实》					
	赵构	《翰墨志》					子部艺术类 书画之属

续表

编册	著者	笔记作品	《直斋书录解题》著录部类	《文献通考·经籍考》著录部类	《宋史·艺文志》著录部类	《文渊阁书目》著录部类	《四库全书总目》著录部类
	董铨	《闲燕常谈》					
	沈某	《鬼董》					
9.2	郭彖	《睽车志》	子录小说家类	子部小说家类			子部小说家类异闻之属
	李昌龄	《乐善录》					
9.3	洪迈	《夷坚志》(一)					子部小说家类异闻之属
9.4	洪迈	《夷坚志》(二)					子部小说家类异闻之属
9.5	洪迈	《夷坚志》(三)					子部小说家类异闻之属
9.6	洪迈	《夷坚志》(四)					子部小说家类异闻之属
9.7	洪迈	《夷坚志》(五)					子部小说家类异闻之属

续表

编册	著者	笔记作品	《直斋书录解题》著录部类	《文献通考·经籍考》著录部类	《宋史·艺文志》著录部类	《文渊阁书目》著录部类	《四库全书总目》著录部类
9.8	龚颐正	《续释常谈》					
	佚名	《碧湖杂记》					
	储泳	《祛疑说》					子部杂家类杂说之属
	释惠彬	《丛林公论》					
	朱辅	《溪蛮丛笑》					史部地理类外纪之属
	周必大	《泛舟游山录》					
	吕祖谦	《入越录》					
	罗烨	《醉翁谈录》					
9.9	叶适	《习学记言》(上)					子部杂家类杂学之属
9.10	叶适	《习学记言》(下)					子部杂家类杂学之属
10.1	真德秀	《西山读书记》(一)					子部儒家类
10.2	真德秀	《西山读书记》(二)					子部儒家类

续表

编册	著者	笔记作品	《直斋书录解题》著录部类	《文献通考·经籍考》著录部类	《宋史·艺文志》著录部类	《文渊阁书目》著录部类	《四库全书总目》著录部类
10.3	真德秀	《西山读书记》（三）					子部儒家类
10.4	真德秀	《西山读书记》（四）					子部儒家类
10.5	真德秀	《西山读书记》（五）					子部儒家类
10.6	黄震	《黄氏日抄》（一）					子部儒家类
10.7	黄震	《黄氏日抄》（二）					子部儒家类
10.8	黄震	《黄氏日抄》（三）					子部儒家类
10.9	黄震	《黄氏日抄》（四）					子部儒家类
10.10	黄震	《黄氏日抄》（五）					子部儒家类
	金盈之	《新编醉翁谈录》					子部杂家类 杂说之属
10.11	应俊	《琴堂谕俗编》					子部杂家类 杂说之属
	朱胜非	《绀珠集》选二种	子录小说家类	子部小说家类	子部小说家类	类书类	子部杂家类 杂说之属
	曾慥	《类说》选十八种					子部杂家类 杂纂之属
10.12	陶宗仪	《说郛》选五十九种					子部杂家类 杂纂之属

主要参考文献

一、古籍

〔周〕左丘明撰,〔晋〕杜预注,〔唐〕孔颖达疏,〔唐〕陆德明音义:《春秋左传注疏》,〔清〕纪昀、永瑢等:《景印文渊阁四库全书》第 143 册,台北:台湾商务印书馆,1986 年。

〔汉〕班固撰:《汉书》,北京:中华书局,2007 年。

〔汉〕毛亨传,〔汉〕郑玄笺,〔唐〕孔颖达疏,〔唐〕陆德明音义:《毛诗注疏》,〔清〕纪昀、永瑢等:《景印文渊阁四库全书》第 69 册,台北:台湾商务印书馆,1986 年。

〔汉〕司马迁撰:《史记》,北京:中华书局,1982 年。

〔梁〕萧统编,〔唐〕李善注:《文选》,北京:中华书局,1977 年。

〔梁〕萧子显撰:《南齐书》,北京:中华书局,1972 年。

〔梁〕宗懔著,姜彦稚辑校:《荆楚岁时记》,长沙:岳麓书社,1986 年。

〔晋〕陈寿撰,〔宋〕裴松之注:《三国志》,长沙:岳麓书社,1990 年。

〔晋〕干宝、〔宋〕陶潜撰,李剑国辑校:《新辑搜神记·新辑搜神后记》,北京:中华书局,2007 年。

〔晋〕干宝、陶潜撰,曹光甫、王根林校点:《搜神记·搜神后记》,上海:上海古籍出版社,2012 年。

〔晋〕葛洪撰,周天游校注:《西京杂记》,西安:三秦出版社,2006 年。

〔晋〕刘昫等撰:《旧唐书》,北京:中华书局,1975 年。

〔晋〕王嘉撰,〔梁〕萧绮录,齐治平校注:《拾遗记》,北京:中华书局,1981 年。

〔晋〕张华撰,范宁校证:《博物志校证》,北京:中华书局,2014 年。

〔唐〕白居易撰,顾学颉校点:《白居易集》,北京:中华书局,1979 年。

〔唐〕房玄龄等撰:《晋书》,北京:中华书局,1974 年。

〔唐〕封演撰,赵贞信校注:《封氏闻见记校注》,北京:中华书局,2005 年。

〔唐〕韩愈著,钱仲联、马茂元校点:《韩愈全集》,上海:上海古籍出版社,
　　1997年。

〔唐〕刘知几著,〔清〕浦起龙通释:《史通通释》,上海:上海古籍出版社,
　　2009年。

〔唐〕柳宗元:《柳宗元集》,北京:中华书局,1979年。

〔唐〕欧阳询撰,汪绍楹校:《艺文类聚》,上海:上海古籍出版社,1982年。

〔唐〕郑处诲、裴廷裕撰:《明皇杂录·东观奏记》,北京:中华书局,1994年。

〔唐〕长孙无忌等撰:《隋书经籍志》,《丛书集成初编》,北京:中华书局,
　　1985年。

〔五代〕王定保:《唐摭言》,上海:古典文学出版社,1957年。

〔宋〕晁公武撰,孙猛校证:《郡斋读书志校证》,上海:上海古籍出版社,
　　2011年。

〔宋〕陈振孙撰:《直斋书录解题》,上海:上海古籍出版社,1987年。

〔宋〕程颢、程颐著,王孝鱼点校:《二程集》,北京:中华书局,2004年。

〔宋〕戴表元:《剡源文集》,〔清〕纪昀、永瑢等:《景印文渊阁四库全书》第
　　1194册,台北:台湾商务印书馆,1986年。

〔宋〕范成大撰,孔凡礼点校:《范成大笔记六种》,北京:中华书局,2019年。

〔宋〕胡寅:《致堂读史管见》,《续修四库全书》编委会编:《续修四库全书》第
　　448册,上海:上海古籍出版社,1996年。

〔宋〕黄震:《黄氏日抄》,〔清〕纪昀、永瑢等:《景印文渊阁四库全书》第708
　　册,台北:台湾商务印书馆,1986年。

〔宋〕李焘撰:《续资治通鉴长编》,北京:中华书局,2004年。

〔宋〕连文凤:《百正集》,〔清〕纪昀、永瑢等:《景印文渊阁四库全书》第1189
　　册,台北:台湾商务印书馆,1986年。

〔宋〕刘时举:《续宋编年资治通鉴》,〔清〕纪昀、永瑢等:《景印文渊阁四库全
　　书》第328册,台北:台湾商务印书馆,1986年。

〔宋〕陆九渊著,锺哲点校:《陆九渊集》,北京:中华书局,1980年。

〔宋〕陆游:《陆游集》,北京:中华书局,1976年。

〔宋〕牟𪩘:《牟氏陵阳集》,〔清〕纪昀、永瑢等:《景印文渊阁四库全书》第
　　1188册,台北:台湾商务印书馆,1986年。

〔宋〕欧阳修、宋祁撰:《新唐书》,北京:中华书局,1975年。

〔宋〕欧阳修撰，〔宋〕徐无党注：《新五代史》，北京：中华书局，1974年。

〔宋〕欧阳修：《崇文总目》，〔清〕纪昀、永瑢等：《景印文渊阁四库全书》第674册，台北：台湾商务印书馆，1986年。

〔宋〕欧阳修著，洪本健校笺：《欧阳修诗文集校笺》，上海：上海古籍出版社，2009年。

〔宋〕欧阳修著，李逸安点校：《欧阳修全集》，北京：中华书局，2001年。

〔宋〕史绳祖：《学斋佔毕》，《丛书集成初编》第313册，上海：商务印书馆，1939年。

〔宋〕苏轼撰，孔凡礼点校：《苏轼文集》，北京：中华书局，1986年。

〔宋〕苏辙著，曾枣庄、马德富校点：《栾城集》，上海：上海古籍出版社，2009年。

〔宋〕王十朋：《梅溪集》，〔清〕纪昀、永瑢等：《景印文渊阁四库全书》第1151册，台北：台湾商务印书馆，1986年。

〔宋〕王应麟：《玉海》，〔清〕纪昀、永瑢等：《景印文渊阁四库全书》第948册，台北：台湾商务印书馆，1986年。

〔宋〕王应麟著，张骁飞点校：《四明文献集（外二种）》，北京：中华书局，2010年。

〔宋〕谢枋得：《叠山集》，〔清〕纪昀、永瑢等：《景印文渊阁四库全书》第1184册，台北：台湾商务印书馆，1986年。

〔宋〕熊克著，顾吉辰、郭群一点校：《中兴小纪》，福州：福建人民出版社，1985年。

〔宋〕徐梦莘撰：《三朝北盟会编》，上海：上海古籍出版社，1987年。

〔宋〕徐自明撰，王瑞来校补：《宋宰辅编年录校补》，北京：中华书局，1986年。

〔宋〕叶梦得：《石林治生家训要略》，《丛书集成续编》第60册，台北：新文丰出版公司，1989年。

〔宋〕叶梦得：《石林家训》，《丛书集成续编》第60册，台北：新文丰出版公司，1989年。

〔宋〕叶梦得：《春秋考》，〔清〕纪昀、永瑢等：《景印文渊阁四库全书》第149册，台北：台湾商务印书馆，1986年。

〔宋〕叶梦得：《建康集》，〔清〕纪昀、永瑢等：《景印文渊阁四库全书》第1129

册,台北:台湾商务印书馆,1986 年。

〔宋〕叶适撰,刘公纯等点校:《叶适集》,北京:中华书局,1961 年。

〔宋〕尹洙:《河南先生文集》,《宋集珍本丛刊》第 3 册,北京:线装书局,
　　2004 年。

〔宋〕真德秀:《文章正宗》,〔清〕纪昀、永瑢等:《景印文渊阁四库全书》第
　　1355 册,台北:台湾商务印书馆,1986 年。

〔宋〕郑樵:《夹漈遗稿》,〔清〕纪昀、永瑢等:《景印文渊阁四库全书》第 1141
　　册,台北:台湾商务印书馆,1986 年。

〔宋〕郑思肖著,陈福康校点:《郑思肖集》,上海:上海古籍出版社,1991 年。

〔宋〕朱熹编:《河南程氏遗书》,上海:商务印书馆,1935 年。

〔宋〕朱熹撰,朱杰人等主编:《朱子全书》,上海、合肥:上海古籍出版社、安
　　徽教育出版社,2002 年。

〔元〕李有:《古杭杂记》,〔清〕纪昀、永瑢等:《景印文渊阁四库全书》第 878
　　册,台北:台湾商务印书馆,1986 年。

〔元〕马端临撰:《文献通考·经籍考》,上海:华东师范大学出版社,
　　1985 年。

〔元〕脱脱等撰:《宋史》,北京:中华书局,1977 年。

〔明〕陈邦瞻撰:《宋史纪事本末》,北京:中华书局,2018 年。

〔明〕冯梦龙编:《古今小说》,北京:人民文学出版社,1958 年。

〔明〕胡应麟撰:《少室山房笔丛》,上海:上海书店出版社,2009 年。

〔明〕王行:《半轩集》,〔清〕纪昀、永瑢等:《景印文渊阁四库全书》第 1231
　　册,台北:台湾商务印书馆,1986 年。

〔明〕吴讷著,于北山校点:《文章辨体序说》,北京:人民文学出版社,
　　1998 年。

〔明〕杨士奇等编:《文渊阁书目》,〔清〕纪昀、永瑢等:《景印文渊阁四库全
　　书》第 675 册,台北:台湾商务印书馆,1986 年。

〔明〕袁宏道著,钱伯城笺校:《袁宏道集笺校》,上海:上海古籍出版社,
　　2008 年。

〔明〕朱存理:《珊瑚木难》,〔清〕纪昀、永瑢等:《景印文渊阁四库全书》第
　　815 册,台北:台湾商务印书馆,1986 年。

〔清〕毕沅撰:《续资治通鉴》,北京:中华书局,1999 年。

〔清〕顾炎武:《日知录》,〔清〕纪昀、永瑢等:《景印文渊阁四库全书》第 856
册,台北:台湾商务印书馆,1986 年。

〔清〕黄丕烈辑:《士礼居黄氏丛书》,扬州:广陵书社,2010 年。

〔清〕黄宗羲著,〔清〕全祖望补修,陈金生、梁运华点校:《宋元学案》,北京:
中华书局,1986 年。

〔清〕纪昀著,汪贤度校点:《阅微草堂笔记》,上海:上海古籍出版社,
1980 年。

〔清〕江昱:《苹洲渔笛谱考证》《苹洲渔笛谱集外词》,《续修四库全书》编委
会编:《续修四库全书》第 1723 册,上海:上海古籍出版社,1996 年。

〔清〕刘廷玑撰,张守谦点校:《在园杂志》,北京:中华书局,2005 年。

〔清〕钱曾撰,丁瑜点校:《读书敏求记》,北京:书目文献出版社,1984 年。

〔清〕全祖望:《鲒埼亭集外编》,《续修四库全书》编委会编:《续修四库全书》
第 1430 册,上海:上海古籍出版社,1996 年。

〔清〕阮元撰,傅以礼重编:《四库未收书目提要》,上海:商务印书馆,
1955 年。

〔清〕王夫之著,王嘉川译注:《宋论》,北京:中华书局,2008 年。

〔清〕徐乾学:《资治通鉴后编》,〔清〕纪昀、永瑢等:《景印文渊阁四库全书》
第 344 册,台北:台湾商务印书馆,1986 年。

〔清〕徐松辑:《宋会要辑稿》,北京:中华书局,1957 年。

〔清〕永瑢等:《四库全书总目提要》,《万有文库》,上海:商务印书馆,
1931 年。

〔清〕章学诚:《文史通义》,上海:上海古籍出版社,2015 年。

〔清〕赵翼:《廿二史札记》,南京:凤凰出版社,2008 年。

〔清〕周中孚著,黄曙辉、印晓峰标校:《郑堂读书记》,上海:上海书店出版
社,2009 年。

二、今人著述

(一) 专著

阿英编:《晚清文学丛钞:小说戏曲研究卷》,北京:中华书局,1960 年。

白钢主编:《中国政治制度史》,天津:天津人民出版社,2002 年。

吴怀祺主编,白云著:《中国史学思想通论·历史编纂学思想卷》,福州:福建人民出版社,2011年。

鲍思陶主编:《历代笔记》,济南:山东文艺出版社,1992年。

包伟民:《宋代城市研究》,北京:中华书局,2014年。

蔡静波:《唐五代笔记小说研究》,西安:陕西人民出版社,2007年。

曹利华:《中华传统美学体系探源(修订版)》,北京:北京图书馆出版社,1999年。

曹淑娟:《晚明性灵小品研究》,台北:文津出版社,1988年。

曹顺庆、李天道:《雅论与雅俗之辨》,南昌:百花洲文艺出版社,2009年。

曹之:《中国古籍编撰史》,武汉:武汉大学出版社,2006年。

曹之:《中国古代图书史》,武汉:武汉大学出版社,2015年。

昌彼得等编,王德毅增订:《宋人传记资料索引》,北京:中华书局,1988年。

陈必祥:《古代散文文体概论》,郑州:河南人民出版社,1986年。

陈伯海:《中国文化之路》,上海:上海文艺出版社,1992年。

陈锋:《北宋武将群体与相关问题研究》,北京:中华书局,2004年。

陈国庆编:《汉书艺文志注释汇编》,北京:中华书局,1983年。

陈来:《宋明理学》,上海:华东师范大学出版社,2004年。

陈平原:《中国散文小说史》,北京:北京大学出版社,2010年。

陈少棠:《晚明小品论析》,香港:波文书局,1981年。

陈书良、郑宪春:《中国小品文史》,长沙:湖南出版社,1991年。

陈万益:《晚明小品与明季文人生活》,台北:大安出版社,1988年。

陈望衡:《审美伦理学引论》,武汉:武汉大学出版社,2007年。

陈望衡:《中国古典美学史》,长沙:湖南教育出版社,1998年。

陈卫星:《胡应麟与中国小说理论史》,北京:中国社会科学出版社,2011年。

陈文新:《传统小说与小说传统》,武汉:武汉大学出版社,2007年。

陈文新:《文言小说审美发展史》,武汉:武汉大学出版社,2002年。

陈文新:《中国笔记小说史》,台北:志一出版社,1995年。

陈寅恪:《金明馆丛稿二编》,上海:上海古籍出版社,1980年。

陈垣:《陈垣学术论文集》,北京:中华书局,1982年。

陈垣:《通鉴胡注表微》,沈阳:辽宁教育出版社,1997年。

陈直:《汉书新证》,天津:天津人民出版社,1979年。

陈植锷:《北宋文化史述论》,北京:中国社会科学出版社,1992年。

陈钟凡:《两宋思想述评》,北京:东方出版社,1996年。

《辞海》编辑委员会编:《辞海》(文学分册),上海:上海辞书出版社,
　1980年。

成复旺、黄保真、蔡钟翔:《中国文学理论史》(二),北京:北京出版社,
　1987年。

成复旺:《文境与哲理》,北京:中华书局,2002年。

成复旺:《中国美学范畴辞典》,北京:中国人民大学出版社,1995年。

程国赋:《中国古典小说论稿》,北京:中华书局,2012年。

程杰:《北宋诗文革新研究》,呼和浩特:内蒙古教育出版社,2000年。

程千帆、吴新雷:《两宋文学史》,上海:上海古籍出版社,1997年。

程毅中:《宋元小说研究》,南京:江苏古籍出版社,1998年。

程毅中:《唐代小说史话》,北京:文化艺术出版社,1990年。

褚斌杰:《中国古代文体概论》,北京:北京大学出版社,1990年。

崔小敬:《江南游记文学史》,上海:上海古籍出版社,2015年。

丁锡根编著:《中国历代小说序跋集》,北京:人民文学出版社,1996年。

范希春:《理性之维——宋代中期儒家文艺美学思想研究》,北京:中央民族
　大学出版社,2006年。

冯天瑜等:《中华文化史》,上海:上海人民出版社,1990年。

傅乐焕:《辽史丛考》,北京:中华书局,1984年。

傅璇琮、蒋寅总主编,刘扬忠主编:《中国古代文学通论(宋代卷)》,沈阳:辽
　宁人民出版社,2005年。

葛兆光:《中国思想史》,上海:复旦大学出版社,2001年。

葛兆光:《古代中国文化讲义》,上海:复旦大学出版社,2006年。

耿占春:《叙事美学:探索一种百科全书式的小说》,郑州:郑州大学出版社,
　2002年。

顾颉刚:《史林杂识初编》,北京:中华书局,1963年。

郭绍虞辑:《宋诗话辑佚》,北京:中华书局,1980年。

郭绍虞主编:《中国历代文论选》,上海:上海古籍出版社,2001年。

郭英德:《中国古代文体学论稿》,北京:北京大学出版社,2005年。

郭预衡:《历代散文丛谈》,太原:山西人民出版社,1986 年。

郭预衡:《中国散文史》,上海:上海古籍出版社,1993 年。

韩进廉:《中国小说美学史》,保定:河北大学出版社,2004 年。

韩经太:《心灵现实的艺术透视——中国文人心态与古典诗歌艺术》,北京:
　现代出版社,1990 年。

何寄澎:《北宋的古文运动》,上海:上海古籍出版社,2011 年。

侯忠义、刘世林:《中国文言小说史稿》,北京:北京大学出版社,1993 年。

黄霖、蒋凡主编,周兴陆、魏春吉等编著:《中国历代文论选新编(晚清卷)》,
　上海:上海教育出版社,2008 年。

黄世瑜主编:《文学理论新编》,上海:华东师范大学出版社,1986 年。

季进:《另一种声音——海外汉学访谈录》,上海:复旦大学出版社,
　2011 年。

蒋国保、周亚洲编:《生命理想与文化类型——方东美新儒学论著辑要》,北
　京:中国广播电视出版社,1992 年。

江苏广陵古籍刻印社编:《笔记小说大观》,扬州:江苏广陵古籍刻印社,
　1983 年。

姜亮夫编注:《笔记选》,上海:北新书局,1934 年。

金毓黻:《中国史学史》,上海:上海古籍出版社,2014 年。

李剑国:《唐前志怪小说史》,北京:人民文学出版社,2011 年。

李宁编:《小品文艺术谈》,北京:中国广播电视出版社,1990 年。

李泽厚:《李泽厚哲学美学文选》,长沙:湖南人民出版社,1985 年。

李泽厚:《美学三书》,合肥:安徽文艺出版社,1999 年。

李泽厚:《新版中国古代思想史论》,天津:天津社会科学院出版社,
　2008 年。

李泽厚:《中国古代思想史论》,北京:人民出版社,1986 年。

李春青:《宋学与宋代文学观念》,北京:北京师范大学出版社,2001 年。

李德辉辑校:《晋唐两宋行记辑校》,沈阳:辽海出版社,2009 年。

李悔吾:《中国小说史》,台北:洪叶文化事业有限公司,1995 年。

李之鉴:《陆九渊哲学思想研究》,郑州:河南人民出版社,1985 年。

李宗侗:《中国史学史》,北京:中华书局,2010 年。

林辰:《神怪小说史》,杭州:浙江古籍出版社,1998 年。

林岗:《口述与案头》,北京:北京大学出版社,2011 年。

林纾著,舒芜校点:《春觉斋论文》,北京:人民文学出版社,1998 年。

刘方:《唐宋变革与宋代审美文化转型》,上海:学林出版社,2009 年。

刘方:《盛世繁华:宋代江南城市文化的繁荣与变迁》,杭州:浙江大学出版社,2011 年。

刘俊文主编,黄约瑟译:《日本学者研究中国史论著选译》第 1 卷,北京:中华书局,1992 年。

刘湘兰:《中古叙事文学研究》,北京:北京大学出版社,2011 年。

刘叶秋:《古典小说论丛》,北京:中华书局,1959 年。

刘叶秋:《历代笔记概述》,北京:北京出版社,2011 年。

罗宗强:《玄学与魏晋士人心态》,天津:天津教育出版社,2005 年。

鲁迅:《中国小说史略》,北京:人民文学出版社,2006 年。

吕叔湘选注:《笔记文选读》,上海:上海古籍出版社,1979 年。

吕思勉:《史学与史籍七种》,上海:上海古籍出版社,2009 年。

马建智:《中国古代文体分类研究》,北京:中国社会科学出版社,2008 年。

梅新林、俞樟华主编:《中国游记文学史》,上海:学林出版社,2004 年。

蒙培元:《心灵超越与境界》,北京:人民出版社,1998 年。

蒙文通:《中国史学史》,上海:上海人民出版社,2005 年。

苗壮:《笔记小说史》,杭州:浙江古籍出版社,1998 年。

宁稼雨撰:《中国文言小说总目提要》,济南:齐鲁书社,1996 年。

潘美月、杜洁祥主编:《古典文献研究辑刊·十四编》第 4 册,新北:花木兰文化出版社,2012 年。

潘树广、涂小马、黄镇伟主编:《中国文学史料学》,上海:华东师范大学出版社,2012 年。

浦江清:《浦江清文录》,北京:人民文学出版社,1989 年。

戚志芬:《中国的类书、政书和丛书》,北京:商务印书馆,1996 年。

漆侠:《宋学的发展与流变》,石家庄:河北人民出版社,2002 年。

祁志祥:《中国美学原理》,太原:山西教育出版社,2003 年。

钱穆:《国史新论》,北京:生活·读书·新知三联书店,2001 年。

钱穆:《理学与艺术》,中华丛书编审委员会编:《宋史研究集》第 7 辑,台北:台湾书局,1974 年。

钱穆:《中国文化史导论》,北京:商务印书馆,1994年。

全国高校古籍整理研究工作委员会、《中国典籍与文化》编辑部编:《中国典籍与文化论丛》,北京:中华书局,1997年。

袁行霈主编:《国学研究》第2卷,北京:北京大学出版社,1994年。

上海古籍出版社编:《唐五代笔记小说大观》,上海:上海古籍出版社,2000年。

上海古籍出版社编:《宋元笔记小说大观》,上海:上海古籍出版社,2007年。

石昌渝:《中国小说源流论(修订版)》,北京:生活·读书·新知三联书店,2015年。

孙逊:《中国古代小说和宗教》,上海:复旦大学出版社,2000年。

谭帆等:《中国古代小说文体文法术语考释》,上海:上海古籍出版社,2013年。

唐圭璋编:《词话丛编》,北京:中华书局,2005年。

唐圭璋编:《全宋词》,北京:中华书局,1965年。

汪涌豪:《中国古代文学理论体系:范畴论》,上海:复旦大学出版社,1999年。

王国维:《人间词话》,北京:中华书局,2009年。

王栻主编:《严复集》,北京:中华书局,1986年。

王齐洲:《稗官与才人——中国古代小说考论》,长沙:岳麓书社,2010年。

王水照、吴鸿春编选:《日本学者中国文章学论著选》,上海:上海古籍出版社,1994年。

王水照主编:《宋代文学通论》,开封:河南大学出版社,1997年。

王水照:《王水照自选集》,上海:上海教育出版社,2000年。

王思焜编著:《中国古代文学理论教程》,南京:南京师范大学出版社,1999年。

王运熙、顾易生主编:《中国文学批评通史》,上海:上海古籍出版社,2011年。

吴承学:《中国古代文体形态研究》,广州:中山大学出版社,2000年。

吴承学:《晚明小品研究》,南京:江苏古籍出版社,1999年。

吴承学、何诗海编:《中国文体学与文体史研究》,南京:凤凰出版社,

2011 年。

吴文治主编:《宋诗话全编》,南京:凤凰出版社,2006 年。

吴礼权:《中国笔记小说史》,台北:台湾商务印书馆,1993 年。

吴士余:《中国古典小说的文学叙事》,上海:上海古籍出版社,2007 年。

郗文倩:《中国古代文体功能研究——以汉代文体为中心》,上海:上海三联书店,2010 年。

谢明勋:《六朝志怪小说研究述论:回顾与论释》,台北:里仁书局,2011 年。

夏承焘:《唐宋词人年谱》,北京:商务印书馆,2013 年。

夏丏尊、刘薰宇:《文章作法》,杭州:浙江文艺出版社,1983 年。

杨伯峻编著:《春秋左传注(修订本)》,北京:中华书局,2009 年。

杨伯峻译注:《孟子译注》,北京:中华书局,1960 年。

杨庆存:《宋代散文研究》,北京:人民文学出版社,2002 年。

杨庆存:《宋代文学论稿》,上海:复旦大学出版社,2007 年。

杨守森主编:《二十世纪中国作家心态史》,北京:中央编译出版社,1998 年。

杨树达:《论语疏证》,上海:上海古籍出版社,2013 年。

伊永文:《宋代市民生活》,北京:中国社会出版社,1999 年。

余嘉锡:《四库提要辨证》,昆明:云南人民出版社,2004 年。

余嘉锡:《余嘉锡论学杂著》,北京:中华书局,1963 年。

余英时:《士与中国文化》,上海:上海人民出版社,2003 年。

郁达夫:《郁达夫文集》,广州:花城出版社,1982 年。

袁行霈、侯忠义编:《中国文言小说书目》,北京:北京大学出版社,1981 年。

曾枣庄:《宋代文学与宋代文化》,上海:上海人民出版社,2006 年。

张富祥:《宋代文献学研究》,上海:上海古籍出版社,2006 年。

张海鸥:《宋代文化与文学研究》,北京:中国社会科学出版社,2002 年。

张晖:《宋代笔记研究》,武汉:华中师范大学出版社,1993 年。

张其凡、陆勇强主编:《宋代历史文化研究》,北京:人民出版社,2000 年。

张其凡、范立舟主编:《宋代历史文化研究(续编)》,北京:人民出版社,2003 年。

章群:《〈通鉴〉、〈新唐书〉引用笔记小说研究》,台北:文津出版社,1999 年。

张舜徽:《史学三书平议》,北京:中华书局,1983 年。

张毅：《宋代文学思想史》，北京：中华书局，1995年。

张希清等主编：《10—13世纪中国文化的碰撞与融合》，上海：上海人民出版社，2006年。

郑伟章、李万健：《中国著名藏书家传略》，北京：书目文献出版社，1986年。

郑宪春：《中国笔记文史》，长沙：湖南大学出版社，2004年。

赵毅衡编选：《"新批评"文集》，北京：中国社会科学出版社，1988年。

中国古籍善本书目编辑委员会：《中国古籍善本书目》，上海：上海古籍出版社，1998年。

《中国古代小说百科全书》编辑委员会、中国大百科全书出版社编辑部编：《中国古代小说百科全书》，北京：中国大百科全书出版社，1993年。

周光培：《历代笔记小说集成》，石家庄：河北教育出版社，1995年。

周康燮主编：《韩愈研究论丛》，香港：大东图书公司，1978年。

周勋初：《周勋初文集》，南京：江苏古籍出版社，2000年。

周膺、吴晶：《南宋美学思想研究》，上海：上海古籍出版社，2012年。

周振甫：《文心雕龙今译》，北京：中华书局，1986年。

朱希祖：《中国史学通论》，北京：商务印书馆，2015年。

朱易安、傅璇琮等主编：《全宋笔记》第1编，郑州：大象出版社，2003年。

朱易安、傅璇琮等主编：《全宋笔记》第2编，郑州：大象出版社，2006年。

朱易安、傅璇琮等主编：《全宋笔记》第3编，郑州：大象出版社，2008年。

朱易安、傅璇琮等主编：《全宋笔记》第4编，郑州：大象出版社，2008年。

朱易安、傅璇琮等主编：《全宋笔记》第5编，郑州：大象出版社，2012年。

朱易安、傅璇琮等主编：《全宋笔记》第6编，郑州：大象出版社，2013年。

朱易安、傅璇琮等主编：《全宋笔记》第7编，郑州：大象出版社，2015年。

朱易安、傅璇琮等主编：《全宋笔记》第8编，郑州：大象出版社，2017年。

朱易安、傅璇琮等主编：《全宋笔记》第9编，郑州：大象出版社，2018年。

朱易安、傅璇琮等主编：《全宋笔记》第10编，郑州：大象出版社，2018年。

（二）论文

1. 期刊论文

曹文亮：《中华版宋代笔记点校商兑》，《云南农业大学学报（社会科学版）》2010年第2期。

陈庆元:《两宋闽人笔记中的文学批评》,《宁德师专学报(哲学社会科学版)》1996年第2期。

程毅中:《笔记与轶事小说》,《传统文化与现代化》1998年第6期。

程毅中:《古代小说与古籍目录学》,《传统文化与现代化》1995年第1期。

程毅中:《关于宋元小说研究的若干问题》,《文学遗产》1995年第5期。

程毅中:《略谈笔记小说的含义及范围》,《古籍整理研究学刊》1991年第2期。

程毅中:《漫谈笔记小说及古代小说的分类》,《古籍整理出版情况简报》2003年第3期。

程毅中:《宋元小说的写实手法与时代特征》,《社会科学战线》1996年第6期。

丁海燕:《宋人史料笔记研究——从〈四库全书总目〉对宋代史料笔记的评价谈起》,《中州学刊》2004年第1期。

宫云维:《20世纪以来宋人笔记研究述论》,《浙江社会科学》2010年第1期。

郭凌云:《北宋笔记特点及地位论略》,《云梦学刊》2007年第1期。

陆庆祥:《宋代士人自然审美中的休闲心态研究》,《兰州学刊》2013年第6期。

罗宁:《记录见闻:中国文言小说写作的原则与方法》,《文艺理论研究》2018年第5期。

马茂军:《唐宋笔记文体辨析——为中国古代笔记散文正名》,《华南师范大学学报(社会科学版)》2013年第1期。

马自力、王朋飞:《笔记体与宋代诗学》,《清华大学学报(哲学社会科学版)》2019年第1期。

莫砺锋:《读陆游〈入蜀记〉札记》,《文学遗产》2005年第3期。

宁欣、史明文:《笔记小说的演变与唐宋社会研究》,《西北师大学报(社会科学版)》2002年第5期。

陶敏、刘再华:《"笔记小说"与笔记研究》,《文学遗产》2003年第2期。

张智华:《笔记的类型和特点》,《江海学刊》2000年第5期。

郑继猛:《近年来宋代笔记研究述评》,《甘肃社会科学》2008年第4期。

2. 学位论文

蔡君逸:《宋人笔记中的汴京人民生活风尚》,台湾东吴大学 1988 年硕士学
　　位论文。

曹祥金:《宋代笔记中的小说史料研究》,山东大学 2010 年硕士学位论文。

陈敏:《宋人笔记与汉语词汇学》,浙江大学 2007 年博士学位论文。

韩怡华:《宋代笔记小说中的仙鬼诗》,华东师范大学 2007 年硕士学位
　　论文。

雷丽钦:《宋代笔记体寓言研究》,"国立"台湾师范大学 2009 年硕士学位
　　论文。

李晨曦:《〈东坡志林〉〈仇池笔记〉文体学意义研究》,贵州师范大学 2017 年
　　硕士学位论文。

林卿卿:《宋人轶事小说研究》,复旦大学 2013 年博士学位论文。

刘静:《周密研究》,四川大学 2005 年博士学位论文。

郑继猛:《宋代都市笔记研究》,陕西师范大学 2009 年博士学位论文。

邹志勇:《宋人笔记中的诗学讨论热点研究》,南京师范大学 2005 年博士学
　　位论文。

〔韩〕安芮璿:《宋人笔记研究——以随笔杂记为中心》,复旦大学 2005 年博
　　士学位论文。

〔韩〕李银珍:《宋代笔记研究》,复旦大学 2014 年博士学位论文。

三、译著

〔法〕谢和耐著,刘东译:《蒙元入侵前夜的中国日常生活(插图本)》,北京:
　　北京大学出版社,2008 年。

〔法〕谢和耐著,黄建华、黄迅余译:《中国社会史》,南京:江苏人民出版社,
　　2014 年。

〔美〕爱德华·W. 萨义德著,阎嘉译:《论晚期风格——反本质的音乐与文
　　学》,北京:生活·读书·新知三联书店,2009 年。

〔美〕艾朗诺著,杜斐然、刘鹏、潘玉涛译:《美的焦虑——北宋士大夫的审美
　　思想与追求》,上海:上海古籍出版社,2013 年。

〔美〕包弼德著,刘宁译:《斯文:唐宋思想的转型》,南京:江苏人民出版社,
　　2001 年。

〔美〕海登·怀特著,陈新译:《元史学:十九世纪欧洲的历史想象》,南京:译

林出版社,2004 年。

〔美〕刘子健著,赵冬梅译:《中国转向内在:两宋之际的文化转向》,南京:江苏人民出版社,2011 年。

〔美〕孙康宜、宇文所安主编,刘倩等译:《剑桥中国文学史》上卷,北京:生活·读书·新知三联书店,2013 年。

〔美〕田浩编,杨立华、吴艳红等译:《宋代思想史论》,北京:社会科学文献出版社,2003 年。

〔美〕约翰·杜威著,高建平译:《艺术即经验》,北京:商务印书馆,2010 年。

〔苏〕格·尼·波斯彼洛夫著,王忠琪等译:《文学原理》,北京:生活·读书·新知三联书店,1985 年。

〔日〕和田清著,吉林大学历史系翻译组、吉林师范大学历史系翻译组译:《中国史概说》,北京:商务印书馆,1964 年。

〔日〕内藤湖南著,马彪译:《中国史学史》,上海:上海古籍出版社,2008 年。

〔日〕青木正儿著,隋树森译:《中国文学概说》,重庆:重庆出版社,1982 年。

〔英〕R. G. 柯林武德著,何兆武、张文杰译:《历史的观念》,北京:中国社会科学出版社,1986 年。